심연

Gulf

심연

고호관 배지훈 조호근 옮김

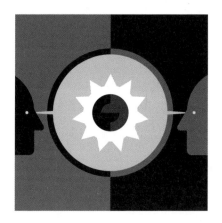

로버트 A. 하인라인 중단편 전집 **9**

ROBERT A. HEINLEIN

아작

차례

씻겨 가는 물

Water is for Washing

배지훈 옮김

✦ 1947년 7월 〈아고시(Argosy)〉에 발표

그는 밸리가 평소보다 더 더운 것 같다고 생각했다. 하지만 이곳은 항상 그렇게 더웠다. 임페리얼밸리는 자연적으로 생긴 온실이었다. 해수면보다 80미터 낮은데다 샌디에이고의 뒷산이 태평양을 막는 제방이 되어주고 있었고, 남쪽의 고지대는 바하칼리포르니아 만*으로부터 밸리를 보호했다. 동쪽에서는 초콜릿산이 밀려오는 콜로라도강을 가로막고 있었다.

그는 엘센트로의 바버라워스 호텔 밖에 차를 대고 바에 들어갔다. "스카치로 주세요."

바텐더는 작은 잔을 채우고 옆에 얼음물을 같이 두었다.

"고마워요. 한잔하겠어요?"

"안 될 것 없지요."

고객은 술을 한 모금 마시고 물잔을 들었다. "이것이야말로 적재적소에 있는 적정량의 물이죠. 난 물을 무서워하거든요."

"네?"

---

* 바하칼리포르니아 반도와 멕시코 본토 사이에 놓인 만으로, 멕시코 최북단과 최서단에 위치한 바하칼리포르니아주는 미국 캘리포니아주와 접한다.

"물을 싫어해요. 어렸을 때 빠져 죽을 뻔한 적이 있었죠. 그때부터 계속 그래요."

"마실 수도 없는 물이라니." 바텐더가 동의했다. "하지만 저는 수영도 좋아합니다."

"난 아니에요. 그래서 이곳 밸리를 좋아하는 거죠. 관개수로, 세면대, 욕조, 물잔에서만 물을 볼 수 있으니까. 난 항상 로스앤젤레스로 돌아가기 싫었어요."

"물에 빠지는 것이 무섭다면⋯." 바텐더가 대답했다. "밸리보다는 로스앤젤레스에 계신 것이 나을걸요. 여긴 해수면보다 낮으니까요. 사방에 물이 있는데 모두 우리 머리보다 높은 곳에 있죠. 누군가가 코르크 마개를 뽑아버린다고 생각하면?"

"가서 당신 할머니나 겁주시죠. 코스트산맥이 무슨 코르크 마개라고."

"지진이 오면 모르죠."

"미친 소리. 지진 정도로 산맥이 움직이겠소."

"글쎄요, 꼭 지진일 필요도 없죠. 1905년에 콜로라도강이 범람한 홍수로 솔턴호가 생겼다는 얘기 들어본 적 있죠? 하지만, 지진에 대해서는 너무 확신하지 마세요. 바다 밑바닥에 있는 계곡이 그냥 생기지는 않았을 것 아닙니까, 무언가가 그걸 유발했겠죠. 샌앤드레이어스 단층은 밸리 지역을 커다란 물음표 모양으로 감싸고 있으니까요. 상상해봐요, 대체 얼마나 강력한 격변이 일어나야 수천 제곱킬로미터나 되는 땅이 태평양 해수면보다 아래쪽으로 꺼지게 될지."

"짜증 나게 하지 말아요. 그건 수천 년 전에 일어난 일 아니오. 여기요." 그는 술값을 바에 놓고 나왔다. 흥 깨는 작자 같으니라고! 저런 자는 바텐더를 하면 안 된다.

출입구 차양 밑의 온도계가 섭씨 48도를 가리키고 있었다. 보도 위의 지붕 아래에 있는데도 강력한 열기가 몽둥이처럼 몸을 때려대고 눈을 찔렀다. 폐 속까지 바싹 마르는 느낌이었다. 그는 자기 차가 만질 수도 없이 뜨거울 거라는 것을 알고 있었다. 주차장에 세워놨어야 했는데. 차를 돌아 걸어가는데 누군가가 왼쪽 문 안으로 몸을 숙이고 있는 것이 보였다. 그는 걸음을 멈췄다. "당신 대체 뭐 하는 거야?"

그 남자는 급히 몸을 돌렸다. 흐릿한 눈이 어찌할 줄 모르고 있었다. 양복을 입고 있었지만 더럽고 구깃구깃했다. 넥타이도 없었다. 손과 손톱도 더러웠지만, 육체노동을 해서 생긴 더러움은 아니었다. 손바닥에 굳은살이 없었으니까. 말투에 힘이 없는 것이 강도로 보이는 모습에 어울리지 않았다. "나쁜 짓을 하려는 건 아니었어요." 남자가 사과했다. "저는 그냥 차량 등록번호를 보려고 했을 뿐입니다. 로스앤젤레스에서 오셨더군요. 저 좀 도시까지 태워주실래요."

차 주인은 남자를 무시하고 차 안 여기저기를 살폈다. "내가 어디서 왔는지 보려고 했다고, 어? 그러면 글로브 박스는 왜 열었소? 신고해야겠구먼." 그는 길 건너편에서 순찰하고 있는 두 명의 정복 보안관보 쪽을 바라보았다. "꺼져, 이 거지야."

남자는 그의 눈길을 따라가더니 재빨리 다른 쪽으로 도망가버렸다. 차 주인은 차에 타서는 열기에 욕을 내뱉고 글로브 박스를 살폈다. 손전등이 없었다.

그는 손익계산서에서 손실로 기록하기로 하고 25킬로미터 북쪽에 있는 브롤리로 향했다. 열기는 거의 폭압적이었다. 임페리얼밸리 기준으로도 말이다. "지진이 일어날 정도의 날씨라니." 그는 혼잣말을 했다. 그건 캘리포니아에서 가장 유명한 미신이었고 그는 단호하게 이 미신을 거부했다. 멍청한 술장수가 이상한 얘기를 한 것뿐이었다. 그저 평범한 밸리에서의 하루였을 뿐이었다. 조금 더울지는 모르겠지만.

＊

그는 브롤리와 솔턴호 사이에 펼쳐져 있는 목장들을 돌아다니며 일을 했다. 다시 고속도로를 타려고 흙길을 달리던 중 차가 마치 우둘투둘한

코듀로이 옷감 위를 달리는 것처럼 왈츠를 추기 시작했다. 차를 멈췄지만 낮은 우르르 소리를 동반한 진동은 계속되었다.

지진이다! 그는 원초적 충동에 따라 차에서 뛰쳐나와 흔들리는 건물과 떨어지는 벽돌을 피해 열린 공간으로 나가려고 했다. 하지만 이곳에는 건물이 없었고 탁 트인 사막과 관개시설이 있는 밭밖에 없었다.

그는 차에 다시 탔지만, 여진이 느껴질 때마다 속이 울렁거렸다. 오른쪽 앞바퀴에 펑크가 나 있었다. 아마 처음에 일어난 큰 충격에 튀어 올랐을 때 돌에 맞아 구멍이 난 것 같았다.

타이어를 가느라 심장이 거의 멎을 뻔했다. 몸을 일으키자 더위와 고된 노동 때문에 정신이 아득해져 왔다.

또 다른 진동이 왔다. 첫 번처럼 강하진 않았지만 묵직했다. 다시 공황에 빠진 그는 달리기 시작했지만 미친 듯이 흔들리는 지면 때문에 넘어졌다. 그는 일어나서 차로 돌아갔다.

지진 때문에 차는 마치 술에 취한 것처럼 출렁거렸고 자동차 잭도 넘어졌다.

그는 차를 버리고 싶었지만 지진 때문에 생긴 먼지가 마치 안개처럼 감싸고 있었다. 하지만 안개의 서늘함이라는 축복은 없었다. 그는 마을에서 수 킬로미터 떨어져 있다는 사실을 알고 있었고, 걸어서 갈 수 있을 것 같지 않았다.

그는 땀을 흘리고 헐떡거리며 타이어를 갈았다. 지진이 처음 일어나고 1시간 13분이 지나서야 스페어타이어가 장착되었다. 땅은 아직도 이따금 흔들리고 우르르 소리를 내고 있었다. 그는 또 다른 지진이 와서 차의 통제력을 잃을지 모르니 천천히 운전하기로 했다. 어차피 먼지 때문에 천천히 운전할 수밖에 없었지만.

＊

천천히 주 고속도로로 돌아가면서 그는 냉정함을 되찾았다. 그때 멀리

기차가 지나는 소리가 들려왔다. 자동차 소음 속에서도 기차 소리가 커지는 것이 들렸다. 밸리를 급히 빠져나가는 급행열차인 것 같았다. 그 순간 무언가 이상하다는 느낌이 들었는데 그러다 그 소리가 이상한 이유를 알아차렸다. 지진 직후에 기차가 고속으로 질주할 리 없었다. 벌어진 철로가 있을지 모르니 승무원이 살피면서 아주 천천히 기어가듯 가야 했다.

그 소리가 고쳐 들렸다. 물이었다!

무의식 깊은 곳의 악몽에서 잠자고 있던 어린 시절의 공포가 끌려 나왔다. 어린 시절 익사할 뻔했을 때 들었던, 댐이 무너지는 소리였다. 물이라니! 거대한 물의 벽이 이 먼지 너머에서 그를 노리고 있었다. 바로 그를 노리고 있는 것이었다!

액셀을 끝까지 밟자 차가 튀어 오르더니 곧 엔진이 멈췄다. 다시 시동을 걸며 침착하려 애썼다. 스페어타이어도 없는데다 비포장도로를 달려야 하니 속도를 낼 수도 없었다. 그는 시속 60킬로미터로 느리게 기어가며 물이 어디서 오고 있는지 방향과 거리를 가늠했다. 그리고 기도했다.

주 고속도로가 먼지 속에서 갑자기 나타났고 굉음을 울리며 북쪽으로 달리는 커다란 차와 하마터면 충돌할 뻔했다. 두 번째 차가 뒤를 따랐고 다음에는 채소 트럭, 그리고 화물칸을 떼어버린 트랙터가 지나갔다.

그 정도면 충분한 정보였다. 그는 북쪽으로 향했다.

그는 채소 트럭과 오클라호마에서 온 듯한 노동자 가족이 탄 고물차를 지나쳤다. 그들이 그에게 뭐라고 소리를 질렀지만, 그는 계속 달렸다. 더 빠른 차가 그의 차를 앞서갔고 그는 떠돌아다니는 농장 노동자들이 탄 픽업트럭을 앞질러 달렸다. 그때부터는 도로에 그 혼자였다. 북쪽에서는 아무도 오지 않았다.

뒤쪽에서 들리는 기차 같은 우르르 소리가 더 커지고 있었다.

그는 백미러를 들여다보았지만 먼지로 된 안개 때문에 아무것도 보이지 않았다.

✳

길가에 아이가 혼자 앉아 울고 있었다. 8살 정도 된 여자아이였다. 처음에는 눈치 못 채고 지나쳤지만, 브레이크를 밟아 멈췄다. 그는 아이 가족들이 근처에 있을 거라고 중얼거렸다. 내가 상관할 일이 아니라고 말이다. 그러나 결국 욕을 내뱉으며 차 머리를 돌려 돌아갔다. 먼지 때문에 아이를 지나칠 뻔했지만 겨우 아이 옆에 세울 수 있었다. "타!"

아이는 더럽고 축축하며 처참한 얼굴을 하고 있었지만 계속 앉아 있기만 했다. "못 해요. 발이 아파요."

그는 뛰어내려서 아이를 들어 올려 오른쪽 좌석에 떨궜다. 그 와중에 보니 아이의 오른쪽 발이 부어 있었다. "어쩌다 다쳤니?" 급하게 운전석에 뛰어들며 물었다.

"그 일이 일어났을 때요. 부러졌어요?" 아이는 더 이상 울고 있지 않았다. "집에 데려다주실 거예요?"

"내… 내가 돌봐줄게. 아무것도 묻지 말렴."

"알았어요." 아이가 의심스럽다는 듯이 말했다. 뒤쪽의 우르르 소리가 커지고 있었다. 속도를 더 내고 싶었지만, 흙먼지와 신뢰가 가지 않는 스페어타이어 때문에 그럴 수가 없었다. 먼지 속에서 갑자기 사람이 나타나 차 머리를 급히 꺾어야 했다. '니세이'* 소년이 그들을 향해 달려오고 있었다.

조수석에 앉은 아이가 앞으로 기대며 말했다. "토미예요!"

"응? 신경 꺼라. 망할 쪽바리잖아."

"토미 하야카와라는 애예요. 우리 반 아이라고요." 아이가 말했다. "절 찾고 있었을지 몰라요."

그는 안 들리도록 조용히 욕을 내뱉으며 차를 돌렸고, 그러다 거의

---

* 제2차 세계대전 당시 일본 출신 이민자를 낮잡아 부르던 말. 두 번째 세대(二世)라는 뜻

전복될 뻔했다. 그리고 다시 그 끔찍한 소음이 나는 곳을 향해 갔다.

"여기 있어요." 아이가 소리를 질렀다. "토미! 야, 토미!"

"타라." 그는 소년 옆에 차를 세우고 명령조로 말했다.

"타, 토미⋯." 소녀도 보탰다.

소년은 주저했다. 운전자는 소녀 너머로 몸을 뻗어 소년의 셔츠를 잡고 끄집어 당겼다. "익사하고 싶니, 바보야?"

2단으로 기어를 올리고 가속을 하는데 또 다른 사람이 바로 앞에 튀어나왔다. 한 남자가 손을 흔들고 있었다. 차가 가속을 하는 동안 남자의 얼굴을 어렴풋이 볼 수 있었다. 바로 그 좀도둑이었다.

이번에는 그의 양심도 봐주리라 생각하며 계속 운전했다. 알 게 뭐람! 물에 빠져 죽으라지.

그러나 그때 어린 시절 물에 빠졌을 때의 공포가 차올랐고 저 부랑자의 얼굴이 다시 보였다. 끔찍한 환상이었다. 남자는 물속에서 발버둥을 치고 있었고 충혈된 눈은 공포로 튀어나온 채였다. 입으로는 소리 없이 도와달라고 외치고 있었다.

운전자는 차를 멈췄다. 차를 돌리진 않고 할 수 있는 한 최대 속도로 후진했다. 아직 멀리 간 것이 아니었거나 부랑자가 뒤를 쫓아 달려온 것 같았다.

차 문이 열리고 부랑자가 비틀거리며 들어왔다. "고맙소, 친구." 헐떡이며 말했다. "빨리 갑시다!"

"그럽시다!" 그는 거울을 흘긋거리다가 차창 밖으로 머리를 내밀고 뒤를 보았다. 흙먼지 안개 너머로 9미터 높이, 아니 30미터일까 싶은, 납처럼 검은 벽이 그들을 향해 맹렬히 다가와 삼키려고 하고 있었다. 그 소음만으로도 두개골이 울릴 지경이었다.

그는 순식간에 차 시동을 걸고 타이어는 신경 쓰지 않으며 최대 속도로 밟았다. "어떻게 돼가요?" 그가 소리를 질렀다.

부랑자가 뒤쪽 차창으로 돌아보았다. "멀어지고 있어요. 계속 갑시다."

고속도로 위의 잔해를 피하려다 차가 미끄러지자 그는 차 속도를 조금 줄였다. 이렇게 계속 위험할 정도로 빨리 달리면 원래도 미심쩍은 차의 안정성을 확실하게 잃게 될 것이었다. 소녀가 울기 시작했다.

"닥쳐!" 그가 화풀이하듯 말했다.

니세이 소년이 몸을 돌려 뒷좌석을 보았다. "무슨 일이에요?" 소년이 걱정스러운 목소리로 물었다.

부랑자가 대답했다. "태평양 바다가 뚫고 들어온 거야."

"그럴 리가 없어!" 운전자가 외쳤다. "콜로라도강일 게 분명해."

"강은 아니오, 친구. 만이에요. 센트로의 술집에 있었는데 칼렉시코 라디오에서 나오더군요. 남쪽 땅이 꺼져버렸다고 말이오. 파도가 오고 있다고 말하더군요. 그러곤 방송이 멈춰버렸어요." 남자가 마른 입술을 적셨다. "그래서 여기 온 거고요."

운전자는 아무 말도 하지 않았다. 부랑자가 초조하게 말했다. "내가 얻어탄 차 주인은 브롤리에서 멈춰 주유하는 사이에 날 버리고 가버렸어요." 남자는 뒤를 돌아보았다. "이젠 더 안 보이는군요."

"뿌리쳤어요?"

"그럴 리가요. 소리는 계속 들리잖아요. 어두워져서 안 보일 뿐이에요."

그들은 운전해 갔다. 길은 오른쪽으로 조금 꺾였고 거의 알아차리지 못할 만큼 낮아지고 있었다.

부랑자가 앞쪽을 보더니 갑자기 소리를 질렀다. "이봐요, 어디 가는 거요?"

"네?"

"고속도로에서 벗어나야 해요! 지금 솔턴호로 향하고 있잖아요. 밸리에서 가장 낮은 장소 말이오."

"달리 갈 데가 없잖소. 돌아갈 수는 없고."

"이대로 계속 갈 수는 없어요. 자살행위요!"

"더 빨리 가면 돼요. 솔턴호의 북쪽으로. 거기는 다시 고지대로 이어지니까."

"어림없어요. 남은 연료 좀 봐요."

연료 게이지는 표시계의 왼쪽에서 흔들리고 있었다. 7리터, 그보다 더 적을지도 몰랐다. 솔턴호의 가라앉은 호숫가에서 오도 가도 못하게 되기 딱 알맞은 연료였다. 그는 고뇌에 찬 눈빛으로 연료계를 노려보았다.

"왼쪽으로 가로질러 갑시다." 부랑자가 말했다. "곁길로요. 언덕길로 돌아가는 겁니다."

"어디서 꺾어요?"

"곧 나올 거예요. 이 길을 잘 알아요. 나오면 말하죠."

곁길로 꺾자 그는 이 방향이 남쪽에서 다가오는 굶주린 홍수와 거의 평행하다는 끔찍한 사실을 알게 되었다. 하지만 오르막길이었다.

왼쪽에 있을 검은 물의 벽을 보고 싶었지만, 소음이 귓속에서 울리고 있었고 눈앞의 길에서 눈을 뗄 수가 없었다. "보여요?" 그는 부랑자에게 물었다.

"네! 계속 가요."

그는 고개를 끄덕이고 앞에 보이는 언덕에 집중하면서 생각했다. '언덕은 분명히 해수면보다 높을 거야.' 그는 먼지와 열기와 굉음 속을 끝도 없이 계속 달렸다. 경사도가 올라가자 차가 갑자기 치솟더니 여울을 향해 내달렸다. 여울은 얕은 시내로 말라 있어야 했지만, 물이 있었다.

그들은 순식간에 물에 빠졌고 수면은 점점 차올랐다. 그는 브레이크를 밟고 후진을 하려고 했다. 엔진이 기침 소리를 내더니 멈췄다.

부랑자는 문을 열고는 두 아이를 끄집어내 양팔에 안고 고지를 향해 첨벙거리며 갔다. 운전자는 차에 시동을 걸려고 해봤지만 차 바닥에 물이 차오르는 모습을 보고 겁에 질렸다. 그는 뛰쳐나오다가 허리 깊이 물에 무릎을 꿇으며 넘어지고는, 간신히 일어나 허우적거리며 쫓아갔다.

부랑자는 조금 높은 곳에 아이들을 내려놓고 주위를 둘러봤다. "여기서 나가야 해." 차 주인이 헐떡이며 말했다.

부랑자가 고개를 저었다. "소용없어요. 주위를 봐요."

남쪽을 보니 물의 벽이 지금 그들이 서 있는 언덕에 부딪히고 있었다. 그들과 언덕 사이에 생긴 지류가 세차게 흘렀고, 차가 고장 나 멈춘 여울에 물을 채우고 있었다. 밀려오는 물의 대부분은 동쪽으로 흐르며 그들이 달리던 고속도로를 뒤덮고 솔턴호 쪽을 휩쓸고 있었다.

그들은 두 번째 물줄기가 다시 돌아와 원류로 돌아가는 모습을 지켜보았다. 물에 둘러싸여 포위당한 것이었다.

그는 고함을 지르고 싶었다. 탁류에 몸을 던져 모든 것을 끝내고도 싶었다. 아마 진짜로 고함을 지른 것 같았다. 그는 부랑자가 자기 어깨를 붙들고 흔들고 있음을 깨달았다.

"진정해요, 친구. 아직 기회가 두어 번 있을 테니까."

"네?" 그가 눈을 닦았다. "어떻게 해야 하죠?"

"엄마 보고 싶어." 소녀가 단호하게 말했다.

부랑자가 멍하니 소녀를 다독였다.

토미 하야카와는 소녀를 감싸 안았다. "내가 지켜줄게, 로라." 소년이 엄숙하게 말했다.

수위는 이미 차를 삼키고도 계속 오르고 있었다. 들끓었던 홍수의 첫머리 부분은 그들을 지나쳤다. 천둥소리도 약해졌다. 그러나 물은 조용하면서도 확실하게 올라오고 있었다.

"여기 머물면 안 돼요." 그가 고집을 부렸다.

"어쩔 수 없어요." 부랑자가 대답했다.

그들의 생존 공간은 가로 9미터, 세로 15미터밖에 안 되는데 그마저도 점점 줄어들고 있었다. 그들만 있는 것도 아니었다. 코요테 한 마리, 산토끼들, 곤충들, 뱀 그리고 설치동물까지, 사막에 사는 이웃들이 어쩔 수 없이 좁아져가는 마른 땅에서 평등하게 등을 맞대야 했다. 코요테는 산토끼를 무시했다. 산토끼들도 코요테를 무시했다. 이 섬에서 가장 높은 곳에는 대략 1.2미터 높이의 거친 콘크리트로 된 기둥이 있었다. 이 오벨

리스크 옆에는 동판이 붙어 있었다. 그는 동판에 새겨진 말의 의미를 되새기기 위해 두 번이나 읽었다.

그 동판은 위도와 경도를 명기한 수준기표로 바로 이 지점, 이 선이 '해수면'이라는 것을 표시하고 있었다. 푯말의 의미가 그의 혼란스러운 머리에 들어오자 그는 동료들에게 손가락질했다. "이봐! 여기 좀 봐! 우린 살았어! 물은 이 이상 못 올라와!"

부랑자가 봤다. "네, 알아요. 나도 봤어요. 하지만 아무런 의미도 없어요. 이 해수면은 지진 전 표시잖아요."

"하지만…."

"더 높을 수도 있고 낮을 수도 있죠. 곧 알게 될 거요."

✳

물은 계속 차올라 해 질 녘이 되자 발목까지 덮었다. 토끼 같은 작은 동물들은 조금씩 포기하고 있었다. 그들은 솔턴호가 있던 자리 너머에 있는 초콜릿산맥부터 서쪽 언덕까지 계속 이어지는 물에 둘러싸여 있었다. 코요테는 조용히 다가와 마치 개처럼 그들 무릎에 문대더니 결심을 한 듯 물속으로 미끄러지듯 들어갔고 언덕을 향해 나아갔다. 꽤 오랫동안 코요테 머리의 윤곽이 보이다 곧 다가오는 어둠 속의 점으로 사라졌다.

물이 무릎까지 차오르자 각자 아이를 한 명씩 안아 들었다. 그들은 단단한 콘크리트 기둥에 기대어 기다렸다. 이제 더 공황에 빠지기도 지쳐 있었다. 말도 하지 않았다. 차를 버린 후로는 아이들도 별로 말이 없었다.

사위가 어두워지고 있었다. 부랑자가 갑자기 말했다. "기도할 줄 알아요?"

"어… 잘 못 해요."

"알았어요. 그럼 내가 해보죠." 부랑자는 깊게 숨을 들이쉬었다. "자비로우신 아버지, 하늘을 나는 참새도 지켜보는 전능한 그 눈으로 이 하찮은 종들에게 자비를 베푸소서. 이 고난이 당신의 뜻이라면 벗어날 자비를 베풀어주소서." 그는 잠시 멈춘 뒤 말했다. "그리고 될 수 있는 한 빨리 끝내주세요. 부탁드립니다. 아멘."

*

별빛조차 없는 완전한 어둠이 조여왔다. 물을 느낄 수도, 물소리를 들을 수도 있었지만 보이지는 않았다. 겨드랑이까지 차올라왔다 해서 발목 깊이였을 때보다 더 최악인 느낌은 아니었다. 그들은 이제 아이들을 어깨에 올린 채 물에 잠긴 기둥에 등을 기댔다. 물살이 조금 느껴졌다.

어둠 속에서 무언가가 부딪혀왔다. 죽은 사슴인지, 떠내려온 나무인지, 시체인지… 알 길은 없었다. 그것은 그들을 건드리고는 사라졌다. 한순간 빛을 봤다고 착각한 그가 갑자기 부랑자에게 말했다. "나한테서 훔쳐 간 손전등 아직도 가지고 있소?"

긴 침묵 후에 긴장된 목소리가 돌아왔다. "나를 알아봤군요."

"당연하죠. 손전등 어딨어요?"

"센트로에서 술값으로 썼어요." 이성적인 목소리였다. "하지만 생각해봐요, 친구. 만약 내가 빌리지 않았더라면 차 안에 있었겠죠. 여기 가져오지 않았을 거요. 그리고 내가 정말로 주머니에 가지고 있었다면 젖어서 고장이 났을 겁니다."

"아, 됐어요!"

"알았어요." 잠시 침묵이 이어지다 목소리가 계속되었다. "친구, 잠시만 아이를 둘 다 데리고 있을 수 있어요?"

"아마도요. 왜요?"

"물이 아직도 올라오고 있어요. 아마 우리 머리 위로 차오르겠죠. 당신이 아이들을 데리고 있는 동안 내가 기둥 위로 올라가보죠. 위에 앉아서 다리로 휘감는 겁니다. 그러면 아이들을 나에게 건네주는 거죠. 그러면 50센티미터 정도 높이는 확보할 수 있을 겁니다."

"그러면 나는 어쩌라고요?"

"당신은 내 어깨에 매달려서 물 위로 머리를 내놓고 떠 있으면 되죠."

"글쎄요… 해봅시다."

성공했다. 아이들은 부랑자의 양옆에 매달려 물에 뜬 채로 팔에 안겼다. 운전자는 할 수 있는 한 부랑자에게 매달리려고 했다. 처음에는 벨트에, 그리고는 수위가 오르고 발끝조차 바닥에 닿지 않게 되자 코트의 옷깃을 붙잡았다.

그들은 아직 살아 있었다.

"빛이 있으면 좋을 텐데. 어두우니 더 최악이군요."

"그러게요." 부랑자가 말했다. "빛이 있으면 누군가가 우리를 찾을 수도 있을 테고."

"어떻게요?"

"아마 비행기 같은 거라도요. 홍수가 나면 항상 비행기를 보내잖아요."

그는 어렸을 때 겪었던 구조 비행기도 오지 않았던 홍수가 생각났고, 그 공포에 격하게 몸을 떨기 시작했다.

부랑자가 소리를 높여 말했다. "문제라도 있어요? 무너지는 거요?"

"아니, 괜찮아요. 그냥 물이 싫을 뿐이에요."

"바꿀까요? 당신이 아이들을 데리고 있으면 내가 물에 떠 있을게요."

"어… 아니에요. 아이를 빠뜨릴지도 몰라요. 거기 그냥 있어요."

"할 수 있어요. 교대하는 게 낫겠어요." 부랑자가 아이들을 흔들었다. "얘들아, 일어나! 일어나야지, 아가야. 꽉 잡아라."

그가 무릎으로 기둥을 꽉 붙들고 있는 동안 아이들이 어깨 위로 옮겨왔고 부랑자가 팔로 그를 거들었다. 그는 조심스럽게 기둥 꼭대기로 올라가 몸을 쉬게 했다. 그동안 부랑자는 내려온 뒤 둥둥 떠서 한 손으로만 몸을 지탱했다. "괜찮아요?" 그는 부랑자에게 말했다.

어둠 속에서 손이 그의 어깨를 꽉 쥐었다. "괜찮아요. 그냥 코에 물이 좀 들어갔어요."

"버텨요."

"걱정하지 마요. 버틸 테니까!"

그는 부랑자보다 키가 작았다. 그가 물 위로 고개를 내밀기 위해서는 곧게 앉아 있어야 했다. 아이들이 꽉 달라붙었다. 그는 아이들을 더 높게 밀어 올렸다.

잠시 후 부랑자가 말했다. "벨트 매고 있어요?"

"네, 왜요?"

"가만히 있어요." 두 번째 손이 나타나 그의 허리 근처를 더듬더니 바지가 풀어지며 벨트가 끌려 나왔다. "당신 다리를 기둥에 묶을 겁니다. 문제가 조금 있는데 당신 다리에 경련이 일고 있어요. 잘 버텨요. 물속으로 들어갈 테니."

그는 물속에서 손이 다리를 더듬는 것을 느낄 수 있었다. 그리고 무릎이 벨트로 묶였다. 그는 압박에 몸을 맡기고 긴장을 조금 풀었다. 큰 도움이 되었다. 이제 근육에 힘을 주지 않고서도 이 위치를 유지할 수 있게 되었다.

근처에서 부랑자가 물 위로 올라왔다. "어딨어요?" 공포에 빠진 목소리였다.

"여기요! 바로 여기!" 그는 마치 잉크처럼 검은 어둠 속을 보려고 했지만 아무 소용 없었다. "여기라니까!" 물장구 소리가 가까워져 오는 것 같았다. 그는 다시 소리를 질렀지만, 어둠 속에서 뻗어 오는 손은 없었다. 계속 고함을 치고는 소리를 지르고 귀를 기울이기를 반복했다. 물장구 소리가 멈추고 나서도 한참 후에도 소리가 들리는 듯한 느낌이었다.

그는 목소리가 쉴 때까지 반복했다. 꼬마 로라는 어깨 위에서 훌쩍였다. 토미는 로라를 달래고 있었다. 아이들은 아직 무슨 일이 일어나고 있는지 이해하지 못하는 듯했다. 그는 구태여 설명하지 않았다.

수위가 허리까지 내려가자 그는 아이들을 무릎에 앉혔다. 물의 부력이 사라지자 힘만으로 아이들을 지탱하기에는 팔이 참을 수 없을 지경으로 지쳐 있었다. 수위는 더 내려갔고 새벽녘이 왔을 때는 바닥이 보이기 시작했다. 마른 땅은 아니었지만 적어도 홍수는 벗어났다.

그는 토미를 흔들어 깨웠다. "내려갈 수가 없구나. 꼬마야, 벨트 좀 풀어줄래?"

소년은 눈을 껌뻑이며 비볐다. 그러고는 주위를 둘러보더니 당황하지 않고 상황을 다시 파악했다. "물론이죠. 내려주세요."

소년은 겨우겨우 버클을 풀었고 그는 횃대에서 조심스럽게 풀려날 수 있었다. 서려고 했지만, 다리가 말을 듣지 않아 진흙탕에 소녀와 함께 털썩 주저앉았다.

"다쳤니?" 그가 앉으며 소녀에게 물었다.

"아니요." 아이가 침착하게 대답했다.

주위를 둘러보았다. 천천히 날이 밝아오고 있었고 서쪽의 언덕이 보였다. 이제 물이 언덕과 이곳 사이를 가로막는 것 같지는 않았다. 하지만 동쪽은 전혀 다른 문제였다. 솔턴호는 사라지고 없었다. 끝없이 펼쳐진 물이 북쪽에서 남쪽 수평선까지 펼쳐져 있었다.

그의 차가 보였다. 여울에는 조그만 물웅덩이 이외에는 물이 없었다. 그는 다리도 풀 겸 차 쪽으로 내려가 차에서 쓸 만한 게 없는지 살펴보았다. 그곳에서 부랑자를 발견했다.

✳

부랑자의 몸은 저류에 휩쓸린 듯 차 오른쪽 뒷바퀴에 기대어 있었다.

그는 아이들에게 돌아왔다. "차 쪽으로 가지 마라." 명령조로 말했다. "여기서 기다리고 있어. 할 일이 있으니까." 그가 차로 다시 돌아가 보니 시동키가 아직 꽂혀 있었다. 그는 어렵사리 트렁크를 열고 사막 운전을 대비해 준비해놨던 작은 삽을 꺼냈다.

젖은 모래에 판 얕은 구덩이라 무덤이라고 부르기에는 거창했지만, 남자 한 명의 몸을 묻을 수 있을 정도의 깊이는 되었다. 그는 반드시 돌아와 제대로 묻어줄 것이라고 다짐했다. 지금은 시간이 없었다. 밀물이

오면 물은 다시 올라올 것이었다. 지금은 아이들과 함께 언덕을 벗어나
야 했다.

시체가 보이지 않게 되자 아이들을 불렀다. "이제 와도 된다." 아직 할
일이 더 있었다. 유카 줄기와 나뭇가지가 보였다. 그는 길이가 다른 두
개의 나뭇가지를 모은 뒤 공구상자에서 철사를 찾아냈다. 그는 작은 가
지를 큰 가지에 철사로 묶어 만든 조악한 십자가를 무덤 머리 쪽 모래에
세웠다.

그는 뒷걸음으로 물러나 아이들과 나란히 서서 무덤을 지켜보았다.

그의 입술이 움직였지만, 말은 나오지 않았다. 결국 입을 열었다. "가
자, 애들아. 여기서 벗어나야 해." 그는 소녀를 들어 올리고 소년의 손을
잡은 채 서쪽으로 걸어갔다. 태양이 그들 등 뒤를 비춰주고 있었다.

아름다운 우리 도시

Our Fair City

조호근 옮김

피트 퍼킨스는 야간 주차장으로 차를 몰고 들어가며 소리쳤다. "안녕하세요, 제임스 아저씨!"

나이 든 주차장 경비원이 고개를 들고 대답했다. "금방 그리 가겠네, 퍼킨스." 그는 일요일 신문의 만화면을 세로로 가늘게 찢는 중이었다. 그 주변에서 작은 돌개바람 하나가 이리저리 돌아다니며 오래된 신문 조각이나 진흙을 떠내어 지나가는 사람들의 얼굴에 던지고 있었다. 노인은 길게 찢은 울긋불긋한 일요일 신문 만화면 조각을 들어 올렸다. "이리 온, 나비야." 그가 말했다. "이리 온, 나비야…"

돌개바람은 잠시 머뭇거리더니 위로 제법 길게 몸을 늘인 다음, 주차된 차 두 대를 뛰어넘어 노인 바로 근처에 정확하게 착지했다.

바람은 노인이 건네는 물건의 냄새를 맡아보는 듯했다.

"가져도 된다, 나비야." 제임스는 부드럽게 말하며 화려한 종이 한 조각을 손에서 놓았다. 돌개바람은 종이를 낚아채서 허리춤에 둘둘 감았다. 노인은 연이어 종이를 한 조각씩 떨어뜨렸다. 돌개바람은 더러운 종이와 쓰레기가 뒤섞여 형체를 알아볼 수 있게 된 몸에 신문 조각을 하나씩 감왔다. 고층 건물 위쪽에서 쏟아져 내려오는 차가운 바람에 힘을 얻었는지, 돌개바람은 갈수록 더 빠르게, 더 크게 돌면서 색색의 신문지 조각을 가지고 위로 솟구친 소용돌이 모양을 만들어냈다. 노인은 웃으며 퍼킨스를 돌아보았다. "우리 아이가 새 옷이 마음에 드는 모양이야."

"그만 좀 하세요, 제임스 아저씨. 이러다 저까지 믿어버리겠어요."

"흠? 퍼킨스. 우리 나비가 진짜라고 생각하지 않는 건가? 지금 두 눈으로 똑똑히 보고 있으면서."

"그래요, 그래. 하지만 아저씨는 꼭 뭐랄까, 저놈이 아저씨 말을 이해할 수 있는 것처럼 굴고 계시잖아요."

"그렇게 생각하지 않는다고?" 다 이해한다는 듯한 부드러운 목소리였다.

"나 참, 아저씨!"

"흠, 자네 모자 좀 빌려줘봐." 제임스는 손을 뻗어 모자를 잡아챘다. "이리 온, 나비아." 그가 밀했다. "이리 돌아오너라, 나비아!" 돌개바람은 그들의 머리 위 몇 층 높이에서 노닐고 있었다. 바람은 즉시 아래로 내려왔다.

"잠깐요! 제 모자를 가지고 뭘 하시려는 건데요?" 퍼킨스가 물었다.

"잠깐이면 된다니까. 여기다, 나비야!" 돌개바람은 몸 안의 내용물을 쏟아내면서 그대로 내려앉았다. 노인은 바람에게 모자를 건네주었다. 돌개바람은 모자를 낚아채더니 빠르고 긴 소용돌이가 되어 하늘 높이 날아올랐다.

"이봐!" 퍼킨스가 소리쳤다. "지금 뭘 하는 거야? 그만둬. 그 모자는 6달러나 주고 산 거란 말이야, 3년밖에 안 됐어."

"걱정 말게." 제임스가 그를 달랬다. "나비가 다시 가져올 테니."

"다시 가져온다 이거죠? 강에 던져버릴 것 같은데요."

"아, 그럴 리가! 우리 나비는 떨어뜨리고 싶은 물건이 아니라면 절대 떨어뜨리지 않아. 자, 보게." 노인은 강 건너편 호텔의 펜트하우스 근처

28

에서 춤추고 있는 모자를 올려다보았다. "나비야! 자, 나비야! 이리 다시 가져오너라."

돌개바람은 머뭇거렸고, 모자는 한두 층 정도 떨어져 내렸다. 바람은 급강하해서 모자를 잡아채고는 머뭇거리며 허공에서 빙빙 돌렸다. "이리 가져오너라, 나비야."

모자는 그대로 선회하며 아래로 떨어지다가, 마지막으로 길게 원호를 그리며 날아들었다. 모자는 퍼킨스의 얼굴에 정통으로 명중했다. "자네 머리에 씌워주려고 했던 모양이야." 노인이 설명했다. "보통은 좀 더 정확하게 맞히는데."

"그런가요?" 퍼킨스는 모자를 집어 들고는 입을 떡 벌리고 돌개바람을 바라보고 있었다.

"이제 믿겠나?" 노인이 물었다.

"믿겠냐고요? 아, 물론이죠, 당연히." 그는 자기 모자를 보고는 다시 돌개바람 쪽으로 눈길을 주었다. "아저씨, 이거 술 한잔 마셔야겠는데요."

그들은 주차장 옆에 딸린 허름한 휴게소로 들어갔다. 노인은 유리잔을 찾았다. 퍼킨스는 거의 가득 차 있는 5백 밀리리터짜리 병을 하나 꺼내서는 잔 두 개를 넘치게 채웠다. 그는 자기 몫을 바로 마셔버리고는 다시 한 잔을 따른 후 자리에 앉았다. "첫 번째 잔은 나비를 위해서." 그는 선언했다. "그리고 두 번째 잔은 시장의 만찬회 자리에 참석할 힘을 얻기 위해서입니다."

제임스는 동정하듯 혀를 쯧쯧 찼다. "그걸 기사로 쓸 생각인가?"

"뭐가 됐든 칼럼을 쓰기는 해야 하니까요. '어젯밤 시장 히즈너 씨는 악덕 정치인, 사기꾼, 아첨꾼, 투표함 도둑들의 휘황찬란한 은하수 속에 둘러싸여 훌륭한 축하 만찬을 대접받았다.' 어떻게든 쓰기는 해야 한다고요, 아저씨. 돈을 내는 구독자들이 원하는 것이 그거잖아요. 대체 왜 저는 그 사실을 남자답게 받아들이고 만찬회장으로 태연하게 찾아갈 수 없는 걸까요?"

"오늘 칼럼은 좋았어, 퍼킨스." 노인이 퍼킨스를 위로했다. 그는 〈데일리 포럼〉 한 부를 펴 들었다. 퍼킨스는 그 신문을 받아 들고는 눈으로 자기 칼럼을 훑어보았다.

"'아름다운 우리 도시', 피터 퍼킨스." 그는 기사를 읽어 내려갔다. 아래에는 다음과 같은 내용이 이어졌다.

뭐야, 마차가 없다고? 이 공공시설 천국에는 건국의 아버지들이 필요로 했던 정도면 우리에게도 충분하다는 전통이 있는 모양이다. 우리는 1909년에 토지어 큰할아버지가 다리를 접질렸던 바로 그 구멍에 발이 걸려 비틀댄다. 목욕물이 그대로 영원히 사라지는 게 아니라, 염소 성분으로 위장해 더 끈적해져서 주방 개수대로 돌아온다는 사실을 아는 것도 나쁘지 않다. (히즈너 시장은 병에 든 생수를 사용한다. 조사해볼 필요가 있다.) 하지만 나는 여기서 끔찍한 변화를 고발하려 한다. 누군가가 마차를 전부 없애버린 것이다!

믿을 수 없을 것이다. 우리의 대중교통은 너무 뜸한 데다 워낙 느려서 여러분이 그 존재를 알아차리지 못했을지도 모른다. 그러나 나는 말이 없는 마차가 그랜드 대로를 꿈지럭거리며 지나가는 모습을 목격했다. 아무래도 새로 유행하는 전기 도구를 동력으로 해서 움직이는 모양이다. 원자력 시대가 도래했다고 해도 지킬 것은 지켜야 하는 법이다. 감히 모든 시민에게 고하노니 마차가 모조리 사라진 작금의 상황은….

퍼킨스는 넌더리를 내며 코웃음을 쳤다. "장난감 권총으로 토치카를 공격하는 격이라고요, 아저씨. 이 도시는 부패했어요. 앞으로도 부패한 채로 있을 테고. 머릿속에서 이런 헛소리를 짜내느라 애쓸 이유가 뭐란 말입니까? 술병 좀 줘보세요."

"낙담하지 말게, 퍼킨스. 폭군은 암살자의 총알보다 웃음을 더 두려워하는 법이니까."

"그 말은 어디서 인용한 거예요? 좋아요, 하지만 저는 재미있지 않단 말입니다. 웃음으로 권좌에서 밀어내려는 시도를 해봤지만 아무 소용 없었어요. 제 노력은 아저씨 친구인 소용돌이 춤꾼의 행동만큼이나 아무 의미 없는 짓이란 말입니다."

창문에 바람이 부딪혀 덜컥거렸다 "나비를 그런 식으로 부르지 마. 예민한 아이라고." 노인이 주의를 주었다.

"사과하죠." 퍼킨스는 일어서서 문 쪽을 향해 절했다. "나비야, 정말 미안하다. 너는 나보다 훨씬 쓸모 있는 일을 하고 있는데 말이야." 그는 노인을 돌아보며 말했다. "나가서 직접 이야기하죠, 아저씨. 저한테 선택권이 있다면 시장의 만찬회에 가는 대신 저 아이하고 이야기나 하겠어요."

그들은 밖으로 나갔다. 퍼킨스는 신문의 남은 컬러 만화 면을 들고 있었다. 그는 종이를 길게 찢기 시작했다. "이리 온, 나비야! 이리 온, 나비야! 수프가 준비됐단다!"

돌개바람은 몸을 기울이고는 찢는 족족 종잇조각을 낚아채 갔다. "아저씨가 준 종이도 아직 가지고 있는데요."

"물론 그렇겠지." 제임스도 동의했다. "나비는 물건을 모아놓거든. 좋아하는 물건이 있으면 영원히 간직하지."

"지치지도 않나요? 바람이 불지 않는 날도 있을 텐데요."

"이 부근은 바람이 멎는 일이 없어. 건물의 배치와 강에서부터 이어지는 3번가 덕분이겠지. 그런데 내 생각에는 가장 좋아하는 장난감들은 건물 꼭대기에 감추어놓는 것 같아."

신문기자는 소용돌이치는 쓰레기들 안을 슬쩍 들여다보았다. "분명 몇 달 전의 신문도 가지고 있겠군요. 저기, 아저씨, 이걸로 칼럼을 쓸 수 있을 것 같은데요. 우리 도시의 쓰레기 수거 작업과 형편없는 거리 청소 상태에 대해서 말입니다. 한두 해 전의 신문을 찾아내서 그것들이 인쇄소에서 나온 이후 아직 도시를 돌아다니고 있었다고 주장해볼까 봐요."

"일부러 꾸며낼 필요가 있을까?" 노인이 말했다. "나비가 무얼 가졌는지 보자고." 그는 부드럽게 휘파람을 불었다. "이리 온, 아가. 아빠한테

네 장난감을 좀 보여주려무나." 돌개바람이 앞으로 나왔다. 그 안의 내용물도 더 천천히 움직이기 시작했다. 경비원 노인은 지나가는 낡은 신문 한 장을 낚아챘다. "이건 3개월 전의 신문이로군."

"그 정도로는 부족한데요."

"다시 시도해보지." 그는 손을 뻗어 다른 신문을 낚아챘다. "작년 6월이군."

"좀 낫군요."

차 한 대가 경적을 울려댔고, 노인은 서둘러 그쪽으로 달려갔다. 그가 돌아왔을 때 퍼킨스는 아직도 소용돌이치는 기둥 속을 바라보고 있었다. "뭐 좀 건졌나?" 노인이 물었다.

"저한테는 주지를 않는데요. 바로 가져가버려요."

"나쁜 아이로구나." 노인이 말했다. "퍼킨스는 우리 친구야. 착하게 굴어야지." 돌개바람은 머뭇거리듯 달싹거렸다.

"괜찮아요. 모르고 한 건데요, 뭘." 퍼킨스가 말했다. "그건 그렇고 아저씨, 저 안에 저 신문 보이세요? 1면이 이쪽으로 보이는 거."

"저걸 보고 싶어?"

"네. 자세히 보세요. 표제가 '듀이' 어쩌고인데요. 설마 1948년 대통령 선거 때부터 가지고 있는 것은 아니겠죠?"

"그럴 수도 있지. 나비는 내가 기억하는 한 계속 여기에 있었으니까. 그리고 물건을 모으기도 하고. 잠깐 기다려봐." 노인은 부드럽게 말을 건넸다. 곧 신문 조각이 그의 손에 들어왔다. "어디 한번 볼까."

퍼킨스는 내용을 살펴보았다. "단기 의원직을 따낼 수도 있겠어요! 아저씨, 이걸 능가할 기사를 쓸 수 있을 것 같아요?"

신문의 표제는 다음과 같았다. '듀이, 마닐라 점령'. 연도는 1898년이었다.

20분 후 그들은 퍼킨스의 술병을 마지막까지 비우며 기사 내용을 생각하고 있었다. 기자 양반은 누렇게 변색된 지저분한 종이를 바라보고 있었다. "이게 지난 반세기 동안 바람에 쓸려 도시를 돌아다니고 있었을 리는 없어요."

"안 될 게 뭐지?"

"안 될 게 뭐냐고요? 저기, 당시에는 거리를 청소하는 사람이 없었다는 사실은 인정하지만, 이런 종이는 그렇게 오래 견딜 수가 없어요. 태양에, 비에, 기타 등등이 있잖아요."

"나비는 자기 장난감을 아주 소중히 다루거든. 아마 날씨가 나쁘면 어딘가 보관해놓았을 거야."

"설마 아저씨, 그렇게 믿으시는 건…, 아니, 진짜로 믿으시는 거군요. 솔직히 저는 저 아이가 이걸 어디서 손에 넣었든 상관없어요. 공식적인 이론은 이 신문 조각이 지난 50년 동안 사람의 눈에 띄지도 않고 수거되지도 않은 채로 우리의 더러운 길거리에서 휘날리고 있었다는 게 될 테니까. 세상에, 이거 정말 재미있겠는데!" 그는 신문 조각을 조심스레 말아서 자기 주머니에 넣기 시작했다.

"잠깐, 그러지 마!" 제임스가 항의했다.

"왜 안 된다는 건데요? 가져가서 사진을 찍을 거예요."

"안 돼! 그건 나비 물건이야. 나는 빌려 온 것뿐이라고."

"네? 아저씨 정신이 나가셨어요?"

"그 아이는 돌려받지 못하면 화를 낼 거야. 제발, 퍼킨스. 자네가 원한다면 언제든 보게 해줄 거야."

노인의 말이 너무도 간곡해서 퍼킨스도 멈출 수밖에 없었다. "분명히 다시 볼 수 있는 거겠죠? 제 이야기는 이 신문 조각에 달려 있다고요."

"자네가 가지고 있으면 도리어 쓸모가 없어지지. 자네 이야기가 완성

되려면 그 아이가 가지고 있어야 해. 걱정하지 마. 무슨 일이 있어도 잃어버리면 안 된다고 단단히 말해놓을 테니까."

"뭐…, 좋습니다." 그들은 밖으로 나갔고, 노인은 나비에게 간곡히 타이른 다음 1898년 신문 조각을 돌려주었다. 돌개바람은 즉시 그것을 자기 몸의 맨 위에 올려놓았다. 퍼킨스는 노인에게 작별 인사를 하고 주차장을 나가기 시작했다. 그는 문득 걸음을 멈추고 돌아보았다. 약간 불안해 보이는 모습이었다. "저기요, 아저씨…."

"왜 그래, 퍼킨스?"

"정말로 저 돌개바람이 살아 있다고 믿으시는 건 아니겠죠?"

"안 될 게 뭐지?"

"'안 될 게 뭐지?' 아저씨는 그 말밖에는 할 줄 모르세요?"

"글쎄." 제임스는 침착하게 말을 이었다. "자네 자신이 살아 있다는 사실은 어떻게 확신하는데?"

"하지만…, 그거야 제가…. 하긴 그런 식으로 말하면…." 그는 말을 멈추었다. "모르겠군요. 아저씨가 이기셨어요."

노인은 웃음을 지었다. "이제 알겠나?"

"어, 뭐 그런 것 같군요. 안녕히 주무세요, 아저씨. 잘 자라, 나비야." 그는 돌개바람을 향해 모자를 까딱해 보였다. 소용돌이도 고개를 숙였다.

✳

편집장이 퍼킨스를 호출했다.

"이봐, 퍼킨스." 편집장은 회색 복사지를 그에게 흔들어 보이며 말했다. "기발한 것도 좋지만, 술기운에 취해 휘갈긴 내용이 아닌 제대로 된 글을 보고 싶은데 말이야."

퍼킨스는 눈앞에 떠밀어진 종이를 쓱 훑어보았다.

'아름다운 우리 도시', 피터 퍼킨스.
바람에 물어보다.

우리 도시의 거리를 걷다보면 항상 자극적이고, 때로는 모험에 가까운 경험을 하게 된다. 인도를 따라 걸음을 옮기려고만 해도 이미 자리를 차지하고 있는 쓰레기 더미, 오래된 대형 폐기물, 담배꽁초, 그리고 기타 식욕에 크게 도움이 안 되는 잡동사니를 헤치고 나아가야 하기 때문이다. 그러는 동안 우리의 얼굴은 보다 쉽게 흩날리는 옛 추억에 습격당한다. 지난 할로윈에 사용한 색종이 조각, 낙엽 부스러기, 그리고 풍파에 시달려 모습조차 분간할 수 없게 된 다른 온갖 물건들까지. 그러나 나는 항상 우리 길거리의 풍요로운 모습이 적어도 7년 단위로는 그 모습을 바꿀 것이라 생각해왔다….

그리고 칼럼의 이후 내용은 50년 전의 신문 조각을 가지고 다니는 돌개바람을 언급하며, 이 나라의 다른 어떤 도시도 이를 뛰어넘을 수는 없을 거라고 단언하고 있었다.

"이게 뭐가 문제라는 겁니까?" 퍼킨스가 물었다.

"길거리의 쓰레기에 대해 주의를 불러일으키려는 것은 좋아, 퍼킨스. 하지만 좀 사실적인 접근을 해보라고."

퍼킨스는 책상 위로 몸을 숙였다. "보스, 이건 전부 사실이에요."

"응? 말도 안 되는 소리 말게, 퍼킨스."

"말도 안 된다고 하셨죠. 들어보세요." 퍼킨스는 편집장에게 나비와 1898년 신문에 대한 상황 설명을 하기 시작했다.

"퍼킨스, 자네 지금 술 마시다 온 모양인데."

"오늘은 커피와 토마토주스밖에 안 마셨습니다. 제 목숨을 걸고 맹세할 수 있어요."

"어제는 어땠나? 아무래도 그 돌개바람이 자네와 어깨동무를 하고 술집으로 들어갔을 것 같은데."

"그게 좀 춥기도 했고, 기분도 너무 나빠서…." 퍼킨스는 말을 멈추고 는 당당하게 허리를 세웠다. "어쨌든 그게 제 칼럼입니다. 그걸 실으시든 지, 절 해고하든지 하시죠."

"그렇게 굴지 마, 퍼킨스. 자네 자리를 내놓으라는 말이 아니잖아. 좀 더 내용이 있는 칼럼을 원할 뿐이라고. 거리 청소에 들이는 노동 시간이 나 비용을 다른 도시들과 비교해보는 것은 어때."

"그런 쓰레기를 누가 읽습니까? 저하고 함께 거리로 나가 보시죠. 직접 사실을 보여드리겠습니다. 잠깐요. 사진기자를 데려가는 편이 좋겠군요."

몇 분 후 퍼킨스는 편집장과 클래런스 V. 윔스를 노인에게 소개했다. 클래런스는 카메라를 준비하며 말했다. "저분 사진을 찍나요?"

"아직 아니야, 클래런스. 아저씨, 나비를 불러서 그 박물관에 어울리 는 물건을 보여달라고 할 수 있나요?"

"그럼, 물론이지." 제임스는 위를 보며 휘파람을 불었다. "자, 나비야! 아빠한테 오렴." 그들의 머리 위에서 작은 돌개바람이 형체를 갖추며 나 타나 종잇조각과 낙엽을 쓸어 모으며 주차장에 내려앉았다. 퍼킨스는 그 안을 살펴보았다.

"안 가지고 있는데요." 퍼킨스는 초조한 기색으로 말했다.

"가져다줄 거야." 노인은 돌개바람에 휘감길 때까지 앞으로 걸어나갔 다. 그의 입술이 움직이는 것은 보였지만 무슨 말을 하는지는 알아들을 수 없었다.

"지금 찍어요?" 클래런스가 물었다.

"아직 아니야." 돌개바람은 허공으로 상승하더니 옆 건물 옥상으로 훌 쩍 넘어가버렸다. 편집장은 입을 떡 벌렸다가 다시 다물었다.

나비는 곧 돌아왔다. 다른 모든 것을 떨어뜨리고 단 한 장의 종이, 바 로 그 신문만을 들고 있었다. "지금이야!" 퍼킨스가 말했다. "클래런스, 저 종이가 허공에 있는 동안 사진을 찍을 수 있겠어?"

"물론입죠." 클래런스는 말하고 스피드 그래픽 카메라를 들어 올렸다.

"조금 뒤로 가서, 움직이지 마." 그는 돌개바람에게 이렇게 명령을 했다.

나비는 머뭇거리더니 도망치려는 듯했다. "조금 더 천천히, 부드럽게 이리 가져오너라, 나비야." 노인이 도움을 주었다. "그리고 뒤집어봐, 아니, 아니! 그쪽 방향이 아니라. 다른 쪽으로." 종이는 매끈하게 펼쳐진 상태로 천천히 그들 앞을 지나갔다. 표제가 보이는 상태로.

"방금 그거 잡았어?" 퍼킨스가 물었다.

"물론입죠." 클래런스가 말했다. "이게 다인가요?" 그는 편집장에게 물었다.

"물론입… 그래, 그거면 됐어."

"좋습니다." 클래런스는 카메라 케이스를 집어 들고는 자리를 떠났다.

편집장은 한숨을 쉬었다. "여러분, 술이나 한잔합시다."

넉 잔이 오간 다음에도 퍼킨스와 그의 상사는 여전히 다투고 있었다. 노인은 자리를 뜬 상태였다. "말이 되는 소리를 해요, 보스." 퍼킨스는 말했다. "살아 있는 돌개바람에 대한 기사를 쓸 수는 없다고요. 도시가 떠나갈 정도로 비웃음을 당할 거예요."

게인스 편집장은 자세를 똑바로 하고 앉았다.

"〈포럼〉지의 정책은 모든 뉴스를 있는 그대로 싣는 거야. 이건 뉴스니까 우리가 다루어야만 해." 그는 자세를 풀었다. "어이! 웨이터! 같은 거로 한 잔 더 줘요. 소다수는 아까처럼 많이 넣지 말고."

"하지만 과학적으로 불가능한 일이잖아요."

"자네도 직접 봤잖아?"

"그건 그래요. 하지만…."

편집장이 그의 말을 끊었다. "스미소니언 협회에 자문을 구할 수 있지 않을까."

"그쪽에서는 비웃기만 할걸요." 퍼킨스가 주장했다. "집단 최면이라는 용어 들어보신 적 없어요?"

"응? 아니, 그걸로는 설명이 안 되지. 클래런스도 봤잖아."

"그걸로 뭐가 증명되는데요?"

"뻔하지. 최면에 걸리려면 정신이란 것을 가지고 있어야만 해. 명백한 사실이지."

"명백한 헛소리겠죠."

"자네나 헛소리 그만해. 이렇게 대낮부터 술을 마시는 게 문제라고. 이제 처음부터 천천히 다시 말해봐."

"클래런스에게 정신이 없다는 사실을 어떻게 아시는 겁니까?"

"자네가 먼저 클래런스에게 정신이 있단 걸 증명해봐."

"아니, 살아 있지 않습니까. 그러면 일종의 정신 비슷한 것을 가지고 있겠지요."

"내가 말하려던 것이 바로 그거야. 그 돌개바람은 살아 있어. 그러니 정신을 가지고 있는 거지. 퍼킨스, 만약 스미소니언의 전문가입네 하는 사람들이 자기네들의 비과학적인 자세를 견지한다면, 나는 그런 상황을 절대로 좌시하지 않겠어. 〈포럼〉지도 가만있지 않을 거야. 자네도 가만있지 않을 테고."

"저도… 말인가요?"

"단 한 순간도 참지 못하겠지. 나는 〈포럼〉지가 자네의 뒤를 받쳐주고 있다는 사실을 알려주고 싶어, 퍼킨스. 자네는 주차장으로 돌아가서 그 돌개바람과 인터뷰를 해."

"하지만 칼럼을 썼잖아요. 그건 안 실어주신다면서요."

"누가 그걸 신지 못하게 하지? 그런 인간은 당장 해고야! 어서, 퍼킨스. 우린 이 도시를 완전히 뒤흔들 거야. 인쇄를 멈추고 1면을 비워놓을 테니까, 얼른 움직여!" 편집장은 퍼킨스의 모자를 쓰고는 빠른 걸음으로 화장실로 들어갔다.

＊

퍼킨스는 커피가 가득 든 보온병 하나, 토마토주스 캔 하나, 그리고 자정에 나온 최종 수정본(석간신문용)을 들고 책상 앞에 앉았다. 그의 칼럼은 1면으로 옮겨져 나비의 장난감을 찍은 4단 크기의 사진 아래 글상자에 담겨 있었다. 18포인트의 볼드체 활자가 12면의 사설란을 참고하라고 일렀다. 그리고 12면에서는 다른 강조 표시가 1면의 '아름다운 우리 도시'를 보라고 말하고 있었다. 그는 이 모든 지시를 무시하고 사설 내용을 읽었다. "시장이여, 사임하라!"

퍼킨스는 그 내용을 읽고 만족스럽게 웃었다. "불길한 바람 한 줄기가 일어나…." "시청의 어두운 구석에서 꿈틀대는 영적 오물을 상징한다." "이는 거대한 폭풍으로 자라나 부패하고 염치없는 당국자들을 권좌에서 몰아낼 것이다." 사설에서는 거리 청소와 쓰레기 수거 업무의 도급업체 경영자가 시장의 처남이라는 사실을 언급하고는, 그보다는 이 돌개바람 쪽이 훨씬 나은 서비스를 제공할 수 있을 거라고 주장했다.

전화가 요란하게 울렸다. 퍼킨스는 전화를 들고 말했다. "좋아요, 이건 그쪽에서 시작한 일입니다."

"퍼킨스, 자네야?" 제임스의 목소리가 물었다. "이자들이 나를 경찰서로 끌고 왔어."

"뭣 때문에요?"

"나비가 공공질서를 침해한다고 주장하고 있어."

"즉시 그리 가죠." 퍼킨스는 잠시 미술부에 들러 클래런스를 잡아채서 함께 신문사를 떠났다. 제임스는 완고한 표정으로 경찰서장의 집무실에 자리를 잡고 있었다. 퍼킨스는 길을 뚫고 안으로 들어갔다. "이분이 왜 여기 있는 겁니까?" 그는 노인을 엄지로 가리키며 물었다.

서장은 떨떠름한 표정이었다. "자넨 여기 왜 온 거야, 퍼킨스? 이 사람 변호사도 아니면서."

"지금 찍어요?" 클래런스가 말했다.

"아직 아냐, 클래런스. 물론 뉴스를 얻으러 온 거죠, 덤브로스키 서장님. 기억하겠지만 저는 신문사에서 일하거든요. 다시 한 번 묻죠. 이분을 왜 잡아들인 겁니까?"

"임무를 수행하는 경관을 방해한 죄일세."

"그 말이 사실인가요, 아저씨?"

제임스는 역겹다는 표정이었다. "저 인간이⋯." 그는 경찰 한 명을 가리키며 말했다. "내 주차장으로 와서는 나비한테서 마닐라만 기사가 실린 신문을 빼앗아 가려 했네. 나는 그걸 절대 넘겨주지 말라고 했지. 그랬더니 저 인간이 나한테 곤봉을 휘두르면서 그 신문을 가져오라고 명령하는 거야. 나는 어디 그 곤봉으로 뭘 할 수 있는지 한번 보자고 답했지." 그는 어깨를 으쓱했다. "그래서 여기 있는 거야."

"잘 알겠습니다." 퍼킨스는 노인에게 말하고는 경찰서장을 돌아보았다. "시청 측으로부터 명령을 받은 거 아닙니까? 그래서 지저분한 일을 하라고 듀건을 보낸 거죠. 이해가 안 되는 건 왜 듀건을 보냈느냐는 겁니다. 너무 멍청해서 혼자서는 뇌물도 챙겨먹지 못할 지경이라고 하던데."

"그건 거짓말이야!" 듀건이 끼어들었다. "너도 그쯤은⋯."

"좀 닥쳐, 듀건!" 그의 상사가 고함을 질렀다. "자, 이제 됐어, 퍼킨스. 당장 꺼지게. 여기에는 기삿거리 따위는 없으니까."

"기삿거리가 없다고요?" 퍼킨스는 부드럽게 말했다. "경찰병력이 돌개바람을 체포하려고 하는 마당에 기삿거리가 없다는 말이 나온다는 겁니까?"

"지금 찍어요?" 클래런스가 말했다.

"돌개바람을 체포하려고 한 사람은 없어. 이제 썩 꺼져."

"그러면 대체 제임스 아저씨한테 무슨 이유로 공무 방해죄를 적용한 건가요? 듀건이 뭘 하고 있었는데요? 연이라도 날리고 있었나요?"

"공무 방해 혐의를 받고 있는 것이 아니라고."

"그렇다는 거죠? 그러면 대체 왜 조서를 쓴 겁니까?"

"조서를 쓴 것도 아니야. 질문을 좀 하려고 데려온 거지."

"그래요? 조서도 없고, 영장도 없고, 범죄 혐의도 없고, 그저 시민 한 명을 잡아들여 마음대로 휘둘러본 것뿐이군요. 게슈타포식으로." 퍼킨스는 노인을 돌아보았다. "체포된 건 아니랍니다. 그대로 일어나서 저 문으로 나가셔도 될 것 같군요."

제임스는 자리에서 일어났다. "어이!" 덤브로스키 서장은 퉁기듯 자리에서 일어나서 노인의 어깨를 붙들어 강제로 자리에 앉혔다. "여기서 명령을 내리는 건 나야. 네놈은 여기 그대로…."

"지금이야!" 퍼킨스가 소리쳤다. 순간 클래런스의 플래시 전구가 터지며 모두 그 자리에서 얼어붙었다. 그리고 서장은 다시 몸을 일으키기 시작했다.

"저놈 누가 들여보냈어? 듀건, 저 카메라 뺏어."

"그렇게는 안 되지!" 클래런스는 말하고 경관의 손이 닿지 않도록 카메라를 반대편으로 높이 들었다. 듀건은 클래런스를 가운데 두고는 춤을 추듯 주변을 뱅뱅 돌았다.

"멈춰!" 퍼킨스가 소리쳤다. "그대로 카메라를 뺏기만 해봐, 듀건. 지금 기사를 쓰고 싶어 몸이 근질거리고 있으니까. 경찰서장이 경찰 폭력의 증거를 파괴했다는 내용으로 말이야."

"제가 대체 어떻게 했으면 좋겠습니까, 서장님?" 듀건이 애원했다.

덤브로스키 서장은 질려버린 표정이었다. "앉아서 얼굴이나 가리고 있어. 그 사진 쓰지 않는 쪽이 좋을 거야, 퍼킨스. 이건 경고라고."

"무슨 경고요? 이번에는 제가 듀건과 춤추게 만들 겁니까? 이제 가시죠, 아저씨. 가자, 클래런스." 그들은 자리를 떴다.

다음 날의 '아름다운 우리 도시'는 이런 내용이었다.

시청에서 시작한 청소 업무

거리 청소부들이 평소와 같이 낮잠을 즐기고 있는 동안, 히즈너 시장의 집무실에서 하달한 명령을 충직히 수행하는 덤브로스키 서장은 우리의 3번가 돌개바람을 급습했다. 하지만 상황은 영 좋지 못한 방향으로 흘러갔는데, 듀건 순경이 범인 호송차에 돌개바람을 태우는 일에 실패했기 때문이었다. 그러나 용맹한 듀건은 그에 굴하지 않고, 대신 주변에 서 있던 주차장 경비원인 제임스 메트칼프라는 이름의 시민을 돌개바람의 공범으로 구속하고 말았다. 듀건은 그가 무슨 죄의 공범인지는 언급하지 않았지만, 우리 모두 공범이 뭔가 끔찍한 것이라는 사실은 알고 있지 않은가. 사진을 보자. 덤브로스키 서장은 신발을 벗고도 100킬로그램이나 나가는 거한이다. 이 공범은 53킬로그램이다.

오늘의 교훈: 경찰 당국에서 바람과 술래잡기를 하고 있을 때 옆에 얼쩡거리지 말 것.

추신. 이 신문이 발행되는 시점에도 돌개바람은 여전히 1898년의 박물관급 신문 조각을 소지하고 있다. 3번가와 대로의 교차점에 들러서 확인해보기 바란다. 서두르는 편이 좋을 것이다. 덤브로스키는 지금 당장에라도 돌개바람을 체포하려고 벼르고 있기 때문이다.

퍼킨스의 칼럼은 다음 날에도 계속해서 시 당국의 아픈 곳을 찔렀다.

사라진 기록

대배심에서 필요한 모든 문서가 증거로 제출되기 전에 감쪽같이 사라져버렸다니 참으로 짜증 나는 일이 아닐 수 없다. 우리 신문사는 시 당국에서 '나비'라는 이름의 3번가 돌개바람을 완벽한 문서 관리원으로 고용하여 훗날 필요할 가능성이 있는 모든 물품을 맡기라 제안하는 바이다. 절대 문제를 일으키지 않는 완벽한 존재인만큼 공무원 시험 특별 전형을 만들어주어도 좋을 것이다.

사실 나비에게 단순한 정리 업무만 시킬 이유가 뭐가 있겠는가? 이 아이는 끈질기고 항상 자기에게 주어진 것을 지킬 줄 안다. 우리의 시 공무원 중에서 이 아이보다 자격이 부족한 사람이 아주 많았다는 사실에 이의를 제기

할 사람은 없을 것이다.

나비가 시장 선거에 출마하게 하자! 이상적인 후보가 아닌가. 서민들과 가깝고, 난장판도 마다치 않으며, 제자리에서 뱅뱅 도는 일에도 능숙하고, 쓰레기를 던지는 법도 알고, 반대파도 이 아이에게는 아무런 누명도 씌울 수 없다.

어떤 부류의 시장이 될 것인가에 대해서는, 아주 오랜 옛날 이솝이 통나무 왕과 황새 왕에 대해 했던 이야기가 있다. 우린 모두 황새 왕에게 질려버렸다. 통나무 왕을 세워서 한숨 돌리는 것도 나쁘지 않을 것이다.

히즈너 시장에게 보내는 메모: 그랜드 대로 도로 정비 비용은 대체 어디로 갔나요?

추신. 나비는 여전히 1898년 신문을 전시하고 있다. 우리 경찰 당국이 돌개바람을 협박할 방법을 찾아내기 전에 꼭 들러서 눈으로 직접 확인하길 바란다.

퍼킨스는 클래런스를 데리고 주차장으로 내려갔다. 이제 주차장에는 울타리가 있었다. 정문에 앉아 있는 남자는 표를 두 장 주었지만, 손을 내저으며 요금은 사양했다. 안에 들어가 보니 나비와 제임스를 가운데 두고 널찍하게 쇠사슬로 원이 둘러져 있었다. 그들은 군중을 밀치고 제임스 아저씨에게 다가갔다. "돈을 긁어모으는 모양인데요, 아저씨."

"그래야겠지만, 그럴 수가 없네. 저 친구들이 오늘 아침 나를 잡아들이려 했어, 퍼킨스. 서커스 및 축제 허가 명목으로 하루 50달러를 바치고 그 외에도 보증금까지 내야 한다는 거지. 그래서 돈을 받고 표를 파는 일은 관뒀어. 하지만 그래도 기록은 해두고 있지. 나 참, 언젠가는 그 작자들을 고소할 거야."

"이 도시에서는 승소하기 힘드실 겁니다. 걱정하지 마세요. 포기할 때까지 계속해서 옆구리를 찔러줄 생각이니까."

"그게 다가 아니야. 오늘 아침에 놈들이 와서 나비를 사로잡으려 했어."

"응? 누가요? 어떻게?"

"경찰이지 누구겠나. 맨홀 환기용으로 쓰는 커다란 통풍기를 가져와서는 바람 방향을 바꿔 빨아들이려 했어. 나비를 빨아들여 사로잡거나, 아니면 어떻게든 가지고 있는 물건을 낚아채려 한 거겠지."

퍼킨스는 휘파람을 불었다. "저를 부르셨어야죠."

"그럴 필요 없었어. 나비한테 미리 주의를 주어서 그 미국-스페인전쟁* 신문을 어딘가 숨기고 돌아오게 했거든. 그 아이는 아주 즐거워했어. 회전목마라도 되는 양 여섯 번인가 그 기계를 들락날락했지. 통풍기에 빨려 들어갔다 나올 때마다 점점 활기차졌다네. 그런데 마지막에는 얀셀 경사의 모자를 가지고 들어가려다가 기계가 막히고 모자는 엉망진창이 됐어. 경찰은 질려서 떠나버렸지."

피터는 즐겁게 낄낄 웃었다. "그래도 저를 부르셨어야죠. 클래런스가 아주 멋진 사진을 찍었을 텐데."

"찍었어요." 클래런스가 말했다.

"응? 오늘 아침 여기 왔었는지는 몰랐는데, 클래런스."

"물어보지도 않았잖아요."

피터는 그를 바라보았다. "클래런스, 이 친구야. 뉴스 사진의 의미는 신문에 싣는 데 있는 거야. 미술부에 꼭꼭 숨겨놓는 것이 아니라."

"기자님 책상 위에 놨는데요." 클래런스가 말했다.

"아. 뭐, 그럼 좀 덜 혼란스러운 주제로 옮겨가 볼까. 아저씨, 여기 커다란 간판을 하나 세우고 싶은데요."

"안 될 게 뭐지? 뭐라고 적고 싶은데?"

"나비를 시장으로. 돌개바람 선거본부. 양쪽 도로에서 다 볼 수 있게 주차장 모서리에 영화 포스터 크기로 붙이죠. 그러면 잘 어울릴 겁니다. 오, 오! 일행이 왔군요, 아가씨들!"

얀셀 경사가 돌아와 있었다. "그만, 그만!" 그는 말했다. "움직이라고! 여길 비우란 말이야." 그와 세 명의 동료들이 군중을 주차장에서 몰아내

---

* 1898년 쿠바섬의 이해관계를 둘러싸고 미국과 스페인 사이에 벌어진 전쟁

고 있었다. 퍼킨스는 그에게 다가갔다.

"무슨 일이지, 얀셀?"

얀셀은 주변을 둘러보았다. "아, 네놈이냐? 그래, 너도 마찬가지야. 이 지역을 청소하는 중이다. 비상사태야."

퍼킨스는 얀셀의 어깨너머를 바라보았다. "나비를 여기서 도망치게 하는 게 좋겠어요, 아저씨!" 그는 소리쳤다. "지금이야, 클래런스."

"찍었어요." 클래런스가 말했다.

"좋아." 퍼킨스가 대답했다. "자, 그럼 얀셀, 우리가 방금 무엇을 찍은 건지 말해주지 않겠나. 제대로 된 제목을 붙일 수 있게 말이야."

"영리한 놈이군. 머리가 날아가고 싶지 않으면 당장 네 끄나풀을 데리고 여기서 꺼지는 편이 좋을 거다. 지금 바주카포를 설치하는 중이니까."

"뭘 설치한다고?" 퍼킨스는 믿을 수 없다는 눈으로 경찰차 쪽을 바라보았다. 경찰 두 명이 분명 바주카포로 보이는 물건을 차에서 내리고 있었다. "계속 찍어." 그는 클래런스에게 말했다.

"물론입죠." 클래런스가 말했다.

"그리고 풍선껌 좀 그만 터뜨리고. 자, 이거 보라고, 얀셀. 나는 평범한 기자일 뿐이야. 대체 무슨 생각으로 이러는 건가?"

"여기 그대로 있으면 곧 깨닫게 될 거다, 똑똑이 친구." 얀셀은 몸을 돌렸다. "거긴 됐어! 이제 시작하라고. 발포 준비!"

경찰 한 명이 올려다보며 말했다. "뭘 쏘는 겁니까, 경사님?"

"자네 예전에 해병대 소속 아니었나. 당연히 돌개바람을 쏘는 거지."

제임스는 퍼킨스의 어깨너머에서 몸을 숙이며 말했다. "지금 뭘 하는 건가?"

"슬슬 알 것 같습니다. 아저씨, 나비를 멀리 떨어져 있게 해요. 그 아이 배때기에다가 로켓 포탄을 박아 넣을 모양입니다. 그러면 동역학적 안정성이나 뭐 그 비슷한 것이 망가질 수도 있어요."

"나비는 안전해. 숨으라고 말해뒀거든. 하지만 이건 미친 짓이야, 퍼킨스. 저놈들은 명백히 완전하게 절대적으로 머저리가 분명해."

"법조문에서 정신 이상자는 경찰이 될 수 없다고 말하고 있는데 말이죠."

"무슨 돌개바람 말입니까, 경사님?" 바주카포 사수가 묻고 있었다. 얀셀은 그를 험악하게 꾸짖기 시작했지만, 주변에 돌개바람이 없다는 사실을 깨닫자 곧 어물거렸다.

"그대로 대기해." 얀셀은 이렇게 말하고 제임스를 바라보았다. "거기 당신!" 그가 소리쳤다. "당신이 돌개바람을 쫓아버렸지. 당장 돌아오게 해."

퍼킨스는 자기 수첩을 꺼냈다. "이거 흥미로운 상황인데, 얀셀. 돌개바람을 훈련받은 개처럼 명령에 따르게 할 수 있다는 것이 당신의 직업적 소견인가? 경찰 당국의 정식 견해로 간주해도 되겠나?"

"나는… 대답하지 않겠어! 당장 꺼지지 않으면 네놈까지 날려버리겠다."

"원하는 대로 하시지. 하지만 당신의 큼지막한 대포가 겨누고 있는 쪽을 한번 보면 말이야. 설령 그 돌개바람이 여기 있다 하더라도 그 몸을 통과해 날아간 포탄이 그대로 시청 근방까지 갈 것 같은데. 이거 혹시 히즈너 시장을 암살하려는 음모 아니야?"

얀셀은 황급히 주변을 둘러보고는 눈길로 가상의 탄도를 따라 훑었다.

"이봐, 거기 머저리들!" 얀셀이 소리쳤다. "다른 쪽을 겨누라고. 지금 시장님을 날려버리고 싶은 거냐?"

"좀 낫군." 퍼킨스가 경사에게 말했다. "이제는 퍼스트내셔널 은행을 겨누고 있으니까. 정말로 기대가 되는데."

얀셀은 다시 상황을 점검해보았다. "아무도 다치지 않을 쪽을 겨누라고. 내가 모든 일을 대신 생각해줘야 하는 건가?"

"하지만 경사님…."

"왜?"

"경사님이 방향을 지정해주시면 그쪽으로 쏘겠습니다."

퍼킨스는 그들을 구경하고 있다가 이내 한숨을 쉬며 말했다. "클래런스, 여기 있다가 저 친구들이 바주카포를 다시 차에 싣는 장면까지 찍고 와. 아마 5분 정도면 될 테니까. 나는 아저씨하고 해피아워 술집에 가 있을게. 얀셀의 얼굴이 똑똑히 나오게 좋은 사진 찍어 오라고."

"물론입죠." 클래런스가 말했다.

＊

다음 날 '아름다운 우리 도시'에는 세 장의 사진과 함께 이런 제목이 붙었다. "경찰이 돌개바람에 전쟁을 선포하다." 퍼킨스는 신문을 한 장 들고는 제임스에게 보여줄 생각으로 주차장으로 향했다.

제임스는 그곳에 없었다. 나비도 없었다. 그는 주변을 둘러보며 간이 식당이나 술집을 샅샅이 뒤져보았다. 아무 소득도 없었다.

퍼킨스는 다시 〈포럼〉지 건물로 돌아오며 아저씨가 쇼핑을 하거나 영화를 보고 있을 것이라고 혼잣말을 웅얼거렸다. 그는 자리로 돌아와 내일 칼럼을 위한 거짓 기사를 몇 편 작성해보다가 전부 구겨 던져버리고는 미술부로 향했다. "어이! 클래런스! 오늘 주차장으로 내려가 봤어?"

"아뇨."

"아저씨가 사라졌어."

"그래서요?"

"글쎄, 따라와. 찾아봐야겠어."

"왜요?" 그렇게 말하면서도 클래런스는 카메라를 짊어지고 따라왔다.

주차장은 여전히 텅 비어 있었다. 제임스도, 나비도 보이지 않았다. 바람 한 점 불지 않았다. 퍼킨스는 뒤를 돌아보았다. "이봐, 클래런스. 잠깐. 자네 지금 뭘 찍고 있나?"

클래런스는 하늘로 카메라를 향하고 있었다. "찍을 수가 없네. 조명이 안 좋아요."

"뭐였는데?"

"돌개바람이요."

"응? 나비 말이야?"

"아마도요."

"여기다, 나비야. 이리 온, 나비야." 돌개바람이 빠르게 회전하며 나비의 옆으로 내려와서는 자기가 떨어뜨린 판지 한 장을 들어 올렸다. 그러고는 그걸 이리저리 휘둘러보다가 그의 얼굴을 정면으로 후려갈겼다.

"이건 재미없는데, 나비야." 퍼킨스가 투덜댔다. "아저씨는 어디 갔어?"

돌개바람은 다시 그에게 다가갔다. 퍼킨스의 눈에 나비가 다시 판지를 집어 드는 모습이 보였다. "잠깐, 그만해!" 그는 소리치며 같이 그쪽을 향해 손을 뻗었다.

그러나 돌개바람이 더 빨랐다. 바람은 판지를 30미터 위로 가지고 올라간 다음 떨어뜨렸다. 판지의 모서리가 그의 콧날 위를 찍었다.

"나비야!" 퍼킨스가 소리쳤다. "말썽 좀 그만 부리라니까."

그 판지는 가로 15센티미터, 세로 20센티미디로, 위에 글자가 인쇄되어 있었다. 모서리 네 곳이 모두 뜯겨나간 것을 보니 어딘가에 압정으로 고정되어 있었던 모양이었다. 내용은 다음과 같았다. '리츠 클래식', 그리고 그 아래에 '2013호실. 개인 입주 6달러, 2인 입주 8달러.' 그리고 그 아래에 입주 시 주의사항이 적혀 있었다.

퍼킨스는 그 내용을 바라보며 얼굴을 찌푸렸다. 갑자기 그는 판지를 다시 돌개바람에게 던졌다. 나비는 즉시 그의 얼굴로 종이를 되던졌다.

"가자, 클래런스." 퍼킨스가 활기차게 말했다. "리츠 클래식으로 갈 거야. 2013호실."

"물론입죠." 클래런스가 말했다.

리츠 클래식은 제비족과 부인 커플에게 인기 있는 거대한 싸구려 여관으로, 세 블록 떨어진 곳에 있었다. 승강기 운전사는 클래런스의 카메라를 보고는 말했다. "아니, 안 됩니다. 선생님. 이 호텔은 이혼 문제 관계자는 출입금지입니다."

"진정해." 퍼킨스가 운전사에게 말했다. "이건 진짜 카메라가 아니야. 우리는 마리화나 장사꾼이라고. 이건 위장용 물건일 뿐이야."

"미리 그렇게 말하지 그러셨어요? 꼭 그걸 카메라 안에 담아서 옮길 필요는 없잖아요. 사람들이 겁을 먹는다고요. 몇 층이죠?"

"21층."

승강기 운전사는 다른 호출을 무시하고 즉시 그들을 21층에 데려다주었다. "2달러입니다. 특급 서비스죠."

"이 자리를 얻으려고 돈을 얼마나 바쳤나?" 퍼킨스가 물었다.

"그런 일 하면서 뭐 이 정도로 불평을 해요."

그들은 계단으로 한 층을 내려가 2013호실을 찾았다. 퍼킨스는 조심스레 문고리를 돌려보았다. 문은 잠겨 있었다. 노크를 했지만 아무 대답이 없었다. 문에 귀를 대자 안에서 인기척이 느껴졌다. 그는 얼굴을 찌푸리며 뒤로 물러섰다.

"한 가지 생각이 났는데요." 클래런스는 말하며 깡충깡충 뛰어가더니 이내 붉은색 소방용 도끼를 들고 돌아왔다. "지금 찍어요?" 그가 퍼킨스에게 물었다.

"훌륭한 생각이야, 클래런스! 잠깐 기다려." 퍼킨스는 문을 두드리며 소리쳤다. "아저씨! 오, 아저씨!"

분홍색 쿨리 외투를 입은 덩치 큰 여자가 그들 뒤편에서 문을 열었다. "이래서 어떻게 잘 수가 있겠어?" 그녀가 물었다.

퍼킨스는 말했다. "조용히 하세요, 부인! 지금 방송 중입니다." 그는 귀를 기울였다. 이번에는 끙끙대는 소리가 들렸다. "퍼킨스! 퍼…."

"지금이야!" 퍼킨스가 말했다. 클래런스는 도끼를 휘두르기 시작했다.

세 번째에 자물쇠가 떨어져 나갔다. 퍼킨스는 클래런스를 뒤에 달고 안으로 뛰어들어가다 그대로 달려 나오는 누군가와 부딪쳐 엉덩방아를 찧었다. 몸을 일으키자 침대에 누워 있는 제임스가 보였다. 노인은 입에 물린 수건을 빼내려 애쓰고 있었다.

퍼킨스가 즉시 수건을 낚아챘다. "저놈들 잡아!" 제임스가 소리쳤다.

"이것만 풀어주고 금방 할게요."

"묶인 거 아니야. 저놈들이 내 바지를 가져갔어. 이봐, 자네가 영영 오지 않는 줄로만 알았어!"

"나비가 뭘 하는지 이해하는 데 시간이 좀 걸렸죠."

"이놈들 잡았어요." 클래런스가 말했다. "두 놈 다요."

"어디야?" 퍼킨스가 물었다.

"여기죠." 클래런스는 자랑스럽게 말하며 자기 카메라를 토닥거렸다.

퍼킨스는 클래런스의 말을 끊고 문으로 달려갔다. "그자들 저쪽으로 갔어요." 덩치 큰 여자가 손가락질하며 말했다. 그는 그대로 달려나가 미끄러지듯 모서리를 돌았지만, 막 닫히는 엘리베이터 문이 보일 뿐이었다.

퍼킨스는 호텔 밖에 모여 있는 사람들에 깜짝 놀라 발을 멈추었다. 어쩔 줄 모르고 주변을 둘러보고 있을 때 제임스가 그를 붙잡았다. "저기! 저 차야!" 그가 가리킨 차는 그때 막 모서리를 돌아 호텔 앞에 진을 치고 있는 택시 무리를 지나쳐 가는 참이었다. 묵직한 신음과 함께 차는 순식간에 속도를 올렸다. 퍼킨스는 가장 가까운 택시의 문을 열었다.

"저 차를 따라가요!" 퍼킨스가 소리쳤다. 일행은 모두 택시에 올라탔다.

"뭔 일 난 거요?" 택시기사가 물었다.

클래런스가 소방 도끼를 들어 보이며 물었다. "지금 찍어요?"

기사는 머리를 내렸다. "됐수. 그냥 잡담하고 싶었던 거요." 그는 차를 출발시켰다.

도심 거리에서는 택시기사의 실력이 도움이 됐지만, 상대편 자동차의 운전사는 그대로 3번가에서 방향을 틀어 강으로 향했다. 다른 차들이 뒤에서 으르렁대는 가운데, 두 차는 50미터 정도의 거리를 두고 나란히 강을 건넜다. 그리고 그들은 속도 제한이 없는 고속도로에 도달했다. 운전기사는 뒤를 돌아보며 물었다. "촬영 트럭은 잘 따라오고 있고?"

"무슨 촬영 트럭?"

"이거 영화 아니었수?"

"세상에, 아니야! 저 차에는 납치범들이 잔뜩 타고 있다고. 더 빨리 몰아!"

"납치범? 그런 일에는 끼어들고 싶지 않수다." 기사는 갑자기 브레이크를 밟았다.

퍼킨스는 도끼를 받아 들고 택시기사에게 들이댔다. "놈들을 따라잡으라고!"

택시는 다시 속도를 내기 시작했지만, 기사가 계속 항의했다. "이 고물로는 무리요. 저 차는 이쪽보다 힘이 좋다고."

제임스가 퍼킨스의 팔을 잡았다. "저기 나비가 왔어!"

"어디요? 아, 지금 그럴 때가 아니잖아요!"

"속도 줄여!" 제임스가 소리쳤다. "나비야, 나비야, 이리 온!"

돌개바람이 아래로 내려와서 그들과 속도를 맞추었다. 노인은 바람에게 소리쳤다. "자, 아가야! 가서 저 차를 잡아라! 저 앞에, 어서 잡아!"

나비는 혼란에 빠진 듯 머뭇거렸다. 제임스가 되풀이해 말하자 바람은 즉시, 뭐랄까, 정말 돌개바람처럼 날아갔다. 그리고 날아가면서 종이 뭉치와 쓰레기를 한껏 빨아올렸다.

그들의 눈에 나비가 급강하하며 앞차를 공격하는 모습이 들어왔다. 운전사의 얼굴 위로 종이를 잔뜩 뿌리고 있었다. 차가 흔들렸다. 바람은 다시 공격했다. 차가 기울어지며 보도 한쪽으로 올라가더니, 안전 난간에 부딪혀 튕겨 나가 가로등 기둥을 정면으로 들이받아버렸다.

✳

5분 후 퍼킨스는 찰과상과 여러 군데의 타박상, 충격으로 인한 고통에 신음하는 깡패 두 명을 나비와 클래런스와 소방도끼에 맡겨둔 채, 가장 가까운 주유소의 공중전화에 10센트 동전을 넣고 있었다. 그는 장거리 교환국으로 전화를 걸었다. "FBI의 납치 전담부로 연결해주세요." 그가 말했다. "그 있잖아요, 워싱턴 D. C.의 납치사건 신고 번호로요."

"이런 세상에." 교환원이 말했다. "혹시 저 엿들어도 될까요?"

"연결이나 해요!"

"당장 할게요!"

즉시 대답하는 소리가 들렸다. "연방수사국입니다."

"후버 국장과 이야기하게 해주시죠! 응? 알았어요, 알았어. 당신한테 말하죠. 잘 들어요, 납치 사건입니다. 지금 당장은 붙들어놨지만, 지국 요원을 당장 보내주지 않으면 납치 사건은 사라질 겁니다. 여기 시 경찰에서 먼저 도착하면 말입니다. 뭐라고요?" 퍼킨스는 목소리를 낮추고 자신이 누구인지, 지금 어디 있는지, 그리고 지금까지의 사건 경과 중에서 신빙성 있는 요소들을 골라 설명했다. 정부 요원은 제발 빨리 와달라고 반복해서 애원하는 그의 말을 자르고는 이미 해당 지국에 보고가 끝났다고 그를 안심시켰다.

퍼킨스가 사고 현장으로 돌아와 보니 덤브로스키 서장이 막 순찰차에서 내리는 모습이 보였다. 퍼킨스는 서둘렀다. "그러지 않는 게 좋을걸, 덤브로스키 서장." 그가 소리쳤다.

덩치 큰 경찰은 머뭇거렸다. "뭘 하지 말라는 거지?"

"아무것도 하지 마. 지금 FBI가 이리 오고 있거든. 그리고 당신은 이미 연루된 것이 확인됐어. 더 이상 사태를 악화시키지 말라고."

퍼킨스는 두 명의 깡패를 가리켰다. 클래런스는 한 놈의 등 위에 앉아서 다른 놈의 등 위에 도낏자루를 대고 있었다. "저기 작은 새들이 이미 노래를 했단 말씀이야. 이 도시는 이제 무너질 거라고. 서두르면 멕시코로 가는 비행기를 탈 수 있을지도 몰라."

덤브로스키 서장이 퍼킨스를 보며 말했다. "영악한 놈." 목소리에는 의심이 서려 있었다.

"저 친구들에게 물어봐. 이미 자백했으니까."

깡패 한 놈이 고개를 들었다. "협박을 당했어요. 저놈들 잡아들여요, 서장님. 우리를 습격했다고요."

"그렇게 해보시지." 퍼킨스가 경쾌하게 말했다. "우리를 전부 잡아들여봐. 다 함께. 그러면 FBI가 신문을 시작하기 전에 저 친구들을 손에 넣을 수도 있을 테니까. 어쩌면 항소에 도움이 될지도 모르지."

"지금 찍어요?" 클래런스가 물었다.

덤브로스키 서장이 몸을 획 돌렸다. "그 도끼 내려놔!"

"시키는 대로 해, 클래런스. 정부 사람들이 도착하는 순간 사진을 찍어야 하니까, 준비하자고."

"진짜로 정부 사람들을 부른 건 아니겠지."

"뒤를 봐!"

암청색 세단 한 대가 조용히 와서 멈추었고, 네 명의 늘씬하고 활력 넘치는 남자들이 차에서 내렸다. 첫 번째 남자가 말했다. "여기 피터 퍼킨스라는 사람 있습니까?"

"접니다." 퍼킨스가 말했다. "실례지만 뽀뽀해도 될까요?"

✳

날이 어두워진 후였지만 주차장은 인파로 시끌벅적했다. 신임 시장과 주요 내빈들을 위한 자리가 한쪽에 마련되어 있었고, 그 반대편에는 악대가 자리를 잡고 있었다. 그 정면에는 화려하고 커다란 간판이 보였다. '아름다운 우리 도시의 명예시민, 나비의 집'.

철조망을 둘러친 원형 공터 가운데에는 나비가 뛰고 돌고 움직이며 춤추고 있었다. 퍼킨스는 원 한쪽에, 제임스는 그 반대쪽에 서 있었다. 공터의 가장자리를 따라 아이들이 1미터씩 간격을 두고 빙 둘러 자리를 잡았다. "준비됐죠?" 퍼킨스가 소리쳤다.

"준비됐어." 제임스가 말했다.

퍼킨스, 제임스, 그리고 아이들은 다 함께 원 안으로 축하 리본을 던지기 시작했다. 나비는 사방을 휩쓸어 리본을 그러모아서는 자기 몸에 돌돌 말았다.

"꽃가루!" 퍼킨스가 소리쳤다. 아이들은 제각기 돌개바람을 향해 종이 꽃가루를 한 아름 던졌다. 땅 위로 떨어지는 것은 거의 없었다.

"풍선!" 퍼킨스가 소리쳤다. "조명!" 아이들은 제각기 장난감 풍선을 불기 시작했다. 제각기 열 가지도 넘는 색깔이 들어간 화려한 풍선이었다. 아이들은 풍선을 불자마자 그대로 나비에게 던져주었다. 투광 조명과 탐조등에 불이 들어왔다. 나비는 이제 건물 몇 층 높이의 커다란 폭포수가 되어 색색의 휘황한 빛으로 끓어오르고 있었다.

"지금 찍어요?" 클래런스가 말했다.

"지금 찍어!"

달에서는 아무 일도
일어나지 않는다

Nothing Ever Happens On The Moon

배지훈 옮김

✦ 1949년 5월 〈보이즈 라이프(Boys' Life)〉에 발표

"지구에서 온 녀석치고 건방지지 않은 애를 본 적이 없어요."

앤드루스 대장이 선임 반장 샘을 보며 얼굴을 찌푸렸다. "참 유치하구나, 샘. 그리고 내 질문에 대한 대답도 아니고. 내가 왔을 때 대원들이 행군 준비를 완료했을 거라고 생각했다. 그런데 대신 너와 방문자가 싸우기 직전까지 가는 꼴을 보고 말았지. 그리고 너희 둘 다 이글 스카우트*잖아! 왜 싸웠지?"

샘이 마지못해 기사를 꺼냈다. "아마도 이거 때문인 것 같습니다, 대장님."

〈콜로라도 스카우트 소식지〉였다. 내용은 이랬다.

48번 지구대, 덴버 소식. 우리 지역 스카우트 대원이 최고의 영예를 노린다. 이글 스카우트 대원 브루스 홀리필드가 금성 남극으로 가족과 함께 이주한다. 브루스를 아는 사람이라면(그리고 모르는 사람이라도), 그가 금성 이글에 도달하는 데 얼마 걸리지 않을 거라고 기대할 것이다. 브루스는 달에서 금성으

---

* 보이스카우트에서 가장 높은 계급. 21개의 기능장을 얻어야 하며 전체 스카우트의 4퍼센트만이 도달한다.

로 가는 수송편을 타기 위해 3주간 루나시티에서 보내게 된다. 브루스는 달 스카우트 활동에 대해 열심히 공부를 해왔으며 이미 파이크스피크 우주항에 있는 진공실에서 우주복 자격을 얻은 바 있다. 그에게 채근하자, 브루스는 달에 머무르는 동안 이글 스카우트 시험을 통과하고 싶다고 심경을 밝혔다.

만약 그리된다면, 그리고 우리 모두 브루스가 해내리라 믿지만! 역사상 최초의 이글 스카우트 삼관왕이 될 것이다.

힘내라, 브루스! 너는 덴버의 자랑이다. 달 스카우트에게 진짜 스카우트가 뭔지 보여줘라.

앤드루스 대장이 훑어봤다. "이건 어디서 났지?"

"어, 누가 피위에게 보냈습니다."

"그래서?"

"우리가 읽는 중 브루스가 들어와서 애들이 놀렸습니다. 브루스는 화가 났고요."

"너는 왜 말리지 않았지?"

"어. 글쎄요. 저도 놀리고 있었으니까요."

"어험! 샘, 우리 쪽 서기도 이런 바보 같은 기사는 싫잖니. 브루스가 직접 쓴 기사도 아닌데 이런 것 가지고 야만적으로 애를 괴롭힌 거야. 나가면서 브루스를 들여보내라. 그동안 출석 부르고."

"알겠습니다. 하지만 앤드루스 대장님."

"응?"

"대장님 의견은 어떠세요? 이 녀석이 정말 달 이글 스카우트를 3주 만에 딸 수 있을 거라고 보세요?"

"아니, 그리고 걔한테도 그리 말할 거다. 하지만 도전을 할 생각이겠지. 마침 생각난 건데, 네가 브루스의 교관이다."

"저요?" 샘이 불안한 표정으로 말했다.

"그래, 너다. 이미 너에게 한 번 실망했다, 이번에는 그걸 바로잡을 기회야. 알겠니?"

샘이 침을 삼켰다. "아마도요."

"브루스를 들여보내도록."

샘이 지구 아이를 보니 그는 게시판을 살피는 척하면서 홀로 서 있었다. 샘이 팔을 건드렸다. "대장님이 부르셔."

브루스는 뒤를 돌아보며 걸어갔다. 샘은 어깨를 으쓱하고는 소리를 쳤다. "로켓반, 집합!"

스피디 오언스도 복창했다. "크레센트반, 집합!" 앤드루스 대장이 사무실에서 나올 때는 점호가 다 끝나 있었다. 브루스가 그 뒤를 따라 나왔다. 지구 출신 스카우트 대원은 호되게 질책을 받은 모양이었다.

"앤드루스 대장님이 너에게 보고하라고 하셨어."

"맞아." 두 사람은 조심스럽게 서로 눈을 마주 보았다. 샘이 말했다.

"이봐, 브루스, 깨끗하게 처음부터 다시 시작하자."

"좋아."

"좋았어. 그냥 나만 따라와." 스카우트 대장의 신호에 따라 샘이 외쳤다. "2열로! 나를 따르라." 1번대가 문을 열고 나가 도시를 가로지르는 슬라이드워크를 타고 동쪽 에어로크로 향했다.

스카우트단 보급 담당인 처비 슈나이더가 우주복이 걸린 선반 옆에서 두 명의 조수와 함께 기다리고 있었다. 더플백은 이미 펼쳐져 엄청난 양의 물품이 쌓여 있었다. 포장된 음식, 물통, 커다란 공기 병, 두꺼운 철사로 된 틀, 거대한 강철 드럼 등 공기가 없는 달 표면을 탐험하는 데 필요한 모든 것이 있었다.

샘이 브루스를 보급 담당에게 소개했다. "얘한테 맞는 우주복이 필요해, 처비."

"새로 들어온 G. E. 우주복이 맞을 것 같네."

샘은 우주복을 받아서 펼쳤다. 우주복은 유리섬유가 함유되어 있었고 알루미늄 스프레이가 칠해져 은백색이었다. 가랑이에서 옷깃까지 밀봉

지퍼로 잠겨 있었다. 비싸 보였는데, 브루스는 옷깃에서 '루나시티 키와니스 클럽* 기증'이라 적힌 금속판을 발견했다.

헬멧은 플라스틱으로 된 그릇처럼 생겼는데 착용자의 눈 부분이 될 부분만 제외하고 모두 은빛이었다. 투명해 보이는 눈 부분에도 강력한 필터가 있었다.

브루스가 입고 있던 제복을 벗어 사물함에 넣자 처비가 헐렁한 직물 작업복을 건넸다. 샘과 처비가 그를 우주복에 쑤셔 넣었고 처비가 도구 벨트를 꺼냈다.

벨트 양쪽 모두 우주복에 채워지게 되어 있었고 위쪽에 집게가 몇 줄 달려 있었다. 그걸 이용해 주름을 잡을 수 있었다. 두 사람은 주름을 최대로 잡도록 채웠다. "이제 어때?" 샘이 물었다.

"옷깃이 어깨밖에 안 와."

"압력이 들어가면 안 그럴 거야. 여유가 있으면 머리가 헬멧에서 코르크처럼 빠지게 돼." 샘이 공기통, 물통, 무선 송신기 그리고 디플백을 브루스의 어깨에 묶었다. "압력 점검해줘, 처비."

"우리가 먼저 우주복을 입어야지." 처비와 샘이 우주복을 입는 동안 브루스는 흡기 밸브와 배기 밸브가 어디 있는지 살폈다. 배수펌프는 옷깃에 있었고 그 옆에 급수 꼭지가 있었다. 브루스는 물을 한 모금 마셔본 다음 벨트를 살폈다.

샘과 브루스가 헬멧을 썼다. 샘이 브루스의 무전기를 켰고 브루스의 귀에 혈중산소농도계를 끼운 다음 자기 헬멧을 잠갔다. "압력에 대비하도록." 샘이 말하자, 그 말이 브루스의 헬멧 속에서 울렸다. 처비는 벽 계량기에 달린 호스를 브루스의 공기 흡기구에 걸었다.

브루스는 옷깃이 들리는 걸 느꼈다. 우주복 안의 공기가 팽창하면서 헬멧에 김이 끼었다. 압력이 13킬로그램에 다다르자 처비가 흡기를 끄고

---

* 1915년 미국 디트로이트에서 창설된 자선 단체

계량기를 살폈다. 거대한 헬멧을 써서 키가 180센티미터는 되어 보이는 앤드루스 대장이 그들과 합류했다. "압력 준비되었습니다." 처비가 보고했다.

샘이 브루스의 공기 공급기를 연결했다. "흡기구를 열고 질식하기 전에 턱 밸브를 열어." 샘이 명령했다. 브루스는 따랐다. 건조한 공기가 들어오자 헬멧 안에 끼었던 김이 사라졌다. 샘이 브루스의 밸브를 조절해줬다. "바늘을 잘 살펴." 샘은 브루스의 벨트에 있는 혈중산소농도 다이얼을 가리키며 명령조로 말했다. "턱 밸브를 이용하지 말고 바늘이 계속 하얀색에 머물도록 산소배합을 유지해."

"나도 알아."

"그러니까 다시 말할게. 바늘이 붉은색에 가면 하늘나라에 가서 성 베드로에게 무슨 일이 있었나 설명해야 하게 될 거야."

스카우트 대장이 물었다. "짐은 얼마나 줬지?"

"아…." 샘이 대답했다. "그냥 안정될 정도로만 줬습니다, 아마 다해서 136킬로그램 정도일 겁니다."

브루스가 계산해봤다. 6분의 1 중력이니까, 이 말은 그 자신과 우주복과 짐까지 다 포함해서 22킬로그램이라는 뜻이었다. "저도 제 몫을 나르겠습니다." 브루스가 이의를 제기했다.

"너에게 뭐가 최선인지는 우리가 결정할 것이다." 스카우트 대장이 잘라서 거절했다. "서둘러라, 부대는 준비되었으니까." 그가 떠났다.

샘은 무선을 끄고 브루스의 헬멧에 자기 헬멧을 가져다 댔다. "잊어버려." 샘이 조용히 말했다. "저 양반은 행군 시작 전에는 항상 저렇게 날카로워." 두 사람은 브루스의 짐을 재빨리 실어줬다. 예비용 공기와 물병, 음식물 한 상자, 폭이 넓은 스키와 스키 폴. 그러고는 현장용 장비도 달아줬다. 구급상자, 탐험용 망치, 등산용 로프 두 개, 피톤*과 로프 고정 고리가 든 주머니 하나, 회중전등, 그리고 칼이었다. 달 스카우트 대원들이 준

* 등산 시 벽에 박는 못

비를 마치자 샘이 외쳤다. "가자!"

앤드루스 대장이 에어로크 담당자에게 목록을 건네고 안으로 들어갔고 세 명의 스카우트 대원도 따라 들어갔다. 브루스는 지하 도시로 공기가 빨려 들어가면서 우주복이 부푸는 것을 느낄 수 있었다. 불이 녹색으로 바뀌자 앤드루스 대장은 바깥쪽 문을 열었고 브루스는 진공의 달 평원을 마주하게 되었다.

먼저 눈이 부셨다. 평야는 타들어 가는 태양 아래 밝게 빛나고 있었다. 멀리 보이는 바늘처럼 날카로운 언덕이 너무 강렬하고 진한 색깔로 칠해져 있었다. 그는 눈을 쉬게 하려고 하늘을 쳐다보았다.

그러자 어지러워졌다. 대기 때문에 흐려지지 않은 채 별로 가득 찬 하늘을 한 번도 본 적이 없었다. 하늘은 검은색보다도 검었고 강렬한 다이아몬드 빛으로 빽빽하게 들어차 있었다.

"도보 행군!" 스카우트 대장의 목소리가 헬멧에서 울렸다. "경보로 걷는다. 잭 윌스가 선두를 맡는다." 대열에서 한 명이 삐져나와 길게 둥실 떠오르는 걸음으로 한 번에 5미터씩 앞으로 나갔다. 그는 백 미터 앞에서 멈췄다. 부대는 50미터 뒤에서 1열 종대를 구성했다. 선도자가 팔을 올렸다가 내리며 신호하자 부대가 움직이기 시작했다.

앤드루스 대장과 스카우트 대원 한 명이 샘과 브루스 쪽으로 합류했다. "스피디가 널 도와줄 거다." 대장이 샘에게 말했다. "브루스가 자기 다리를 제대로 부릴 수 있을 때까지 말이야. 따라가주도록. 아직 경보로 걸을 수 없을 텐데, 그래도 오늘 할당량은 주파해야 하니까."

"저희가 따라가겠습니다."

"들고서라도 말이죠." 스피디가 덧붙였다.

이제 스카우트 대장은 긴 도약으로 대원들의 선두로 나섰다. 브루스는 따라가고 싶었다. 보기에는 쉬워 보였다. 하늘을 나는 것처럼 말이다. 자기를 들고 간다느니 하는 얘기도 마음에 들지 않았다. 그러나 샘이 왼쪽 벨트 손잡이를, 스피디가 오른쪽 손잡이를 붙잡았다. "이제 간다." 샘이 미리 경고했다. "발을 땅에 계속 대고 우리 보조에 맞추려고 해봐."

브루스는 자신 있게 시작했다. 저중력인 루나시티 복도에서 사흘을 보냈으니 이 정도면 '다리를 제대로 부릴 수 있을' 것 같았다. 아기처럼 걷기부터 배우다니, 신참 길들이기라고 생각했다.

하지만 전혀 아니었다. 몸이 마치 새처럼 가벼운 것은 사실이었다. 하지만 경보로 보조를 맞추기는 어려웠다. 그는 떠 있고 싶었다. 내려가는 길에서 속도가 올라갔고 갑자기 발밑에 더는 땅이 없어서 걸음을 헛디뎠다. 그는 손을 머리 위로 치켜들었다.

벨트에 매달린 채로 머리가 아래로 내리꽂힌 상태가 되었고 안내자 두 사람이 웃는 소리를 들을 수 있었다. "무슨 일이야?" 두 사람이 바로 세워주며 물었다.

"땅에서 발을 떼지 마."

"네가 지금 무슨 일을 겪는지 알아." 스피디가 말했다. "나도 지구에 가봤어. 몸의 무게와 질량이 일치하지 않는 것에 근육이 익숙지 않은 거야. 지금 지구 기준으로 아기 정도의 무게지만 관성은 뚱뚱한 성인 남자 정도로 가지고 있으니까."

브루스는 다시 시도했다. 몇 번 멈추고 방향을 바꾸고 나자 스피디가 무슨 말을 하는 것인지 알게 되었다. 짐은 깃털처럼 가벼웠지만, 방향을 전환하면 도보 속도에서도 몸이 휘둘려 튕겨 나갈 것 같았다. 실제로도 다리를 제대로 부릴 수 있을 때까지 몇 번이나 몸이 튕겨 나갔다.

곧 샘이 물었다. "느린 속보로 갈 준비가 된 것 같아?"

"아마도."

"알았어. 하지만 반드시 기억해, 방향을 바꾸려면 먼저 속도를 줄여. 아니면 공처럼 데굴데굴 구르게 될 거야. 좋았어, 스피디. 시속 10킬로미터로 간다."

브루스는 두 사람의 보조를 맞추려고 해봤다. 마치 나는 것처럼 길게 붕 뜬 걸음이었다. 이건 나는 거였다! 위로! 떠올랐다가… 바닥을 발로

스치고 다시 위로. 스케이트나 스키보다 훨씬 재밌었다.

"아이코!" 샘이 브루스의 자세를 안정시켜줬다. "발을 앞으로 해."

그들이 앞서 나가자 앤드루스 대장이 나머지 대원들과 보조를 맞추라고 명령했다.

✳

비현실적으로 보이던 언덕이 이제 가까이 와 있었다. 브루스는 평생 날아다닌 느낌이었다. "샘⋯." 그가 말했다. "나 혼자 따라가도 될 것 같아?"

"괜찮을 거야. 돌아가는 3킬로미터는 봐줄게."

"오!" 사실이었다. 브루스는 이제 마치 달 토박이가 된 느낌이었다.

한참 후 선두에 있는 소년의 목소리가 외쳤다. "경보!"

부대는 내려와서 도보로 보조를 바꿨다. 선도자가 앞쪽의 고지에 서서 스키를 치켜들고 있었다. 부대는 정지한 다음 스키를 꺼냈다. 앞에 펼쳐진 분지에 부드러운 가루 같은 물질이 깔려 있었다.

브루스는 샘을 돌아보며 처음으로 서쪽을 바라보게 되었다. "맙소사. 이건 정말!" 그가 숨을 들이켰다.

루나시티의 지붕 너머로 지구가 반달 모양으로 빛나고 있었다. 둥글고 녹색에 아름다웠고 만월보다 컸다. 숲의 녹색과 사막의 갈색과 구름의 빛나는 하얀색이 어우러져 헤아릴 수 없이 사랑스러웠다.

샘이 바라보았다. "15시야."

브루스는 시간을 알아맞히려다가 일출선 대부분이 바다에서 생기는 것을 보고 당황했다. 그는 샘에게 물었다.

"저 어두운 부분의 밝게 빛나는 곳 보여? 저게 호놀룰루야, 저기를 기준으로 계산하면 되지."

브루스는 스키를 신으면서 그 점에 대해 곰곰이 생각했다. 그는 넘어지지 않고 스키를 신고 일어나 돌아봤다.

"흠." 샘이 말했다. "스키에는 익숙한가 보네."

"배지는 땄으니까."

"글쎄, 그것과는 다를 거야. 스키를 잘 지치고 바닥에서 발을 떼지 않도록 해."

브루스는 바닥에서 떨어지면 죽는다는 생각으로 발을 떼지 않기로 했다. 장갑을 낀 손으로 부드러운 흙을 한 줌 정도 만져보았다. 가볍고 부스러지며 거의 뭉쳐지지 않았다. 무엇 때문에 이렇게 됐는지 궁금했다.

앤드루스 대장이 스피디를 선두로 보내 앞장서게 했다. 샘과 브루스는 그 열에 합류했다. 브루스는 따라가기가 힘들었다. 흙이 좌우로 날렸는데 약한 중력 덕에 아주 천천히, 거의 공중에 떠 있는 것처럼 내려앉았다. 스키 폴을 그 안개에 휘두르자 회오리도 일지 않고 마치 칼로 잘라낸 것처럼 날카로운 틈이 생겼다.

행렬이 왼쪽으로 붙었다가 다시 원래대로 돌아왔다. 오른쪽에 지름 50미터 정도 되는 저지대가 있었기 때문이었다. 브루스에게는 그 바닥이 보이지 않았다. 잠시 멈춰서 샘에게 질문을 할 생각이었는데 스카우트 대장의 말소리가 쪼아댔다. "브루스! 계속 움직여라!"

한참 후에 스피디의 목소리가 울려왔다. "딱딱한 땅이다!" 그 지점에 도착한 행렬은 멈춰서 스키를 벗었다. 브루스는 무선을 끄고 샘의 헬멧에 자기 헬멧을 갖다 댔다.

"아까 대장이 왜 나한테 윽박지른 거야?"

"그거? 거긴 나팔꽃 지대야. 독 같은 곳이라고!"

"나팔꽃 지대?"

"일종의 지반침하지대야. 그 비탈에 들어가게 되면 절대 나올 수 없어. 발밑이 계속 무너져서 바닥까지 가게 되는 거지. 절대 못 나와. 공기가 떨어질 때까지 말이야. 그렇게 죽은 탐험가들이 꽤 많아. 혼자 나갔다가 어두워서 길을 잘못 든 거지."

"혼자 있었는지 어떻게 알아?"

"들어가는 발자국이 있는데 나오는 발자국이 없었겠지?"

"아!" 브루스는 바보가 된 느낌이었다.

대원들은 다시 속보로 나아갔고 언덕이 천천히 가까워지며 하늘 높이 솟았다. 앤드루스 대장이 정지 명령을 내렸다. "야영한다." 그가 말했다. "샘, 저 노두* 서쪽에 천막을 마련해라. 브루스는 샘이 하는 것을 지켜보도록."

천막은 기밀 텐트로, 반원형 원통으로 된 묵직한 철사로 짜여 있었다. 그리고 골격은 여러 구역으로 나뉘었다. 스카우트 대장이 메고 있던 거대한 짐은 에어백이었다.

바닥 골격 위로 뼈대가 세워졌고 네 귀퉁이를 바닥에 고정한 뒤 바닥에 석면판을 펼쳐 깔았다. 이어서 둥근 천장과 벽을 세웠다. 샘은 렌치로 연결부위를 시험해보고는 에어백을 펼치라고 했다. 그동안 두 명의 스카우트 대원들이 태양 차폐막을 펼쳤다.

다섯 명의 소년이 안에 들어가 일어나서 팔을 높이 들었다. 다른 대원들은 스키와 폴대를 뺀 더플백을 실어날랐다. 앤드루스 대장은 마지막으로 들어가서 에어로크를 잠갔다. 금속 골격 때문에 무선 통신은 불가능했다. 샘은 전화선으로 헬멧과 연결해 통신했다. "시험 중…." 그가 말했다.

브루스는 샘이 중계 무선으로 대답하는 소리를 들을 수 있었다. "팽창 준비됐습니다."

"알았다." 가방이 부풀어 오르며 골격을 메워나갔다. 샘이 말했다. "먼저 들어가, 브루스. 차폐막을 조정하는 거 빼곤 할 일도 없어."

"보고 있는 게 낫겠어."

"알았어." 그들은 천막을 얇고 광택이 있는 차폐막으로 뒤덮었다. 샘은 틈을 반 정도 열었다. "안쪽은 추워." 그가 말했다. "기체가 팽창했으니까. 하지만 금방 따뜻해질 거야." 곧 무선이 들어왔고 틈을 조금 닫았다. "들어가." 샘이 브루스를 재촉했다. "온도가 괜찮아지려면 30분은 걸릴 거야."

"들어가는 것이 좋겠어." 브루스도 인정해야 했다. "좀 어지러워."

---

* 광맥, 암석이나 지층, 석탄층 따위가 지표에 드러난 부분

샘이 브루스를 살폈다. "너무 덥지?"

"그런 것 같아."

"태양 아래에서 오랫동안 가만히 서 있어서 그래. 공기 순환이 안 되니까. 이쪽으로." 샘이 브루스의 공급 밸브를 활짝 열었다. "안에 들어가."

브루스는 고마움을 느끼며 명령에 따랐다.

브루스가 안에 들어가서 고개를 들자 두 명의 소년이 그를 도왔다. 두 사람은 밸브를 잠그고 헬멧을 열고는 우주복을 벗겨줬고, 벗은 우주복을 수납했다. 브루스는 주위를 둘러봤다.

주간용 조명이 에어로크에서 저편의 위생 구역 커튼까지 이어졌다. 커튼 옆에 우주복과 헬멧들이 걸려 있었다. 스카우트 대원들은 기다란 방 양옆으로 앉아 쉬고 있었다. 입구 옆에서 스카우트 대원 한 명이 귀에 달린 혈중산소농도계를 살펴보며 공기 공급 장치를 관찰하는 중이었다. 근처에서 앤드루스 대장이 샘에게 기온 변화를 알렸다. 방 한가운데에서는 처비가 식사를 차리고 있었다. 처비가 손을 흔들었다. "안녕, 브루스! 앉아서 빨리 식사해."

두 명의 스카우트 대원이 브루스와 처비가 앉을 자리를 만들었다. 한 명이 말했다. "예일에 가본 적 있어?" 브루스는 가본 적 없었다. "난 거기 갈 거야." 스카우트 대원이 자신 있게 말했다. "형이 들어갔거든." 브루스는 마치 집에 온 느낌이었다.

샘이 들어오자 처비가 쇠고기 스튜와 쪄서 포장된 향기로운 롤빵, 그리고 벽돌같이 생긴 복숭아 아이스크림을 식사로 내왔다. 브루스는 달 스카우트들이 미리 아이스크림을 부드럽게 녹인 거라고 추측했다. 저녁 식사 후 나팔수가 하모니카를 꺼내 연주했다. 브루스는 등을 기댔고 편안한 졸음이 밀려왔다.

＊

"브루스!" 스카우트 대장이 갑자기 브루스를 잠에서 깨웠다. "응급 기술 시험을 봐야겠다."

30분 동안 브루스는 공기 지혈대와 비상 우주복 패치, 우주복을 입은 사람에게 인공 호흡하는 법, 열중증, 저산소증, 골절 등에 대처하는 모습을 시범해보였다. "그 정도면 되겠군." 스카우트 대장이 결론을 내렸다. "한 가지 더. 헬멧이 부서진 사람은 어떻게 해야 하지?"

브루스가 당황했다. "글쎄요⋯." 무심결에 말했다. "묻어줘야겠죠."

"정답." 스카우트 대장도 동의했다. "그러니 조심해야 한다. 좋았어. 6시간 취침한다. 샘, 불침번 당번을 골라라."

샘이 자신을 포함해 여섯 명의 소년을 뽑았다. 브루스가 물었다. "나도 불침번을 서면 안 돼?"

앤드루스 대장이 끼어들었다. "안 된다. 그리고 샘, 너도 빠져라. 내일 브루스와 함께 2인조 행군을 하게 될 테니까. 잠이 필요할 거야."

"알겠습니다. 대장님." 그리고 샘은 브루스에게 말했다. "불침번은 아무것도 아니야. 내가 어떻게 하는지 보여줄게." 불침번을 서는 스카우트 대원은 여러 가지 기구를 살펴야 했지만, 가장 중요한 것은 우주복과 마찬가지로 혈중산소농도계를 지켜보는 것이었다. 건조한 공기가 산화칼슘 막을 통과하고 이산화탄소를 탄산칼슘으로 바꾼다. 건조 수산화나트륨이 정화된 공기에서 수증기를 제거한다.

"불침번 서는 녀석은 산소 교체를 확실하게 해야 해." 샘이 말을 계속했다. "무슨 일이라도 일어나면 깨워서 신속하게 우주복을 입혀야 하니까."

앤드루스 대장이 모두에게 자라고 말했다. 브루스가 차례가 되어 위생 시설에 다녀온 뒤 누울 자리를 찾을 때 하모니카가 울기 시작했다. "하루가 끝나고⋯ 해가 지면⋯."

태양이 아직 중천에 떠 있는데 탭스*를 듣고 있자니 묘한 기분이었다. 물론 태양이 진짜로 지기까지 1주일이나 기다릴 수는 없는 노릇이긴 했다.

---

* 스카우트에서 하루가 끝날 때 부르는 노래

이들 식민지 소년들은 자지 않은 채 계속 장난을 쳤고 이른 저녁에 누웠지만 거의 새벽 1시까지 깨어 있었다. 브루스는 샘에게 여러 가지 물어봐야겠다고 생각했다. 아는 척을 많이 해서 그렇지 나쁜 녀석은 아니었다. 맨바닥에 자는 기분이 이상했지만 저중력에서는 별로 상관없기도 했다. 브루스는 하모니카로 부는 기상나팔 소리가 귀를 습격할 때까지 계속 생각에 빠져 있었다.

아침 식사는 여기서 직접 요리한 스크램블드에그였다. 야영지를 철수하고 부대가 출발하는 데 1시간도 걸리지 않았다. 그들은 속보로 베이스캠프로 향했다.

크레이터 주위를 돌아서 가는 길이었다. 50킬로미터 정도를 가자 브루스는 배가 고파졌고, 마침 선도자가 신호를 보냈다.

"경보!" 그들은 언덕 중턱에 있는 에어로크로 몰려들었다.

베이스캠프는 루나시티처럼 매끄러운 표면처리가 되어 있지 않았고, 자연 동굴을 공기가 새어 나가지 않도록 막은 것뿐이었다. 하지만 각 부대는 장비가 잘 갖춰진 부대전용실을 가지고 있었다. 공기는 루나시티처럼 수경 정원에서 재생되었고 태양광 발전소와 축열기를 이용해 길고 추운 밤을 견딜 수 있었다.

브루스는 2인조 행군 시작을 기대하며 서둘러 점심을 먹었다. 두 사람은 예비 공기와 포장된 음식, 예비용 물을 제외하고는 이전 장비를 그대로 썼다. 샘은 브루스의 우주복 옷깃 안쪽에 스프링으로 튀어나오는 하이킹용 식량 클립을 끼웠다.

스카우트 대장이 에어로크에서 두 사람을 점검했다. "어디로 갈 생각이지, 샘?"

"남동쪽으로 갈 것입니다. 제가 선두입니다."

"흠, 거친 지역인데. 좋아, 자정까지 돌아오도록. 동굴에는 들어가지 말고."

"알겠습니다."

밖에서 샘이 한숨을 쉬었다. "어휴! 대장님이 등반도 하지 말라고 할 줄 알았네."

"등반할 거야?"

"물론이지. 할 수 있지?"

"등반 배지도 땄으니까."

"힘든 일은 내가 하겠지만. 뭐, 어때. 출발하자."

샘은 언덕과 타들어 간 평원을 앞장서서 가로질렀다. 그는 시속 10킬로미터 속도에 다다른 후 20킬로미터로 올렸다. 브루스도 보조를 맞추며 즐겼다. "이런 활동이 반갑나 보네, 샘."

"당연하지. 여기가 아니었다면 체육관 밀폐나 돕고 있었을 텐데."

"마찬가지야. 난 달 생존술 배지를 따기 위해선 이번 행군이 필요했거든."

샘은 몇 걸음을 가는 동안 아무 말도 없었다. "이봐, 브루스, 너 정말 루나 이글 스카우트를 따려는 것은 아니겠지?"

"왜 아니야? 선택 배지들도 땄어. 네 개의 다른 배지만 남았다고. 캠핑, 달 생존술, 길 찾기 그리고 개척물 제작. 정말 열심히 공부했고 지금은 경험도 쌓고 있잖아."

"네가 공부를 했다는 걸 의심하는 건 아니야. 하지만 검토위원회는 엄청나게 깐깐하거든. 진짜 달 토박이가 아니면 통과 못 해."

"지구에서 온 스카우트는 통과 안 시켜준다는 거야?"

"이렇게 표현하면 어떨까. 진짜 중요한 배지는 달 생존술이야. 시험관들은 오랜 달 토박이거든. 책에서 나올 법한 대답으로는 통과 못 해. 시험관들은 네가 얼마나 여기에 있었는지 알고 이곳에 대해 얼마나 모르는지도 알게 될 거야."

브루스가 생각을 해봤다. "그건 불공평하잖아!"

샘이 코웃음을 쳤다. "달 생존술은 장난이 아니야. 진짜라고. 생존의 문제야. 실수하면 낙제로 안 끝나고 묻어줘야 한다니깐."

브루스는 대답이 없었다.

이제 두 사람은 언덕에 다다랐다. 샘은 멈춰서 베이스캠프를 불렀다. "여기는 샘과 브루스, 1번 부대 나오세요."

잠시 후 베이스가 대답했다. "118, 지금 위치는?"

"쪽지가 있는 돌무덤입니다."

"알았다."

샘은 돌을 쌓아 올리고서 다음 주머니에서 메모장을 꺼내 시간, 날짜와 두 사람의 이름을 종이에 적은 다음 찢어서 위에 올려놓았다. "이제 진짜 출발하자."

길은 거칠고 예측 불가였다. 이 협곡은 한 번도 물에 의해 침식된 적이 없었기 때문이었다. 샘은 브루스가 따라오게 하려고 몇 번이나 줄을 늘여줘야 했다. 그동안 망치로 바위를 두드리며 길을 선도했다. 그러다 막다른 곳에 다다랐다. 150미터 높이의 암벽이었는데, 시작 부분부터 30미터는 수직에다 발디딜 곳도 없었다.

브루스가 쳐다보며 말했다. "저길 올라갈 거야?"

"물론이지. 이 형님이 하는 거나 잘 지켜봐라." 수직으로 올라가는 피치*에 암주(巖柱)가 튀어나와 있었다. 샘은 줄 두 개를 클립으로 고정하고는 고리를 암주에 걸리도록 던졌다. 두 번을 놓쳤고 그때마다 줄이 천천히 다시 내려왔다. 결국 그 위로 거는 데 성공했다.

샘은 피톤을 벽에 박고 옆에 로프 고정 고리를 건 다음 밧줄을 고리에 걸었다. 샘은 브루스와 함께 풀려 있는 쪽의 줄을 잡아당겨 피톤이 튼튼하게 박혔는지 시험해보았다. 브루스는 줄을 로프 고정 고리에 매듭으로 묶어 고정했다. 그리고 샘이 올라가기 시작했다.

샘은 10미터 정도 올라가더니 다리에 줄을 감아 타고 내려와서 또 다른 피톤을 박고 안전끈을 걸었다. 그걸 두 개 더 만들었다. 샘이 암주에

* 암벽 또는 빙벽 등반에서 확보점 간의 거리

도달한 다음 외쳤다. "로프 푼다!"

브루스가 로프를 풀자 로프는 뱀처럼 절벽을 따라 올라갔다. 그러자 샘이 외쳤다. "로프 고정!"

브루스가 대답했다. "시험 중!" 그리고 샘이 내려준 줄을 잡아당겼지만 당겨지지 않았다.

"올라와." 샘이 명령했다.

"올라간다." 브루스는 6분의 1 중력은 등반가의 천국일 거라고 생각했다. 그는 쉬지 않고 올라가면서 안전끈을 풀 때만 정지했다.

브루스는 서로 등넘기를 하며 남은 피치를 주파하고 싶었지만 샘이 선도를 맡겠다고 고집했다. 브루스는 곧 다행이라고 생각하게 되었다. 지구에서의 등반과 다른 점 세 가지를 깨닫게 되었기 때문이다. 첫 번째는 낮은 중력이었지만 나머지 두 가지는 큰 난점이었다. 우주복을 입은 상태에서 균형을 잡고 등반하는 것은 매우 거추장스러웠고 침니 등반*처럼 무릎이나 어깨를 사용하는 경우에는 우주복이 찢어질 우려가 있어서 익숙한 동작을 할 수가 없었다.

두 사람은 누구도 와본 적이 없는 황량한 고지에 오르게 되었다. 고지는 검은 하늘에서 밝게 빛나는 봉우리로 둘러싸여 있었다. "어디로 갈 거야?" 브루스가 물었다.

샘은 별을 관찰하더니 남동쪽을 가리켰다. "사진 지도에는 저쪽에 탁 트인 지대가 있다고 나와."

"괜찮네." 두 사람은 터벅터벅 걷기 시작했다. 이 지역은 너무 거칠어서 속보로 갈 수가 없었다. 두 사람이 지구가 보이는 고지로 나오니 꽤 길게 여행하고 있는 느낌이었다. 적어도 브루스는 그렇게 느꼈다. "몇 시야?" 그가 물었다.

"거의 17시야." 샘이 위를 올려다보더니 대답했다.

---

* 절벽의 틈으로 들어가 등반하는 자세

"자정까지는 돌아가야 해."

"글쎄…." 샘도 인정했다. "지금쯤이면 탁 트인 지대에 도착했어야 했어."

"길을 잃은 거야?"

"그럴 리가 있나! 내가 선도했잖아. 하지만 와본 적이 없는 곳이야. 아마 누구도 와본 적이 없을걸."

"30분만 이 방향으로 가보고 안 되면 돌아가는 게 어때?"

"괜찮네." 두 사람은 30여 분간 계속 걸어갔다. 샘은 결국 돌아서 갈 시간이 되었다고 항복했다.

"저 다음 고지에 가보자." 브루스가 재촉했다.

"알았어." 샘이 먼저 꼭대기에 도착했다. "어이, 브루스, 해냈어!"

브루스가 합류했다. "맙소사!" 6백여 미터 아래로 죽음의 달 평원이 펼쳐져 있었다. 남쪽을 제외하고는 산이 둘러싼 곳이었다. 8킬로미터 정도 떨어진 곳에는 두 개의 작은 크레이터가 8자 모양을 그려놓고 있었다.

"여기가 어딘지 알아." 샘이 선언하듯 말했다. "사진 지도에서 저 8자 모양을 본 적 있어. 여기를 미끄러져 내려간 다음 남쪽을 돌아 30킬로미터 정도 가면 베이스캠프가 나올 거야. 식은 죽 먹기지. 공기 잔량은 어때?"

브루스의 공기통은 적당한 압력을 보여주고 있었다. 샘은 더 많은 일을 했기 때문에 더 낮았다. 두 사람 모두 공기통을 교체한 뒤 준비를 시작했다. 샘은 피톤을 박고 고리를 건 다음 줄을 걸어서 벨트에 연결하고 다시 고리에 걸었다. 줄의 끝에 다리를 통과시킨 다음 허벅지를 둘러 가슴을 가로질렀다. 그러고는 어깨 위를 거쳐 다른 손으로 옮겨서 현수 하강용 줄의자를 만들었다. 그는 절벽에 필요한 만큼만 줄을 풀면서 '걸어서' 내려갔다.

샘은 브루스 아래에서 어깨 높이에 도달했다. "하강 줄을 푼다!" 샘이 외치고는 링을 통해 줄을 당겨 회수했다.

브루스도 현수 하강용 줄의자를 만들어 합류했다. 경사가 점점 급해지고 있었고 이후부터는 샘이 위에서 고정시키는 동안 브루스를 먼저 내려보냈다. 두 사람은 마지막 높은 절벽에 왔다. 브루스가 너머를 살펴봤다. "여기선 쉬어가야 할 것 같아."

"아마도." 샘이 네 개의 줄을 모두 모아서 길이를 쟀다. 3미터 줄이 바닥의 자갈밭에 닿아 있었다.

브루스가 말했다. "닿기는 하는데 줄은 버리고 그냥 가야 할 것 같아."

샘이 얼굴을 찌푸렸다. "유리섬유 줄은 비싸. 지구에서 가져온 거란 말이야."

"여기 머무는 것보다는 낫겠지."

샘은 절벽 면을 찾더니 피톤을 하나 박았다. "내가 널 아래로 내려줄게. 중간 정도 갔을 때 피톤을 두 개 박아서 그중 하나에 손잡이를 달아. 그렇게 하면 내가 바꿔 탈 수 있을 거야."

"난 반대야." 브루스가 항의했다.

"우리가 줄을 잃게 되면…." 샘이 반박했다. "영원히 되찾지 못하게 될 거야. 어서 가."

"그래도 마음에 안 드는데."

"누가 지휘자지?"

브루스가 어깨를 으쓱하고는 줄을 풀어서 내려가기 시작했다.

샘이 곧 멈추라고 지시했다. "중간지점이야. 쉴 곳을 만들어줘."

브루스가 오른쪽을 향하고 걸어가 봤지만 미끈한 벽밖에 보이지 않았다. 그는 다시 돌아와 절벽 틈을 찾아냈다. "여기 틈이 있어." 그가 보고했다. "하지만 하나뿐이야. 틈 하나에 피톤 두 개를 박으면 안 되잖아."

"넓게 벌려서 박아." 샘이 지시했다. "튼튼한 바위니까 괜찮을 거야."

브루스는 어쩔 수 없이 따랐다. 피톤의 스파이크가 쉽게 박혔지만, 피톤이 제대로 고정이 되었을 때 들리는 단단한 금속음을 들을 수 있었으면 좋았을 거라고 생각했다. 일을 마치고 손잡이를 달았다. "내려간다!"

2분 동안 내려간 다음 줄을 풀었다. "하강 완료!" 그는 바닥에 있는 바위 지대에 재빨리 내려섰다. 바위 끄트머리에서 브루스가 외쳤다. "샘!

이 평야는 부드러운 흙으로 된 것 같아!"

"알았어…." 샘이 확인했다. "비켜서." 브루스는 절벽에서 15미터 정도 떨어진 다음 멈춰서 스키를 신기 시작했다. 그러고는 평야 쪽으로 몇 걸음 가서는 돌아서서 뒤를 바라보았다. 샘이 피톤에 닿고 있었다. 샘은 매달려서 한 발을 손잡이에 걸고 팔뚝에 고리를 건 다음 자기 줄을 회수했다. 이어 자기 줄을 두 번째 피톤 고리에 통과시킨 후 하강줄에 연결한 다음 손잡이를 이 피톤에서 저 피톤으로 바꿔 걸어서 고정했다. 그리고 내려오기 시작했다.

60미터 정도를 남겨두고 절반 정도 다다랐을 때 샘이 멈췄다. "무슨 일 있어?" 브루스가 물었다.

"줄이 매듭에 걸렸어…." 샘이 말했다. "이 짜증 나는 게 고리 통과를 막고 있어. 풀어볼게." 그는 몸을 30센티미터 정도 올린 다음 올라간 만큼의 줄이 위쪽 고리를 통과하도록 확 내렸다.

샘이 불가능한 각도로 기대는 것을 보고 브루스는 놀랐다. 샘이 "낙석이다!"라고 외치는 소리를 들었고 그게 무슨 의미인지 이해하기도 전에 피톤이 빠졌다.

샘은 1미터 정도를 떨어져서 손잡이가 걸린 다른 피톤 덕에 정지했다. 그는 다리를 벌려서 자세를 바로잡았다. 하지만 경고의 목소리는 의미 없는 것이 아니었다. 브루스는 돌 하나가 정확히 샘의 헬멧에 떨어지는 모습을 보았다. 브루스는 계속 고함을 질렀다.

샘이 위를 보더니 절벽에서 떨어지도록 점프했다. 돌은 그와 벽 사이를 통과했다. 브루스에게는 샘이 돌에 맞았는지 안 맞았는지 보이지 않았다. 샘이 흔들리더니 벽에 발을 디뎠고 다시 또 불가능한 각도로 기댔다. 두 번째 피톤이 빠졌다.

샘이 다시 외쳤다. "낙석이다!" 그는 절벽에서 되도록 멀어지도록 벽을 찼다.

브루스는 샘이 처음에는 느리지만 점점 관성을 얻어가는 것을 지켜봤다. 샘은 영원토록 떨어지는 것처럼 보였다.

그리고 바닥에 추락했다.

＊

브루스는 샘의 스키를 발견하고 직접 집어 들어야 했다. 일부러 조심스럽게 그 지점으로 스키를 타고 갔다.

샘이 필사적으로 발차기를 했기 때문에 바위 위에 헬멧이 부딪히는 일은 모면할 수 있었다. 샘은 떨어진 잔해와 함께 묻혀 있었는데, 한쪽 다리만 웃긴 모양으로 튀어나와 있었다. 브루스는 웃지 않기 위해 필사의 노력을 했다.

브루스가 당겼지만 샘은 미동도 하지 않았다. 신고 있는 스키가 방해되어 결국 브루스는 스키에 걸터앉은 자세로 샘을 끌어당겼다. 소년의 눈은 감겨 있었고 몸은 이완되었지만 그래도 우주복은 압력을 유지하고 있었다. "샘!" 브루스가 외쳤다. "내 말 들려?"

샘의 혈중산소농도계 바늘이 위험하게도 붉은 쪽에 가 있었다. 브루스는 샘의 흡기구 밸브를 더 열었지만 나아질 기색이 보이지 않았다. 샘의 얼굴을 바닥으로 해서 뒤집고 싶었지만 헬멧을 쓴 샘의 머리를 똑바로 만들 방법이 전혀 없었다. 또 그런 자세에서는 시간을 들여 벨트를 벗기지 않는 한 혈중산소농도계를 읽을 수도 없게 될 것이었다. 샘의 얼굴을 위로 한 자세로 인공호흡을 하기로 했다. 브루스는 스키와 벨트를 차 버렸다.

우주복의 압력이 방해가 되는 데다 브루스의 손이 샘의 갈비뼈에 만족할 만큼 밀착되지도 않았다. 하지만 계속했다. 스윙! 하고 하나 하고 둘 하고 위로! 하나 하고 둘 하고 스윙!

바늘이 움직이기 시작했다. 곧 바늘이 하얀색에 들어서자 브루스가 멈췄다.

바늘은 계속 하얀색에 머물렀다.

샘의 입술이 움직였지만 소리가 나오지 않았다. 브루스가 샘의 헬멧에 자기 헬멧을 댔다. "뭐라고, 샘?"

희미하게 소리가 들렸다. "조심해… 낙석이야…."

브루스는 이다음에 뭘 해야 할지 생각했다.

샘을 압력실에 데려가기 전까지는 할 수 있는 일이 거의 없었다. 일단 도움을 요청하는 일이 최우선이었다. 그것도 빨리!

연기 신호를 보낼까? 총을 세 번 쏴야 하나? 때려치워, 브루스! 여긴 달이잖아. 그는 사막차가 우연히 지나갔으면 좋겠다고 생각했다.

일단 무선을 시도해봤다. 별로 희망적이지는 않았다, 절벽 위에 있었을 때도 아무것도 잡히지 않았으니까. 그래도 해봐야 했다. 샘의 혈중산소농도를 살핀 다음 자갈 더미 위로 올라가 안테나를 펼치고 시도했다. "메이데이!" 그가 불렀다. "도와줘요! 누구 들리는 사람 없어요?" 다시 시도했다.

그리고 또다시 했다.

샘이 움직임을 보이자 브루스는 서둘러 돌아갔다. 샘은 앉아서 왼쪽 무릎의 통증을 견디고 있었다. 브루스가 서로의 헬멧을 접촉했다. "샘, 괜찮아?"

"어? 다리가 말을 안 들어."

"부러졌어?"

"내가 어떻게 알겠어? 무선이나 켜."

"지금도 켜져 있어. 네 무전기가 고장이 났나 봐."

"어? 어쩌다?"

"떨어졌을 때."

"떨어지다니?"

브루스가 손가락으로 절벽을 가리켰다. "아무것도 기억 안 나?"

샘이 절벽을 노려보았다. "어, 모르겠어. 이거 장난 아니게 아픈걸. 다른 대원들은 어딨어?"

브루스가 아주 천천히 말했다. "여기 지금 우리끼리 왔잖아, 샘. 기억 안 나?"

샘이 얼굴을 찌푸렸다. "글쎄. 브루스, 여기서 벗어나야 해! 스키 신는 거 좀 도와줘."

"그 무릎으로 스키를 탈 수 있겠어?"

"억지로라도 해봐야지." 브루스가 샘이 일어나도록 도왔고 다른 발로 중심을 잡는 동안 다친 다리에 스키를 신겼다. 하지만 그 다리로 무게중심을 옮기자 샘은 무너지듯 쓰러졌고 얼굴이 창백해졌다.

브루스는 샘에게 공기를 주면서 혈중산소농도가 여전히 괜찮다는 걸 확인했다. 샘의 스키를 풀어준 다음 다리를 곧게 펴주고 기다렸다. 샘의 눈꺼풀이 꿈틀대자 다시 샘의 헬멧에 자기 헬멧을 댔다. "샘, 내 말 알아 듣겠어?

"어, 물론이지."

"그 다리로 못 서. 내가 널 들고 갈게."

"안 돼."

"안 된다니, 무슨 말이야?"

"안 될 거란 얘기야. 들것을 만들어." 샘이 눈을 감았다.

브루스는 샘의 스키를 나란히 놓았다. 스키 뒤쪽 끝에는 강철 막대가 끼워져 있었고, 그걸 보자 어떻게 사용해야 할지 그림이 그려졌다. 각 스키에 두 개씩, 네 개의 링에 막대를 통과시킨 다음 걸쇠를 찰칵 하고 걸었다. 그러자 다른 쪽 막대와 맞아들어갔다. 그런 후 바인딩*을 떼어버리자, 좁지만 쓸 만한 들것이 완성되었다.

브루스는 샘에게서 가방을 벗겨낸 뒤 병들을 가져와 샘에게 들라고 했다. "이제 널 옮길게. 천천히⋯, 됐다!" 우주복을 입은 부분이 끄트머리에서 넘쳤지만 어쩔 도리가 없었다. 브루스는 막대 아랫부분에 로프를 묶을

---

*　스키 신발과 스키를 연결하는 부분

수 있다는 걸 발견해 환자를 그 위에 뉘었다. 샘의 짐은 그 위에 묶었다.

로프를 스키 끝에 있는 구멍에 걸어서 끌개를 만들었는데 그러고도 줄이 길게 남았다. 브루스는 샘에게 말했다. "이걸 내 팔에 묶어둘게. 부를 일 있으면 당겨."

"알았어."

"간다." 브루스는 자기 스키를 신고 끌개를 겨드랑이까지 당긴 후 머리를 통과시켜 하네스를 만들었다. 그리고 스키 폴을 들고 절벽과 평행하게 남쪽으로 출발했다.

들것이 눌러주고 있어서 뜨지 않고 걸을 수 있었다. 그렇게 수 킬로미터를 가는 동안에도 걸음은 안정적이었다. 태양 때문에 지금 시각을 알 수는 없었다. 그곳에는 어둠과 별, 작열하는 태양, 발밑에서 타고 있는 사막 그리고 거대한 절벽뿐이었다. 모든 것이 조용했고 베이스캠프로 돌아가야 할 비상사태만이 예외였다.

누군가가 팔을 당겼다. 무엇인지 기억해내기 전까지는 깜짝 놀라 무서웠다. 브루스는 들것으로 돌아가 말했다. "무슨 일이야 샘?"

"못 참겠어. 너무 더워." 소년의 얼굴은 창백한 데다 땀으로 뒤범벅이었다.

브루스는 산소를 더 공급해주고 고민을 시작했다. 샘의 가방에서 겨우 접히는 프레임으로 된 차양일 뿐이지만, 어쨌든 비상용 천막 하나가 둘둘 말려 있는 걸 찾았다. 15분 후에 다시 출발할 준비가 되었다. 차양 지지대 중 하나를 샘의 부츠에 똑바로 세웠다. 다른 지지대 하나는 브루스가 휘어서 샘의 어깨 아래에 깔아두었다. 브루스가 고안한 장치는 부실해 보였지만 버텨주었다. "됐다! 이제 괜찮아?"

"괜찮아. 봐봐, 브루스, 내 무릎이 다 나은 것 같아. 일어서볼게."

브루스는 우주복 너머로 샘의 무릎을 만져보았다. 보통 크기의 두 배로 부어 있었고, 브루스가 만지자 샘이 움찔하는 것도 느껴졌다. 브루스가 샘의 헬멧에 자기 헬멧을 댔다. "헛소리 하지 마 친구. 편하게 있어."

브루스는 다시 하네스를 맸다.

몇 시간 후 브루스는 바퀴 자국을 발견했다. 북동쪽에서 와서 방향을 틀더니 언덕과 평행하게 향한 자국이었다. 브루스는 멈춰서 샘에게 말했다.

"샘, 이게 얼마나 오래된 걸까?"

"몰라. 50년 된 것하고 방금 생긴 것하고 똑같으니까."

"그럼 따라가봤자 소용없는 걸까?"

"해가 될 건 없을 거야. 우리가 가던 방향으로 갔으니까."

"알았어." 브루스는 다시 끌기 시작했다. 몇 분에 한 번씩은 무전을 보내고 대답 소리에 귀를 기울였다. 비록 아무 의미도 없을 확률이 높았지만 바퀴 자국 덕에 힘이 났다. 바퀴 자국은 언덕에서 바로 빠져나갔거나 고리 모양을 만들며 언덕에서 나간 것 같았다. 그는 앞서 간 누군가가 그랬듯이 지름길을 택했다.

브루스는 앞에 무엇이 있는지 미리 알았어야 했다. 앞을 계속 바라봤어야 했지만 기구도 살펴보아야 했고 하네스를 맨 채 끌고 가고 있었기 때문에 몸을 앞으로 숙인 자세였다. 그리고 바퀴 자국을 따라가느라 시선도 바닥에 두어야 하는 상황이었다. 잠시 샘을 보려고 뒤를 돌아본 순간 그는 스키 아래의 흙이 미끄러져 나가는 것을 느꼈다.

자동적으로 무릎을 굽히고 스노우플로 자세*를 취했다. 들것이 뒤에서 덮치지만 않았더라면 거기서 멈출 수도 있었을 것이다. 흙먼지가 그를 덮쳤고, 소년과 스키와 들것 모두 서로 엉켜서 마치 짚으로 만든 인형처럼 아래로 떨어졌다.

발을 디뎌보려고 노력해봤지만 발밑의 모래는 미끄러지기만 했다. 그들이 무엇에 잡혔는지 볼 수 있었다. 대낮이었으니까! 달의 모래늪, 나팔꽃 지대였다. 그리고 체로 친 것 같은 고운 먼지가 헬멧 위를 뒤덮었다.

* 스키 앞쪽을 모으는 자세

브루스는 자신이 미끄러지고 또 미끄러져 내려간 다음 떨어지고 다시 미끄러져 내려갔다가 부드럽게 멈추는 것을 느낄 수 있었다.

✳

브루스는 짐을 놓치지 않으려고 했다. 마음 한편은 공포와 충격에 휩싸여 있었고, 다른 한편은 샘을 구하지 못한 쓰디쓴 자책에 짓눌리고 있었다. 그러면서도 지금 해결해야 할 일을 파악했다. 다치지는 않은 것 같았고, 아직 숨을 쉴 수 있었다. 나팔꽃 지대 안에 묻혀버린 것 같았지만 움직이면 더 깊은 곳에 빠져들 것 같았다.

어쨌건 간에 샘의 위치를 찾아내야 했다. 아직 목 아래로 감각이 있었다. 부드러운 조각들을 밀어내기 시작했다. 들것의 손잡이도 여전히 잡고 있었다. 두 손으로 손잡이를 잡고 끌어 올렸다. 마치 진흙 속에서 수영하는 것처럼 짜증 나는 일이었다. 서서히 썰매를 자기 쪽으로 끌어올 수 있었다. 자기 몸을 썰매 쪽으로 당긴 것일지도 모르지만. 즉시 짐을 손으로 더듬으며 샘의 헬멧을 찾았다. "샘! 내 말 들려?"

답하는 소리가 어딘가에 막혀 있는 느낌이었다. "들려, 브루스."

"괜찮아?"

"괜찮냐니? 이 바보가! 우린 지금 나팔꽃 지대에 빠져버렸잖아!"

"맞아. 나도 알아. 샘, 너무 미안해!"

"글쎄, 그렇다고 울진 마. 아무 쓸모도 없으니까."

"내 말뜻은⋯."

"그만해!" 샘의 목소리가 분노로 공포를 숨기고 있었다. "이제 상관없어. 우린 끝장난 거야. 아직도 모르겠어?"

"어? 아니, 아직 아니야! 샘, 내가 널 꺼내줄게, 맹세코 반드시."

샘은 조금 기다렸다 대답했다. "바보 같은 소리 하지 마, 브루스. 나팔꽃 지대에서 빠져나온 사람은 아무도 없어."

"그런 말 하지 마. 우린 아직 안 죽었잖아."

"맞아, 하지만 곧 죽을 거야. 이제 죽음에 적응하려고." 샘은 잠시 말을 멈췄다. "부탁이 하나 있어, 브루스. 이 엉망진창인 스키에서 날 좀 풀어줘. 줄에 묶인 채로 죽고 싶진 않아."

"바로 풀어줄게!" 완전한 어둠 속에서 장갑을 낀 상태로 기억에만 의존해 부드럽고 조각조각 난 흙 속에서 짐을 푼다는 것은 거의 불가능한 일이었다. 브루스는 자세를 바꾸다가 갑자기 무언가를 깨달았다. 왼쪽 팔에 흙이 만져지지 않았다.

브루스는 몸을 움직여 헬멧을 흙에서 빼냈다. 그래도 암흑은 계속되었다. 벨트를 더듬어서 결국 회중전등을 찾아냈다.

브루스는 쏟아지고 있는 부드러운 물질에 대부분이 덮여 있는 채로 몸 일부만 튀어나와 있었다. 머리 위에는 바위로 된 지붕이 있었고 몇 미터 아래로는 돌로 된 바닥 위에 쌓인 흙이 있었다. 옆을 비추니 어둠이 전등 빛을 삼켜버렸다.

브루스는 여전히 들것을 메고 있었다. 끄집어 당기며 샘을 꺼내려고 해봤다. 실패하자 샘이 다시 흙에 묻혔다. "어이, 샘! 여긴 동굴이야!"

"어?"

"조금만 버텨. 꺼내줄게." 브루스는 조심스럽게 몸 전체를 흙더미 바깥으로 빼냈다. 흙이 계속 몸 위로 쏟아졌다. 그보다 더 안 좋은 상황은 스키를 신은 발이 걸렸다는 점이었다. 브루스는 한쪽을 차서 벗은 다음 팔을 끼워 넣어서 끌어당겼다. 흙무더기가 바닥으로 무너져 내려갔다. 같은 과정을 반복했고 몸을 굴려서 바닥에 기어올랐다. 아직 손잡이를 놓지 않은 채였다.

브루스는 바위 바닥에 불을 비추고 스키를 치운 다음 전력으로 당겼다. 샘과 들것 그리고 짐이 미끄러져 내려왔고 작은 산사태가 발생했다. 브루스가 샘의 헬멧에 자기 것을 가져다 댔다. "봐! 진전이 있잖아!"

샘은 대답을 하지 않았다. 브루스는 그래도 말했다. "샘, 내 말 들려?"

"들었어. 꺼내줘서 고마워. 이제 풀어줄래?"

"전등 좀 들고 있어." 브루스가 바삐 움직였다. 그리고 잠시 후 말했다. "이제 됐지. 이제 주위를 둘러볼게, 나가는 길을 찾아봐야지."

"나가는 길이 있을 거라고 생각해?"

"어? 그런 말 하지 마. 출구 없는 동굴 얘기 들어본 적이나 있어?"

샘이 천천히 대답했다. "저 사람은 못 찾았잖아."

"저 사람?"

"봐." 샘이 브루스 뒤쪽을 비췄다. 몇 미터 떨어진 바위 위에 구식 우주복을 입은 사람이 보였다.

브루스는 전등을 받아 들고 조심스럽게 사람에게 다가갔다. 우주복이 헐렁한 것을 보니 죽은 게 분명했다. 편안한 자세로 누워서 팔짱을 끼고 있어서 마치 낮잠을 자는 것처럼 보였다. 브루스는 유리 얼굴판에 전등을 비췄다. 헬멧 안쪽에 뼈에 말라붙은 검은 피부가 보였다. 브루스는 즉시 불빛을 치웠다.

잠시 후 샘에게 돌아왔다. "저 사람은 일이 잘 안 된 모양이네." 브루스가 침착한 말투로 말했다. "저 사람 주머니에서 이 종잇조각을 발견했어. 가지고 나가면 가족이나 친지에게 알릴 수 있을 거야."

"넌 정말 구제불능의 낙천주의자구나? 알았어." 샘이 종잇조각을 받아들었다. 두 통의 편지와, 어린 소녀와 개가 찍힌 구식 평판 사진 그리고 또 다른 종잇조각이 있었다. 하나는 매사추세츠주에서 발행한 운전면허증으로 날짜는 1995년 6월, 서명에 애브너 그린이라고 적혀 있었다.

브루스가 보더니 말했다. "1995년이라니! 맙소사!"

"가족들에 알릴 일은 없을 것 같네."

브루스가 화제를 돌렸다. "저 사람이 가지고 있던 것 중에 쓸 만한 게 하나 있었어. 이거야." 마닐라삼으로 만든 밧줄 한 타래였다. "줄을 전부 연결한 다음 한쪽을 네 벨트에, 하나는 나에게 연결할 거야. 그러면 150에서 180미터 정도는 되겠지. 나를 부르려면 그냥 당기면 돼."

"알았어. 조심해."

"조심할게. 혼자 괜찮겠지?"

"물론이지. 저 사람도 같이 있잖아."

"그래. 인제 간다."

모든 방향이 똑같아 보였다. 브루스는 줄을 팽팽하게 해서 빙글빙글 돌지 않도록 했다. 위쪽으로 향하는 바위를 회중전등으로 비춰보자 막다른 곳이었다. 왼쪽을 골라 벽을 따라갔지만 길이 매우 위험했다. 그러다 통로를 발견했다. 올라갈 수 있을 것 같았지만 곧 좁아졌다. 백 미터를 넘게 갔지만, 너무 좁아져서 멈춰야 했다.

브루스는 회중전등을 끄고 눈이 어둠에 익숙해지길 기다렸다. 곧 신기한 감각을 느끼게 되었다. 바로 공포였다.

희미한 불빛조차 없다는 확신이 들 때까지 일부러 전등을 꺼두었다. 그리고 다시 비틀거리며 주 동굴로 돌아왔다.

또 다른 공간이 나왔지만, 길은 완만하게 아래로 향하고 있었다. 그는 어둡고 바닥이 없는 구멍을 뒤로했다.

세세한 부분은 달라도 결과는 다 똑같았다. 줄이 닿는 가장 먼 곳까지 가거나 건너가기 불가능한 장애물이 나타나면 어둠 속에서 빛을 기다려보았다. 하지만 한 줄기 빛도 나타나지 않았다. 반경 180도 정도의 구역을 둘러본 후 샘에게 돌아왔다.

샘은 떨어진 흙더미 위에 기어 올라가 있었다. 브루스가 서둘러 다가갔다. "샘, 괜찮아?"

"물론이야. 그냥 푹신한 깃털 침대로 옮긴 것뿐이야. 바위는 끔찍하게 차갑거든. 뭔가 찾아냈어?"

"글쎄, 아무것도 없었어, 아직은." 순순히 인정했다. 흙무더기 위에 앉아서 샘에게 몸을 기댔다. "조금 이따 다시 시작할 거야."

"공기 공급은 어때?" 샘이 물었다.

"조금 있다가 예비 공기통으로 바꿔야 할 것 같아. 넌?"

"내 건 한계까지 출력을 줄였어. 내 생각에 일은 네가 다 하니까 내 예비 공기통도 가지는 게 나을 것 같아."

브루스는 얼굴을 찌푸렸다. 반대하고 싶었지만 그런 태도는 지금 아무 의미도 없었다. 두 사람이 동시에 끝에 도달해야 하는데 샘보다 그가 공기를 훨씬 많이 사용하니 당연했다.

한 가지 확실한 점은 시간이 다 되어가고 있다는 것이었다. 브루스가 결국 말했다. "샘, 동굴과 통로에는 끝이 없어 보여. 루나시티에 있는 공기를 다 가져온다 해도 전부 수색할 수는 없을 거야."

"그럴 것 같더라니."

"하지만 바로 우리 머리 위에 빠져나갈 수 있는 구멍이 있다는 걸 알고 있잖아."

"빠져나갈 구멍이 아니라, 빠진 구멍이겠지."

"아니, '빠져나갈' 구멍이야. 이것 봐, 이 나팔꽃 지대 머시기는 마치 모래시계처럼 생겼어. 위쪽이 열려 있는 원뿔 모양이고 모래가 아래로 흘러들어 가고 있어. 지붕에 난 구멍으로 흘러내리다가 쌓이게 되고 결국 구멍이 막히게 될 거야."

"그래서 그걸 어쩌려고?"

"그러니까 구멍을 막고 있는 걸 파내서 치우는 거야."

"그러면 계속 아래로 가라앉을 텐데."

"아니, 안 그래. 어느 순간에는 근처의 흙이 모자라서 더는 가라앉지 않게 될 거야. 그러면 구멍만 남게 되는 거지."

샘이 고려해봤다. "그럴지도 모르겠네. 하지만 올라가려고 해봤자 무너져 내릴 거야. 나팔꽃 지대의 문제가 바로 그거야, 브루스. 발을 디딜 곳이 없어."

"할 수 없긴 뭐가 없어! 만약 내가 흙을 무너뜨리지 않고 스키를 타고 경사면을 올라갈 수 없다면 그때는 내가 가진 꾀는 다한 것이고, 정말 할 수 있는 걸 다 해본 걸 테니까 그때는 네가 내 예비통을 가져버려."

샘이 낄낄대며 웃었다. "그렇게 서두르지 마. 내가 잡아줄 수 있잖아.

어떻게든 말이야." 그가 말을 했다. "난 올라갈 수 없으니까."

"내가 지상에 올라가게 되면 코르크처럼 널 빼내줄게. 네가 흙에 파묻혀 있어도. 지금 낭비할 시간이 없어." 브루스가 바삐 움직이기 시작했다.

브루스는 스키를 삽으로 써서 거대한 흙무더기를 조금씩 퍼내기 시작했다. 가끔 위로 흙이 무너져 내리기도 했다. 하지만 굴하지 않았다. 몇 미터나 되는 흙이 떨어질 거라는 것과, 구멍이 다시 보일 때까지 파내야 한다는 사실을 브루스도 알고 있었다.

곧 새로 생긴 흙무더기 위로 샘을 옮겼다. 그곳에서 샘이 등을 들고 있어주니 일이 한층 빨라졌다. 브루스는 땀이 났다. 잠시 후 공기병을 바꿔 달아야 했다. 물을 튜브로 빨아 마신 뒤 작업으로 돌아가기 전에 행군용 식량을 먹었다.

위쪽으로 열린 구멍이 보이기 시작했다. 그리고 흙무더기가 잔뜩 쏟아져 내려왔다. 브루스는 물러난 후 위를 보며 샘에게 말했다. "불 꺼봐!"

의심의 여지가 없었다, 한 줄기의 빛이 위에서 내려오고 있었다. 브루스는 저도 모르게 샘을 두드리며 소리를 지르다 멈추고 말했다. "샘, 친구야, 지구에서 내가 있던 반 이름이 뭔지 들었어?"

"아니. 뭐였는데?"

"오소리반이었어. 내가 파는 걸 잘 봐!" 브루스는 흙무더기에 뛰어들었다. 잠시 후 태양 빛이 구멍으로 쏟아져 들어왔고 동굴 안을 희미하게나마 비춰주기 시작했다. 브루스는 흙무더기 바닥에서 나팔꽃 지대가 곧바로 보이는 곳까지 삽으로 파냈다. 열린 부분을 통과할 수 있을 정도는 될 것 같았다.

브루스는 샘과 자신을 유리섬유 로프를 몽땅 사용해서 묶은 다음, 샘의 멀쩡한 다리에 마닐라삼 끈으로 고리매듭을 묶어서 줄 끝에 공기와 물병이 있는 샘의 짐이 연결되도록 했다. 샘을 먼저 끌어낸 다음 장비를 꺼낼 계획이었다. 준비를 끝마친 후 브루스는 스키를 신었다.

브루스가 샘의 헬멧을 건드렸다. "이제 해보는 거야, 친구. 끈이 모래에 묻히지 않도록 해줘."

샘이 팔을 잡았다. "잠시만."

"무슨 문제라도 있어?"

"브루스, 우리가 살아 나가지 못한다면 말인데, 넌 괜찮은 녀석이라는 걸 말하고 싶어."

"아…. 잊어버려. 우린 해낼 테니까." 브루스가 출발했다.

구멍으로 접근하는 볼록한 곳에 도달하기 위해서는 스키를 팔자로 해서 가는 것이 적절했다. 브루스는 구멍으로 나가면서 좁아지는 통로와 위쪽에 있는 오목한 모양의 나팔꽃 지대에 맞추기 위해 옆으로 걸었다. 조금씩 다가가면서 중량을 조용히, 그리고 서서히 옮기며 한 자리에 너무 길게 머무르지 않도록 했다. 마침내 머리가, 뒤이어 몸이 햇빛을 받기 시작했다. 나팔꽃 지대 그 자체를 오르게 된 것이었다.

정확히 뭘 해야 할지 몰라서 일단 멈췄다. 위로 산등성이가 있었고 기슭에 삽질을 가하자 부스러져 내렸다. 갈라진 틈은 너무 가팔라서 오를 수 없을뿐더러 불안정한 게 분명했다. 아주 잠깐만 멈췄을 뿐인데도 스키가 가라앉는 것을 느낄 수 있었다. 브루스는 옆걸음으로 반 발짝씩 앞으로 가며 불안정한 구조를 횡단하려고 했다.

그런데 몸과 스키를 연결한 줄이 걸렸다. 브루스가 옆으로 걸으면서 줄이 구멍의 목 부분 모퉁이에 걸렸다. 줄이 그 모퉁이를 문지르더니 부드러운 흙 안쪽으로 파고들기 시작했다. 브루스는 스키가 뒤로 미끄러지는 것을 느꼈다. 그는 공포에 휩싸여 기어올라, 무너지는 흙을 타고 그 위에 머무르려 애썼다. 그러나 브루스는 결국 넘어졌고 아래로 쏠려 내려가 다시 구멍에 삼켜졌다.

다시 솜털 이불같이 부드러운 암흑 속에서 쉬게 되었다. 브루스는 조용히 누워서 마음을 달랬다. 다시 시도해야 하지만 나가는 곳은커녕 위가 어디인지도 알 수 없었다. 몸부림을 쳐보자 벨트에 연결된 줄이 당겨졌다. 샘이 도우려고 하고 있었다.

몇 분 후, 샘이 당겨주는 덕에 방향을 찾은 브루스는 다시 동굴 바닥에 오게 되었다. 유일한 빛은 샘의 손에 든 회중전등뿐이었고, 그 정도면 구멍을 메우고 있는 흙무더기가 훨씬 더 커졌다는 걸 충분히 알아볼 만큼 밝았다.

샘은 이리 오라는 손짓을 했다. "안됐어, 브루스." 샘은 그 말밖에 안 했다. 브루스는 갈라지는 목소리를 가라앉히며 말했다. "한숨 돌리고 다시 시도할 거야."

"왼쪽 스키는 어딨어?"

"어? 이런! 벗겨졌나 봐. 파기 시작하면 어디선가 나타날 거야."

"흠⋯. 공기는 얼마나 남았니?"

"어?" 브루스는 벨트를 보았다. "3분의 1 정도."

"나는 간당간당해. 교환해야겠어."

"바로 하자!" 브루스가 산소통을 서로 바꾸려는데 샘이 막았다.

"네가 새 공기병을 써, 나한테는 네 걸 주고."

"하지만⋯."

"하지만이고 뭐고 할 게 아니야." 샘이 말을 끊었다. "일은 네가 다 해야 하잖아. 네가 가득 찬 공기병을 써야지."

브루스는 조용히 복종했다. 머릿속은 산술로 가득 찼다. 답은 언제나 같았다. 그에게는 이 산더미 같은 흙을 퍼내는 데 필요한 공기가 모자랐다.

브루스는 두 사람이 결국 탈출하지 못할 거라고 믿기 시작했다. 지식이 그의 힘을 빼놓고 있었다. 애브너 그린 옆에 조용히 싸우지 않고 누워 있고 싶었다.

하지만 그럴 수 없었다. 샘을 위해서라도 끝도 없는 모래의 바다에 삽질을 해야 했다. 산소가 떨어지는 순간까지. 브루스는 힘없이 남은 한쪽의 스키를 벗고 흙더미로 향했다.

샘이 로프를 당겼다.

브루스가 돌아갔다. "무슨 생각이야?" 샘이 물었다.

"아무것도 아니야. 왜?"

"너도 포기했구나."

"그런 말 안 했어."

"하지만 그렇게 생각은 했잖아. 내 눈엔 보여. 자, 이젠 네가 내 말을 들을 차례야! 아까 나갈 수 있다고 나를 설득했잖아. 그리고 거의 해냈잖아! 넌 최초로 나팔꽃 지대를 타파하겠다고 나설 정도로 건방진 녀석이야. 그러니 넌 할 수 있을 거야. 고개 들어!"

브루스가 망설였다. "이거 봐, 샘. 난 너를 저버린 게 아니야. 하지만 알잖아. 다시 할 수 있을 만한 공기가 없어."

"흙더미가 무너져 내릴 때부터 그건 알아봤어."

"알고 있었어? 그러면 알고 있는 기도가 있으면 지금 하는 게 좋을 거야."

샘이 브루스의 팔을 잡고 흔들었다. "지금은 기도 같은 거 할 때가 아니야. 바쁘게 움직여야 할 때지."

"알았어." 브루스가 다시 정신을 차리기 시작했다.

"내 말은 그런 뜻이 아니었어."

"어?"

"파고들어 가봤자 의미가 없다는 얘기야. 한 번은 시도해보는 거라 치더라도 두 번은 산소 낭비야."

"글쎄, 그러면 어쩌면 좋을까?"

"완전히 바깥까지 시도한 건 아니었지?"

"응." 브루스가 생각해봤다. "다시 해볼게, 샘. 하지만 그걸 다 해보기엔 공기가 부족해."

"삽질을 하는 것보다 수색을 하면 더 오래 버틸 수 있을 거야. 하지만 아무렇게나 수색하지는 마. 언덕으로 돌아가며 수색하는 거야. 다른 곳이라면 또 다른 나팔꽃 지대일 수도 있으니까. 우린 반드시 언덕으로 나가야만 해. 모래 반대쪽으로."

"어…. 이봐, 샘. 언덕이 어딘데? 여기서는 아무리 있어 봤자 북쪽이 어디인지도 모를 정도잖아.”

“저쪽이야.” 샘이 손으로 가리켰다.

“응? 어떻게 알았어?”

“네가 방금 보여줬잖아. 네가 다시 떨어졌을 때 보였던 태양과 태양빛의 각도로 알 수 있었어.”

“하지만 지금 태양은 중천에 있는 걸.”

“우리가 시작할 때는 그랬지. 이제 15도나 20도쯤 서쪽으로 넘어갔어. 잘 들어. 이 동굴들은 원래 기체가 빠져나가고 남은 거대한 구멍이야. 기체 주머니였던 거지. 저 방향으로 수색하면서 모래가 들어차지 않은 숨구멍을 찾으면 되는 거야.”

“열심히 할게!”

“넘어졌을 때 언덕 쪽으로 얼마나 갈 수 있었어?”

브루스는 기억해보려고 해봤다. “아마 8백 미터 정도.”

“좋았어. 나랑 묶고 있는 150에서 180미터짜리 줄을 달고서는 우리가 원하는 것을 찾을 수는 없을 거야. 내 주머니에서 메모장을 가져가. 그리고 길을 선도하는 거야. 그리고 개척해버리는 거야!”

“그래. 할게!”

“그렇지! 행운을 빌어.”

브루스가 일어섰다.

＊

전에 했던 작업과 똑같이 지겹고 우울한 작업이었다. 브루스는 줄을 당긴 다음 끝방향을 보고 종잇조각을 떨어뜨리고 걸음걸이 수를 세었다. 언덕 밑에 있다는 것을 몇 번이나 재확인한 다음에야 막다른 곳에 오게 되었다. 두 번이나 다른 나팔꽃 지대가 만든 흙무더기를 돌아서 가야 했다. 그때마다 발걸음을 그대로 따라 돌아가며 놓아났던 종잇조각을 주워 종이도 아끼면서 동시에 혼란에서 벗어나려고 했다.

마침내 빛이 한 줄기 보였고 심장이 요동쳤다. 하지만 그 구멍은 브루스 자신도 통과하기 어렵고, 샘에게는 완전히 불가능해 보였다.

공기 수치가 낮아졌다. 브루스는 간신히 하얀색 눈금에 닿을 정도로만 유지한 채로 별다른 신경을 쓰지 않기로 했다. 그리고 계속 수색했다.

길은 왼쪽으로 이어지더니 아래로 향했다. 더 멀리 가야 하는지 의심이 들기 시작했고 멈춰서 어둠이 진짜 어두운지 확인했다. 처음에는 눈에 아무것도 보이지 않았다. 잠시 후 빛의 흔적 같은 것이 있는 듯이 보였다. 눈이 피곤해진 걸까? 그럴지도 몰랐다. 다시 30여 미터를 간 다음 다시 시도했다. 빛이었다!

몇 분 후 구멍 위로 비집고 올라가 불타오르는 평야를 바라볼 수 있게 되었다.

✳

"안녕!" 샘이 환대했다. "난 네가 구멍에 떨어진 줄 알았어."

"그럴 뻔했어. 샘, 찾아냈어!"

"해낼 줄 알았어. 이제 가자."

"맞아. 이제 내 스키 다른 짝을 파내야겠어."

"안 돼."

"왜?"

"네 공기 게이지를 봐. 스키로는 어디에도 못 가."

"아, 그렇네." 두 사람은 공기와 물병을 제외한 다른 짐을 버렸다. 길은 어두웠다. 천장의 높이가 적당하면 브루스가 샘을 업었다. 어떤 곳에서는 끌고 가기도 해야 했다. 어떤 곳에서는 두 사람 모두 기어가야 했다. 샘은 다친 다리를 고통스럽게 끌고 갔다.

샘을 옭매듭으로 묶은 다음 브루스가 먼저 올라갔다. 샘은 나오는 데 거의 도움이 되지 못했다. 둘 다 지상으로 나오게 되자 브루스가 샘을 들어서 바위 위에 내려놓았다. 그러고는 헬멧을 마주 했다. "왔어, 친구! 우리가 해냈어!"

샘은 대답이 없었다.

브루스가 들여다보니 샘이 축 늘어진 채로 반쯤 눈을 감고 있었다. 벨트를 확인해보니 이유를 알 수 있었다. 혈중산소계가 붉은색을 가리키고 있었다.

샘의 흡기 밸브는 이미 최대로 열려 있었다. 브루스는 재빨리 자기 공기를 한 번 분사한 다음 자기 공기병을 샘에게 옮겼다. 그리고 최대로 열었다.

샘의 눈금이 올라가고 자신의 눈금이 붉은색으로 떨어지는 것을 볼 수 있었다. 이제 브루스에게는 가만히 있으면 우주복 내에 3분에서 4분 정도 버틸 수 있는 공기가 전부였다.

브루스는 가만히 있지 않았다. 흡기 호스를 샘의 우주복에 연결된 병의 복합체에 연결한 다음 밸브를 열었다. 눈금이 붉은색으로 떨어지다가 멈췄다. 이제 두 사람은 이제 삼쌍둥이가 되어 두 사람 모두에게 너무나 필요한 기체가 들어 있는 병에 같이 연결되었다. 브루스는 샘을 감싸 안고 샘의 머리를 자기 어깨에 기대게 했다. 헬멧과 헬멧을 갖다붙인 후 밸브를 잠가 간신히 하얀색에 머물도록 했다. 브루스는 샘에게 자기보다 더 많은 양이 가도록 한 다음 가만히 앉아서 기다렸다. 그들이 앉아 있는 바위는 그늘에 있었지만, 태양은 여전히 평원을 구워버리고 있었다. 브루스가 내다보며 아무나, 아무것이나 찾아보다가 안테나를 길게 늘였다. "메이데이!" 그가 외쳤다. "도와주세요! 길을 잃었어요."

샘이 무언가 중얼거리는 소리를 냈다. "메이데이…." 샘이 망가진 무전기로 구조신호를 따라 하고 있었다. "메이데이… 길을 잃었어요…."

브루스는 환각증세를 보이는 친구를 달래며 다시 반복했다. "메이데이! 우리 위치를 파악해주세요." 잠시 멈췄다가 반복했다. "메이데이! 메이데이!"

잠시 후 밸브를 조정한 다음 브루스는 끝없이 반복했다. "메이데이!

우리 위치를 파악해주세요."

브루스는 누가 어깨를 움켜쥐는 것도 느끼지 못했다. 누군가에 의해 사막 차량의 에어로크에 내려놓아질 때까지도 "메이데이!"를 계속 외쳤다.

✳

앤드루스 대장은 베이스캠프의 의무실에 찾아왔다. "어떠니, 브루스?"

"저요? 괜찮습니다. 일어나게 해줬으면 좋겠어요."

"내가 시켰단다. 그래야 네가 어디 있는지 알지." 스카우트 대장은 웃었다. 브루스는 얼굴을 붉혔다.

"샘은 어떤가요?" 브루스가 물었다.

"괜찮아질 거야. 동상하고 무릎 부상이 잠시 괴롭겠지만. 그게 전부란다."

"세상에, 다행이에요."

"부대원이 떠나는 중이다. 넌 3번대에 소속되었어, 브루스. 샘은 땅벌레차를 타고 돌아갈 거야."

"어, 저는 제 부대와 함께할 줄 알았는데요."

"아마도, 하지만 3번대와 계속 머무르렴. 현장 경험이 필요하니까 말이야."

"어…." 브루스가 주저하며 어떻게 말해야 할지 생각했다. "앤드루스 대장님?"

"응?"

"저도 돌아가야 할까 봐요. 저도 배웠어요. 대장님 말씀이 맞았어요. 겨우 3주 만에 달 전문가가 된다는 건 불가능한 일이었어요. 어…, 제가 너무 오만했나 봐요."

"그게 전부니?"

"글쎄요…. 네, 대장님."

"좋아, 내 말 잘 들으렴. 샘하고 너희 아버님과 얘기를 해봤는데 일단 널 초보자반에 넣을 거야. 그걸 마치면 샘과 내가 맡아서 가르칠 거야. 2주 후 수요일에 훈장 수여식을 준비해야 할 거다." 스카우트 대장이 말했다. "어때?"

브루스는 침을 꿀꺽 삼키며 목소리를 가다듬고 말했다. "알겠습니다!"

심연

Gulf

고호관 옮김

✦ 1949년 11월과 12월 〈어스타운딩 사이언스 픽션(Astounding Science Fiction)〉에 연재

달 기지에서 출발한 제1사분기 로켓이 피에타테르에 한 사내를 내려
놓았다. 그 남자가 이번 여행에서 신중을 기하기 위해 쓴 이름은 'A'로 시
작했다. 검역소를 지난 남자는 혼잡해지기 전에 셔틀튜브를 타고 시내로
향했다.

튜브카 안에서 그는 화장실에 들어가 문을 잠갔다. 재빨리 화장실 안
에 있는 안전띠를 찾아 두른 뒤 고리를 벽에 있는 걸쇠에 건 그는 어색한
동작으로 몸을 숙여 가방에서 면도기를 꺼냈다. 갑자기 튜브카가 덜컹거
리는 바람에 잠깐 몸이 굳었다. 안전띠를 했음에도 머리를 부딪히는 바
람에 욕설을 내뱉었다. 남자는 몸을 똑바로 세우고 면도기의 전원을 꽂
았다. 이내 콧수염이 사라졌다. 남자는 구레나룻을 짧게 자르고, 새로 돋
아난 눈썹을 다듬은 다음 쓸어넘겨서 정리했다.

그리고 그는 수건으로 머리를 마구 문지른 뒤, 머리를 차분하게 가라
앉혀주던 오일을 닦아내고 빗어서 느슨하게 굽이치는 갈기처럼 만들었
다. 이제 차는 시속 5백 킬로미터라는 일정한 속도로 부드럽게 달리고 있
었다. 남자는 벽에 달린 걸쇠에서 고리를 빼지 않은 채 안전띠에서 빠져

나왔다. 그는 아주 재빨리 움직였다. 월면복을 벗어버리고, 지구의 야외에 적당한 트위드 재질의 평상복을 가방에서 꺼내 입었다. 환경이 조절되는 달 개척지의 실내에서 입기에는 아주 부적절한 옷이었다.

신고 있던 슬리퍼도 가방에서 꺼낸 신발로 바꿔 신었다. 남자가 일어섰다. 방문판매원 조엘 애브너는 이제 없었다. 그 자리를 대신한 건 탐험가이자 강사, 작가인 조셉 길리드 선장이었다. 둘 다 남자 혼자서 쓰는 이름이었다. 둘 중 어느 것도 본명은 아니었다.

남자는 월면복을 잘게 잘라서 변기에 내렸다. '조엘 애브너'의 신분증도 함께. 그리고 여행 가방에서 비닐 껍질을 줄줄이 벗겨냈다. 그러자 매끄러운 갈색 가방에서 거칠고 진줏빛이 도는 회색 가방이 되었다. 슬리퍼는 어떻게 해야 할지 난감했다. 차의 배관을 막을 수도 있을 것 같았다. 할 수 없이 쓰레기통에 깊이 파묻는 것으로 만족했다.

그사이에 가속 경보가 울렸다. 남자는 간신히 안전띠 안으로 다시 들어갈 수 있었다. 차가 솔레노이드 자기징 안으로 진입하면서 갑자기 멈추고 난 뒤에는 조엘 애브너와 관련된 거라고는 특색 없는 속옷 몇 점, 아주 평범한 화장실 용품, 역시나 (자세히 조사해보기 전까지는) 방문판매원이나 강사 또는 작가가 으레 가지고 있을 법한 마이크로필름 20여 개밖에 남아 있지 않았다. 남자는 살아 있는 동안에는 자세히 조사를 받을 생각이 없었다.

남자는 자신이 맨 마지막에 내릴 게 확실해질 때까지 화장실 안에서 기다렸다. 그리고 다음 칸으로 이동해 그쪽 출구로 나온 뒤 지상층으로 향하는 엘리베이터를 향해 걸어갔다.

"뉴에이지 호텔입니다, 선생님." 귓가에서 호객하는 소리가 들렸다. 그가 쥐고 있는 여행 가방을 만지는 손길이 느껴졌다.

남자는 가방을 보호하려는 충동을 억누르고, 말한 사람을 바라보았다. 처음에는 맵시 있는 제복을 입고 벨보이 모자를 쓴 덩치 작은 사춘기 소년처럼 보였다. 좀 더 자세히 보니 때 이른 주름과, 적어도 40살 정도

먹은 남자에게서나 보일 법한 모습이 눈에 들어왔다. '뇌하수체 문제로군.' 남자는 속으로 생각했다. '그리고 몹시 서두르고 있어.'

"뉴에이지 호텔로 오세요." 호객꾼이 다시 말했다. "이 도시 최고의 시설을 갖고 있습니다, 선생님. 지금 막 달에서 오셨다면 할인 혜택도 있어요."

길리드 선장…, 길리드 선장으로 이 도시에 왔을 때는 언제나 낡은 사보이 호텔에 묵었다. 그런데 뉴에이지 호텔도 왠지 끌렸다. 엄청나게 크고, 붐비고, 초현대적인 호텔에서라면 해야 할 일을 처리할 시간이 올 때까지 눈에 띄지 않고 지낼 수 있을지도 몰랐다.

남자는 가방에서 손을 뗀다는 생각이 정말 마음에 들지 않았다. 그렇지만 호객꾼에게 가방을 들게 하지 않는 건 이 캐릭터의 성격에 맞지 않았다. 그랬다가는 자신이(그리고 가방도) 주위의 시선을 끌 터였다. 남자는 설령 자기가 목발을 짚고 있다고 해도 이 병약한 꼬마를 따라잡을 수 있을 거라고 생각했다. 가방에서 눈을 떼지 않는 정도면 될 것이었다.

"앞장서시게, 친구." 남자는 가방을 넘겨주며 온화하게 대답했다. 일말의 주저함이 없었다. 남자는 호텔 호객꾼이 받아들기도 전에 가방을 놓아 버렸다.

"알겠습니다, 선생님." 호객꾼은 빈 엘리베이터에 가장 먼저 올라타더니 뒤쪽으로 가서 가방을 옆에 놓고 앉았다. 길리드는 발이 가방에 단단히 맞닿아 있도록, 그리고 이어서 들어오는 다른 여행객들을 마주 보도록 자리를 잡았다. 엘리베이터가 움직였다.

엘리베이터 안은 북적였다. 사방에서 몸통이 밀고 들어왔다. 그러나 그때 길리드는 뒤쪽에서 비정상적이고 불필요한 압력이 몸에 더해지는 것을 느꼈다.

길리드는 불시에 오른손을 움직여, 손에 뭔가 붙잡고 있는 깡마른 손목 하나를 움켜쥐었다. 길리드는 그대로 멈춰서 움직이지 않았다. 손목의 주인도 빼거나 반항하지 않았다. 그대로 그렇게 엘리베이터가 지상에 도착할 때까지 가만히 있었다. 승객이 빠져나가자 길리드는 왼손을 뒤로 뻗어 가방을 들고 손목과 그 주인을 엘리베이터 밖으로 끌고 나왔다.

당연히, 그건 호객꾼이었다. 손에 쥔 물건은 길리드의 지갑이었다. "이거 잃어버릴 뻔하셨네요, 선생님." 호객꾼은 조금도 당황하지 않고 말했다. "주머니에서 떨어지고 있었어요."

길리드는 지갑을 빼앗아 안주머니에 넣었다. "지퍼 밖으로 떨어지다니 말이야." 길리드가 유쾌한 투로 말했다. "자, 그럼 경찰을 찾아보실까."

호객꾼이 손을 빼려 했다. "그래 봤자 소용없다고요!"

길리드는 그 말을 곰곰이 생각해보았다. 사실 그랬다. 지갑은 이미 주머니 속으로 들어갔고, 목격자를 대려고 해도 다른 엘리베이터 승객이 모두 사라졌다. 있더라도 아무것도 못 봤을 것이다. 엘리베이터는 자동이었다. 길리드는 그저 다른 시민의 손목을 붙잡고 꼼짝 못 하게 했다는 어색한 상황에 처해 있었다. 그리고 길리드 자신도 경찰과 이야기하고 싶지 않았다.

길리드가 손을 놓았다. "갈 길 가라고, 친구. 비긴 것으로 하지."

호객꾼은 움직이지 않았다. "내 팁은요?"

길리드는 이 뻔뻔한 녀석이 마음에 들기 시작했다. 잔돈 주머니에서 굴러다니는 반 크레디트짜리 하나를 꺼내 호객꾼을 향해 날렸다. 날아오는 동전을 낚아챈 뒤에도 호객꾼은 자리를 뜨지 않았다. "가방 들어드릴게요. 이리 줘요."

"됐네, 이 친구야. 안 도와줘도 네가 말한 그 멋진 여관을 찾을 수 있다고. 한쪽으로 물러나주겠나?"

"아, 그래요? 그럼 내 수수료는 어쩌고요? 내가 가방을 들어야 해요. 안 그러면 내가 데리고 온 건지 그 사람들이 어떻게 알아요? 이리 줘요."

길리드는 이 녀석의 뻔뻔한 고집이 재미있었다. 2크레디트짜리를 하나 더 찾아서 건넸다. "여기 팁이다. 이제 꺼져. 엉덩이가 어깨에 붙도록 차주기 전에."

"그렇게 할 수나 있고요?"

길리드는 웃어넘기고 뉴에이지 호텔 입구로 이어지는 길을 따라 걸었다. 무의식적인 경계심 덕분에 호객꾼이 예상과 달리 엘리베이터로 다시 돌아가지 않았음을 곧바로 알 수 있었다. 그러는 대신 녀석은 군중 속에서 길리드와 함께 걷고 있었다. 길리드는 이 사실을 음미해보았다. 그 호객꾼은 보이는 그대로의 모습, 직업이 확실히 있으면서도 일상적으로 절도를 일삼는 흔해 빠진 도시의 하층민일 수도 있었다. 한편….

길리드는 녀석을 떨어뜨리기로 했다. 갑자기 보도에서 벗어나 잡화점 입구로 들어갔다. 바로 문가에서 멈춰 서서 신문을 샀다. 신문이 인쇄되는 동안 길리드는 뒤늦게 든 생각에 표준 우편 기송관* 세 개를 집어 들었다. 돈을 낼 때 스티커 주소 용지 한 묶음을 손 안에 슬쩍 넣었다.

거울처럼 비치는 벽으로 슬쩍 보니 미행자는 밖에서 머뭇거리면서도 여전히 길리드를 쳐다보고 있었다. 길리드는 가게 뒤쪽의 음료 판매점으로 가서 아무도 없는 부스 안으로 들어갔다. 쇼가 진행 중이었지만(놀라울 정도로 맵시 있는 스트리퍼 한 명이 마지막 남은 구슬끈을 풀려고 움직이는 중이었다) 부스의 커튼을 닫았다.

곧 부스 위의 호출등이 은밀하게 깜빡였다. 길리드가 외쳤다. "들어와요!" 예쁘고 아주 젊은 웨이트리스가 커튼 안으로 들어왔다. 입고 있는 플라스틱 재질의 옷은 몸을 덮기만 했을 뿐 감추는 게 전혀 없었다.

웨이트리스가 부스 안을 훑어보았다. "외로워요?"

"아니, 됐어요. 피곤하군요."

"그럼, 빨강 머리는 어때요? 정말 귀여…."

"난 정말 피곤해요. 맥주 두 병만 갖다 줘요. 따지 말고. 프레첼 약간하고."

"좋을 대로 하세요." 웨이트리스가 나갔다.

길리드는 재빠른 동작으로 여행 가방을 열고, 마이크로필름 아홉 개

---

* 공기의 압력 차이를 이용해 문서 따위를 보내는 장치

를 골라 기송관 세 개에 나눠 담았다. 기송관은 보통 크기의 필름 세 개와 크기가 같았다. 그리고 슬쩍해 온 주소 용지를 꺼내서 가장 위에 '레이먼드 캘훈, 사서함 1060'이라고 적고, 자동분류용 사각형 안에 세심하게 그림을 그려 넣기 시작했다. 아무렇게나 그은 기호 안에 그려 넣은 주소는 자동으로 스캔할 용도였다. 손으로 쓴 주소는 로봇 분류기가 손으로 그린 기호를 불완전하다고 판단해서 우체국의 인간 직원이 주소를 재확인하도록 반송할 경우에 대비한 예방 조치일 뿐이었다.

길리드는 재빨리, 하지만 조각에 열중한 예술가처럼 신중하게 움직였다. 일이 끝나기 전에 웨이트리스가 돌아왔다. 호출등이 미리 알린 대로였다. 길리드는 주소 용지를 팔꿈치 밑에 넣어서 가렸다.

웨이트리스는 맥주와 프레첼 접시를 내려놓으며 기송관을 힐끗 바라보았다. "저거 부쳐드려요?"

길리드는 순간적으로나마 또 한 번 머뭇거리고 말았다. 아까 튜브카에서 내렸을 때는 첫째, 방문판매원 조엘 애브너라는 페르소나가 긴파당하지 않았으며, 둘째, 애브너에서 길리드로 전환하는 과정에서 어떤 의심도 사지 않았다는 걸 거의 확신하고 있었다. 소매치기 사건에 특별히 놀란 건 아니었지만, 확실하게 계산이 끝난 줄 알았던 앞선 두 가지 명제를 입증되지 않은 변수로 재분류할 수밖에 없었다. 길리드는 즉시 두 명제를 시험해보았고, 이제 그건 다시 확실하게 계산이 끝난 부분이 되었다. 정반대 쪽으로. 아까 그 짐꾼, 그러니까 뉴에이지 호텔의 호객꾼이 계속 잡화점 밖에 서 있는 모습을 본 뒤로 길리드의 무의식은 경보기처럼 시끄럽게 울렸다.

자신이 들켰을 뿐만 아니라, 놈들이 길리드가 가능하리라고는 믿지 않았던 완벽함과 예리함을 갖춘 조직이라는 사실은 분명했다.

그러나 놈들이 이 여자를 조종하고 있지 않다는 점은 수학적으로 거의 확실했다. 길리드가 길에서 벗어나 바로 이 잡화점으로 들어올 것을 미리 알 수는 없었다. 놈들이 이 여자를 이용하리라는 점도 확실했다. 게

다가 여자는 길리드와 처음 만난 뒤로 시야에서 벗어나 있었다. 그러나 이런 일을 하면서 닳고 닳았다고 해도, 고작 맥주 두 병 가져올 만한 시간 안에 말을 걸어 생각을 바꾸게 하고 예상치 못했던 기회를 잡도록 지시하여 가르칠 수 있을 정도로 이 여자가 영리하지는 않을 것이었다. 아니었다. 이 여자는 그저 팁이나 받기를 원하고 있었다. 따라서 안전했다.

그러나 이 여자가 입은 옷으로는 절대 기송관 세 개를 숨길 수 없었을 뿐더러 무사히 광장을 건너 우체국으로 갈 수도 없었다. 길리드는 여자가 다음 날 아침에 하수구에서 시체로 발견되는 건 원치 않았다.

"아니요." 길리드가 곧바로 대답했다. "어차피 우체국을 지나가야 하니까. 그래도 고마워요. 자, 여기." 길리드가 반 크레디트를 내밀었다.

"고마워요." 여자는 선 채로 의미심장하게 맥주를 바라보았다. 길리드가 다시 잔돈 지갑을 뒤졌지만, 아주 푼돈밖에 없었다. 그래서 지갑을 꺼내 5플루톤짜리 지폐를 꺼냈다.

"여기서 알아서 가져가요."

여자는 길리드에게 1플루톤 세 장과 동전 몇 개를 돌려주었다. 길리드는 동전을 도로 내밀었다. 그리고 그대로 얼어붙었다. 그러고 있는 동안 여자가 동전을 집어 들고 나갔다. 그제야 길리드는 지갑을 자세히 들여다보았다.

그건 자신의 지갑이 아니었다.

'아까 눈치챘어야 했어.' 길리드가 생각했다. 호객꾼이 움켜쥐고 있던 것을 빼앗아 주머니에 넣을 때까지 고작 1초밖에 걸리지 않았다고 해도 눈치를 챘어야 했다. 눈치채고 호객꾼이 도로 내놓게 했어야 했다. 살가죽을 벗기는 한이 있더라도.

그런데 왜 길리드는 그게 자기 지갑이 아니라는 것을 확신했을까? 그 지갑은 크기도 모양도 다르지 않았고, 무게와 (요즘 같은 합성물질의 시대에 진짜 타조 가죽인) 촉감도 다르지 않았다. 같은 주머니에 넣어두었던 펜에서 잉크가 새는 바람에 생긴 빛바랜 얼룩도 있었다. 앞쪽에는 아주 오래전에 기억도 나지 않는 일로 생긴 V자 모양의 긁힌 자국도 있었다.

그렇지만 자신의 지갑은 아니었다.

길리드는 지갑을 다시 열었다. 있어야 할 만큼의 돈이 들어 있었다. 탐험가 클럽 카드로 보이는 것과 다른 신분증도 있었고, 한때 갖고 있었던 암말을 찍은 다 해진 평면사진도 있었다. 그러나 그 지갑이 자신의 것이라는 증거가 나오면 나올수록 그게 자신의 것이 아니라는 확신은 더욱 굳어갔다. 이것들은 위조품이었다. 진짜라는 느낌이 들지 않았다.

알아낼 방법은 하나뿐이었다. 길리드는 사려 깊은 관리인이 설치해둔 스위치를 올렸다. 부스가 깜깜해졌다. 길리드가 주머니칼을 꺼내 지폐칸 뒤쪽의 솔기를 조심스럽게 잘랐다. 그리고 나타난 비밀 주머니에 손가락을 넣고 휘저어보았다. 그 공간은 비어 있었다. 이 경우에는 복제가 그다지 완벽하지도 않았다. 그 공간에는 원래 안감이 있었지만, 손가락에 느껴지는 감촉은 거친 가죽이었다.

길리드는 다시 불을 켜고 지갑을 밀어놓은 뒤, 방해를 받아 멈췄던 그림을 이어 그리기 시작했다. 감추어둔 공간에 있어야 할 카드를 잃어버린 건 성가신 일이었고, 확실히 서투른 짓이었으며, 아마도 손해 막심한 결과가 나올 테지만, 길리드는 지갑을 잃어버린 일이 그 안에 담긴 정보를 위태롭게 하지는 않는다고 판단했다. 그 카드는 자외선으로 보지 않는 한 특별할 게 없었다. 만약 가시광선에 노출되면, 예를 들어, 진짜 지갑을 찢는다거나 하면 갑자기 화염을 일으키며 폭발하는 당혹스러운 성질이 있었다.

길리드는 계속 작업했다. 그러면서도 정신은, 자신이 지갑을 도둑맞은 사실을 모르게 하려고 그들이 그렇게 애를 쓴 이유가 뭘까, 라는 더 폭넓은 문제와 씨름했다. 그리고 그렇게 애를 써서 지갑을 훔치려고 했던 이유가 뭘까, 라는 더욱 혼란스러운 문제도. 작업을 마치자 길리드는 남은 주소 용지 뭉치를 부스의 쿠션 사이 틈에 밀어넣고, 준비한 종이를 손바닥 안에 감춘 뒤 가방과 기송관 세 개를 집어 들었다. 기송관 하나는 손가락을 이용해 다른 둘과 분리해서 집었다.

길리드는 잡화점 안에서는 공격받지 않을 것으로 판단했다. 이곳과 우체국 사이의 붐비는 광장도 평소라면 안전하리라고 판단했겠지만, 오늘은 아니었다. 길리드는 어떻게든 시선을 돌리게 할 계획만 있다면, 군중은 목격자로서 나무토막들과 다를 바가 없다는 사실을 알고 있었다.

길리드는 가장자리의 이동도로 위를 비스듬히 움직인 뒤 중앙 지역을 가로질러 곧바로 우체국으로 향했다. 그러면서 가능한 한 다른 사람으로부터 거리를 두었다.

두 남자가 자신을 향해 다가오고 있다는 사실을 눈치챘을 때, 예상하고 있던 대로 군중의 시선을 돌리게 할 일이 벌어졌다. 눈부신 빛과 커다란 폭발이었다. 그리고 비명과 깜짝 놀라서 지르는 고함 소리가 이어졌다. 폭발의 원인은 짐작할 수 있었다. 비명과 고함은 분명히 군중이 알아서 내지르는 것이었다. 길리드는 폭발이 아니라 그 뒤에 닥쳐올 다른 무엇에 단단히 대비하며 고개조차 돌리지 않았다.

때마침 두 남자가 재빨리 접근했다.

대부분의 동물과 거의 모든 인간은 어쩔 수 없을 때만 싸운다. 그래서 분명한 이점을 잃기도 한다. 두 남자는 길리드에게 가까이 다가오기만 할 뿐, 어떤 적극적인 움직임도 취하지 않았다. 공격도 하지 않았다.

길리드는 발을 날처럼 세워서 첫 번째 남자의 무릎을 걷어찼다. 발가락보다는 훨씬 더 확실한 타격을 줄 수 있었다. 그리고 동시에 여행 가방을 다른 남자에게 휘둘렀다. 공격한다기보다는 성가시게 만들고 타이밍을 놓치게 하기 위해서였다. 길리드는 뒤이어 그 남자의 배에 육중한 발차기를 날렸다.

무릎을 차인 남자는 도로 위에 쓰러졌지만, 아직 움직일 수는 있었다. 남자는 총이나 칼 따위를 찾아 손을 뻗고 있었다. 길리드는 그 남자의 머리를 걷어차고 발로 밟았다. 그리고 우체국을 향해 계속 걸어갔다.

천천히, 끝까지 천천히 걸어야 했다! 도망치고 있다는 인상을 주어서는 안 됐다. 길리드는 본업에 전념하는 더할 나위 없이 훌륭한 시민이 되어야 했다.

우체국이 가까워지고 있었다. 아직 아무도 어깨를 두드리거나 자신을 향해 비난의 소리를 높이지 않았다. 서둘러 다가오는 발걸음 소리도 들리지 않았다. 길리드는 우체국에 도착해 안으로 들어갔다. 반대편이 준비한 교란 작전은 완벽하게 들어맞았다. 다만 길리드에게 유리하게 돌아갔을 뿐이었다.

✳

주소 입력 장치에는 기다리는 사람이 몇 명 있었다. 길리드는 펜을 꺼내 줄을 선 채로 기송관에 주소를 적었다. 한 남자가 길리드와 거의 동시에 줄에 합류했다. 길리드는 자신이 어떤 주소를 적는지 굳이 감추지 않았다. '뉴욕 시, 탐험가 클럽, 조셉 길리드 선장.' 기호 인쇄기를 쓸 차례가 왔을 때도 길리드는 자신이 입력하는 내용을 굳이 감추지 않았다. 그리고 주소 기호는 자신이 각 기송관에 쓴 주소와 일치했다.

미리 준비한 스티커 주소 용지를 왼쪽 손바닥 안에 숨기고 있었던 터라 동작이 어딘가 어색했다.

길리드는 주소 입력 장치를 떠나 송신기로 갔다. 뒤에 줄 서 있던 남자는 주소를 입력하는 척조차 하지 않고 뒤를 따라왔다.

슝! 첫 번째 기송관이 압축공기가 팽창하는 나직한 소리와 함께 날아갔다. 슝! 두 번째도 사라졌다. 그와 동시에 길리드는 왼손으로 마지막 기송관을 잡으며 방금 출력한 주소 위에 스티커 주소 용지를 단단히 붙였다. 눈길도 주지 않은 채 감각만으로 제자리에 붙은 것을 확인했다. 전부 완료. 그리고 슝! 그 기송관도 다른 두 친구와 합류했다.

길리드가 몸을 홱 돌리면서 뒤에 딱 달라붙어 있던 남자의 발을 세게 밟았다. "이런! 미안합니다." 길리드는 즐거운 기색으로 말하며 비켜났다. 기분이 매우 좋았다. 강요나 뇌물, 약물이 통하지 않으며 다른 어떤 수단으로도 회유할 수 없는 중립적이고 완전히 신뢰할 만한 자동 기계에 위험한 책무를 넘겼기 때문이었다. 우편물은 길리드만이 아는 목적지에 도착할 때까지 복잡한 기계 속에 완벽하게 숨겨질 터였다. 뿐만 아니라 적대 세력에 속한 한 녀석의 발가락을 밟아주기까지 한 것이다.

우체국 문을 나서던 길리드는 몰려 있는 사람들과 광장 한가운데 선 구급차를 바라보며 이를 쑤시고 있는 경찰 옆에 멈춰 섰다. "무슨 일입니까?" 길리드가 물었다.

경찰은 이쑤시개를 뺐다. "어떤 머저리들이 불꽃놀이 폭죽을 터뜨렸나 봅니다." 경찰이 대답했다. "그리고 두 녀석이 싸움을 벌였는데, 지독하게 서로 비난하고 있더군요."

"맙소사!" 길리드는 한마디 내뱉고는 뉴에이지 호텔을 향해 비스듬히 걸어갔다.

✳

로비에서 소매치기범을 찾아 두리번거렸지만, 보이지 않았다. 길리드는 애초에 그 꼬마 녀석이 호텔 직원이었는지부터 강하게 의심이 들었다. 길리드 선장으로 체크인한 후 그 신분에 어울리는 방을 주문했다. 그러고 나서 안내를 받아 엘리베이터로 향했다.

벨맨과 함께 올라가려고 하는데 막 내려오는 호객꾼을 마주쳤다. "어이, 꼬마!" 길리드가 이 호텔에서는 아무것도 먹지 않으리라고 결심하면서 불렀다. "장사는 잘되나?"

호객꾼은 깜짝 놀란 표정을 지었지만, 흐린 눈빛으로 아무 대답 없이 지나갔다. 길리드는 저 호객꾼이 들통 난 뒤에도 쓰일 일은 없을 거라고 짐작했다. 그런즉슨 적대 세력의 본부 내지는 연락소 같은 게 확실히 호텔 안에 있을 것이었다. '좋아, 그러면 여러 사람이 왔다 갔다 하는 수고를 덜겠군. 그리고 모두에게 재미있는 일이 되겠어!'

그나저나 길리드는 목욕을 하고 싶었다.

방 안에 들어왔는데도 벨맨이 나가지 않고 있자 그는 팁을 주었다.

"누구 불러드릴까요?"

"아니, 됐소. 금욕 중이라."

"그럼 이거라도 해보시죠." 벨맨이 길리드의 방 열쇠를 음향 장치 패널에 꽂고 버튼을 조작했다. 그러자 벽 전체에 불이 들어왔다가 다시 어두워졌다. 날씬한 금발 여자가 합창곡을 배경으로 길리드의 무릎 위로 뛰어들려는 것 같았다. "이건 녹화가 아닙니다." 벨맨이 설명했다. "티볼리에서 직접 오는 생중계지요. 저희 장비가 이 도시에서 가장 좋습니다."

"그렇군." 길리드가 대답하며 열쇠를 뺐다. 화면이 꺼지고, 음악이 멈췄다. "하지만 난 목욕을 하고 싶소. 그러니까 나가주시오. 벌써 내 돈을 4크레디트나 썼군."

벨맨이 어깨를 으쓱하더니 방을 나갔다. 길리드는 옷을 벗고 청결 장치로 들어갔다. 20분 뒤 얼굴에서 발끝까지 면도하고, 문지르고, 비누칠을 하고, 물을 뿌리고, 안마를 받고, 향수를 뿌리고, 파우더를 바르고, 10년은 젊어진 기분을 느끼며 나왔다.

옷이 없었다.

가방은 그대로 있었다. 마이크로필름도 있어야 할 개수만큼 있었다. 어차피 상관없었다. 이미 우편으로 보낸 세 개만 중요했으니까. 나머지는 그냥 수풀이나 자신의 공개 강연 따위가 담긴 것이었다. 그래도 혹시 몰라 몇 프레임을 빼내서 살펴보았다.

다행히 강연 장면이었다. 하지만 길리드의 모습이 담겨 있지는 않다. 어느 대형 서점에서나 볼 수 있는 출판된 강의록 중 하나였다. "장난꾸러기는 어디에나 있군." 길리드가 중얼거리며 필름을 다시 돌려놓았다. 그렇게 세세한 부분까지 신경을 썼다는 데 감탄했다.

"룸 서비스!"

서비스 패널에 불이 들어왔다. "네, 고객님?"

"내 옷이 없어졌군요. 찾아주시오."

"세탁 서비스를 제공 중입니다."

"난 세탁 서비스를 주문한 적이 없으니 도로 가져와요."

여성의 목소리와 얼굴이 사라지더니 잠시 뒤에 남성이 나타났다. "이곳에서는 세탁 서비스를 주문하실 필요가 없습니다, 고객님. 뉴에이지 호텔에서는 언제나 최상의 서비스를 제공합니다."

"그건 좋은데, 도로 갖고 오란 말이오. 빨리, 빨리! 미녀와 데이트가 있으니까."

"알겠습니다, 고객님." 화면이 꺼졌다.

길리드는 이 상황을 비틀린 유머 감각으로 받아들였다. 그다지 인상적이지 않던 '호객꾼'을 기준으로 적대 세력을 상상함으로써 그들을 과소평가하는 치명적일 수 있는 실수를 이미 저질렀다는 것을 이제 깨달았다. 그 결과 정신이 산만해졌다. 뉴에이지가 아닌 다른 호텔로 갔어야 했다. 낡은 사보이 호텔도 길리드 선장의 활동 구역이라는 사실이 잘 알려져 있어서 아마 이 호화로운 구덩이 못지않게 함정이 쫙 깔려 있었겠지만, 그곳에 가는 게 차라리 나았을 것이었다.

길리드는 몇 분 안에 자신이 죽을지도 모른다고 가정해야 했다. 따라서 그 몇 분을 이용해 중요한 마이크로필름 세 개가 향하는 목적지를 상관에게 전달해야 했다. 그러고도 아직 살아 있다면, 활동에 쓸 수 있도록 현금을 다시 확보해야 했다. '자신의' 지갑에 가지고 있던 돈은 설령 다시 돌아오더라도 중요한 활동을 하는 데 쓸 수 없었다. 또한 상황을 보고하고 현재 임무를 종료해야 했다. 그리고 마이크로필름 건과는 별개로 현재의 적대 세력 자체에 관한 임무를 배정받기도 해야 했다.

설령 그 임무를 배정받지 못한다고 해도 이 호객꾼 일당에게서 신경을 끌 생각이 없었다. 진정한 예술가는 드물었다. 바지를 훔치는 단순한 방법으로 길리드를 꼼짝 못 하게 만들다니! 길리드는 그런 방식이 마음에 들었고, 비슷한 것을 더 보고 싶었다. 가능한 한 화끈하게.

길리드는 룸서비스 패널의 화면이 채 꺼지기도 전부터 통신기에 암호화된 자판을 두드리기 시작했다. 길리드가 사용하는 암호화 코드를 호텔 어딘가에서 다시 사용할 테니 암호를 통한 은밀함은 곧바로 깨져버릴 가능성이 있었다. 아니, 확실했다. 그래도 상관없었다. 길리드는 상관이 통신을 끊고 그쪽에서 다른 암호로 연결하게 할 생각이었다. 물론 길리드가 보고하기 위해 연락하는 중계소의 호출 코드는 노출되겠지만, 이 메시지는 전달하기 위해서 중계소 하나를 소모할 만한 가치가 충분했다.

암호화 패턴이 나타났고, 길리드가 코드를 입력했다. 뉴워싱턴이 아니라 자신이 고른 중계소였다. 화면에 한 여성의 얼굴이 나타났다. "뉴에이지 서비스입니다. 고객님. 암호화 중이셨습니까?"

"그렇습니다."

"저, 정말 정말 죄송합니다. 고객님. 암호화 회로가 현재 수리 중입니다. 메인보드에서 대신 암호화해드릴 수 있습니다."

"됐습니다. 그냥 평문 코드로 연결하지요."

"죄, 죄송합니다, 고객님."

길리드가 쓸 수 있는 평문 코드는 하나였다. 그 코드는 절체절명의 순간에만 쓰게 되어 있었다. 그리고 지금이 절체절명의 순간이었다. 자….

길리드가 암호화를 하지 않은 채 다시 자판을 두드리고 기다렸다. 곧 아까 그 여자의 얼굴이 나타났다. "죄, 죄송합니다, 고객님. 그 코드에서 응답이 없습니다. 어떻게 도와드릴까요?"

"비둘기라도 보내주든가요." 길리드는 통신기를 치웠다.

등골이 서늘한 기분은 아까보다 강해졌다. 길리드는 자신을 죽이면 곤란해질 만한 상황을 만들기로 했다. 머릿속에서 기억을 끄집어내 평문 코드로 〈스타타임스〉지에 연결했다.

응답이 없었다.

〈클래리언〉지에도 시도했다. 이번에도 응답이 없었다.

계속해봤자 헛된 일이었다. 놈들은 길리드가 외부의 누구와도 이야기하지 못하게 할 작정이었다. 길리드는 벨맨을 호출했다. 그리고 편안한 의자에 앉아 스위치를 '약한 안마'로 바꾸고 의자의 부드러운 압력을 즐겼다. 이것만은 분명했다. 뉴에이지 호텔은 도시에서 가장 훌륭한 시설을 갖추고 있었다. 목욕도 끝내줬고, 의자도 훌륭했다. 최근에 달 개척지에서 보낸 간소한 삶과, 이게 삶의 마지막 안마일지도 모른다는 가능성 덕분에 즐거움이 더했다.

문이 확장되며 열리더니 벨맨이 들어왔다. 길리드가 척 보니 자신과 비슷한 몸집이었다. 껍데기 까진 굴처럼 홀랑 벗고 있는 길리드를 본 벨맨의 눈썹이 아주 살짝 올라갔다. "누구를 불러드릴까요?"

길리드가 일어서서 벨맨에게 다가갔다. "아닙니다." 길리드는 웃으며 말했다. "난 당신을 원해요." 그와 동시에 힘을 세게 준 손가락 세 개로 벨맨의 명치를 찔렀다.

길리드는 신음하며 쓰러지는 벨맨의 목 옆을 손날로 내리쳤다.

재킷은 어깨가 너무 좁았고, 신발은 너무 컸다. 그렇지만 2분 뒤, '길리드 선장'은 '조엘 애브너'를 따라 망각의 영역으로 사라졌고, 프리랜서로 잠시 벨맨 일을 하는 '조'가 방을 나왔다. 전임자에게 팁을 남기지 못한 일은 안타까웠다.

'조'는 어슬렁거리며 승객용 엘리베이터를 지나, 자신을 불러세운 손님 한 명에게 엉뚱한 길을 가르쳐주다가 직원용 엘리베이터를 발견했다. 그 옆에는 '간이 수거함'이 있었다. 그는 그 문을 열고 손을 뻗어 도르래의 벨트를 붙잡았다. 굳이 벨트로 몸을 감지 않고 매달리기만 한 채 허공으로 몸을 내밀었다. 그는 낙하산을 타고 떨어지는 것보다 더 빨리 떨어져 호텔 지하실의 쿠션 위에서 몸을 추슬렀다. 달의 중력이 사람의 다리 근육을 망쳐놓은 게 분명했다.

그곳을 떠나 아무 방향으로나 이동하면서, 마치 잘 아는 곳에서 뭔가 일을 하는 척했다. 출구 하나만 찾으면 끝이었고, 분명히 찾을 수 있을 것이었다.

'조'는 거대한 저장고를 들락거리다가 짐이 드나드는 화물용 출입문을 발견했다. 그 문까지 9미터 정도 남았을 때 문이 닫히더니 경보가 울렸다. 그래서 다른 곳으로 향했다.

거대한 호텔의 복도 중 한 곳에서 경찰관 두 명과 마주쳤고, '조'는 그대로 지나치려 했다. 한 경찰이 그를 바라보더니 팔을 붙잡았다. "길리드 선장….."

길리드는 아무 기술도 모르는 척하며 팔을 빼려고 했다. "무슨 일이시죠?"

"당신 길리드 선장이지."

"그러면 경찰관님은 저희 새디 숙모게요? 팔 놓으시죠, 순경 나리."

경찰이 다른 손으로 주머니를 뒤적거리더니 공책을 한 권 꺼냈다. 길리드는 다른 경찰이 안전하게 3미터 떨어진 채로 마크하임총을 자신에게 겨누고 있음을 알아챘다.

첫 번째 경찰이 읊었다. "길리드 선장, 당신은 오늘 정각 13시 혹은 그와 비슷한 시각에 이 도시의 내광장 잡화점에서 위조된 5플루돈 지폐를 사용한 혐의로 고발되었습니다. 조용히 우리와 동행할 것을 권하는 바이며, 이 시점부터 발언을 하지 않아도 된다는 점을 알려드립니다. 따라오시죠."

'고발은 관련이 있을 수도 있고 없을 수도 있지.' 길리드는 생각했다. 가짜 지갑에 든 지폐를 자세히 조사해보지는 않았다. 마이크로필름이 자신의 손을 떠난 이상 입건되는 것도 상관없었다. 상대할 사람이라고는 기껏해야 타락한 순경이나 내근직 경사들뿐일 평범한 경찰서 안에 있는 건 자신을 찾는 호객꾼 일당을 만날 경우와 비교하면 편안하기 짝이 없을 것이었다.

한편으로는 현재 상황이 너무 자신에게 유리하다는 생각이 들었다. 경찰이 바짝 쫓아와 옷이 벗겨진 벨맨을 발견하고, 사정을 듣고 난 뒤 수색을 시작한 게 아니라면.

두 번째 경찰관은 거리를 유지한 채 마크하임총을 계속 겨누고 있었다. 그 모습을 보면 두 번째 추측이 더 그럴듯해졌다. "좋습니다. 가지요." 그러다 길리드가 항의했다. "그렇게 팔을 비틀 건 없습니다."

그들은 기후층으로 올라가 거리로 나섰다. 두 번째 경찰은 한 번도 경계를 늦추지 않았다. 길리드는 편안하게 기다렸다. 경찰차 한 대가 길가에 서 있었다. 길리드가 걸음을 멈췄다. "걸어가겠습니다." 길리드가 말했다. "가장 가까운 역이 저 모퉁이만 돌면 있으니까. 난 내가 사는 구역에서 입건되고 싶습니다."

마크하임총의 충격으로 이가 떨리는 듯한 한기가 느껴졌다. 길리드는 그대로 앞으로 쓰러졌다.

놈들이 길리드를 자동차에서 내리는 사이에 그는 의식을 찾았다. 하지만 아직 온전하지는 못했다. 떠메어 가는 것도 아니고 걸어가는 것도 아닌 상태로 긴 복도를 따라 움직이고 있을 때쯤 거의 제정신을 차렸지만, 기억에 구멍이 나 있었다. 길리드가 떠밀려 문 안으로 들어가자 등 뒤로 문이 닫히는 소리가 났다. 길리드는 침착하게 주위를 둘러보았다.

"안녕하신가, 친구." 울리는 목소리가 들렸다. "이리 와서 같이 앉자고."

길리드는 눈을 깜빡였다. 그는 의도적으로 천천히 움직이며 심호흡을 했다. 튼튼한 몸이 마크하임총의 충격으로 인한 효과를 떨쳐내려고 애쓰고 있었다. 이제는 거의 멀쩡한 상태에 가까워졌다.

길리드가 있는 방은 구식으로, 거의 원시적이라 할 만한 감방이었다. 감방 앞쪽과 문은 철창살로 되어 있었고, 벽은 콘크리트였다. 유일한 가구는 기다란 나무 의자였는데, 방금 말한 남자가 앉아 있었다. 50대 정도로 보였고, 육중해 보이는 체구에 선이 굵은 얼굴이 영민하고 성품이 좋은 표정을 짓고 있었다. 그 남자는 손을 베개 삼아 누워 있었는데, 마치 자기 침대처럼 편안해 보였다. 길리드는 이 남자를 전에 본 적이 있었다.

"안녕하시오, 볼드윈 박사."

그 남자가 가능한 한 동작을 낭비하지 않으며 육중한 몸을 유려하게 일으켜 앉았다. "난 볼드윈 박사가 아니오. 내 이름이 볼드윈은 맞지만,

아무 박사도 아니지." 그 남자는 길리드를 바라보았다. "하지만 난 당신을 알아. 강연을 몇 개 봤어."

길리드가 한쪽 눈썹을 추켜세웠다. "박사 학위도 없이 물리학회 근처를 어슬렁거리면 벌거벗은 기분일 텐데. 하지만 당신은 그 마지막 회의에 분명 있었어."

볼드윈이 깊이 울리는 듯한 웃음소리를 냈다. "무슨 소린지 알겠군. 그건 우리 아버지 쪽 사촌인 하틀리 M.이었을 거야. 꽉 막힌 시민 하틀리. 이제 선장 당신을 만났으니 우리 집안에 걸린 저주를 풀도록 애써봐야겠군." 볼드윈은 커다란 손을 내밀었다. "난 그레고리 볼드윈이오. 친구들에게는 주전자로 통하지. 내가 아는 것 중에 이론물리학에 가장 가까운 건 신품 혹은 중고 헬리콥터일걸. '주전자 볼드윈, 헬리콥터의 왕.' 내 광고를 본 적이 있을 텐데."

"그렇게 말을 하니 알겠군."

볼드윈이 명함을 한 장 꺼냈다. "여기 있네. 하틀리를 알고 있다니 혹시 필요하면 10퍼센트 할인을 해주겠어. 사실 1년 된 커티스 모델이 당신에게 딱 맞을 것 같은데. 아무 흠집 없는 가족용 헬리콥터라고."

길리드는 명함을 받으며 앉았다. "지금은 관심 없지만, 고맙소. 사무실이 좀 특이하군요, 볼드윈 씨."

볼드윈이 또 웃었다. "오래 살다 보면 별일이 다 있는 법이지. 선장, 당신이 왜 여기 있는지, 그리고 왜 그런 원숭이 옷을 입고 있는지는 묻지 않겠어."

"알겠어." 길리드가 일어나 문으로 갔다. 감방 반대쪽은 아무것도 없는 벽이었다. 아무도 눈에 보이지 않았다. 길리드는 휘파람을 불고 소리를 쳐보았다. 아무 대꾸도 없었다.

"뭐가 그리 불편하지, 선장?" 볼드윈이 온화한 목소리로 물었다.

길리드가 몸을 돌렸다. 볼드윈은 의자에 카드를 펼쳐 놓고 차분히 솔리테어를 하고 있었다.

"간수에게 연락해서 변호사를 불러야겠어."

"안달복달하지 말고 카드놀이나 하자고." 볼드윈이 주머니에 손을 넣었다. "카드가 한 벌 더 있지. 러시아 은행 게임은 어때?"

"고맙지만, 됐어. 난 여기서 나가야 해." 길리드는 다시 소리를 질렀다. 여전히 답은 없었다.

"힘 뺄 필요 없어, 선장." 볼드윈이 충고했다. "놈들은 필요할 때 나타날 테고, 그전에는 절대 오지 않아. 내가 알지. 카드놀이나 하자니까. 그러면 시간이 잘 간다고." 볼드윈은 카드 두 벌을 섞고 있는 것 같았지만, 길리드는 볼드윈이 손장난을 치고 있다는 것을 볼 수 있었다. 속임수를 보니 흥미가 일었다. 길리드는 게임을 하기로 했다. 어쨌거나 볼드윈의 충고도 사실인 게 확실해 보였다.

"러시아 은행이 싫으면 내가 어렸을 때 배웠던 게임이 하나 있지." 볼드윈이 잠시 말을 멈추더니 길리드의 눈을 바라보았다. "재미도 있고 교육적이야. 그래도 일단 이해만 하면 간단한 게임이고." 볼드윈이 카드를 돌리기 시작했다. "이 게임은 두 벌로 해야 제맛이지. 검은색은 아무것도 아니거든. 카드 한 벌에 있는 빨간색 스물여섯 장만 중요해. 하트가 우선이고. 순서에 따른 각 카드의 위치에 따라 점수를 얻는 거야. 하트 에이스는 1점이고, 하트 킹은 13점이지. 다이아몬드 에이스가 14점이고…. 그렇게 이어지는 거야. 이해하겠지?"

"그래."

"그리고 검은색은 아무것도 아니야. 공란…, 빈칸이라고. 준비됐나?"

"규칙이 뭐지?"

"일단 돈을 걸지 않고 해보자고. 직접 해보면 더 빨리 배우니까. 일단 이해하고 나면, 원자력 신탁금의 절반을 걸겠어. 아니면 현금으로 10비트." 볼드윈은 계속해서 카드를 한 줄에 다섯 장씩 재빨리 늘어놓았다. 그러다 손이 멈추었다. "이게 내 패야. 그러니까 당신 점수지. 몇 점인지 봐."

볼드윈이 속임수를 써서 빨간 카드를 몇 개씩 묶어놓은 게 분명했다.

하지만 그렇게 해서 얻는 이익이 무엇인지는 알 수 없었다. 점수가 딱히 높은 것도 낮은 것도 아니었다. 길리드는 가만히 바라보며 이자가 무엇을 하려는 건지 생각했다. 속임수는 속임수지만, 먹히기에는 너무 뻔했다.

갑자기 카드가 눈에 들어오면서 의미 있는 배열이 보였다. 킬리드는 내용을 읽었다.

XTHXY
CANXX
XXXSE
HEARX
XUSXX

(놈들은 우리를 보고 들을 수 있어.)

하트의 5가 달랑 둘밖에 없다는 점이 철자에 영향을 끼쳤지만 의미는 분명했다. 길리드가 카드를 집었다. "내가 한번 해보지. 이길 수 있다고." 길리드는 옷의 주인인 벨맨이 넣어둔 팁을 꺼냈다. "10비트라고 했지."

볼드윈이 같은 금액을 걸었다. 길리드는 볼드윈보다도 더 노골적으로 보여주며 카드를 섞었다. 길리드가 놓은 카드는 이랬다.

WHATS
XXXXX
XYOUR
GAMEX
XXXXX

(무슨 꿍꿍이지?)

볼드윈이 돈을 길리드에게 밀어주고는 다시 걸었다. "좋아. 내가 복수할 차례군." 볼드윈은 카드를 놓았다.

```
XXIMX
XONXX
YOURX
XXXXX
XSIDEX
```

(난 당신 편이야.)

"내가 또 이겼어." 길리드가 즐거운 투로 말했다. "돈을 걸라고." 길리드는 카드를 들어 이렇게 놓았다.

```
YEAHX
XXXXX
PROVE
XXITX
XXXXX
```

(그러면 증명해봐.)

볼드윈이 점수를 계산하더니 말했다. "당신 정말 영리하군. 카드를 줘." 볼드윈은 10비트를 더 내놓고는 카드를 놓았다.

```
XXILX
HELPX
XXYOU
XGETX
OUTXX
```

(나갈 수 있도록 도와주겠어.)

"내가 카드를 뗐어야 했어." 길리드가 돈을 밀어주며 불평했다. "판돈을 두 배로 올리자고." 볼드윈이 투덜거렸고, 길리드가 다시 카드를 놓았다.

XNUTS
IMXXX
SAFER
XXINX
XGAOL

(머저리, 난 감옥에서 더 안전해.)

"당신 운도 다했군." 볼드윈이 흡족한 듯 말했다. "또 두 배로 올릴까?"

XUXRX
XNUTS
THISX
NOXXX
XJAIL

(당신이 머저리야. 여긴 감옥이 아냐.)

다시 카드가 놓였다.

KEEPX
XTALK
INGXX
XXXXX
XBUDX

(자세히 얘기해봐.)

볼드윈이 대답했다.

THISX
XXXXX
XXNEW
AGEXX
XHOTL

(여긴 뉴에이지 호텔이야.)

길리드는 카드를 다시 모으며 이 새로운 사실에 관해 생각했다. 자신이 뉴에이지 호텔 어딘가에 갇혀 있다는 사실은 믿을 만했다. 오히려 적이 두 평범한 경찰로 하여금 자신을 평범한 감옥으로 데리고 가게 한다는 게 더 믿기 어려웠다. 호텔처럼 그 감옥을 완전히 장악하고 있다면 몰라도. 그렇지만 아직 입증되지는 않았다. 볼드윈으로 말하자면, 길리드의 편일 수는 있었다. 그러나 그보다는 적이 바람잡이로 심어놓은 인물일 가능성이 더 컸다. 혹은 단독으로 활동하는 걸지도 몰랐다.

가능한 조합은 여섯 가지였다. 그중 단 하나일 경우에만, 탈옥을 돕겠다는 볼드윈의 제안을 받아들이는 게 바람직했다. 그런데 여섯 가지 중에서 그 가능성이 가장 낮았다.

그렇지만 길리드는 볼드윈이 거짓말을 하고 있다고, 이게 함정이라고 생각하면서도 당분간 받아들이기로 했다. 정적인 상황은 아무 이점이 없었다. 어떤 방식이든 동적인 상황이 되어야 이점으로 활용할 가능성이 열렸다. 다만 정보가 더 많이 있어야 했다. "카드가 사탕처럼 끈적하군." 길리드가 불평했다. "계속 걸 텐가?"

"해." 길리드가 다시 카드를 놓았다.

XXXXX
WHYXX
AMXXX
XXXXI
XHERE

(내가 왜 여기 있지?)

"당신 더럽게 운이 좋군." 볼드윈이 말했다.

FILMS
ESCAP
BFORE
XUXXX
KCRACK

(당신이 잡히기 전에 필름이 탈출했으니까.)

길리드가 카드를 쓸어모으고, 섞을 준비를 하자 볼드윈이 말했다. "이런, 끝날 시간이군." 복도에서 발걸음 소리가 들렸다. "행운을 빌어, 이 친구야." 볼드윈이 덧붙였다.

볼드윈은 필름에 관해 알고 있었다. 하지만 길리드의 조직에 속해 있다는 사실을 증명할 만한 여러 가지 방법 중 어떤 것도 사용하지 않았다. 따라서 적대 세력이 심어 놓았거나, 제3의 세력이었다.

무엇보다 볼드윈이 필름에 관해 알고 있다는 사실은 이곳이 감옥이 아니라는 주장을 뒷받침해주었다. 그렇다면 안타깝지만, 길리드 자신이 이곳에서 살아서 나갈 가능성은 거의 없는 셈이었다. 방으로 다가오는 발소리는 얼마 남지 않은 생을 알리는 초침일지도 몰랐.

이쯤 되자 길리드는 뉴에이지 호텔로 가기 전에 필름의 목적지를 보고할 방법을 찾았어야 했다는 사실을 알게 되었다. 그러나 이미 엎질러진 물이었고, 엔트로피는 언제나 증가한다. 그래도 필름은 반드시 전달해야 했다.

발걸음 소리가 아주 가까워졌다.

볼드윈은 살아서 나갈 수 있을지도 몰랐다.

그나저나 볼드윈 이 작자는 대체 누구일까?

그런 생각을 하는 동안 길리드는 카드를 섞었다. 아직 마음을 정하지는 못했다. 한 번만 제대로 섞으면 그 안에 숨겨놓은 메시지를 없애버릴 수 있었다. 그때 거미 한 마리가 천장에서 내려와 볼드윈의 손 위로 내려앉았다. 볼드윈은 떨어뜨려 밟아버리는 대신 조심스럽게 팔을 벽을 향해 뻗어 거미가 바닥으로 내려올 수 있게 해주었다. "조심해서 다녀, 작은 친구."

볼드윈이 온화하게 말했다. "아니면 큰 녀석한테 밟힐 수도 있으니까."

비록 사소했지만, 그 사건은 길리드의 마음을 결정했다. 동시에 한 행성의 운명도. 길리드는 일어서서 카드를 볼드윈에게 내밀었다. "내가 정확히 1,060비트를 갚아야 해." 길리드가 신중하게 말했다. "확실히 기억하라고. 난 누가 찾아왔는지 만나봐야겠어."

발소리가 감방 문 앞에서 멈췄다.

두 사람이었다. 둘 다 경찰이나 간수처럼 입고 있지는 않았다. 가장무도회가 끝난 것이다. 한 명이 뒤쪽에 서서 마크하임총으로 엄호하는 동안 다른 한 명이 문을 열었다. "뚱보, 넌 벽으로 물러서." 문을 연 남자가 명령했다. "길리드, 이리 나와. 조심하는 게 좋을 거야. 아니면 꼼짝 못하게 한 다음에 심심풀이로 이빨을 뽑아줄 테니까."

볼드윈이 벽으로 물러서고, 길리드가 천천히 나왔다. 빠져나갈 구멍이 있는지 살펴보았지만, 더 높은 사람으로 보이는 쪽이 뒤로 물러서며 단 한 번도 길리드와 마크하임총을 든 남자 사이를 가로막지 않았다. "앞에서 천천히 걸어." 길리드는 지시에 따랐다. 신중하게 감시당하고 있었기 때문에 도망칠 수도, 싸울 수도 없었다.

혼자 남게 되자 볼드윈은 의자로 돌아갔다. 솔리테어를 하는 것처럼 카드를 늘어놓았다가 다시 거둬들인 뒤 계속 솔리테어 패를 놓았다. 이내 볼드윈은 길리드가 남겨 놓은 순서 그대로 카드를 섞은 다음 주머니에 넣었다.

메시지는 아래와 같았다.

XTELL
XFBSX
POBOX
DEBTX
XXCHI.

(연방보안국에 알려. 사서함. 빚은 시카고에.)

길리드는 두 사람에게 등 떠밀려 어느 방으로 들어갔다. 두 사람은 들어오지 않은 채 문을 잠갔다. 도시와 강이 내려다보이는 커다란 창문이 보였다. 균형을 맞추기라도 하듯 왼쪽에는 색채와 깊이감이 아주 그럴듯한 달 풍경 그림이 걸려 있었다. 길리드의 앞에는 화려하면서도 너무 과시적이지 않은 책상이 하나 있었다.

길리드는 책상에 앉아 있는 한 사람에게 집중하는 한편, 내심 이런 소소한 풍경을 기억해두었다. 눈앞에 있는 여성은 나이가 들었지만 노쇠하지는 않았고, 연약하지만 무력해 보이지 않았다. 눈동자에는 생기가 넘쳤고, 표정은 고요했다. 잘 가꿔 투명한 느낌을 주는 손은 부지런히 움직이며 자수를 뜨고 있었다.

여인 앞에 있는 책상 위에는 기송관 두 개, 슬리퍼 한 켤레, 누더기가 된 데다 흙까지 묻은 옷과 플라스틱이 있었다.

여인이 고개를 들었다. "안녕하신가요, 길리드 선장?" 찬송가를 부르는 데 적합할 듯한 가늘고 고운 소프라노 목소리였다.

길리드가 고개를 숙여 인사했다. "아, 감사합니다. 저…, 키틀리 부인이십니까?"

"나를 아는군요."

"자선 행위만으로도 유명하시지 않습니까."

"친절하시군요. 선장의 시간을 낭비하지는 않겠어요. 별다른 소란 없이 놓아드릴 수 있기를 바랐지만…." 키틀리 부인은 앞에 놓인 기송관 두 개를 가리켰다. "보시다시피 처리해야 할 문제가 좀 더 있는 것 같아서요."

"그래서요?"

"알잖아요, 선장. 당신은 기송관 세 개를 보냈어요. 이 두 개는 눈속임용이었죠. 그리고 세 번째는 원래 목적지에 도착하지 않았어요. 주소를 잘못 써서 분류기가 도로 뱉어냈을 가능성도 있지요. 그렇다면 곧 우리 손에 들어올 겁니다. 하지만 선장이 모종의 방법으로 주소를 바꿨을 가능성이 더 크죠. 실질적으로 확실하다고 할 수 있겠고요."

"아니면, 제가 부인의 부하를 매수했을 수도 있겠지요."

키틀리 부인은 고개를 살짝 흔들었다. "우리가 더할 나위 없을 정도로 철저히 조사했습니다."

"죽을 정도로 철저히요?"

"아아, 주제를 바꾸지 말아요, 선장. 난 당신이 그 기송관을 어디로 보냈는지 알아야 해요. 평범한 방법으로는 당신에게 최면을 걸 수 없겠죠. 최면약에 면역을 갖추고 있을 테니까. 의식을 잃을 때까지 고통을 참을 수 있는 내성도 있고요. 전부 입증이 다 된 내용입니다. 그렇지 않으면 이런 일을 하고 있지 않겠죠. 우리 둘 다 그걸 다시 입증하는 수고를 할 필요가 없게 할 생각이에요. 하지만 그 기송관은 가져가야겠어요. 가격이 얼마면 될까요?"

"돈을 내면 가질 수 있다고 생각하시나 보군요."

키틀리 부인이 살짝 웃었다. "속담에 예외가 있다면 역사에 남아 있지 않겠죠. 이성적으로 생각하세요, 선장. 평범한 조사 방식에 면역이 있다는 점은 인정해도 훨씬 더 나긋나긋하게 조사를 받도록 무너뜨리는, 혹은 바꾸는 방법이 있어요. 공산당 정치국원에게서 배운 방식이죠. 하지만 그런 방법은 시간이 많이 들고, 사실 내 나이쯤 된 여자에게는 낭비할 시간이 없…."

길리드가 그럴듯한 거짓말을 늘어놓았다. "나이 때문이 아니겠지요, 부인. 그 기송관을 지금이 아니면 결코 얻지 못한다는 것을 알고 있기 때문이에요." 길리드는 볼드윈이 카드를 살펴보고 마지막 메시지를 받은 뒤… 실행에 옮길 정도로 눈치 있는 사람이기를 바랐다. 아니, 기원했다. 만약 볼드윈이 그러지 못한다면 길리드는 죽은 목숨이 되고, 기송관은 결국 배송불가 품목 창고에 처박혀 있다가 시간이 지나면 파괴될 것이었다.

"아마 선장 말이 맞을 거예요. 그러나 계속 고집을 부린다면 민첸터 요법을 쓰겠어요…. 천만 플루톤 크레디트면 어떨까요?"

길리드는 키틀리 부인이 민첸터 요법에 관해 한 말이 진심이라고 생각했다. 손발이 묶인, 어쩌면 그보다 더한 상황에 처한 사람이 아무런 도움 없이 자살할 방법을 속으로 검토해보았다. "천만 플루톤을 주고 내 등에 칼을 박으시겠다고요?" 길리드가 대꾸했다. "우리 솔직해집시다."

"털어놓기 전에 안전을 확실히 보장해드리죠."

"그렇다고 해도 가격이 맞지 않습니다. 적어도 5억 플루톤은 있으실 텐데 말이지요."

키틀리 부인이 몸을 숙이며 말했다. "난 당신이 마음에 들어요, 선장. 강한 남자죠. 난 늙은 여자고, 후계자도 없어요. 내 파트너가 된다면 어떨까요? 그리고 후계자가 된다면요?"

"그림의 떡이겠죠."

"아니, 아니에요! 진심이에요. 난 나이와 성별 때문에 적극적으로 나서지 못해요. 다른 사람에게 의지해야 하죠. 선장, 아시다시피 난 효율적이지 못한 도구들에 진력이 났어요. 코앞에서 목표를 놓쳐버리는 사람들에 진력이 났다고요. 생각을 좀 해봐요!" 키틀리 부인이 발톱을 세우듯이 손을 오므리며 격앙된 목소리로 말했다. "당신과 나는 오랫동안 함께할 수 있어요, 선장. 당신이 필요합니다."

"하지만 저는 부인이 필요하지 않습니다. 부인과 함께하지 않을 겁니다."

키틀리 부인은 아무 대꾸 없이 책상 위를 건드려 뭔가 조작했다. 왼쪽에서 문이 넓어지며 열리더니 남자 둘과 여자 한 명이 들어왔다. 여자는 대광장 잡화점에 있던 종업원이었다. 여자는 벌거벗은 상태였다. 직원복 안에 무기를 숨기기 어렵다는 점을 고려하면 불필요한 모욕으로 보였다.

안으로 들어오자 그 여자는 나이와 성별에 걸맞지 않은 언어를 쓰며 발광하고 비명을 지르고 항의하기 시작했다. 화산이 폭발하는 듯한 엄청난 고함 소리였다.

"조용히 해라, 얘야!"

여자가 비명을 뚝 그치더니 깜짝 놀라서 키틀리 부인을 쳐다보고는 입을 다물었다. 다시 소리를 내지도 않았다. 그 자리에 가만히 서 있었는데, 실제보다 더 어려 보였고 자신이 벌거벗고 있다는 사실을 의식했는지 어색해했다. 이제는 전신에 닭살이 돋아 있었고, 먼지로 범벅이 된 얼굴에 베인 자국 하나가 입술까지 나 있었다. 여자가 상처를 혀로 핥더니 코를 훌쩍였다.

"당신이 감시에서 벗어난 적은 단 한 번이에요, 선장." 키슬리 부인이 말을 이었다. "그동안 이 사람이 당신을 두 번 봤죠. 따라서 이 여자를 조사할 겁니다."

길리드는 고개를 저었다. "그 여자가 아는 건 쥐뿔도 없습니다. 하지만 해보시죠. 5분만 최면을 걸어보면 알 테니까."

"오, 아니에요, 선장! 최면은 이따금 틀리죠. 만약 이 여자가 당신 조직의 일원이라면, 분명히 최면은 소용이 없을 거예요." 키틀리 부인은 여자를 데려온 남자 한 명에게 손짓했다. 남자가 찬장으로 가서 문을 열었다. "난 구식 인간이에요." 노부인이 계속 말했다. "아무리 뛰어난 약이 있다고 해도 간단한 기계적 수단을 훨씬 더 신뢰한다는 뜻이죠."

길리드는 남자가 찬장에서 꺼내는 도구를 보고는 앞으로 나섰다. "그만둬!" 길리드가 명령조로 말했다. "그걸 쓰면 안…."

길리드의 코가 어딘가에 세게 부딪혔다.

남자는 길리드를 신경도 쓰지 않았다. 키틀리 부인이 말했다. "미안하군요, 선장. 여기가 방 하나가 아니라 둘이라고 이야기했어야 했는데. 칸막이는 그냥 유리지만, 아주 특수한 유리예요. 어려운 사람과 대담할 때 사용하는 방이지. 괜히 이쪽으로 오려다가 다치지 말도록 하세요."

"잠깐만요!"

"그래요, 선장?"

"시간이 얼마 안 남았습니다. 그 여자애와 나를 가게 해주십시오. 지금 당장도 수백 명이 나를 찾아서 이 도시를 뒤지고 있다는 걸 알지 않습니까. 벽 속까지 빠짐없이 뒤질 때까지 그만두지 않으리라는 것도요."

"그럴 것 같지 않아요. 당신이 뉴에이지 호텔에 투숙하고 정확히 20분 뒤에, 당신과 머리부터 발끝까지 똑같이 생긴 남자가 남아프리카행 로켓을 탔어요. 당신의 신분증도 갖고 있죠. 그 남자는 남아프리카에 도착하지 못할 겁니다. 하지만 사라지는 방식은 사고나 자살이 아니라 탈주가 될 테죠."

길리드는 화제를 돌렸다. "이 여자애를 고문해서 뭘 얻으려는 겁니까? 이 여자가 아는 건 당신도 다 알고 있잖아요. 당연히 이 여자애 같은 사람을 신뢰할 수 있다고 생각하지는 않을 텐데요."

키틀리 부인은 입술을 오므렸다. "솔직히 말해서 이 여자한테 뭔가 알아내리라는 기대는 하지 않아요. 그 대신 선장에게서 뭔가 알아낼 수 있겠죠."

"그렇군요."

둘 중 리더로 보이는 남자가 질문하는 표정으로 주인을 바라보았다. 키틀리 부인이 진행하라고 손짓했다. 여자는 멍한 표정으로 도구를 꺼내는 남자를 바라보았다. 용도가 무엇인지 전혀 모르는 눈치였다. 두 남자가 바삐 움직였다.

이내 여자가 비명을 질렀다. 날카로운 소리로 몇 분 동안 계속 울부짖었다. 그리고 기절하면서 소리가 멈췄다.

두 남자가 여자를 깨워서 일으켜 세웠다. 여자는 일어서서 비틀거리며 멍한 표정으로 이제 돌이킬 수 없는 손상을 입어 전과 달리 아무짝에도 쓸모가 없게 된 불쌍한 두 손을 바라보았다. 손목에서 피가 떨어져 두 번째 남자가 미리 깔아둔 비닐 방수포 위에 떨어졌다.

길리드는 아무 행동도, 아무 말도 하지 않았다. 자신이 지키는 기송관에는 수백만 명의 목숨이 달린 내용이 담겨 있다는 사실을 알았다. 문제로 치자면, 이 여자는 문제 축에도 못 들었다. 길리드의 뇌 깊숙한 곳에 있는 아주 오래된 부분은 그 때문에 어지러웠지만, 길리드는 거의 자동적으로 그 부분을 차단하고 전뇌(前腦) 안에서 이 순간에 집중했다.

길리드는 의식적으로 두 남자의 얼굴과 머리 형태, 체형을 암기하고, '인적 사항'이라는 데이터로 정리했다. 그리고 눈에 띄지 않게 창밖의 풍경으로 주의를 돌렸다. 이야기하는 동안 내내 의식하고 있었지만, 확실하게 생각해보고 싶었다. 길리드는 자신이 보고 있는 풍경이 창문을 똑바로 쳐다봤을 때 어떻게 보일지 상상해본 뒤, 자신이 뉴에이지 호텔의 91층에 있으며 북쪽 끝으로부터 약 130미터 떨어져 있다는 결론을 내렸다. 이 내용은 '전문' 항목으로 정리했다.

여자가 죽자 키틀리 부인은 길리드에게 말을 걸지 않고 방을 나갔다. 남자들은 방수포에 남아 있는 잔해를 정리하고 뒤를 따랐다. 곧 경비 두 명이 돌아와 아까와 똑같이 신중한 방식으로 길리드를 방으로 데려갔다.

경비가 사라지자 벽에 기대 있던 볼드윈이 자유롭게 길리드에게 다가와 어깨를 두드렸다. "이 친구야! 다시 보니 반갑군. 다시는 못 볼 줄 알고 걱정했다고. 어땠어? 꽤 거칠었나?"

"아니. 날 해치지는 않았어. 몇 가지 물어보기만 하더군."

"운이 좋은 거야. 어떤 미친 경찰은 뒷방에 단둘이 있을 때 아주 못되게 굴기도 하거든. 변호사에게 연락하게 해줬나?"

"아니."

"그러면 아직 끝난 게 아니군. 조심하라고, 이 친구야."

길리드가 의자에 앉았다. "알 게 뭐야. 카드놀이 좀 더 할 텐가?"

"기꺼이 그러지. 예감이 좋아." 볼드윈이 카드 두 벌을 꺼내 주르륵 훑었다. 길리드도 카드를 받아서 똑같이 했다. 좋아! 길리드가 놓고 갔을 때와 순서가 같았다. 길리드는 엄지손가락으로 가장자리를 쭉 훑었다. 좋아. 심지어는 공란인 검은색 카드마저 순서가 바뀌지 않았다. 볼드윈이 그 안에 마지막 메시지가 있을지도 모른다는 생각을 하지 않고 들여다보지도 않은 채 주머니에 넣었던 모양이었다. 길리드는 볼드윈이 메시지를 읽지 않았다면, 답변을 남기지도 않았을 게 분명하다고 생각했다. 아직 목숨이 붙어 있게 되자 이런 생각에 마음이 많이 놓였다.

길리드는 카드를 제대로 한 번 섞은 뒤 의도대로 놓기 시작했다. 첫 번째 놓은 카드는 다음과 같았다.

XXXXX
ESCAP
XXATX
XXXXX,
XONCE

(즉시 탈출 요망)

"이번엔 이겼군!" 볼드윈이 의기양양하게 말했다. "판돈을 올리자고."

DIDXX
XYOUX
XXXXX
XXXXX
CRACK

(항복했나?)

"올려." 길리드가 말하며 카드를 잡았다.

XXNOX
BUTXX
XXXXX
XLETS
XXGOX

(아니, 하지만 나가자.)

"자네 정말 재수가 좋군." 볼드윈이 투덜거렸다. "이봐, 판돈은 두 배로 두고, 카드를 두 배로 깔자고. 내 돈을 되찾을 공정한 기회를 원해."
볼드윈이 놓은 카드는 이랬다.

```
XXXXX
XTHXN
XXXXX
THXYX
NEEDX
XXXXX
ALIVX
XXXXX
PLAYX
XXXUP
```

(그러면 그들은 자네가 살아 있기를 바랄 거야. 상대해줘.)

"자네한테 별 도움이 되지는 않는군. 안 그래?" 길리드가 카드를 가져
가 정리하며 말했다.

"항상 이기는 사람에게는, 뭔가 아주 웃긴 게 있는 법이지." 볼드윈이
투덜거렸다. 그러고는 눈을 가늘게 뜨고 길리드를 쳐다보다가 갑자기 팔
을 뻗어 길리드의 손목을 붙잡았다. "이럴 줄 알았지." 볼드윈이 외쳤다.
"빌어먹을 사기꾼 새끼…."

길리드가 손을 떨쳐냈다. "뭐야, 이 더러운 뚱보가!"

"딱 걸렸어! 딱 걸렸다고!" 볼드윈이 다시 손목을 잡으며 다른 쪽 손
목까지 움켜잡았다. 두 사람은 몸싸움하며 바닥을 굴렀다.

길리드는 두 가지 사실을 알아챘다. 이 볼썽사납고 육중한 남자는 갖
가지 형태의 더러운 싸움에 통달해 있었으며, 상대방에 해를 입히지 않
고도 그럴듯하게 보이도록 꾸밀 줄 알았다. 신경을 움켜잡을 때는 신경
에서 살짝 떨어진 곳을 잡았고, 무릎 차기는 가랑이가 아니라 허벅지 근
육을 향했다.

볼드윈이 겨드랑이로 목을 조르려 했다. 길리드는 일부러 당해주었
다. 볼드윈은 팔뚝의 넓은 부분을 길리드의 목이 아니라 턱 끝에 갖다 댄
뒤 졸랐다.

복도에서 누군가가 뛰어오는 소리가 들렸다.

길리드는 감방문에 다다른 경비들을 슬쩍 보았다. 그들은 잠시 머뭇거리고 있었다. 마크하임의 총구가 너무 커서 철창 너머에서 사용할 수 없었던 것이었다. 발사해봤자 가로막혀서 소용이 없을 터였다. 망설이는 모습을 보니 제압용 폭탄을 갖고 있지는 않은 게 분명했다. 곧 상급자로 보이는 쪽이 재빨리 잠긴 문을 열었다. 다른 하나는 뒤로 물러서서 마크하임총을 겨누고 엄호했다.

볼드윈은 경비를 무시한 채 길리드를 향해 계속해서 욕설을 퍼부으며 괴롭혔다. 먼저 다가온 경비가 손을 대려는 순간 볼드윈이 갑자기 길리드의 귀에 대고 말했다. "눈 감아!" 그러고는 마찬가지로 갑자기 떨어져 나갔다.

길리드는 눈꺼풀을 뚫고 들어오는 믿을 수 없을 정도로 강렬한 빛을 느꼈다. 그와 함께 나직하게 우두둑하는 소리가 들렸다. 눈을 뜨자, 먼저 다가온 남자가 쓰러져 있는 게 보였다. 머리가 괴상한 각도로 꺾여 있었다.

마크하임총을 들고 있던 남자는 머리를 흔들고 있었다. 총구가 이리저리 흔들렸다. 볼드윈이 비척거리며 그쪽을 향해 돌진했다. 등과 무릎을 한껏 숙여 키가 1미터도 되지 않을 정도였다. 앞이 안 보이는 경비는 소리를 듣고 소리가 나는 방향으로 한 방 쏘았다. 총알은 볼드윈의 머리 위로 날아갔다.

볼드윈이 경비를 덮쳤다. 두 사람이 바닥에서 뒹굴었다. 다시 한 번 뼈가 부러지는 소리가 나며 한 사람이 더 죽었다. 볼드윈이 마크하임총을 들고 일어섰다. 총구는 바닥을 향하고 있었다. "눈은 좀 어떤가, 이 친구야?" 볼드윈이 초조한 기색으로 물었다.

"괜찮아."

"그러면 와서 이 오싹한 물건이나 들어." 길리드가 앞으로 나가 마크하임총을 건네받았다. 볼드윈은 도시가 내다보이는 창문이 있는 복도 끝으로 달려갔다. 창문은 열리지 않았다. 창문 너머에도 '헬리콥터 탑승용 계단'은 없었다. 그냥 밑으로 떨어지는 구조였다. 볼드윈이 다시 달려왔다.

길리드는 마음속으로 여러 가지 가능성을 생각하고 있었다. 사건은 자신이 아니라 볼드윈의 계획대로 움직였다. 키틀리 부인의 대담용 방에 다녀온 덕분에 공간 감각은 잡아놓은 뒤였다. 복도를 따라 앞으로 가다가 왼쪽으로 꺾으면 간이 수거용 통로가 나올 것이었다. 일단 마크하임 총으로 무장한 채 지하실에 가기만 한다면 적을 뚫고 밖으로 나갈 수 있다는 확신이 들었다. 볼드윈이 따라오겠다면, 이끌고 갈 수도 있었다. 아니라면…, 음, 문제가 될 게 너무 많았다.

볼드윈이 재빨리 감방 안에 들어갔다 나왔다. "따라와!" 길리드가 외쳤다. 복도가 꺾이는 곳에서 머리 하나가 보였다. 길리드는 총을 쏘았고, 머리의 주인은 정신을 잃고 바닥에 쓰러졌다.

"비켜, 이 친구야!" 볼드윈이 말했다. 그는 두 사람이 카드 '놀이' 판으로 사용했던 육중한 의자를 들고 있었다. 볼드윈은 의자를 들고 복도를 달리기 시작했다. 그는 밀폐된 창문을 향해 놀라울 정도로 속도를 더하며 움직였다.

이 급조한 공격 수단은 힘차게 창문에 부딪혔다. 플라스틱이 부풀어 오르다가 금이 가더니 비누 거품처럼 터져버렸다. 의자는 그대로 앞으로 나가 시야에서 사라졌다. 볼드윈은 엎드린 채 몸을 비틀거리고 있었다. 바로 턱밑이 수백 미터에 달하는 허공이었다.

"이봐!" 볼드윈이 외쳤다. "이리 와! 물러서!"

길리드가 그쪽을 향해 물러나면서 두 발을 더 쏘았다. 아직도 볼드윈이 어떻게 빠져나가려는지 알 수 없었지만, 이미 이 덩치 큰 남자는 기지가 풍부하다는 사실을 보여주었다. 그리고 자원도.

볼드윈이 손가락으로 휘파람을 불고 손을 흔들었다. 이 도시의 교통법을 모조리 어기며 헬리콥터 한 대가 늦은 오후의 혼잡함 속에서 빠져나오더니 차선을 가로지르며 창문 쪽으로 접근했다. 헬리콥터는 로터가 간신히 부딪치지 않을 정도의 거리에 머물렀다. 조종사가 문을 열었다.

줄 하나가 날아오자 볼드윈이 붙잡았다. 볼드윈이 놀라운 속도로 그 줄을 창문의 편광 손잡이에 묶은 뒤 마크하임총을 잡았다. "먼저 가." 볼드윈은 말했다. "서둘러!"

길리드는 무릎을 꿇고 줄을 붙잡았다. 조종사가 곧바로 출력을 높이며 로터를 기울였다. 줄이 팽팽해졌다. 길리드가 줄에 몸을 싣고 기어서 건넜다. 조종사가 마장마술을 하듯이 한 손으로 헬리콥터를 조종하면서 다른 한 손을 내밀었다.

헬리콥터가 덜컹거렸다. 길리드가 뒤를 보니 볼드윈이 건너오고 있었다. 거미줄에 매달린 뚱뚱한 거미 같았다. 길리드가 볼드윈을 안으로 끌어들이는 동안 조종사가 손을 뻗어 줄을 잘랐다. 헬리콥터는 다시 덜컹거리더니 건물에서 멀어졌다.

깨진 창가에는 이미 남자 몇 명이 서 있었다. "어서 가자고, 스티브!" 볼드윈이 조종사에게 지시했다. 조종사가 출력을 더 높이며 로터를 더욱 기울였다. 헬리콥터가 단숨에 거리를 벌렸다. 어렵지 않게 교통의 흐름 속으로 들어오자 조종사가 물었다. "어디로 갈까요?"

"집으로 가자고. 그리고 다른 녀석들에게도 집으로 가라고 전해줘. 아니, 자네가 바쁘니 내가 직접 하지!" 볼드윈이 부조종석으로 비집고 들어가서 통화기를 끼고 소음 저감 마이크를 입 위로 가져갔다. 조종사는 헬리콥터를 교통 흐름에 끼워 넣은 뒤 항로를 설정해놓고 뒤로 기대 사진 잡지를 펼쳤다.

곧 볼드윈이 통화를 끊고 승객용 공간으로 돌아왔다. "필요할 때 한 대가 옆을 지나가게 하려면 헬리콥터가 아주 많이 필요하지." 볼드윈이 스스럼없이 이야기했다. "다행히 난 헬리콥터가 아주 많아. 아, 그나저나 이쪽은 스티브 할리데이야. 스티브, 여기는 길리드…, 이름은 뭐더라? 퍼스트 네임이 뭐였지?"

"조셉." 길리드가 대답했다.

"안녕하시오." 조종사가 인사하고는 다시 시선을 잡지로 돌렸다.

길리드는 이 상황에 관해 숙고했다. 상황이 나아진 것인지 확신할 수가 없었다. 볼드윈인지 뭔지 하는 사람은 단순한 중고 헬리콥터 장사치가 아니었다. 게다가 그 필름에 관해 알고 있었다. 스티브라는 젊은이는 위험하지 않은 젊고 활달한 청년처럼 보였지만, 볼드윈도 겉보기에는 멍청이 같았다. 길리드는 두 사람을 힘으로 제압할 수 있을지 생각해보았지만, 볼드윈이 난투극에서 보여준 기교를 떠올리고 마음을 접었다. 어쩌면 볼드윈은 정말로, 완전히 같은 편일지도 몰랐다. 길리드는 부서에서 활용하는 비밀요원 집단이 하나가 아니라는 소문을 들은 적이 있었고, 자신이 최상위 레벨에 있다고 확실히 알 방법은 없었다.

"볼드윈." 길리드가 말했다. "나를 공항에 먼저 내려줄 수 있나? 좀 급해서 말이야."

볼드윈이 고개를 돌려 바라보았다. "물론이지. 원한다면야. 하지만 그 옷을 갈아입는 게 낫지 않을까? 총각파티에 온 목사님처럼 눈에 띌 텐데. 그리고 현금은 좀 있나?"

길리드는 손으로 옷에 딸려 온 잔돈을 세어보았다. 현금이 없으면 한쪽 팔이 묶인 것이나 다름없었다. "얼마나 걸릴까?"

"아마 10분쯤 더."

길리드는 다시 한 번 볼드윈의 싸움 기술을 생각하고 여기서 더 나빠질 것도 없다고 판단했다. "좋아." 그리고 아주 편안하게 기대앉았다.

얼마 뒤 길리드가 다시 볼드윈에게 말을 걸었다. "그나저나 그 섬광탄을 어떻게 숨겨서 갖고 들어왔지?"

볼드윈이 웃었다. "난 덩치가 크잖아, 길리드. 구석구석 다 수색할 수는 없다고." 그리고 한 번 더 웃으며 말했다. "내가 어디에 숨겼는지 알면 재미있을걸."

길리드는 화제를 바꾸었다. "애초에 거기에 있었던 건 어째서지?"

볼드윈이 침착한 표정으로 돌아오며 말했다. "그건 길고 복잡한 이야기야. 이렇게 급하지 않을 때 다시 찾아오면 다 들려주지."

"그러지. 조만간."

"좋아. 그러면 그때 내가 말한 중고 커티스 모델을 자네에게 팔지도 몰라."

조종석에서 경보가 울렸다. 조종사가 잡지를 내려놓고 헬리콥터를 볼드윈의 거처 지붕 위에 착륙시켰다.

✳

볼드윈은 자신이 한 말을 그대로 지켰다. 길리드를 사무실로 데려가 옷을 가져다달라고 요청한 뒤(옷은 순식간에 도착했다), 길리드에게 베개를 채울 만큼의 현금을 안겨주었다. "우편으로 보내줘도 돼." 볼드윈이 말했다.

"직접 가져오겠어." 길리드가 약속했다.

"좋아. 길에서 움직일 때 조심해. 친구들이 분명히 돌아다니고 있을 테니까."

"조심하지." 길리드는 사업차 방문했던 것처럼 가볍게 건물을 나섰다. 하지만 평소보다 자신감은 떨어져 있었다. 볼드윈은 여전히 수수께끼로 남아 있었고, 길리드가 일하는 분야에서는 수수께끼가 없어야 했다.

볼드윈의 건물 로비에 공중전화가 있었다. 길리드는 그곳으로 들어가 암호화한 뒤 지난번에 시도했던 것과 다른 중계소의 코드를 입력했다. 자신이 걸고 있는 공중전화의 코드를 알려주고 교환원에게 암호를 풀라고 지시했다. 몇 분 뒤 길리드는 뉴워싱턴에 있는 상사와 이야기하고 있었다.

"길리드! 도대체 어디 있는 건가?"

"나중에 말씀드리겠습니다. 잘 들으세요." 길리드는 조금이라도 더 조심하기 위해 부서에서 사용하는 구두 암호로 상사에게 필름이 시카고의 사서함 1060번에 있다고 말했다. 그리고 즉시 인원을 많이 파견해 회수해야 한다고 강력히 건의했다.

상사가 화면에서 떨어졌다가 돌아와 말했다. "그래. 지시했네. 그러니까 어떻게 된 건가?"

"나중에요. 나중에 말씀드리겠습니다. 지금 저와 한판 붙어보려는 친구들이 있는 것 같습니다. 여기 계속 있다가는 머리에 구멍이 날지도 모르겠어요."

"좋아. 바로 돌아오게. 완전한 보고서를 제출하도록. 여기서 기다리고 있겠네."

"네." 길리드가 전화를 끊었다.

어려운 일을 성공적으로 마무리했다는 데서 오는 만족감과 함께 가벼운 마음으로 공중전화를 나섰다. 이제는 오히려 '친구들'이 나타나면 좋겠다는 생각마저 들었다. 당해야 마땅한 놈들을 좀 혼내주고 싶었다.

그러나 실망스러웠다. 길리드는 아무 문제 없이 대륙 간 로켓에 탑승해 뉴워싱턴에 도착할 때까지 내내 잤다.

여러 비밀 경로 중 하나를 이용해 연방보안국에 도착한 길리드는 상사의 사무실로 향했고, 수색과 음성 확인을 마친 뒤 들어갈 수 있었다. 본 국장이 고개를 들더니 인상을 썼다.

길리드는 무시했다. 본은 으레 인상을 썼다. "조셉 길리드 요원. 3-4-0-9-7-2, 임무에서 돌아와 보고합니다." 길리드가 담담하게 말했다.

본이 책상의 제어판을 조작해 '녹음'으로 전환했고, 다른 스위치를 '은밀'로 바꿨다.

"뭐가 어째? 이 형편 없는 멍청이 같으니라고! 어떻게 감히 여기에 얼굴을 내미는 거지?"

"진정하시죠. 뭐가 문제입니까?"

본이 한동안 중언부언하더니 말했다. "길리드, 뛰어난 요원 열두 명이 물건을 가져왔는데, 안이 비어 있었어! 시카고 사서함 1060번이라고 했잖나! 그 필름은 어디 있지? 그건 미끼였나? 자네가 갖고 있어?"

길리드는 깜짝 놀랐지만 참았다. "아니요. 저는 그걸 대광장 우체국에서 방금 말씀하신 주소로 보냈습니다." 길리드가 덧붙였다. "기계가 인식을 못 했을지도 모릅니다. 어쩔 수 없이 기계 인식 기호를 손으로 그려야 했거든요."

본이 갑자기 희색을 띠며 다른 스위치를 건드리고 말했다. "카루더스, 길리드 건에 관해서 말인데, 그 경로에 있는 반송 센터를 확인해봐." 그리고 잠시 생각하더니 덧붙였다. "그리고 첫 번째 기호를 인식했지만 잘못 인식했다는 가정 아래 반송 과정을 확인해봐. 그리고 다른 기호에 관해서도 똑같이 해. 동시에 진행하라고. 모든 요원과 직원이 이 일을 먼저 하도록 해. 그다음에는 기호를 한 번에 두 개씩 조합해서 해봐. 그리고 세 개, 네 개 이런 식으로." 본이 전화를 끊었다.

"방금 말씀하신 대로라면 이 대륙이 있는 모든 주소가 다 들어가는데요." 길리드가 조심스럽게 말했다. "불가능한 일입니다."

"그렇게 해야 해! 이봐, 자네가 간수하던 필름이 얼마나 중요한지 아나?"

"네, 달 기지의 부장님이 그게 뭔지 알려줬습니다."

"아는 사람 행동이 그래? 자네는 이 정부, 아니 그 어떤 정부라도 손에 넣기 어려운 굉장히 가치 있는 물건을 잃어버린 거야. 절대적인 무기라고. 그런데 담배 한 갑 잃어버린 것처럼 서서 눈이나 끔뻑거리고 있다니."

"무기요?" 길리드가 반박했다. "저라면 신성(新星)* 효과를 무기라고 부르지 않을 겁니다. 자살도 무기로 생각하신다면 모르겠지만요. 그리고 저는 제가 그걸 잃어버렸다고 생각하지 않습니다. 단독으로 활동하며 그게 다른 사람 손에 들어가지 않게 지킬 임무를 띤 요원으로서, 비상 상황에서도 최선의 방법을 이용해 그걸 보호했습니다. 전부 제 권한 안에서 이루어진 일이고요. 제 정체가 드러나는 바람에…."

"자네 정체가 들통 나면 안 돼!"

* 갑자기 폭발해 밝게 빛나는 별. 밤하늘에 새롭게 나타난 별로 보였기 때문에 붙은 이름이다.

"압니다. 하지만 그렇게 됐습니다. 저는 지원을 받을 수 없었고, 제가 살아남을 확률이 없는 상황이라고 추측했습니다. 따라서 저는 제가 살아남지 못하더라도 물건을 지킬 방법을 써야 했습니다."

"하지만 자네는 살아서 여기 있지 않나."

"저나 국장님이 잘해서가 아닙니다. 저는 지원을 받았어야 했습니다. 기억하시겠지만, 혼자 행동하라고 한 건 국장님 명령이었어요."

본은 무뚝뚝하게 말했다. "그래야 했어."

"그런가요? 어쨌든 저는 왜 그렇게 난리인지 모르겠습니다. 필름은 나타나거나 수취인 불명 우편으로 파기되겠지요. 그러면 다시 달에 가서 가져오면 됩니다."

본이 입술을 깨물었다. "그게 그렇게 안되네."

"왜죠?"

본은 한참 동안 머뭇거렸다. "단 두 벌밖에 없는 물건이야. 자네가 보관소 금고 안에 보관하기로 한 원본을 갖고 있었어. 다른 필름은 원본이 안전해지면 곧바로 파기하기로 되어 있었고."

"그런데요? 뭐가 문제죠?"

"자네는 절차의 중요성을 모르고 있어. 그 필름을 만들었을 때의 서류와 파일, 기록도 모두 파기했다고. 기술자와 조수들은 전부 최면을 받았고. 그 연구의 결과를 보호하기 위해서였을 뿐 아니라, 연구를 했다는 사실 자체를 지우려고 했던 거지. 신성 효과의 존재에 관해 알고 있는 사람은 태양계에서 채 열 명도 안 돼."

최근에 겪은 일로 미루어 보건대, 길리드는 이 부분에 이견이 있었다. 하지만 굳이 입을 열지는 않았다. 본이 계속해서 말했다. "원본을 안전하게 확보했는지 알려달라고 장관님이 계속 나를 채근하시는 중일세. 상당히 끈덕지게, 그리고 상당히 세세하게 확인하셨지. 자네가 연락했을 때 나는 장관님에게 필름이 안전하고 곧 손에 넣을 수 있다고 말씀드렸네."

"그래서 어떻게 됐나요?"

"어떻게 되긴, 바보 같으니라고. 장관님이 즉시 사본을 파기하라고 명령하셨어."

길리드가 휘파람을 불었다. "너무 급하셨군요."

"장관님은 그렇게 생각하지 않으실 거야. 어쨌거나 대통령이 압박하고 있었으니까. 장관님은 내가 너무 서둘렀다고 하겠지."

"그러셨어요."

"아니, 자네가 서둘렀지. 필름이 상자 안에 있다고 했잖아."

"아니요. 그걸 그쪽으로 보냈다고 말씀드렸죠."

"아니야, 그러지 않았어."

"테이프를 꺼내서 다시 틀어보시죠."

"테이프는 없어. 대통령의 명령으로 이 작전은 아무 기록을 남기지 않아."

"그렇습니까? 그러면 지금은 왜 녹음하고 계시죠?"

"왜냐하면…." 본이 날카로운 말투로 대답했다. "누군가 이 사태를 책임져야 하고, 그건 내가 아니기 때문이지."

"그 말인즉슨…." 길리드가 천천히 말했다. "저라는 말이군요."

"그렇게 말하지는 않았네. 장관님이 될 수도 있지."

"장관님이 머리를 쓰면, 국장님도 머리를 쓰겠죠. 두 분 다 절 이용하실 작정입니다. 그 계획을 세우기 전에 제 보고를 듣는 게 낫지 않을까요? 계획이 바뀔 수도 있으니까요. 국장님에게 전할 소식이 있습니다."

본이 책상을 두드렸다. "해봐. 좋은 소식이어야 할 거야."

길리드는 담담한 말투로 달에서 필름을 받은 뒤 현재에 이르기까지 있었던 일을 명민한 기억력을 바탕으로 나열했다. 본은 참을성 있게 들었다.

말을 마친 길리드가 기다렸다. 본은 일어서서 방 안을 거닐었다. 마침내 본이 멈춰서 말했다. "길리드, 내 평생에 그렇게 굉장한 거짓말투성이 이야기는 들어본 적이 없어. 카드놀이를 하는 뚱뚱한 남자라니! 지갑은 바꿔치기 당하고, 옷은 도둑맞았다고! 그리고 키틀리 부인이라…, 키틀리 부인이라니! 그 여자가 현 행정부의 가장 열렬한 지지자라는 거 모르나?"

길리드는 아무 말도 하지 않았다. 본이 말을 이었다. "실제로 어떻게 된 건지 내가 알려주지. 피에타테르에 내릴 때까지의 보고는 사실이야. 하지만…."

"그걸 어떻게 아십니까?"

"자네를 지켜본 사람이 있었으니까. 당연하게도. 내가 이런 일을 한 명에게 믿고 맡겼을 것 같나?"

"왜 미리 말하지 않았습니까? 도움을 요청해서 이런 일을 막았을 텐데요."

본이 손짓하며 말을 돌렸다. "자네는 호객꾼을 마주쳤고 보내버렸어. 그리고 잡화점에 들어갔다가 나와서 우체국으로 갔지. 광장에서는 싸움이 일어나지 않았어. 단순해. 아무도 자네를 따라오지 않았거든. 우체국에서 자네는 기송관 세 개를 보냈어. 그중 하나에는 필름이 들어 있을 수도, 그렇지 않을 수도 있지. 자네는 그곳에서 뉴에이지 호텔로 갔다가 20분 뒤에 케이프타운으로 가는 대륙 간 로켓을 탔어. 자네는…."

"잠깐만요." 길리드가 끼어들었다. "제가 그랬다면 지금 어떻게 여기 있겠습니까?"

"응?" 잠시 본은 말문이 막힌 듯했다. "그런 건 사소한 문제야. 자네 신분이 확인됐다고. 그 문제에 한해서라면 자네가 그 로켓에 계속 타고 있었다면 아주, 훨씬 더 나았을 텐데." 국장의 시선이 먼 허공을 향했다. "사실 공식적으로 자네가 로켓에 남아 있었다고 가정하는 게 당분간은 자네에게도 훨씬 나았을 거야. 길리드, 자네가 처한 상황은 나빠. 아주 나쁘다고. 자네는 이 임무를 망친 게 아니야. 팔아넘겼다고!"

길리드가 국장을 똑바로 바라보았다. "절 기소하시는 겁니까?"

"지금은 아니야. 그래서 자네가 로켓에 남아 있었다고 가정하는 게 최선이라는 걸세. 일이 확실히 정리될 때까지는."

'확실히 정리되면' 어떤 해결책이 나올지는 눈에 선했다. 길리드는 주머니에서 메모지를 꺼낸 뒤 짧게 흘겨 써서 본에게 건넸다.

종이에는 이렇게 쓰여 있었다. "지금 즉시 사임합니다." 서명과 엄지손가락 지문, 날짜와 시간도 적혀 있었다.

"안녕히 계세요, 국장님." 길리드가 말하며 떠나려고 몸을 살짝 돌렸다.

본이 외쳤다. "멈춰! 길리드, 자네를 체포한다." 국장이 책상으로 손을 뻗었다.

길리드가 손바닥으로 국장의 기도를 때렸다. 그리고 명치에도 한 방 먹였다. 길리드는 동작을 늦추며 본이 충분한 시간 동안 의식을 잃은 상태로 있을지 신중하게 확인했다. 본의 책상을 살펴보니 상대를 실신시키는 용품이 있었다. 그래서 눈에 띄지 않도록 등뼈 근처의 점 옆에 피하주사를 놓아 2시간을 더 확보했다. 길리드는 바늘을 닦은 뒤 모든 것을 원래 자리에 놓았다. 책상에서 기록 장치를 꺼내 문을 노크하는 부분을 포함해 자신이 언급된 테이프를 모두 닦았다. 책상을 '은밀'로 놓아둔 뒤 '방해 금지'로 설정했다. 그리고 왔을 때와 다른 비밀 경로로 보안국을 떠났다.

길리드는 로켓항으로 가서 예약 없이 시카고로 떠날 수 있는 가장 빠른 우주선의 표를 샀다. 출발하려면 20분이 남아 있었다. 그동안 일부러 얼굴을 보여주면서 기계가 아닌 점원에게 소소한 물건을 몇 개 샀다. 시카고행 로켓 출발 안내 소리가 흘러나오자 그는 다른 승객과 함께 움직였다.

무게 측정기 바로 앞의 안쪽 게이트에서 길리드는 승객이 아니라 승객을 배웅하러 온 사람들 사이에 섞여들었다. 게이트 너머의 무게 측정기를 떠나는 누군가를 위해 손을 흔들고, 웃으면서 큰 소리로 잘 가라며 말했다. 그리고 게이트가 닫히기 전에 군중과 함께 로켓항을 나왔다. 길리드는 화장실로 가며 사람들 틈에서 빠져나왔다. 화장실에서 나왔을 때는 외모를 급히, 하지만 효과적으로 매만진 뒤였다.

행동이 달라졌다는 게 더 중요했다.

고용센터 근처의 술집에서 간단한 거래를 통해 금세 필요로 하는 근로 카드를 얻을 수 있었다. 55분 뒤에 그는 디젤 화물차의 짐꾼이자 보조 운전사인 '잭 길리스피'가 되어 국토를 가로지르고 있었다.

기송관의 주소를 너무 형편없이 입력해서 자동 분류기가 뱉어냈던 것일까? 길리드는 완성했을 때의 주소 용지의 모습이 옆을 스쳐 지나가는 시골 풍경처럼 선명해질 때까지 마음속으로 떠올려보았다. 그렇지 않았다. 그려 넣은 기호는 완벽하고 정확했다. 기계가 인식했을 것이다.

분류기가 다른 이유로 기송관을 뱉어냈을 수도 있을까? 가령 붙여놓은 주소 용지의 가장자리가 들렸다거나? 그럴 수도 있었다. 하지만 손으로도 주소를 썼으니 우체국 직원이 제대로 돌려놓기에 충분했다. 아무리 바쁜 시간대라고 해도 그렇게 해서 한 번 지연되는 시간은 고작 10분에 불과했다. 그렇게 다섯 번이 지연되었다고 해도 기송관은 길리드가 본에게 전화로 보고하기 1시간도 더 전에 시카고에 도착했어야 했다.

붙여놓은 주소 용지가 아예 떨어졌다면? 그런 경우에는 다른 두 가짜 기송관과 똑같은 목적지로 갔을 것이었다.

만약 그랬다면 키틀리 부인의 손에 들어갔을 터였다. 부인은 다른 두 기송관을 가로채거나 받을 수 있었으니까.

따라서 기송관은 시카고의 우체국 사서함에 도착한 게 맞았다.

결국, 볼드윈이 카드 더미 속에서 메시지를 찾아 읽은 뒤 시카고에 있는 누군가에게 지시를 내렸던 것이다. 헬리콥터 안에서 통화할 때 그랬던 게 분명했다. 사건이 이미 벌어진 뒤에는 '가능성'과 '진실'이 동등해진다. 반면, '아마도'는 무지함을 나타내는 지표밖에 되지 않는다. 사건이 끝난 뒤 결론을 일컬어 '있을 법하지 않은 일'이라고 하는 건 스스로 혼란에 빠지는 무의미한 짓이다.

따라서 그 필름은 '주전자' 볼드윈의 손에 있었다. 이게 본의 사무실에서 도달한 결론이었다.

뉴워싱턴에서 360킬로미터쯤 왔을 때 길리드는 일부러 수석 운전사에게 말싸움을 건 뒤 해고당해버렸다. 차에서 내린 후 마을에 있는 전화로 볼드윈의 사무실에 암호화 통화를 신청했다. "그 사람에게 돈을 빚진 사람이라고 해주시오."

곧 덩치 큰 남자의 얼굴이 화면에 나타났다. "어이, 이 친구야! 작전은 어떻게 됐나?"

"난 해고당했어."

"그럴 줄 알았지."

"그보다 심해. 쫓기는 처지가 됐어."

"당연하지."

"이야기하고 싶어."

"좋지. 어딘가?"

길리드가 알려주었다.

"확실히 혼자인가?"

"적어도 몇 시간 동안은 그랬어."

"근처 공항으로 가. 스티브가 나갈 거야."

*

스티브가 나타나 고개를 끄덕이며 인사했다. 그리고 헬리콥터를 공중에 띄우고 항로를 설정한 뒤 다시 잡지로 시선을 돌렸다. 헬리콥터가 항로에 들어서자 길리드는 이상함을 눈치채고 물었다. "어디로 가는 거지?"

"사장님의 농장으로요. 말씀 안 하시던가요?"

"안 했어." 길리드는 자신이 돌아올 수 없는 길을 가고 있는지도 모른다는 사실을 알고 있었다. 물론 볼드윈이 확실한 죽음의 구렁텅이에서 빠져나오게 해준 건 사실이었다. 키틀리 부인이 자신을 필요 이상으로 오래 살려둘 의도가 없었다는 건 명백했으니까. 그렇지 않았다면, 보는 앞에서 그 여자를 죽이지 않았을 것이었다. 본의 사무실에 도착할 때까지 길리드는 볼드윈이 시급히 알아내야 할 무언가를 자신이 알고 있기 때문에 구출되었다고 생각하고 있었다. 지금 보니 볼드윈은 그저 길리드를 안타깝게 여겼던 것 같았다.

길리드는 세상에 이타적인 행위가 존재한다는 사실을 인정했다. 하지만 다른 모든 가정이 사라지기 전까지는 가정으로 치부하고 싶지도 않았다. 볼드윈은 나름의 이유가 있어서 길리드가 뉴워싱턴에 도착해 상사에게 보고할 때까지 살아 있기를 바랐을지도 모르지만, 쫓기는 몸이 되어 죽는다고 해도 별다른 문제가 생기지 않게 된 지금은 기꺼이 제거하려는 것일지도 몰랐다.

볼드윈이 키틀리 부인과 은밀한 사업을 하는 파트너일 수도 있었다. 몇몇 요소가 설명되지 않았지만, 어떤 면에서 보면 그게 가장 간단한 설명이었다. 어쨌든 볼드윈이 열쇠를 쥐고 있었다. 그리고 필름도 갖고 있었다. 위험을 감수해야만 했다.

길리드는 별로 걱정하지 않았다. 이미 알고 있는 요소는 마음속의 칠판에 적혀 있었다. 그렇게 두었다가 변수가 충분히 상수가 되고 나면 논리를 이용해 해답을 구할 수 있었다. 비행은 아주 쾌적했다.

스티브가 길리드를 널찍하게 뻗어 있는 농장 건물 앞의 잔디밭에 내려놓았다. 그리고 가버 부인이라는 어머니 연배의 노부인에게 그를 소개한 뒤 떠났다. "편안히 지내요, 길리드." 가버 부인이 말했다. "당신 방은 동쪽 맨 끝에 있어요. 샤워는 맞은편에서 할 수 있고요. 10분 뒤에 저녁 시간이에요."

길리드는 감사의 뜻을 표하며 가버 부인의 제안대로 한 뒤 1, 2분을 남겨두고 거실로 돌아왔다. 남녀 합쳐서 10여 명쯤 되는 사람들이 있었다. 보아하니 이곳은 관광용(스티브와 함께 착륙할 때 헤리퍼드종의 소가 여기저기 있던 것으로 보아 완전히는 아니지만) 목장인 듯했다.

다른 손님들은 새로 온 길리드를 아무렇지도 않게 받아들였다. 아무도 왜 왔는지 묻지 않았다. 자신을 탈리아 와그너라고 소개한 여자가 길리드에게 다른 사람들을 소개해주었다. 가버 부인이 저녁 시간을 알리는 종을 흔들며 들어오자 다들 한 줄로 서서 길고 낮은 식당으로 들어갔다. 그렇게 즐거운 사람들과 멋진 식사를 해본 적이 또 언제 있었나 싶었다.

11시간을 자며 며칠 만에 처음으로 제대로 쉰 길리드는 무의식이 즉각적으로 분류하지 못해 무시할 수 없게 된 일련의 소리를 듣고 갑자기 완전히 깨어났다. 눈을 뜨고 방 안을 훑어본 뒤 곧바로 침대에서 나와 문 반대편에 웅크렸다. 서둘러 움직이는 발소리가 길리드의 침실 문앞을 지나갔다. 목소리는 두 개였다. 남자와 여자 목소리가 문밖에서 들렸다. 여자는 탈리아였는데, 남자는 누군지 알 수 없었다.

남자: 트사마에크?
여자: 은스트.
남자: 주튼트스트.
여자: 티피빗 뉴저지.

길리드가 들어본 적이 없는 소리였다. 첫째, 그런 소리를 나타낼 음성 기호가 없었다. 둘째, 길리드의 귀가 그 소리에 익숙하지 않았다. 듣기는 귀가 아니라 뇌의 기능이었다. 아무리 정교하다고 해도 길리드의 두뇌는 자꾸 귀를 통해 들려오는 소리를 새롭게 분류하는 대신 익숙한 주머니 안에 집어넣으려고만 했다.

탈리아의 목소리를 확인하자 길리드는 긴장을 풀고 일어섰다. 탈리아는 여기로 오면서 받아들인 미지의 상황에 속해 있었다. 틸리아가 아는 낯선 사람 역시 받아들여야 했다. 괴이한 언어를 포함해 새로 등장한 낯선 상황은 '대기' 항목에 넣고 일단 옆으로 제쳐두었다.

입고 온 옷은 어디론가 사라졌지만, 길리드의(아니, 볼드윈의) 돈은 '잭 길리스피' 이름의 근로 카드, 개인용품 몇 개와 함께 옷이 있던 자리에 놓여 있었다. 그 옆에 누군가가 깨끗한 반바지 한 벌과 발에 딱 맞는 신발 한 켤레를 놓아두었다.

길리드는 자신을 깨우지 않고 이런 서비스를 제공할 수 있었다는 사실을 깨닫고 거의 충격을 받을 정도로 놀랐다.

그는 반바지를 입고 신발을 신은 뒤 밖으로 나갔다. 옷을 입는 사이에 탈리아와 누군지 모를 남자는 어디론가 가버렸다. 근처에는 아무도 없었고, 식당도 비어 있었다. 하지만 길리드의 식사를 포함해 세 사람 자리가 마련되어 있었다. 따뜻한 음식과 편의용품은 찬장에 놓였다. 길리드는 구운 햄과 따뜻한 롤빵, 달걀 프라이 네 개를 고르고 커피를 따랐다. 20분 뒤 여전히 혼자인 채 길리드는 배를 따뜻하게 채우고 베란다로 나섰다.

아름다운 날이었다. 길리드가 풍경을 흠뻑 받아들이며 친근한 호기심으로 사막종다리를 바라보고 있을 때 젊은 여자가 집 모퉁이를 돌아왔다. 성별이 다르다는 점을 빼면 길리드와 비슷한 차림새였다. 예뻤지만 과하지는 않았다. "안녕하세요." 길리드가 말했다.

여자가 걸음을 멈추고 손으로 입을 가린 뒤 길리드를 위아래로 쳐다보았다. "이런!" 여자가 말했다. "왜, 누가 이런 이야기를 안 해준 거지?"

그러더니 길리드에게 물었다. "결혼하셨어요?"

"아니요."

"저는 여기저기 물색 중이에요. 목적은 결혼이지요. 우리 알고 지내요."

"저는 결혼하기 어려운 사람이에요. 오랫동안 일부러 피하고 있지요."

"남자는 다 결혼하기 어려워요." 여자가 씁쓸한 투로 말했다. "축사에 가면 새로 태어난 망아지가 있어요. 같이 가봐요."

두 사람은 함께 가보았다. 망아지의 이름은 '볼드윈의 정복자'였다. 여자의 이름은 게일이었다. 암말과 새끼에게 적절한 의례를 표한 두 사람은 축사를 떠났다. "급한 일이 있으신 게 아니면…." 게일이 말했다. "지금이 수영하기에 안성맞춤인 시간이에요."

"안성맞춤이 제가 생각하는 그 뜻이 맞다면, 좋아요."

수영하는 곳은 사시나무 그늘에 덮여 있었다. 바닥은 모래였다. 잠시 길리드는 다시 어린 시절로 돌아간 기분을 느꼈다. 거짓말이니 신성 효과니 죽음이니 폭력이니 하는 문제는 아주 멀리 떨어져, 있을 법하지 않은 차원 속으로 사라졌다. 한참이 지난 뒤 길리드는 강둑으로 올라와 말했다. "게일, 트사마에크가 무슨 뜻이지요?"

"뭐라고요?" 게일이 대꾸했다. "귀가 물에 잠겨서 못 들었어요."

길리드는 얼마 전에 들은 대화를 들려주었다. 게일이 의아한 표정을 짓더니 웃었다. "그건 들은 게 아니에요, 길리드. 듣지 못한 거죠." 게일이 덧붙였다. "뉴저지 부분만 제대로 들었군요."

"하지만 난 그렇게 들었어요."

"다시 말해봐요."

길리드가 좀 더 주의 깊게 반복했다. 말한 사람의 억양도 나름대로 제대로 흉내 냈다.

게일이 큰 소리로 웃었다. "무슨 소린지는 아까 알아들었어요. 탈리아 개는 언젠가 힘센 남자한테 목이 비틀릴 기예요."

"그런데 그게 무슨 뜻이에요?"

게일이 곁눈질로 한동안 길리드를 바라보았다. "만약 당신이 알아낸다면 난 진짜로 당신하고 결혼할 거예요. 당신이 반항한다고 해도요."

언덕 위에서 누군가가 휘파람을 불었다. "길리드! 조셉 길리드 씨, 사장님이 찾으십니다."

"가야겠어요." 길리드가 게일에게 말했다. "잘 있어요."

"나중에 보자고요." 게일이 표현을 고쳤다.

※

볼드윈은 아주 편안하게 서재에서 기다리고 있었다. "안녕, 길리드." 볼드윈이 길리드를 맞이했다. "의자에 앉으라고. 대접은 잘 받고 있었지?"

"아주 잘 받고 있었어. 당신은 내가 지금까지 본 것처럼 항상 잘 차려먹는 건가?"

볼드윈이 배를 두드렸다. "왜 나한테 그런 별명이 생겼겠어?"

"주전자…, 당신 나한테 설명해야 할 게 많아."

"길리드, 자네가 직업을 잃은 건 미안해. 내가 바라던 대로 됐다면, 이렇게 되지 않았을 텐데."

"당신은 키틀리 부인과 일하나?"

"아니. 나는 키틀리 부인과 반대편이야."

"그 말을 믿고 싶군. 하지만 그럴 이유가 없어. 아직은. 나와 만났을 때 거기서 뭘 하고 있었던 거지?"

"잡혀갔었지. 키틀리 부인과 부하들에게."

"그냥 잡혀갔다…. 우연히 잡혀가서 나와 같은 방에 있게 됐다는 건가. 그리고 우연히 내가 지켜야 했던 필름에 관해 알고 있었던 것이고, 우연히 주머니에 카드 두 벌이 있었던 거라고? 그게 진짜라고?"

"내게 그 카드가 없었다면, 이야기할 수 있는 다른 방법을 찾았을 거야." 볼드윈이 부드럽게 말했다. "그렇지 않아?"

"맞아. 그랬겠지."

"그 상황이 우연이었다고 하지는 않겠어. 우리는 달 기지에서부터 자네를 보호하고 있었어. 자네가 잡혀가자, 아니 놈들이 이끄는 대로 뉴에이지 호텔에 들어가자마자 나도 일부러 잡혔지. 일단 안에 들어가면 도움이 될지도 모른다고 생각했거든." 볼드윈이 덧붙였다. "어느 정도는 내가 연방보안국 요원이라고 생각하게 하기도 했고."

"그렇군. 그러면 우리를 함께 가둔 건 그저 행운이었군."

"행운이 아니야." 볼드윈이 반박했다. "행운은 세심한 계획에 딸려 오는 부록 같은 거지. 절대 공짜가 아니야. 알고 싶은 내용을 끄집어낼 수 있을지도 모른다는 생각에 우리를 함께 가둘 확률은 계산할 수 있었어. 우리는 그 가능성에 대가를 지급했기 때문에 잭팟을 터뜨린 거야. 그러지 않았다면, 난 감방을 부수고 나와서 자네를 찾았을 거야. 하지만 그러려면 일단 안으로 들어가야 했지."

"키틀리 부인은 실제로 어떤 사람이지?"

"다들 알고 있는 내용은 나도 인정하지만, 그 외에는 범죄 집단의 여왕벌, 혹은 검은독거미야. 범죄 집단은 뜻을 다 담지 못한 표현이야. 권력 집단이라고 해야 할지도 모르겠어. 그런 집단 몇 개 중 하나인데, 각자 이익이 충돌하지 않을 때는 느슨하게 엮여 있지. 고양이 두 마리가 쥐를 나눠 먹듯이, 원하는 대로 이 나라를 나눠 먹고 있어."

길리드는 고개를 끄덕였다. 엄청난 존경을 받고 있는 키틀리 부인이 그런 문제에 발을 담그고 있었다는 걸 직접 당하기 전까지는 몰랐지만, 볼드윈의 말이 무슨 뜻인지는 알았다. "그러면 당신은 뭐지, 볼드윈?"

"이것 보게, 길리드. 나는 자네가 마음에 들어. 그리고 곤경에 처해 있는 것을 진심으로 유감스럽게 생각해. 자네를 몇 번 잘못 이끌었고, 상황이 상황이다 보니 나는 어쩔 수 없이 최후의 수단을 써야 했어. 이봐, 내가 자네에게 빚진 것 같으니 이렇게 하면 어떨까. 우리가 자네에게 새로운 신분을 만들어주는 거야. 원한다면 새로운 지문까지 그야말로 완벽하게. 지구 위의 어느 장소든, 어느 직업이든 고르기만 해. 새롭게 시작할 수 있는 비용을 제공할게. 은퇴하고 남은 평생 즐겁게 놀 수 있을 만한 돈이야. 어떤가?"

"싫어." 일말의 주저함도 없었다.

"자네는 가까운 친척도 없고, 친한 친구도 없잖아. 생각해봐. 원래 자리로 돌려보내줄 수는 없어. 이게 내가 할 수 있는 최선이야."

"생각해본 거야. 그리고 원래 자리 따위 상관없어. 난 이 건을 마무리하고 싶을 뿐이야! 당신이 그 열쇠고."

"다시 생각해봐, 길리드. 나랏일에서 벗어나 평범하고 행복한 삶을 살 기회라고."

"행복이라는 말이 입에서 나오다니!"

"음, 어쨌든 안전하게 사는 거지. 계속 고집을 부린다면 자네의 기대수명에 대단히 곤란한 일이 생길 거야."

"나는 여태껏 안전하게 살려고 해본 적이 없어."

"물론 결정은 자네가 하는 거야, 길리드. 그렇다면…." 볼드윈의 책상에 있는 스피커에서 알아들을 수는 없지만 다급한 소리가 흘러나왔다. "세니에 비 흐드그 릴프."

볼드윈이 대답했다. "누." 그리고 재빨리 벽난로를 향해 걸어갔다. 이른 아침에 피운 불이 아직 타고 있었다. 볼드윈이 벽난로 선반을 붙잡고 끌어당겼다. 벽체와 난로, 선반, 철창이 통째로 볼드윈을 향해 끌려오며 벽에 아치 형태의 구멍이 생겼다. "몸을 숙이고 내려가, 길리드." 볼드윈이 말했다. "급습을 당했어."

"진짜 수도원의 비밀 은신처로군!"

"그래. 촌스럽지? 이곳에는 토끼굴보다 대피소가 많아. 부비트랩도. 말하자면, 기계 장치가 너무 많지." 볼드윈은 책상으로 돌아가 서랍을 열더니 필름 세 개를 꺼내서 주머니에 넣었다.

길리드는 막 계단을 내려가려던 참에 필름을 보고 걸음을 멈췄다. "어서 가, 길리드." 볼드윈이 황급히 말했다. "자네는 은신 중이고, 수적으로도 부족해. 이 급습팀이 나타나면 빈둥거리고 있을 시간이 없을걸. 우린 그냥 자네를 죽여야 할 거야."

두 사람은 지하로 한참 내려가 어느 방에서 걸음을 멈추었다. 햇빛과 전망이 없다는 점을 빼면 위에 있는 서재와 아주 비슷했다. 볼드윈이 책상 위에 있는 마이크에 이상한 언어로 뭔가 이야기하자 답변이 흘러나왔다.

길리드는 그 언어가 영어를 거꾸로 뒤집은 것일지도 모른다고 생각하고 확인해본 뒤 그 아이디어를 폐기했다.

"아까부터 말했듯이." 볼드윈이 말을 이었다. "자네가 모든 답을 정말로 알고 싶다면…."

"잠깐. 이 급습은 뭐지?"

"그냥 정부에서 나온 녀석들이야. 거칠지도 않고 그다지 철저하지도 않을 거야. 가버 부인이 처리할 수 있어. 저들이 침투 레이더를 사용하지만 않는다면 아무도 다칠 필요 없어."

길리드는 자신의 전 직장을 얕보는 말에 뒤틀린 웃음을 지었다. "만약 사용한다면?"

"저기 있는 저 장치는 침투 주파수가 와서 닿으면 돼지 새끼처럼 울부짖지. 그렇다고 해도 원자폭탄만 아니면 안전해. 원자폭탄을 터뜨리지는 않을 거잖아. 원하는 건 땅에 생긴 구덩이가 아니라 필름이니까. 그러고 보니 생각나네. 자, 받아."

길리드는 어느새 문제의 근원인 필름을 손에 들고 있었다. 그는 몇 프레임을 빼내어 보고서 그게 진짜 필름이라는 사실을 확인했다. 길리드는 잠자코 앉아서 어떻게 달걀을 떨어뜨리지 않으면서 여기를 벗어나 지상으로 올라갈 수 있을지 궁리했다. 스피커에서 다시 말소리가 흘러나왔다. 볼드윈은 대답하지 않았지만, 길리드에게 말했다. "여기 오래 있을 필요는 없겠어."

"본이 내 보고서를 확인하기로 결정한 모양이군." 몇몇 동료가(예전 동료지만) 위층에 있었다. 만약 길리드가 볼드윈을 죽일 수 있다면, 안쪽에서 문을 여는 방법을 찾을 수 있을까?

"본은 불쌍한 인간이야. 그자는 나를 조사하겠지. 하지만 아주 철저하게 하지는 않을 거야. 나는 부자거든. 키틀리 부인은 아예 조사하지도 않을 거야. 그 여자는 엄청난 부자니까. 본은 머리가 아니라 정치적 야망으로 생각하는 자야. 죽은 전임자가 더 나은 사람이었어. 우리 편이었거든."

길리드가 속으로 세우던 계획이 돌연히 반전을 맞이했다. 길리드는 정부를 향해 충성을 맹세했었다. 하지만 개인적인 충성심은 본이 아니라 이전 상사에게 있었다. "마지막에 한 말을 증명해봐. 그러면 훨씬 더 관심이 생길 것 같군."

"아니. 그게 사실이란 건 차차 알게 될 거야. 아직도 해답을 알고 싶다면, 필름 확인은 끝났나, 길리드? 던져줘."

길리드는 그렇게 하지 않았다. "어차피 복사를 해뒀을 텐데?"

"내가 이미 봤으니까 상관없어. 쓸데없는 생각하지 마, 길리드. 자네는 연방보안국과는 끝났어. 필름과 내 머리통을 접시에 올려서 갖다 바친다고 해도 늦었어. 자네 상사를 기절시켰잖아. 기억 안 나?"

길리드는 볼드윈에게 그 이야기를 한 적이 없다는 사실을 떠올렸다. 예전 상사가 한패였는지는 모르겠지만, 연방보안국 내부에 볼드윈의 첩자가 있다는 점은 믿어지기 시작했다.

"적어도 기록은 깨끗한 채로 사임할 수 있을 거야. 난 본을 알아. 공식적으로 그 일을 기꺼이 잊어버려줄걸." 길리드는 볼드윈에게 빈틈이 생기기를 기다리며 단순히 시간을 끌고 있었다.

"단념해, 길리드. 난 싸우고 싶지 않아. 우리 둘 중 하나는 죽을 수도 있다고. 자네가 첫판을 이긴다면 둘 다 죽을 수도 있고. 자네는 자네 말을 입증할 수 없어. 왜냐하면 난 내가 집에서 고양이를 어르고 있었다는 걸 증명할 수 있으니까. 내가 어딘가에 있었다고 자네가 주장하는 바로 그 시각에, 난 아주 믿을 만한 시민 두 명에게 헬리콥터를 팔았어." 볼드윈은 다시 스피커에 귀를 기울이다가 똑같이 이상한 소리로 대답했다.

길리드도 자신이 처한 전술적 상황을 평가한 결과 볼드윈이 한 말과 똑같은 결론에 이르렀다. 그는 특별히 뭔가 바라는 생각 없이 곧바로 필름을 볼드윈에게 던졌다.

"고맙네, 길리드." 볼드윈은 벽에 있는 작은 비밀 공간으로 가서 스위치를 최대로 올렸다. 그리고 필름을 분쇄기에 넣은 뒤 몇 초 기다렸다가 스위치를 내렸다. "골칫거리를 처리하니 시원하군."

길리드는 눈썹을 치켜세웠다. "볼드윈, 당신은 나를 놀라게 하는군."

"왜지?"

"난 당신이 권력을 얻기 위해 신성 효과를 가지려는 줄 알았어."

"바보 같은 소리! 비듬을 없애겠다고 머릿가죽을 벗겨내면 쓰겠나. 길리드, 자네는 신성 효과에 관해 얼마나 알고 있지?"

"잘 몰라. 생각만 해도 바지에 지릴 정도로 강력한 일종의 원자폭탄이라고 알고 있어."

"폭탄이 아니야. 그건 무기가 아니지. 그건 한 행성과 그 위에 있는 모든 것을 완전히 파괴할 수 있는 수단이야. 행성을 신성으로 만들어버림으로써 말이야. 만약 군사적으로든 정치적으로든 그게 무기라면, 난 삼손이고 자네는 데릴라야. 하지만 난 삼손이 아니야." 볼드윈이 말을 이었다. "그리고 신전을 무너뜨리자고 제안하는 것도 아니야. 다른 사람이 그렇게 하도록 내버려두지도 않을 거고. 세상에는 누군가가 자기 앞길을 방해하기만 하면 그런 짓을 해버릴 만한 윤리적으로 쓰레기 같은 놈들이 있어. 키틀리 부인도 그중 하나야. 자네 친구 본도 그럴 만한 깡과 꾀만 있었다면 그랬을 거야. 그러지 못했지만. 나는 열심히 그런 사람을 좌절하게 만들고 있어. 궤도학에 관해 얼마나 아나, 길리드?"

"중학교 수준이지."

"어떻게 그런 것도 모르지?" 스피커에서 다시 소리가 났다. 볼드윈이 대화의 흐름을 끊지 않은 채 대답했다. "삼체 문제는 아직 깔끔한 풀이가 없어. 하지만 몇 가지 특정 풀이는 있지. 예를 들어, 목성 궤도에서 목성보다 60도 뒤처져 따라오는 소행성 무리라든지. 그리고 '반대쪽 지구'라는 소행성에 관해 들어본 적 있나?"

"항상 태양 반대편에 있어서 우리 눈에는 절대 보이지 않는다는 돌덩어리지."

"맞아. 그런데 이제 그건 거기 없어. 노바가 되었거든."

평소 놀라는 일이 거의 없는 길리드는 벌써 여러 번이나 놀라고 말았다. "응? 난 이 신성 효과라는 게 이론인 줄로만 알고 있었는데?"

"아니야. 시간을 내서 필름을 살펴봤다면 그 사진을 볼 수 있었을 거야. 플루토늄과 리튬, 중수가 들어간 일이었지. 몇 가지 더 있지만 그건 생략하고. 그건 세상 하나를 불태울 수 있는 조합이 되잖아. 그렇게 작은 세상 하나가 불타서 사라졌어.

그 현장을 본 사람은 아무도 없어. 태양 뒤에 있었으니까 지구상의 그 누구도 보지 못했어. 달 개척지에서도 보이지 않았지. 그곳에서도 태양이 시선을 가리고 있었어. 기하학적으로 떠올려봐. 무인우주선에 실린 카메라가 찍은 장면이 볼 수 있는 전부였지. 그 사실을 아는 건 그걸 준비한 과학자들뿐이야. 그리고 그 사람들은 모두 우리와 함께 있어. 책임과학자만 빼고. 만약 그 사람도 함께였다면, 자네는 결코 이 사람들 틈에 끼어 있지 않았을 거야."

"핀리 박사 말인가?"

"그래. 괜찮은 사람이야. 그런데 마음이 과자처럼 무르지. 정치적인 과학자로, 능력은 이류야. 그 사람은 괜찮아. 은퇴해서 연금을 받을 때까지 우리 친구들이 감시할 거니까. 하지만 그 사람이 위에 보고하고 필름을 보내는 건 막지 못했어. 그래서 가로채서 없애버려야 했던 거야."

"왜 필름을 보존하지 않았지? 다른 거야 그렇다 쳐도 과학 분야에서는 유일무이한 거잖아."

"인류에게 그런 과학은 필요 없어. 적어도 이번 천년기에는 말이야. 나는 내가 중요하다고 생각하는 모든 것을 구한 거야, 길리드."

"당신의 사촌이라는 하틀리도 당신이 맞지?"

"물론이지. 하지만 난 주전자 볼드윈이기도 하고, 다른 몇몇 사람이기도 하지."

"내 모든 것을 위해 고디바 부인이 될 수도 있어."

"하틀리로서 나는 그 필름에 권리가 있어, 길리드. 내 계획이었다고. 내가 부하들을 통해 일으킨 일이야."

"난 한 번도 핀리 박사의 공이라고 생각해본 적이 없어. 내가 물리학자는 아니지만 그 사람이 한 게 아니라는 건 명백해."

"그래, 그래. 나는 인공 신성을 만들 수 없다는 사실을 증명하려던 거였어. 그 점을 명확히 하는 게 정치적으로, 또 인종적으로 중요하다는 건 확실해. 역풍을 맞는 바람에 우리는 비상조치를 취해야 했지."

"어쩌면 처음부터 가만히 내버려두는 편이 나았을지도 몰라."

"아니, 최악을 아는 편이 더 나아. 이제 경계할 수 있으니까. 그쪽 연구를 못 하게 방해할 수 있어." 스피커에서 다시 소리가 났다. 볼드윈이 계속 말했다. "안 그럴 것 같아 보여도, 어쩌면 위험한 비밀을 너무 어렵게 만들어서 그걸 다룰 수 있을 정도로 지성이 발달하기 전까지는 아무도 끄집어내지 못하게 하는 신성한 운명이 있는 건지도 몰라, 길리드. 그 지성에 의지와 선한 의도도 있어야겠지. 가버 부인이 이제 올라와도 된다고 하는군."

두 사람은 계단으로 향했다. "가버 부인처럼 나이 든 여자에게 비상시의 책임을 맡기다니 놀랍군."

"확실히 능력 있는 사람이야. 하지만 지시는 내가 하지. 아까 들었겠지만."

"아."

두 사람은 다시 지상에 있는 서재로 올라와 자리를 잡았다. "한 번 더 물러날 기회를 주겠어, 길리드. 자네가 필름에 관해 전부 알고 있다는 건 상관없어. 어차피 필름은 없고 자네는 아무것도 증명할 수 없으니까. 하지만 그걸 떠나서, 여기 와서 무슨 일이 벌어지고 있는지를 들은 이상 조금만 의심스러운 행동을 해도 죽은 것이나 마찬가지 신세가 될 거라는 사실은 이제 알고 있겠지?"

길리드도 알았다. 이제 돌아갈 수 없는 지점까지 왔다는 사실을 잘 알고 있었다. 필름이 사라지면서 길리드가 과거의 주요 페르소나를 회복할 수 있는 마지막 기회도 사라졌다. 그 문제는 전혀 걱정되지 않았다. 끝난 일은 끝난 일이었다. 길리드는 볼드윈이 준 카드 두 벌에 감추어서 전달한 첫 번째 메시지를 볼드윈이 이해했다고 인정했을 때부터 알고 있었다. 길리드는 더 이상 혼자 자유롭게 움직이는 존재가 아니었고, 볼드윈의 수에 따라 움직이고 있었다. 그렇지만 어쩔 수 없었다. 이곳이 아니면 길리드의 미래는 없었다.

"나도 알아. 계속 말해봐."

"자네의 속마음이 다르다는 건 알아, 길리드. 그저 위험을 감수하고 있을 뿐이야. 충성을 다짐하는 게 아니라."

"그래. 하지만 당신은 왜 나를 두고 위험을 감수하는 거지?"

볼드윈은 평소와 달리 심각한 표정을 지었다. "자네는 유능한 사람이야, 길리드. 통상적인 상황보다는 특이한 상황에서 합리적인 행동을 할 수 있는 분별력과 도덕적인 용기가 있지."

"그래서 날 원한다고?"

"부분적으로는. 새로운 카드게임을 금세 따라잡은 게 마음에 들기도 하고." 볼드윈이 웃었다. "그리고 자네가 망아지와 함께 있을 때 한 행동이 게일의 마음에 들었다는 점도 있지."

"게일? 그 여자는 이 일과 무슨 상관이지?"

"5분 전에 자네에 관해 내게 보고했어. 급습이 있었을 때."

"흠, 계속해봐."

"미리 경고하지." 잠시나마 볼드윈이 소심해 보이기까지 했다. "이제부터 내가 하는 말을 액면가로 받아들여줘, 길리드. 웃지 말고."

"알았어."

"내 정체가 뭐냐고 물었지. 나는 초인 조직의 이쪽 지국 책임자 같은 거라고 할 수 있어."

"그럴 줄 알았어."

"응? 언제부터 알고 있었지?"

"이야기가 맞아떨어졌으니까. 카드게임, 당신의 반응 속도. 필름을 파괴했을 때 알았지."

"길리드, 초인이 뭘까?"

길리드는 대답하지 않았다.

"좋아. 그 단어는 일단 제쳐놓자고." 볼드윈이 말을 이었다. "그 단어는 하도 남용되고 오용되고 난도질당해서 이제는 거의 만화만 연상시키니까. 충격을 주려고 썼는데, 자네가 충격을 받지 않기도 했고. '초인'이라는 용어는 이제 동화 속에서나 나올 만한 뜻이 됐어. 엑스선 시야로 본다거나 감각 능력이 특별하다거나 심장이 두 개라거나 피부를 뚫을 수 없다거나 근육이 강철이라는 등의 이야기 말이야. 드래곤을 죽이는 영웅을 꿈꾸는 아이들 이야기지. 당연히 허튼소리야. 길리드, 인간이란 뭔가? 인간을 동물보다 나은 존재로 만들어주는 게 뭔가? 그것부터 확실하게 하고 초인을 정의해보자고. 아니, 신인류, 호모 사피엔스를 대체할 호모 노비스라고 할까. 지금도 대체하고 있어. 호모 사피엔스보다 생존에 더 뛰어나거든. 나 자신을 정의하려는 게 아니야. 내가 초인, 즉 새로운 인간종의 일원인지에 대한 판단은 내 동료들과 냉철한 시간의 흐름에 맡길 거야. 이건 자네에게도 똑같이 적용돼."

"나?"

"그래, 자네. 자네는 허술하고, 무지하고, 미숙한 방식이었지만 호모 노비스일지도 모르는 애매한 증상을 보였어, 길리드. 아마 아니겠지만, 그런 혈통 중 한 명일지도 모르는 일이지. 그러니까 인간이란 뭘까? 대체 인간이 동물보다 어떤 면에서 뛰어나기에 인간보다 훨씬 뛰어난 동물의 여러 능력을 모두 능가할 정도로 강력한 생존 인자를 가진 걸까?"

"인간은 생각할 수 있지."

"그건 내가 떠먹여준 답이야. 그 정도는 당연하지. 좋아. 자네가 인간이라고 해. 자네 생각을 좀 들어보자고. 돌연변이든 마법이든 모종의 방법을 통해 이 가상의 초인이 가질 수 있는, 인간이 이미 지닌 이점에 더할 수 있는, 그리고 다른 동물 수백만 종의 끊임없는 도전에도 굴하지 않고 이 행성을 지배할 수 있게 해줄 한 가지 혹은 원한다면 여러 가지 요인으로 무엇을 떠올릴 수 있나? 자네가 사냥개를 지배할 수밖에 없듯이 인간의 후계자가 인간을 지배하게 만들 요인이 있다면 뭘까? 생각해봐, 길리드. 그다음 지배 종족이 되려면 어떤 방향으로 진화해야 하는 걸까?"

길리드는 자신이라면 무엇이 좋을지 한참 동안 골똘히 생각했다. 인간에게 있으면 아주 좋을 만한 속성이 정말 많았다. 망원경과 현미경처럼 볼 수 있는 능력, 사물의 내부를 볼 수 있는 능력, 모든 스펙트럼에서 볼 수 있는 능력, 그와 비슷한 수준으로 들을 수 있는 능력, 질병에 면역을 갖기, 팔이나 다리를 새로 자라게 하는 능력, 헬리콥터나 비행기 같은 시시한 장치 없이 하늘을 나는 능력, 해저에서 문제없이 걸을 수 있는 능력, 피곤을 느끼지 않는….

그러나 독수리는 하늘을 날았고, 인간보다 시력이 좋았지만 거의 멸종할 뻔했다. 개는 후각과 청력이 더 뛰어났다. 물개는 헤엄을 더 잘 치고, 균형을 더 잘 잡고, 무엇보다 산소를 저장할 수 있다. 쥐는 인간이 곤경에 빠져 굶어 죽을 만한 곳에서 생존할 수 있다. 영리하고, 죽이기도 꽤나 까다롭다. 쥐는….

잠깐! 더 강하고 영리한 쥐가 인간을 대체할 수 있을까? 아니었다. 애초에 그럴 수가 없었다. 뇌가 너무 작았다.

"더 뛰어나게 생각할 수 있는 능력." 길리드가 거의 즉시 대답했다.

"누가 이 친구에게 시거 한 대 주게! 초인은 초사고력이 있는 사람이야. 다른 건 다 부차적이라고. 생각이라는 자신의 주특기에서 밀리는 것 말고도 인류를 절멸시키거나 지배할지도 모를 초월적인 뭐시기가 있을 가능성은 있지, 내가 인정은 하겠어. 하지만 인간이 그런 초월 뭐시기가 뭐고, 그게 어떻게 승리를 거둘 건지를 추상적인 용어로 인지하는 게 가능하다고 생각하지는 않아. 신인류는 호모 사피엔스의 주특기로 호모 사피엔스를 물리칠 거야. 이성적인 사고, 데이터를 인식하고 저장하고 종합하는 능력, 결과를 정확하게 평가하는 능력, 그리고 올바른 결론에 이르는 능력. 이게 바로 인간이 챔피언이 된 이유야. 인간보다 그걸 잘하는 존재가 미래의 챔피언이고. 물론 다른 생존 인자도 있어. 좋은 건강, 좋은 감각기관, 빠른 반사신경. 하지만 거칠고 긴 인류의 역사가 거듭해서 증명했듯이 그런 건 비교도 되지 않아. 마라의 목욕*, 루즈벨트의 휠체

* 프랑스 혁명기의 저널리스트이자 정치가였던 장폴 마라는 지병인 피부병 때문에 목욕을 자주 했다.

어, 카이사르의 간질과 소화불량, 애꾸눈에 외팔이였던 넬슨*. 위급할 때 승리를 거두는 건 도구인 몸이 아니라 두뇌야."

"잠깐만." 길리드가 말했다. "초능력은 어떨까?"

볼드윈이 어깨를 으쓱했다. "뛰어난 시력을 인정한다면 초감각 인지 능력도 인정해야지. 초능력이 정확하게 생각하는 능력과 동류는 아니야. 초능력은 두뇌가 데이터를 얻을 수 있는 기존 감각 기관과 다른 수단에 아무렇게나 붙인 이름이지. 하지만 1등 상을 받는 방법은 그 데이터를 이용하는 거야. 이성으로 추론하는 거지. 자네가 상하이와 텔레파시 연결을 하고 싶다면 내가 주선할 수 있어. 양쪽에 모두 요원이 있거든. 하지만 상하이에서 무슨 데이터가 필요하든 전화로도 얻을 수 있어. 덜 불편하고, 연결 상태가 나쁠 가능성도 적고, 다른 사람이 엿들을 위험도 적지. 텔레파시로는 전파 메시지를 포착할 수 없어. 주파수 대역이 다르거든."

"어떤 대역인데?"

"나중에, 나중에. 자네는 배워야 해."

"딱히 텔레파시를 생각하고 있던 건 아니야. 모든 초심리 현상을 떠올렸던 거지."

"마찬가지야. 사실이 아니지만 만약 염력이 그 경지에 이르렀다면, 이름은 멋있겠지. 하지만 픽업트럭으로도 수월하게 물건을 나를 수 있어. 천리안이 있는 멍청이보다는 텔레비전을 가진 똑똑한 사람이 훨씬 더 중요해. 시간 낭비하지 말게, 길리드."

"미안하군."

"우리는 생각이라는 것을, 데이터를 종합하고 올바른 해답에 도달하는 행위로 정의했어. 주위를 봐. 대부분의 사람은 다리를 부러뜨리지 않으면서 구석에 있는 가게에 다녀오는 묘기를 부려. 만약 평범한 인간이 생각이라는 걸 한다면, 데이터 하나를 일반화하는 멍청한 짓을 하지. 1진

---

* 나폴레옹 전쟁 당시 영국의 해군 제독, 실명했던 밀턴 '실낙원'을 쓴 영국의 시인

논리를 쓰는 거야. 유난히 영리한 인간이라면 2진 논리를 쓸 수도 있어. '이거 아니면 저거'라는 논리로 틀린 해답에 도달하는 거야. 만약 배가 고프거나 다쳤거나 틀린 해답에 개인적으로 관심이 있다면, 인간은 어떤 논리도 사용하지 못할 거고 확인된 사실을 경솔하게 폐기할 거야. 자신의 목숨을 희망 사항에 맡겨버리는 것처럼 말이지. 인간은 마치 새끼고양이가 우유가 담긴 그릇을 당연하게 여기는 것처럼, 우월한 인간이 만든 기적 같은 기술을 경이로워하지도 않고 놀라지도 않으면서 사용해. 고도의 추론 능력을 열망하는 건 고사하고 그런 게 있다는 사실조차 모르고 있어. 인간은 자신의 사고 과정을 아인슈타인 같은 천재의 사고 과정과 동급으로 여겨. 인간은 합리적인 동물이 아니야. 합리화하는 동물이지.

자신이 이해하기 어려운 우주를 설명하기 위해 인간은 숫자로 보는 점술이나 점성술, 광적인 종교처럼 멋지게 미쳐가는 방법에 천착했어. 그렇게 영광스러운 헛소리를 받아들이고 나니 사실은 인간에게 아무 감명도 주지 못했지. 설령 그로 인해 목숨을 잃는다고 해도 말이야. 길리드, 세상에서 가장 믿기 어려운 건 인간의 어리석음이 헤아릴 수 없이 깊다는 거야.

최고층에는 항상 공간이 있는 이유가 바로 그거야. 아주 조금만 더 유능하면 쉽게 주지사나 백만장자나 대학교 학장이 될 수 있어. 그래서 확실히 호모 사피엔스는 신인류에게 밀려날 거야. 진보의 여지는 아주 많고, 진화는 절대 멈추지 않으니까.

평범한 인간 사이에 드물게, 진정으로 생각하는, 적어도 한 분야에서는 논리를 사용할 수 있고 그렇게 하는 개개인이 있어. 자기 서재나 실험실 밖에서는 다른 사람과 다를 바 없이 멍청할 때도 있지만, 그래도 방해를 받거나 아프거나 겁을 먹지 않는 한 생각을 할 수 있는 사람. 이런 흔치 않은 사람 덕분에 인류가 발전할 수 있었던 거야. 나머지는 마지못해 그 결과에 적응하는 것이고. 평범한 인간은 과정을 싫어하고 불신하고 박해하지만, 때로는 어쩔 수 없이 결과를 받아들여야 해. 왜냐하면 자기가 두서없이 떠드는 것과 비교하면 생각을 하는 게 효율적이니까. 달도 안 뜬 밤에 옥수수를 기를 수 있을지는 몰라도 자기보다 더 나은 인간이 개발한 더 좋은 옥수수를 심게 될걸.

이보다 더 드문 건 어떤 활동을 하더라도 습관적인 패턴을 적용하지 않고 끊임없이 생각하고 추론하는 인간이야. 정체를 숨기지 않는다면 그런 사람의 삶은 위험하지. 이상하고, 믿을 수 없고, 공중도덕을 파괴하는 사람으로 치부되니까. 그런 사람은 갈색 원숭이 사이에 낀 분홍색 원숭이야. 치명적인 실수지. 분홍색 원숭이가 잡히기 전에 갈색으로 염색한다면 모를까.

그걸 죽이려는 갈색 원숭이의 본능은 올바른 거야. 그런 사람은 원숭이 사회의 모든 관습에 위협이 되지.

그중에서도 가장 드문 건 상시로 빠르고 정확하게 포괄적으로 추론할 수 있고 그렇게 실행하는 인간이야. 희망이나 두려움, 육체적 고통을 무릅쓰고, 지기중심적인 선입견이나 시상* 이상의 문제를 걷지 않고, 정확한 기억력으로 사실, 가정, 비사실 사이의 뚜렷한 경계를 인식하지. 그런 인간이 존재해, 길리드. 바로 '신인류'야. 외모로도 구별이 안 되고 호모 사피엔스의 메스 아래서도 구별이 안 되는, 어느 모로 보나 인간이지. 하지만 행동에 있어서 평범한 인간과는 태양과 촛불만큼이나 달라."

길리드가 말했다. "당신도 그런 부류인가?"

"차차 자네 의견이 생기게 될 거야."

"그리고 내가 그런 사람일지도 모른다고?"

"어쩌면. 며칠 있으면 데이터가 더 들어올 거야."

길리드는 눈물이 나올 때까지 웃었다. "볼드윈, 내가 인류의 미래 희망이라면, 저쪽에서 빨리 두 번째 급습팀을 보내야겠군. 그래, 난 내가 만난 대부분의 머저리들보다는 똑똑하지만, 당신 말마따나 경쟁이 그다

---

* 후각을 제외한 여러 감각 정보를 받아서 대뇌 피질에 전달하는 뇌의 부위

지 심하지는 않아. 그러나 난 한 번도 숭고한 야망을 품어본 적이 없어. 나도 다른 남자와 마찬가지로 호색하고, 맥주 한 잔을 마시며 빈둥거리는 걸 즐겨. 아무리 봐도 초인 같은 기분이 들지는 않는다고."

"맥주 이야기가 나왔으니 말인데, 좀 마셔볼까." 볼드윈이 일어서서 맥주캔 두 개를 가져왔다. "모글리는 자기가 늑대인 줄 알았다는 점을 생각해봐. 신인류가 된다고 해서 인간으로서 느끼는 공감과 즐거움을 잃어버리는 건 아니야. 신인류는 역사적으로 언제나 있었어. 내가 보기에 그 사람들은 그 차이가 다른 혈통을 만들 정도라고 생각하지 못했던 것 같아. 그래서 평범한 인간의 딸과 자손을 만들었고, 혈통이 섞이면서 능력이 옅어진 거야. 우연히 유전 인자가 다시 합쳐질 때까지 발현되지 않는 거지."

"그러면 신인류는 특별한 돌연변이가 아니라는 뜻인가?"

"응? 누구는 돌연변이가 아닌가, 길리드? 우리는 모두 수백만 가지 돌연변이의 집합이야. 우리가 이렇게 앉아 있는 동안에도 온 세상 사람들의 생식질 속에서는 수백 개의 돌연변이가 일어나고 있어. 그래, 호모 노비스는 증조할아버지가 입자가속기에 너무 가까이 서 있었던 탓에 생긴 게 아니라고. 호모 노비스는 스스로 의식하고, 체계적으로 자신의 유전자가 준 능력을 꽉 붙들기로 결심하기 전까지는 별개의 혈통이라고 할 수도 없어. 신인류를 다른 인간과 섞어서 사라지게 할 수도 있어. 하나의 종족이 된 변이에 불과하니까. 지금으로부터 수백만 년 뒤의 일은 다른 문제지. 감히 예측하자면, 그 정도 미래의 신인류는 호모 사피엔스와 교배할 수 없을 거야. 자손을 낳을 수 없다는 얘기지."

"인간이, 그러니까 호모 사피엔스가 사라질 거라고 예상하지는 않나?"

"과연 그럴까? 개는 사람에게 적응했잖아. 아마 기원전보다 지금이 개가 더 많을 거야. 더 잘 먹고 살지."

"그러면 인간은 신인류의 개가 되겠군."

"다시 한 번 말하지만, 과연 그럴까? 고양이 정도를 고려해보게나."

"생식질의 정수를 취해서 두 종족이 영구히 분리될 때까지 생물학적으로 갈라놓겠다는 생각이로군. 당신들 정말 고약한 사람들 같은데, 볼드윈."

"돈이 있어서 가능한 얘기지."

"어쩌면. 새로운 종족이 세상을 관리하게 되면…."

"신인류가 중대한 문제를 결정하는 데 평범하고 비루한 인간의 다수결에 의지할 거라고 생각하나?"

"아니, 내 말이 그거였어. 그런 새로운 종족이 있다고 하면, 결과는 필연적이야. 볼드윈, 난 민주주의와 인간의 존엄성, 자유를 위해 원숭이의 선입견을 갖고 있다는 걸 인정해. 그건 논리를 넘어서는 일이야. 나는 그런 세상이 좋다고. 난 일을 하면서 사회에서 쫓겨난 자들과 어울렸고, 하찮은 놈들을 함정에 빠뜨렸어. 그자들은 멍청할지 모르지만, 나쁘지는 않아. 난 그런 사람들이 가축이 되는 걸 보고 싶지 않아."

이 덩치 큰 남자가 처음으로 우려하는 표정을 보였다. '헬리콥터의 왕', 거물 사업가라는 페르소나가 벗겨졌다. 볼드윈은 위엄을 드러내며, 외롭고 불행한 모습으로 변했다. "나도 알아, 길리드. 그 사람들도 우리로부터 나왔어. 그 사람들의 얼마 안 되는 존엄성과 고귀함은 상황이 열악하다고 해서 줄어들지 않아. 그래도 그렇게 돼야 해."

"왜? 신인류가 나타난다, 그건 좋아. 하지만 왜 더 앞당기려는 거지?"

"스스로 생각해봐." 볼드윈은 비밀 통로를 향해 손짓했다. "10분 전에 자네와 나는 이 행성을, 모든 종족을 구했어. 이제 칼을 휘두를 시간이야. 이 종족이 살아남으려면 누군가가 경계를 해야 해. 우리 말고는 아무도 없어. 효율적으로 경계하려면 우리 신인류는 조직을 갖춰야 해. 이런 위기에 서툴게 대처해서는 안 돼. 그리고 우리 수를 늘려야 해. 우리는 수가 적어, 길리드. 위기가 늘어날수록, 그에 대응하기 위해 우리도 많아져야 해. 결국 시간과의 싸움인데, 우리는 힘을 얻어서 아기가 결코 성냥을 갖고 장난치지 못하게 해야 하는 거지."

볼드윈이 말을 멈추고 생각에 잠겼다. "나 역시 민주주의에 똑같은 애정을 품고 있어, 길리드. 하지만 어린 시절에는 산타클로스를 믿다가 커서 시큰둥해지는 것과 같아. 민주주의, 혹은 그런 비슷한 건 150여 년 동안 안전하게 번영했어. 비록 어리석고 무지하다고 해도 평범한 인간의 투표를 통해 별다른 재앙 없이 문제를 해결했지. 하지만 이제 인류가 살아남기라도 하려면 정치적 결정이 핵물리학이나 행성 생태학, 유전 이론, 혹은 시스템 역학 같은 진짜 지식에 의존해야 해. 인간들은 아직 준비가 안 됐어, 길리드. 선량함과 인간이 지닌 것보다 더 많은 의지가 있어도 핵물리학 책을 한 쪽 이상 볼 수 있는 건 1천 명 중에 한 명도 안 돼. 인간은 알아야 하는 것을 배울 수 없어."

길리드가 팔을 옆으로 휘저었다. "그걸 알려주는 게 우리 일이야. 마음이 멀쩡한 사람들이라고. 이유를 알려줘. 그러면 올바른 해답을 낼 수 있을 거야."

"아니야, 길리드. 이미 해봤어. 잘되지 않았지. 자네 말대로 그 사람들은 대부분 괜찮아. 개가 고상하고 착한 것과 마찬가지로. 그러나 나쁜 사람도 있어. 키틀리 부인의 무리가 있고, 비슷한 자들이 더 있지. 영리하고 사악하고 이기적인 인간이 끝없이 늘어놓는 거짓말에 맞닥뜨리면 이성은 형편없는 주장이 되지. 무능한 인간들은 판단할 방법이 없고, 싸구려 거짓말은 더 그럴듯해 보여. 색맹인 사람에게 색을 보여줄 방법이 없듯이 우리가 불완전한 두뇌를 가진 인간에게 진실과 거짓을 구분하는 고도의 기술을 가르쳐줄 방법이 없어.

아니야, 길리드. 우리와 그들 사이의 간극은 좁아. 하지만 심연처럼 매우 깊지. 우리는 그걸 메울 수 없어."

"날 당신의 '신인류'로 분류하지 않으면 좋겠어." 길리드가 말했다. "난 반대쪽에 있는 게 더 편하거든."

"어느 편에 설지는 자네가 직접 결정할 거야. 우리 모두 그렇게 했지."

길리드는 일부러 화제를 바꾸었다. 평소 사상 이상에 면역이 된 길리드였지만, 이 문제에는 속이 뒤집혔다. 두뇌가 볼드윈의 논지를 따라간 결과 그게 사실임을 확인해주었지만, 길리드의 성향상 그대로 받아들일 수 없었다. 최악의 비극과 직면하고 있었던 것이다. 똑같이 고귀하고 정당한 권리를 지닌 두 집단의 완전한 대립이라니. "필름을 훔치는 일 말고 당신네들 또 무슨 일을 하지?"

"음. 여러 가지 일." 볼드윈이 긴장을 풀었다. 그러자 다시 쾌활하고 영민한 사업가처럼 보였다. "여기저기 만지고 건드려줘야 일이 엉망이 되는 걸 막을 수 있어. 우리는 가리지 않고 다양한 수단으로 상처를 압박하는 거야. 그리고 기회가 있으면 적합한 인재를 스카우트해서 동료로 받아들이지. 우리는 자네를 10년 동안 주시해왔어."

"정말?"

"그래. 그게 주요 사업이야. 우리는 공공데이터를 이용해서 천 분의 1 정도를 제외하고 나머지는 모두 배제해. 그 천 분의 1을 지켜보는 거야. 그리고 우리 농장 사업도 있고." 볼드윈이 웃었다.

"농담이 아직 남았으면 끝내."

"우리는 사람을 솎아내."

"미안, 오늘은 내 이해력이 별로군."

"길리드, 손대는 것마다 더럽히고 있지만 법으로 처리할 수 없는 사악하고, 추잡하고, 부패한 자들을 싹 쓸어버리고 싶은 열망을 느껴본 적이 없나? 우리는 그런 자들을 암으로 취급해. 사회라는 우리 몸에서 제거하지. 우리에게는 '죽는 게 나은 사람들' 목록이 있어. 어떤 사람이 완전한 도덕적 파산에 이르면 우리는 기회가 생겼을 때 바로 그 사람의 계좌를 닫아줘."

길리드가 웃었다. "당신들이 하는 일에 확신이 있다면 재미는 있겠군."

"우리 방식이 원숭이의 법정에서 통하지는 않겠지만, 우리는 항상 확신이 있어. 키틀리 부인을 생각해봐. 자네 마음속에 의심이 남아 있나?"

"아니."

"그러면 왜 기소하지 않는 거지? 굳이 대답할 필요 없어. 예를 들어, 오늘 밤으로부터 2주 뒤에 캐롤라이나 쪽에 있는 한 산꼭대기에서 새로 부활한 KKK단이 과거 그 어느 때보다 성대한 모임을 열 거야. 흥이 최고조에 달했을 때, 놈들이 추잡한 말을 늘어놓으며 자기들끼리 학살 충동을 부추기고 있을 때 신이 나서서 그 무리를 통째로 지워버릴 거야. 아주 슬프지."

"나도 끼어도 되나?"

"자네는 아직 후보생도 못 돼." 볼드윈이 말을 이었다. "우리 수를 늘리는 계획이 있지만, 천 년을 보고 하는 일이야. 확인하려면 영원한 달력이 있어야 할 거야. 중요한 건 아기가 성냥을 갖고 놀지 못하게 하는 거지. 우리가 마지막 공산당 정치국원의 목을 벤 게 85년 전이야. 그 시기에 과학의 발전이 왜 그리 더뎠는지 궁금하게 여긴 적 있나?"

"응? 많은 변화가 있었는데."

"소소한 개량이었지. 일부는 화려했지만, 근본적인 발전은 거의 없었어. 물론 공산주의하에서는 거의 발전이 없었지. 전체주의적인 정치와 종교는 자유로운 연구와 양립할 수 없어. 딴 이야기지만, 공산주의의 통치 덕분에 신인류가 뭉쳐서 조직을 만들 수 있었지. 당연하게도 신인류는 대부분 과학자거든. 공산당 정치국이 정치적 기준에 의거해 자연법칙을 지배하기 시작하니까. 아, 그 리센코주의* 같은 헛소리 말이지. 그러니 제대로 돌아가지 않았어. 우리 중 상당수가 지하 세계로 은거했어.

자세한 내용은 생략할게. 덕분에 우리는 뭉칠 수 있었고, 지하 세계에서 활동하기 시작했지. 그리고 은밀하게 연구할 거리를 얻었어. 일부는 어느 모로 보나 위험했지만, 우리는 한동안 거기에 매달리기로 결정했어. 그 뒤로 그런 은밀한 지식이 쌓여갔지. 우리는 사회에 어떤 해악을 끼칠지 철저하게 조사하기 전까지는 내용을 공개하지 않았거든. 그중 상

---

* 생물학자 트로핌 리센코를 중심으로 이루어진 유전학에 반대하는 소련의 운동

당수가 위험했고, 우리 조직 외부인 중에는 진정으로 독창적인 생각을 할 수 있는 사람이 거의 없었기 때문에 기초과학은 공공연하게 멈춰 있는 상태나 다름없었어.

그런 식으로 해야만 할 거라고 예상하지는 못했어. 우리는 새 헌법이 자유주의적이고, 우리가 생각하기에 실행 가능하게 되도록 힘을 썼거든. 하지만 새 공화국은 과거보다 오히려 더 형편없었지. 공산주의라는 형태가 사라진 뒤에도 그 나쁜 윤리관에 오염되어 있었던 거였어. 우리는 잠시 기다렸지. 이제 우리는 사회 전체를 교정할 때까지 기다려야 한다는 사실을 알고 있어."

"볼드윈…." 길리드가 천천히 말했다. "지금 마치 항상 현장에 있었던 것처럼 말하고 있는데, 도대체 나이가 몇이지?"

"자네가 지금 내 나이가 되면 알려주지. 사람이 충분히 오래 살면 더 이상 살고 싶은 마음이 없어져. 나는 아직 그 정도는 아니야. 길리드, 자네 대답을 들어야겠어. 아니면, 다음 후보와 이 일을 계속해야겠지."

"처음부터 알고 있었잖나. 하지만 이봐, 볼드윈, 내가 하기를 원하는 일은 단 하나뿐이야."

"뭐지?"

"키틀리 부인을 죽이고 싶어."

"좀 기다려야 해. 훈련을 마쳤을 때 그 여자가 아직도 살아 있다면, 자네를 그 용도로 쓸 수 있을 거야."

"고맙군!"

"자네가 그 일에 적합한 도구라면 말이야." 볼드윈이 마이크를 향해 외쳤다. "게일!" 그리고 이상한 언어로 한마디 덧붙였다.

곧바로 게일이 나타났다. "길리드." 볼드윈이 말했다. "이 젊은 여자가 자네의 준비를 마쳐준다면, 자네는 노래하고, 휘파람 불고, 껌을 씹고, 체스를 두고, 숨을 참고, 연을 날리는 걸 동시에 할 수 있을 거야. 물속에서 자전거를 타는 동안에 말이지. 데려가, 게일. 이제 자네가 맡아."

게일이 두 손을 문지르며 말했다. "아, 좋았어!"

✳

"일단 보고 듣는 법을 배워야 해요. 그다음에 기억하는 법, 그리고 말하는 법, 그리고 생각하는 법을 배워야 해요."

길리드가 게일을 바라보며 말했다. "내가 지금 입으로 하고 있는 게 뭘까요?"

"그건 말하는 게 아니에요. 꾸르륵거리는 거라고나 할까. 게다가 영어는 구조적으로 생각하는 데 적합하지 않아요. 그러니까 닥치고 들어요."

지하에 있는 교실에서 게일은 몇 가지 장치를 써서 녹음을 하거나 빛과 음향을 조절할 수 있었다. 먼저 화면에 여러 가지 숫자를 순간적으로 보여주었다. "뭐였지요, 길리드?"

"9, 6, 0, 7, 2. 나머지는 기억 안 나요."

"숫자는 천 분의 1초 동안 내내 떠 있었어요. 왜 왼쪽에 있는 것밖에 못 본 거죠?"

"거기까지밖에 못 읽었어요."

"전부 다 봐요. 억지로 노력하려 하지 말고, 그냥 봐요." 게일이 다른 숫자를 번쩍이게 했다.

길리드는 원래 기억력이 좋았다. 머리가 좋았다. 얼마나 좋은지를 아직 모르고 있을 뿐이었다. 이 훈련이 쓸모가 있는지에 관해서는 확신이 없었지만, 마음을 편하게 먹고 일단 시키는 대로 했다. 곧 아홉 자리 숫자를 한 형태로 인식하기 시작했다. 게일은 숫자가 깜빡이는 시간을 줄였다.

"이 마법의 등불 같은 장치는 뭐죠?" 길리드가 물었다.

"렌쇼 순간노출기예요. 다시 집중해요."

제2차 세계대전 즈음, 오하이오주립대학교의 새뮤얼 렌쇼 박사는 대부분의 사람이 보고, 듣고, 맛보고, 느끼고, 기억하는 능력을 사용하는

데 있어 효율이 5분의 1이라는 사실을 입증하려 했다. 이 연구는 제3차 세계대전 이후 유행한 공산당의 사이비과학 무더기에 묻혀버렸지만, 렌쇼 박사의 죽음 이후 지하 세계에는 온전히 남아 있었다.

게일은 길리드가 순간노출 훈련을 완벽하게 끝내기 전에는 전에 들었던 이상한 언어를 알려주지 않았다. 그러나 볼드윈과 이야기한 뒤부터는 농장의 다른 사람들이 길리드가 듣는 자리에서 그 언어를 사용했고, 누군가가(보통은 카버 부인이) 통역해줄 때도, 해주지 않을 때도 있었다. 무리에 받아들여진다는 느낌을 받으니 기분이 좋았다. 그러나 가장 지위가 낮은 후보생이라는 사실을 알고 나니 불쾌해졌다. 길리드는 성인 사이에 낀 어린이였다.

게일은 이상한 언어를 한 단어씩 말해주면서 듣는 방법을 가르치기 시작했다. 길리드는 들은 단어를 다시 들려줘야 했다. "아니에요, 길리드. 봐요." 이번에는 게일이 단어를 말하자 농아인에게 발음 실수를 보여주기 위해 사용하듯이 길게 늘여 보여주는 방식으로 화면에 음성 분석이 나타났다. "이제 해봐요."

길리드가 따라 했다. 두 음성이 나란히 화면에 나타났다. "어떤가요, 선생님?" 길리드가 의기양양하게 물었다.

"형편없어요. 영점 몇 초나 차이가 나다니. 마지막 후음을 너무 길게 끌었어요." 게일이 지적했다. "가운데 모음은 혀를 너무 높이 올린 채 발음했고, 음이 너무 낮은 데다가 올리지도 못했어요. 그리고 여섯 가지 실수가 더 있어요. 이해를 했다면 이렇게는 못 했을 텐데. 당신이 한 말을 들었지만, 그건 말이 안 되는 소리에 불과해요. 다시 해봐요. 그리고 날 선생님이라고 부르지 말아요."

"네, 알겠습니다." 길리드는 엄숙하게 대답했다.

게일이 기기를 조작했다. 길리드가 다시 시도했다. 이번에는 길리드의 분석 결과가 게일의 것 위에 나타났다. 둘이 일치하는 곳은 상쇄되어 없어졌다. 그렇지 않은 곳에서는 실수가 눈에 띄는 색으로 두드러져 나타났다. 화면은 마치 태양이 폭발하는 것처럼 보였다.

"다시 해봐요, 길리드." 게일이 단어를 다시 말했다. 화면은 아무 변화 없이 그대로였다.

"빌어먹을. 밀턴이 라틴어 배우는 딸내미를 대하듯 나를 대하지 말고 그 단어가 무슨 뜻인지 알려준다면 더 쉽게 기억할 수 있을 거예요."

게일이 어깨를 으쓱했다. "그럴 수가 없어요, 길리드. 반드시 듣기와 말하기를 먼저 배워야 해요. 고속어(高速語)는 유연한 언어예요. 똑같은 단어가 다시 나오는 일은 거의 없어요. 지금 연습하는 단어의 뜻은 '멀리 있는 지평선은 조금도 가까워지지 않는다.'예요. 도움이 별로 안 되지요?"

말이 안 되어 보이는 뜻이었다. 하지만 게일을 의심하지 않는 편이 낫다는 사실을 점점 받아들이고 있었다. 길리드는 자신보다 항상 두 발짝 앞서가는 여자에게 익숙하지 않았다. 보통은 여성이라는 작고 연약하고 귀여운 존재에 연민을 느꼈는데, 이 여인은 종종 한판 붙어보고 싶은 기분이 들었다. 이런 반응이 몽상가들이 떠드는 '사랑'이라는 것인지 궁금했다. 길리드는 그럴 리 없다고 생각했다.

"다시 해봐요, 길리드." 고속어는 여태껏 써본 그 어떤 언어와도 구조가 달랐다. 오래전에 오그덴과 리차즈는 850단어만 가지고도 '평범한' 인간의 어휘로 표현할 수 있는 모든 내용을 충분히 나타낼 수 있다는 사실을 보인 바 있었다. 경마나 궤도학 같은 특별한 분야에 몇몇(백여 가지) 전문 용어의 도움을 받는다는 전제하에 말이다. 비슷한 시기에 음성학자들은 인간이 쓰는 모든 언어를 백여 가지의 소리로 분석해 일반음성문자로 나타냈다.

고속어는 이 두 가정에 기반을 두고 있었다.

물론 음성문자는 기본 영어의 단어보다 수가 훨씬 더 적었다. 하지만 음성문자에서 소리를 나타내는 글자는 각각 몇 가지 다른 방식으로(길이, 강세, 높낮이, 성조 등) 변화를 줄 수 있었다. 훈련이 잘된 귀일수록 훨씬 더 다양한 변화를 인식했다. 변화에는 제한이 없지만, 기본적인 음성 습관을 세심하게 가다듬지 않아도 기본 영어와 일대일 대응 관계를 확립하는 게 가능했다. 음성 기호 하나는 평범한 언어의 단어 하나와 동등했고, 고속어 단어 하나는 한 문장과 동등했다. 따라서 고속어는 단어 단위가 아니라 문자 단위로 익혀서, 각 단어를 단일구조체 형태로 말하고 듣는 식이었다.

그러나 고속어는 기본 영어의 '축약형'이 아니었다. 미신과 무지의 시대에 기원을 두고 있는 '평범한' 언어는 천성적으로, 그리고 어쩔 수 없이 이 세상에 관한 오해가 담긴 그릇된 구조로 되어 있었다. 사고 도구로서 너무 형편없는 영어를 이용해 논리적으로 생각하려면 엄청난 노력을 기울여야 했다. 예를 들어, 영어의 'to be'는 21가지 서로 다른 뜻이 있었지만, 그중 어느 하나도 본질적인 실재(實在)를 의미하지 않았다.

아무런 의문 없이 받아들이는 게 아니라 의도적인 방식으로 기호 구조를 만든다면, 그 기호가 지칭하는 실제 세계와 비슷하게 설계할 수 있다. 고속어의 구조에는 영어에 도사린 오류가 없었다. 신인류의 능력이 닿는 한 실제 세계와 같은 구조로 되어 있었다. 예를 들어, 고속어에는 대부분의 다른 언어에 있는 명사와 동사의 비실재적인 구분이 없었다. 세계에는, 즉 과학을 비롯한 인간의 모든 활동이 이루어지는 연속체에는 '명사의 대상'도 '동사의 대상'도 없다. 그 안에 있는 건 시공간의 사건과 그것들 사이의 관계이다. 진실, 혹은 진실에 가까운 무언가를 얻음으로써 생기는 이익은 로마 숫자보다 아라비아 숫자로 장부를 정리함으로써 생기는 이익과 비슷하다.

다른 언어로는 과학적인 다중논리를 성취하기가 거의 불가능했다. 그러나 고속어는 논리적이지 않기가 그만큼 어려웠다. 애매모호한 아리스토텔레스의 논리와 그것을 밀어낸 명료한 불 논리*를 비교해보라.

역설은 말에 불과할 뿐, 실제 세계에는 존재하지 않는다. 고속어에는

---

* 19세기 영국의 수학자 조지 불의 이름을 딴 논리적 산법 체계

그런 것이 없다. '스페인 이발사는 누가 면도해줄까?'* 답: 쫓아다니면서 봐라.' 고속어의 문법에서는 스페인 이발사의 역설은 나타낼 수조차 없었다. 자명한 오류일 뿐이었다.

그러나 길리드는 말하는 법을 배움으로써 듣는 법을 배우기 전까지는 그 언어를 배울 수 없었다. 길리드는 악착같이 노력했다. 화면에는 계속 길리드의 실수가 떠올랐다.

마침내 길리드의 문장-단어 발음이 게일의 시범을 전부 상쇄해 없애는 날이 왔다. 화면이 어두워졌다. 길리드는 과거 어느 때보다도 더 큰 성취감을 느꼈다.

기쁨은 짧게 끝났다. 게일이 며칠 전에 친절하게 추가해놓은 회로 덕분에 기계에서 우렁찬 트럼펫과 박수 소리가 흘러나오면서 곧이어 다독이는 말소리까지 나왔다. "우리 아기 잘했어요!"

길리드가 게일에게 말했다. "게일, 전에 결혼 이야기를 했었죠? 혹시 나와 결혼이라도 하게 되면 꼭 갚아주겠어요."

"아직 마음을 정하지 않았어요." 게일이 무미건조하게 대답했다. "이제 이 단어를 해봐요, 길리드⋯."

그날 저녁 볼드윈이 나타나 길리드를 불렀다. "길리드, 이리 와보게. 잘 들어, 이 사랑꾼 친구야. 자네는 일과 시간에 그 동물적 본능이 드러나지 않게 눌러놓도록 해. 안 그러면 내가 새로운 선생을 구해주겠어."

"하지만⋯."

"내 말 들었지? 일과가 끝난 뒤에는 같이 수영을 하러 가든, 자전거를 타러 가든 알아서 해. 일과 시간에는 일에만 집중하라고. 자네가 할 일이 있으니 머리를 영리하게 만들어 준비하도록 하라고."

"게일이 나에 관해 불평하던가?"

"바보 같은 소리 마. 돌아가는 상황을 알고 있는 게 내 일이야."

* 스스로 면도하지 않는 모든 사람의 수염을 깎아주지만, 스스로 깎는 사람은 깎아주지 않는 이발사의 수염은 누가 깎을 것인지를 묻는 역설

"흠, 볼드윈, 게일이 농담처럼 남편감 물색하고 다닌다고 하는 게 뭐지? 진심인 건가, 아니면 그냥 날 놀리는 건가?"

"직접 물어봐. 그래 봤자 소용없는 일이겠지만. 게일이 진심이라면 자네는 선택의 여지가 없을걸. 게일은 마치 중력처럼 차분하고 끈질기니까."

"이런! 나는 신인류가 결혼 같은, 당신 표현대로 '원숭이의 관습'에 그다지 관심이 없다는 인상을 받았는데 말이지."

"누구는 그렇고, 누구는 그렇지 않지. 나로 말할 것 같으면 괴상하게 결혼해본 적이 있어. 하지만 난 남자 아홉 명에게서 아이 아홉 명을 얻은 우리 농장의 작은 생쥐 같은 누군가를 돌보고 있어. 모두 천재 이상의 아이들이지. 반면에 한 남자에게서 아이 열한 명을 낳은 사람도 알려줄 수 있어. 탈리아 와그너인데, 다른 남자는 절대 처다보지도 않았지. 이런 문제에 있어서 천재들은 각자 스스로 규칙을 정해, 길리드. 언제나 그래왔어. 여기 천재에 관해 통계적으로 확립된 사실이 있어. 아마토의 연구에 따르면…."

볼드윈이 하나씩 열거했다. "천재들은 보통 오래 살아. 겸손하지 않아. 솔직히 안 그러지. 고통을 무한정 견딜 수 있어. 사회가 인정하는 도덕률에 감정적으로 무관심해. 천재들은 스스로 규칙을 만들어. 그나저나 자네도 몇 가지 오명을 쓰고 있는 것 같군."

"퍽이나 고맙군. 어쩌면 새로운 선생님이 오는 게 나을지도 몰라. 누구 가능한 사람이 있나?"

"누구든지 할 수 있어. 아기에게 말을 가르치는 건 누구나 할 수 있듯이. 사실 게일은 남는 시간에 생화학자로 일하고 있어."

"남는 시간에?"

"그 녀석을 조심하라고, 이 친구야. 게일의 진짜 직업은 자네와 같아. 명예로운 청부업자지. 3백 명 이상을 죽였어." 볼드윈이 웃었다. "선생님을 바꾸고 싶다면, 눈만 한 번 깜빡여 줘."

길리드는 황급히 주제를 바꾸었다. "내가 할 일이 있다면서. 키틀리 부인은 어떤가? 아직 살아 있나?"

"그래. 망할 여자."

"기억해. 그 여자는 내가 찜을 해두었어."

"그 여자를 죽이려면 달에 가야 할지도 몰라. 그곳에 휴가용 별장을 만들고 있다고 하더군. 이제 나이가 들어 예전 같지 않은 모양이지. 그 여자를 치고 싶다면 숙제를 열심히 하는 게 좋을걸." 달 개척지는 예전부터 부유한 노인들의 주요 요양소였다. 저중력은 심장에 무리가 덜 갔고, 젊은 기분을 느끼게 해주었다. 수명이 늘어날 가능성도 있었다.

"알았어. 기억하고 있을게."

길리드는 새로운 선생님을 요청하는 대신 아주 반짝이는 사과 한 개를 들고 다음 수업에 들어갔다. 게일이 사과를 먹고 씨앗 부분만 남겼다. 그리고 길리드를 전보다 더 강하게 몰아붙였다. 길리드가 듣기와 발음을 완벽하게 만드는 동안 게일은 문자 천 개로 된 기초 어휘를 가르치기 시작했다. 서너 개 문자로 된 간단한 문장을 말하고 똑같은 음성문자를 이용해 다른 단어-문장으로 대답하게 하는 방식이었다. 어떤 모음과 자음의 조합은 굉장히 발음하기 어려웠다.

그것도 결국 완전히 터득했다. 길리드는 대개 어떤 일을 해도 주변의 다른 사람보다 쉽게 해내는 것에 익숙했다. 그런데 이제는 바로 옆에 아주 빠른 사람이 있었다. 길리드는 전력을 다해 자신이 가진 커다란 잠재력 일부를 끌어내기 시작했다. 식사 자리에서 오가는 평범한 대화 일부를 알아듣고 간단한 고속어로(영어로 대답하는 건 게일이 금지했다) 대답할 수 있게 되자 게일은 보조 어휘를 가르치기 시작했다.

경제적인 언어는 천 개 정도밖에 안 되는 단어의 수에 제약을 받지 않는다. 거의 모든 생각을 짧은 어휘로 표현할 수 있으면서도 고도의 추상화 작업에도 편리하다. 전문 용어가 필요하면 고속어는 천여 개의 음성문자 중에서 60개를 버젓이 확장해서 이용했다. 평소에는 숫자로 쓰이는 문자들이었다. 수 앞에 다른 목적으로 쓰이지 않는 문자를 놓으면 그 기호를 의미가 있는 단어로 지정할 수 있었다.

신인류는 60진법으로(3 곱하기 4 곱하기 5) 수를 셌다. 예를 들어 '100'이라는 기호는 3,600이라는 수를 뜻했다. 편리하고, 인수분해가 쉽고, 가장 경제적이었다. 그러면서도 머릿속에서 재빨리 평범한 표기법을 고속어 형태로, 그리고 그 반대로도 바꿀 수 있게 해주었다.

무성음인 웨일스어나 미얀마어의 '1' 같은 표식을 맨 앞에 붙인 숫자를 이용하면, 표식을 포함해 단 네 개의 문자만 가지고도 21만 5,999(60의 3제곱에서 1을 뺀 수)개에 해당하는 단어에 특별한 의미를 부여할 수 있었다. 그중 대부분은 한 음절로 발음하는 게 가능했다. 이런 단어는 기초 고속어의 현저한 단순명료함을 지니고 있지 않았다. 그럼에도 불구하고 'ichthyophagous'나 'constitutionality' 같은 긴 단어를 한 음절로 압축할 수 있었다. 광둥어로 된 긴 이야기가 영어로 짧게 번역되는 것을 들어본 사람이라면 그렇게 압축할 수 있다는 사실에 대단히 감사할 수 있을 것이다. 그렇다고 영어가 '보통' 언어 중에서 가장 간결한 것도 아니다. 그리고 확장된 고속어가 가장 간결한 '보통' 언어보다 훨씬 더 경제적이었다.

필요할 경우 문자 하나를 더하면(60의 4제곱) 1천3백만 개가 조금 안 되는 단어를 추가할 수 있었다. 그래도 대부분의 단어는 한 음절로 발음되었다.

게일이 며칠 만에 수십만 개의 새로운 단어를 익히기를 바라고 있다는 사실을 알게 되자 길리드는 난처했다. "빌어먹을. 이봐요, 멋쟁이 아가씨. 난 초인이 아니라고요. 실수로 여기 있는 거예요."

"당신 의견은 아무 가치가 없어요. 내 생각에는 할 수 있어요. 이제 들어봐요."

"만약 내가 실패한다면, 당신의 희생자 후보 명단에서 안전하게 빠져나갈 수 있는 건가요?"

"만약 실패하면, 내가 당신에게 이래라저래라 하지 않겠죠. 그대신 머리통을 떼어내서 목구멍 속으로 쑤셔 넣을 거예요. 하지만 당신은 실패하지 않아요. 나는 알아요." 게일이 덧붙였다. "하지만 당신이 괜찮은 남편이 될지는 잘 모르겠네요. 말대꾸를 너무 많이 해요."

길리드는 고속어로 짧고 쓸쓸한 말을 내뱉었다. 게일이 한 단어로 대답하며 길리드의 결점을 상세하게 설명했다. 두 사람은 다시 공부를 시작했다.

예상을 잘못한 건 길리드였다. 그는 확장 어휘를 듣는 족족 빠르게 익힐 수 있었다. 길리드에게는 잠재적인 직관 기억 능력이 있었다. 순간노출 훈련이 그 능력을 온전히 발휘할 수 있게 해주었다. 그리고 언제나 빨랐던 두뇌 회전은 과거 그 어느 때보다 더 빨라졌다.

고속어를 배우는 능력은 보통을 넘어서는 지성의 증거였다. 그리고 그런 지성으로 고속어를 사용하다 보면 사고가 효율적으로 되었다. 제2차 세계대전 이전에도 알프레드 코집스키*가 인간의 사고가 효율적으로 이루어지는 건 오로지 기호를 통할 때뿐이라는 사실을 보인 바가 있다. 추상적인 언어 기호와 무관한 '순수한' 사고는 판타지에 불과하다는 것이다. 두뇌는 오직 동물 수준에서만 기호가 없이 작동하게 구성되어 있었다. 기호 없이 '이성'을 이야기한다는 건 말도 안 되는 소리였다.

고속어는 단순히 의사소통의 속도만 높이는 데 그치지 않았다. 그 구조를 통해서 사고를 더욱 논리적으로 만들었다. 또 그 경제성 때문에 사고 과정이 엄청나게 빨라졌다. 단어 하나를 생각하는 데 거의 그 단어를 말하는 만큼의 시간밖에 걸리지 않았기 때문이다.

코집스키의 기념비적인 업적은 공산주의 통치 시기에 빛을 보지 못했다. 의미론으로 분석하면 자본론은 유치한 글에 불과했다. 따라서 정치국은 의미론을 억압했고, 리센코주의가 유전학을 대체했듯이 똑같은 이름의 대용품으로 대체했다.

일단 고속어를 조금 익혀서 배움에 속도가 붙자 길리드는 아주 빨리

* 19세기 초에 활동한 철학자로 일반 의미론의 창시자

배웠다. 순간노출 훈련은 계속 이어졌다. 길리드는 이제 엄청난 속도로 여러 가지 의미의 형태나 배열을 순식간에 포착해 기억하고 추론할 수 있었다.

살아가는 시간은 달력의 시간을 따르지 않는다. 사람의 삶은 두뇌를 따라 흐르는 사고다. 고속어를 배울 능력이 되는 사람에게는 관련된 시간이 평범한 사람보다 적어도 세 배 빠른 셈이었다. 고속어 자체는 영어보다 기호를 약 일곱 배 더 빨리 조작할 수 있게 해주었다. 7 곱하기 3은 21이므로 생각의 흐름으로 계산하면 신인류는 적어도 1천 6백 년의 유효 수명을 가질 수 있었다.

신인류에게는 백과사전식 통합체가 될 수 있는 시간이 있었다. 시간에 얽매인 평범한 사람이라면 범접할 수도 없는 일이었다.

길리드가 말하고, 읽고, 쓰고, 해독하는 법을 배우자 게일은 실전 교육을 위해 길리드를 다른 사람들에게 넘겼다. 그러나 보내기 전에 몇 가지 치사한 계교를 썼다.

게일은 사흘 동안 먹는 것을 금지했다. 길리드가 저혈당과 허기에 고통받으면서도 생각하고 성질을 제어할 수 있다는 사실이 명백해지자 게일은 잠을 못 자게 하며 고통을, 그것도 강렬하고 오랫동안 이어지는 다양한 고통을 추가했다. 은근히 길리드가 비이성적인 행동을 하도록 몰아가고 있었다. 길리드는 굳건하게 견뎌냈다. 어떤 일을 맡아도 컴퓨터만큼이나 믿을 수 있게 머리가 돌아갔다.

"누가 초인이 아니라고요?" 마지막 수업이 끝날 때 게일이 물었다.

"알겠어요, 선생님."

"이리 와요." 게일이 길리드의 귀를 붙잡고 제대로 키스했다. "잘 가요." 길리드는 몇 주가 지날 때까지 게일을 다시 보지 못했다.

길리드의 초능력 강사는 무능해 보이는 작은 남자로 윕스라는 신분보호용 가명을 쓰고 있었다. 길리드는 초능력 현상을 만드는 데 그다지 재능이 없었다. 천리안 능력은 갖고 있지 않은 것으로 나타났다. 예지력은 좀 더 나았지만, 연습해도 늘지 않았다. 가장 잘하는 건 염력이었다. 주사위 도박판을 돌아다니며 안락하게 살았을 수도 있었을 것이다. 그러나 볼드윈이 지적했듯이 주사위에 힘을 가하는 것과 몇 톤짜리 화물을 움직이는 것 사이에는 큰 간극이 있었다. 그리고 그 간극을 잇느라 애쓸 가치도 별로 없었다.

"그래도 다른 쓰임새가 있을지 몰라요." 웜스 박사가 영어로 바꿔 부드럽게 말했다. "중성자가 핵과 부딪칠 확률에 영향을 줄 수 있는, 혹은 물질의 통계적 확률을 바꿀 수 있는 사람이 있다면 무슨 일이 가능할지 생각해봐요."

길리드는 흘려듣고 넘겼다. 터무니없는 생각이었다.

텔레파시에서는 기복이 엄청나게 심했다. 단 한 번도 틀리지 않고 라인 카드*를 맞히는가 하면 3주 동안 형편없는 점수를 기록하기도 했다. 그보다 더 고도로 구조화된 의사소통은 길리드의 능력을 한참 벗어나는 듯했다. 그런데 어느 날 텔레파시로 카드 맞히기를 하는 도중 뚜렷한 이유 없이 10초 동안 내내 웜스 박사와 연결되는 일이 벌어졌다. 10초면 고속어 기준으로 천 가지 단어를 말할 수 있는 시간이었다.

「이게 말로 나오다니!」

「안 될 것 있나요? 생각이 곧 말인데요.」

「우리가 어떻게 하는 거죠?」

「그걸 안다면 지금처럼 이렇게 불안정하지 않겠지요. 어떤 사람은 의지로 해내고, 어떤 사람은 우연히 하고, 어떤 사람은 끝까지 못하기도 해요. 하지만 이건 알아요. 생각은 우리가 정의하거나 조작할 수 있는 어떤 방식으로도 물리적 세계에 속해 있지 않을 수도 있긴 하지만, 양자적 성질로 보면 연속체에서 일어나는 사건과 비슷해요. 지금 당신은 연속체의 모든 특성에 관한 양자 개념의 외연을 공부하고 있는 겁니다. 양자로 크

---

* 텔레파시 능력을 검증하기 위해 만든 카드

로논*과 멘슘, 비톤을 알고 있잖아요. 광자 같은 양자의 활동 단위도요.」

「정의해봐요. 이해가 가게 해줘요.」

「나중에요, 나중에. 이거는 말해줄 수 있어요. 가장 빠른 생각의 속도는 매 크로논당 1사이콘이에요. 이건 기초예요. 보편적인 상수죠.」

「우리는 거기에 얼마나 가까운가요?」

「확률이 60의 마이너스 3제곱보다 낮아요.」

「!!!!!!」

「더 나은 존재가 우리 뒤를 이을 겁니다. 우리는 끝없는 바닷가에서 조약돌을 줍는 거예요.」

「더 나아지려면 우리가 뭘 할 수 있죠?」

「차분하게 조약돌을 모으는 거죠.」

길리드는 생각하는 데 걸리는 순간적인 시간의 상당 부분 동안 침묵했다.

「사이콘은 파괴되기도 하나요?」

「비톤은 운반할 수 있을지 몰라요. 사이콘은….」

연결은 갑자기 끊어졌다. "계속 말하자면…." 웜스 박사가 조용히 말을 이었다. "사이콘은 아직 여러 면에서 우리의 이해 범위 밖에 있어요. 이론에 따르면 파괴되지 않을 수도 있어요. 그리고 사고는 활동과 마찬가지로 영속적이에요. 그런 이론이 만약 옳을 경우 개인의 정체성 또한 영속적이라는 사실을 뜻하는지 아닌지는 열린 질문으로 남겨야 해요. 신문을 봐요. 지금으로부터 몇백 년 뒤에, 아니면 몇십만 년 뒤에." 웜스 박사가 일어섰다.

"내일 수업이 정말 기다려지네요, 박사님." 길리드가 흥분하다시피 해서 말했다. "어쩌면…."

"제 수업은 끝났습니다."

---

* 시간을 나타내는 가상의 양자

"하지만 웜스 박사님, 전화처럼 선명하게 들렸잖아요. 어쩌면 내일 은⋯."

"우리는 당신의 재능이 불안정하다는 사실을 확인했어요. 그게 안정되도록 훈련하는 방법은 없어요. 당신이나 나나 낭비하기에는 시간이 너무 없습니다." 그리고 갑자기 영어로 바꾸어 덧붙였다. "안 돼요."

길리드는 떠났다.

다른 분야에서 훈련을 받는 동안 길리드는 인상적인 장치라고 설명해야 가장 옳을 듯한 것들을 많이 볼 수 있었다. 그중에는 상자 속 공장이라고 할 수 있는 복합 팬터그래프*가 있었다. 신인류는 재계의 늑대들이 사회 시스템을 지배하는 시대가 끝나자마자 보통 사람들에게 이 기술을 넘길 계획이었다. 그 장치는 받침대 위에 올려놓은 거의 모든 시제품을 복제할 수 있었다. 필요한 건 재료와 동력뿐이었다. 동력은 길리드의 엄지손가락만큼 작은 핵모터가 제공했다. 거기에 쓰인 이론은 전통적인 엔트로피 개념을 어지럽혔다. '소시지'가 들어가면, '돼지'가 나오는 셈이었다.

그 장치에는 가내수공업과 공장조립식의 차이만큼 현재와 다른 경제 시스템을 만들 수 있는 잠재력이 있었다. 그리고 그런 시스템에는 수 세기 동안 잃어버렸던 인간의 자유와 존엄성을 되찾을 가능성도 있었다. 애초에 그런 게 있었는지는 모르겠지만.

그런 이유로 신인류는 어떤 물건을 두 개 이상 사는 일이 드물었다. 원형 하나만 있으면 그만이었다. 어떨 때는 직접 원형을 만들었다.

유용하지만 특별히 경이로울 것까지는 없는 또 다른 장치로는 구술-타자-인쇄-제본 복합기가 있었다. 이 장치의 분석기는 천여 개의 음성기호를 각각 인식했고, 각 소리에 해당하는 활자가 있었다. 이 장치로 여러 권의 사본을 만들 수 있었다. 길리드가 받은 교육의 상당 부분은 이 장치로 인쇄한 책에 담긴 내용이었다. 덕분에 여러 사람이 귀중한 시간을 아꼈다.

---

* 운동을 재현하거나 기하학적 모양을 축소나 확대하는 기구

시대를 막론하고 지식을 정리하고, 분류하고, 접근이 용이하게 만드는 건 절실한 문제였다. 신인류가 등장하면서 완벽하고 조직적인 기억력이 대부분의 문제를 해결했고 기록 보관과 대부분의 읽기 및 쓰기(무엇보다 시간을 잡아먹어 골치인 재독(再讀) 과정) 행위는 불필요해졌다. 자동필사기와 분류시스템 역할로 만든 고속어를 '들을' 수 있는 '사서' 기계를 결합하면 나머지 문제도 거의 다 해결할 수 있었다. 신인류는 끝도 없는 종이 무더기에 허둥대지 않았다. 메모하는 일도 결코 없었다.

농장 아래의 공간은 경이로운 기술로 가득했다. 전부 최신 기술이었다. 외과적/화학적/생물학적인 온갖 미세수술을 할 수 있는 놀라울 정도로 작은 조작기, 인간의 두뇌 못지않게 복잡하고 기묘한 사이버네틱스 장치들까지, 일일이 열거하기에는 너무 많았다. 길리드는 그것들에 관해 전부 배우지 않았다. 백과사전식 통합체는 지식의 구조 형태와 관련이 있었다. 아무리 고속어를 쓴다고 해도 모든 분야의 세부적인 내용을 배울 수는 없었다.

교육 초기, 길리드에게 과정을 마칠 잠재력이 있다는 사실이 분명해지자 길리드는 성형수술을 통해 새로운 페르소나와 기본적인 외모를 부여받았다. 키는 7, 8센티미터 줄어들었고, 두개골도 조금 바뀌었다. 피부색은 영구적으로 어두워졌다. 얼굴 형태는 게일이 골랐는데, 길리드는 반대하지 않았다. 은근히 마음에 들었다. 새롭게 찾은 내면의 인격에 맞는 것 같았다.

새로운 얼굴과 새로운 두뇌, 그리고 새로운 외모를 얻은 길리드는 사실상 신인류가 되었다. 전에는 타고난 천재였다면, 이제는 훈련받은 천재였다.

✳

"길리드, 말 좀 타러 가는 게 어떤가?"

"좋아."

"'정복자'에게 가벼운 운동을 시켜줘야겠어. 요새 안장에 반응하고 있는데, 잊어버리지 않게 하려고."

"바로 가지."

볼드윈과 길리드는 말을 타고 농장 건물을 나섰다. 볼드윈은 그 젊은 말이 걷게 해놓고 말을 시작했다. "이제 자네도 일할 때가 된 것 같아." 고속어를 쓸 때도 볼드윈의 말에는 그 사람만의 향취가 남아 있었다.

"그렇군. 하지만 난 아직 마음속으로 유보하고 있어."

"우리가 같은 편인지 확신하지 못한다고?"

"볼드윈, 당신이 그럴 의도라는 건 확신해. 조직이 세심하게 능력을 보는 것 못지않게 선의와 인도적인 의도를 본다는 건 명백해. 전에는 확신이 없었는데…."

"그런데?"

"한 6개월 전에 들어왔던 후보가 있었지. 말을 타다가 사고로 목이 부러진 친구 말이야."

"아, 맞아! 아주 슬픈 일이었지."

"아주 시의적절했다는 소리겠지, 볼드윈."

"빌어먹을. 길리드, 만약 썩은 사과가 여기까지 온다면, 우리는 그냥 내보낼 수 없다고." 볼드윈이 욕을 하기 위해 언어를 영어로 바꾸었다. 그리고 계속 영어를 쓰며 욕을 더 '짜냈다'.

"알아. 그래서 우리 사람들의 수준을 확신하게 된 거야."

"그러면 이제 '우리 사람'이 된 건가?"

"그래, 볼드윈. 하지만 우리가 올바른 길을 가고 있는 건지는 확신하지 못하겠어."

"길리드, 자네가 생각하는 올바른 길이라는 개념은 뭐지?"

"우리는 숨어 있지 말고 나서서 평범한 사람들에게 우리가 아는 것을 가르칠 수 있는 데까지 가르쳐야 해. 그 사람들은 많은 것을 배우고 쓸 수 있을 거야. 제대로 듣고 훈련받는다면, 자기 일은 꽤 잘 처리할 거라고. 어떻게 해야 하는지만 알면 짊어지고 있던 쓸모없는 짐을 기꺼이 벗어던질 거야. 우리가 보여줄 수 있어. 이렇게 그때그때 여기저기서 암살하고 다니는 것보다는 그게 더 의미가 있을 거야. 뭐랄까, 내가 죽여야 할 만한 사람을 처리하는 일을 반대하는 건 아니야. 그저 그게 비효율적이라는 거지. 당신과 나를 만나게 했던 일 같은 위기를 막기 위해 계속 경계해야 한다는 건 분명해. 하지만 우리가 사람들과 섞이는 걸 너무 두려워하는 척하지 말고 땅굴 밖으로 나와서 도움을 제공한다면 사람들도 자기 할 일을 잘할 거라는 이야기야."

볼드윈이 고삐를 당겼다. "내가 평범한 사람과 섞이지 않는다고 하지 마, 길리드. 난 중고 헬기를 파는 게 생업이라고. 그보다 더 평범할 수 있나. 그리고 내가 그 사람들에게 신경 쓰지 않는다는 식으로도 이야기하지 마. 우리는 그 사람들과 다르지만, 모두 강력하기 그지없는 끈으로 묶여 있어. 우리 모두, 한 사람 한 사람이 다 똑같이 치명적인 게 확실한 병에 걸려 있거든. 바로 우리가 살아 있다는 거지.

우리의 살인에 관해 이야기하자면, 자네는 정치적인 무기로서 암살의 원칙을 이해하지 못하고 있어. 읽어봐." 볼드윈이 고속어로 된 도서관 장서 위치를 들려주었다. "만약 내가 쓰러진다고 해도 우리 조직은 눈 하나 깜빡하지 않을 거야. 하지만 나쁜 목적을 지닌 조직은 다르지. 어떤 개인의 제국이거든. 시간과 방법만 고르면 한 사람을 죽여서 그런 조직 하나를 무너뜨릴 수 있어. 조직의 남은 부분은 거의 해롭지 않은 상태로 있다가 다른 두목에게 흡수되지. 그러면 또 그 녀석을 죽이는 거야. 이건 비효율적이지 않아. 감정이 아니라 머리로 계획을 세운다면 상당히 효율적이지.

우리가 섞이지 않는 문제를 말하자면, 우리는 우라늄238 안에 있는 우라늄235 같아. 분리되지 않는다면 효율적이지 않아. 모든 세대에 잠재적인 신인류가 있었지만, 너무 옅게 퍼져 있었지.

우리 존재를 비밀로 하는 건 우리가 생존하고 수를 늘리기 위해서 꼭 필요해. 선택받은 사람이자 소수자가 되는 것만큼 위험한 게 없다고. 어떤 집단 하나가 그렇게 주장했다는 이유만으로 2천 년 동안 박해를 받았잖아."

볼드윈이 다시 영어로 바꿔서 욕을 했다. "빌어먹을, 길리드. 인정하라고. 이 세상은 마치 우리 고모할머니가 조종하는 헬기처럼 돌아가고 있어. 고속어를 쓰든 아니든 평범한 인간은 현대의 문제를 다루는 법을 배우지 못해. 아직 쓰지 못하고 있는 두뇌의 잠재능력에 관해서 이야기해봤자 소용없어. 평범한 사람은 알아야 할 것을 배우려는 의지가 없다고. 새로운 유전자를 넣어줄 수는 없는 노릇이니 자멸하지 않도록, 그리고 우리까지 죽이지 않도록 우리가 손을 붙잡고 이끌어줘야 한다는 말이야. 우리는 개인의 자유를 제공할 수 있어. 대부분의 일에 자율성을 제공할 수 있고. 개인의 존엄성 또한 상당히 챙겨줄 수 있어. 그리고 그렇게 할 거야. 왜냐하면 우리는 어느 모로 봐도 개인의 자유가 진화의 방향이고 최대의 생존가(生存價)*를 갖고 있다고 믿으니까. 그러나 우리는 평범한 인간이 종족의 생존을 좌우하는 문제를 다루게 할 수 없어. 그럴 능력이 안 되니까.

어쩔 수 없다고. 사회의 각 형태는 나름대로의 윤리를 발전시키는 법이야. 우리는 경우에 따른 논리에 의해 어쩔 수 없이 해야만 하는 방식으로 이 사회 형태를 만들고 있지. 우리는 우리가 생존을 향한 사회 형태를 만들고 있다고 생각해."

"정말로?" 길리드가 생각에 잠기며 말했다.

"두고 봐야지. 살아남는 사람이 살아남는 거야. 알게 되겠지. 이런! 이야기는 여기까지 하자고."

볼드윈의 안장에 달린 라디오에서 날카로운 비상 신호가 흘러나오고 있었다. 소리를 들은 볼드윈은 고속어로 날카롭게 한 단어를 말했다. "빨

---

* 생명체의 여러 특성이 생존에 끼치는 영향을 나타내는 값

리 돌아가야겠어, 길리드!" 볼드윈이 방향을 돌려 멀어졌다. 길리드의 말은 그보다 덜 우수한 말이라 어쩔 수 없이 뒤를 따라가야 했다.

볼드윈은 돌아오자마자 길리드를 찾았다. 길리드가 들어갔다. 게일이 이미 와 있었다.

볼드윈은 무표정한 얼굴로 영어를 써서 말했다. "자네가 할 일이 있어, 길리드. 자네가 확신하는 키틀리 부인에 관한 일이야."

"좋아."

"좋지 않아." 볼드윈이 고속어로 바꾸었다. "우리는 의외의 일격을 당했어. 그 필름의 두 번째 사본이 폐기되지 않았거나 세 번째 사본이 있었던 모양이야. 어느 쪽인지는 몰라. 그걸 아는 사람은 죽었어. 하지만 키틀리 부인이 사본을 입수해서 사용하고 있어.

상황은 이래. 뉴에이지 호텔에 신성 효과의 '퓨즈'가 설치됐어. 밀폐된 상태고, 오로지 달에서, 키틀리 부인이 보내는 전파 신호만으로 작동시킬 수 있어. '퓨즈'는 기폭 회로가 작동하는 한 뚫고 들어가려는 어떤 시도에도 작동해 폭발하게 되어 있고. 전파로 내부를 들여다보려고 해도 폭발할 거야. 물리학자로서 하는 말인데, 먼저 달에서 기폭 회로를 파괴하지 않는 한 '신성' 폭탄을 해체하려는 어떤 시도도 먹히지 않을 것이며, 이 행성 전체가 극도로 위험해지기 때문에 그전에는 퓨즈를 제거하려고 시도해서는 안 된다는 게 내가 숙고한 끝에 내린 결론이야.

기폭 회로와 지구의 기폭 장치로 보내는 전파 중계기는 달에 있는 키틀리 부인의 개인 돔 내부 건물에 있어. 기폭 제어 장치는 키틀리 부인이 직접 보관해. 바로 그 제어 장치로 키틀리 부인은 기폭 회로를 일시적으로 해제할 수 있지. 그건 데드맨 장치*와 시한 장치의 조합으로 되어 있어. 최대 12시간까지 해제할 수 있어서 그동안 키틀리 부인이 잠을 잘 수 있지. 혹은 도중에 다시 해제를 풀 수도 있고. 그걸 끄지 않는 한 기폭 회

---

* 사용자가 의식을 잃거나 사망할 경우를 대비해 자동으로 안전장치가 작동하도록 만든 장치

로가 있는 건물에 침입하려고 시도하면 역시 '신성' 폭탄이 폭발하게 되어 있어. 제어 장치가 해제되어 있는 동안에는 달에 있는 건물을 힘으로 뚫고 들어갈 수 있지만, 경보가 울리면 키틀리 부인이 곧바로 재작동시켜서 폭발시킬 수 있어. 따라서 다음과 같은 일이 연속으로 일어나야만 하는 상황이야.

첫째, 키틀리 부인이 죽어야 해. 그리고 회로를 해제해야 해.

둘째, 기폭 회로와 전파 중계기가 있는 건물을 뚫고 들어가서 시한장치가 다시 해제를 풀고 폭탄을 터뜨리기 전에 회로를 파괴해야 해. 이건 속도를 요구하는 일이야. 경비원 때문이기도 하지만, 살아남은 키틀리 부인의 부하들이 폭탄의 통제권을 손에 넣어 권력을 잡으려고 할 테니까.

셋째, 기폭 회로가 파괴됐다는 소식이 지구에 도착하자마자 뉴에이지 호텔을 공격해서 '신성' 폭탄을 파괴해야 해.

넷째, 폭탄이 파괴되자마자 이론적으로 설계도를 가지고 '노바 효과'를 만들어낼 수 있는 사람을 전부 모이게 해야 해. 필름의 세 번째 사본을 포함해서 설계도가 완전히 사라졌다는 게 확실해지기 전까지, 그리고 나아가서 최면을 이용해 그 어떤 능력 있는 사람도 설계도가 없이 그 효과를 만들어낼 수 있을 정도의 지식을 갖추지 못하게 만들 때까지 경계를 풀어서는 안 돼. 이렇게 경계하다가 우리의 비밀스러운 상황이 드러날 수도 있지만, 위험을 감수해야 해. 질문 있나?"

"볼드윈." 길리드가 말했다. "지구가 신성이 되면 달도 폭발에 휘말리게 된다는 걸 키틀리 부인은 모르는 건가?"

"크레이터의 가장자리 벽이 키틀리 부인의 돔을 지구 방향에서 가로막고 있어. 키틀리 부인은 자기가 안전하다고 믿는 게 분명해. 악은 본질적으로 멍청하다고, 길리드. 아무리 영리하다고 해도 키틀리 부인은 믿고 싶은 것을 믿고 있는 거야. 아니면, 절대 권력이라는 유혹적인 포상을 위해 자신이 죽을지도 모를 위험을 감수할 생각인지도 모르고. 키틀

부인의 계획은 권력을 쟁취하고 자신이 평화의 대사제인지 뭔지 말 같지도 않은 종교지도자가 되는 거야. 지구의 황제가 되겠다는 걸 에둘러 표현한 거지. 전형적인 과대망상이지. 키틀리 부인이 미쳤다는 증거는 자신이 죽을 경우, 우리가 끼어들지 않는다면 몇 시간 뒤에 자동으로 지구가 확실히 파괴되도록 몸에 장치를 해놓았다는 거야. 키틀리 부인의 죽음은 언제라도 일어날 수 있는 일이지. 게다가 빨리 그렇게 되어야만 하는 이유도 있고. 지금까지 지구 전체를 정복해낸 사람은 없어. 공산주의자들도 그렇게 못 했지. 보아하니 키틀리 부인은 지구를 정복하기를 원할 뿐 아니라, 자기가 죽으면 지구가 파괴되기를 바라고 있어. 다른 누구도 똑같은 일을 하지 못하도록 말이야. 질문이 더 있나?"

볼드윈이 말을 이었다. "계획은 이래. 자네 두 사람은 달에 가서 알렉산더 코플리 부부의 가정부가 될 거야. 달 개척지의 엘리시안 요양소에서 사는 부유하고 나이 든 부부지. 그 두 사람은 우리 부류야. 노부부는 곧 지구로 돌아가기로 할 텐데, 자네 둘은 그곳이 마음에 들어서 남기로 해. 자네들은 누구든 귀환 보증을 서주기만 하면 그 사람을 위해 일하겠다고 광고를 하는 거야. 그때쯤 키틀리 부인은 고용인 한두 명을 잃게 되지. 그런 상황이 되게 만들 거야. 가정부는 달에서 가장 구하기 힘든 서비스니까 아마도 키틀리 부인이 자네들을 고용하게 될 거야. 그렇게 되지 않으면 작전을 바꿔줄 테고.

일단 돔 안에 들어가면, 알아서 임무를 수행할 수 있는 자리에 가도록 해. 두 사람 다 자리를 잡으면, 신속하게 첫 번째와 두 번째 절차를 진행하는 거야.

이미 잠입해 있는 맥긴티라는 사람이 소통을 도와줄 거야. 그 남자는 우리 부류는 아니지만, 우리 요원으로 텔레파시 능력자야. 능력이 그걸 넘어가지는 못하더군. 의사소통은 아마도 게일과 맥긴티는 텔레파시로, 맥긴티와 길리드는 비밀 무전기로 하게 될 거야."

길리드는 게일을 힐긋 바라보았다. 게일이 텔레파시 능력자라는 건 처음 알았다. 볼드윈이 계속 말했다. "게일이 키틀리 부인을 죽이고, 길리드는 건물 안으로 침입해서 회로를 파괴해. 떠날 준비 됐나?"

길리드가 임무를 바꾸자고 말하려 할 때 게일이 대답했다. "준비됐습니다." 길리드는 게일을 따라 대답했다.

"좋아. 길리드, 자네는 아이큐가 85 정도인 것처럼 행동해. 게일은 95로. 게일이 주도권을 잡고 있는 부부처럼 보일 거야." 게일이 길리드에게 웃어 보였다. "하지만, 길리드, 자네가 책임자야. 자네의 신분과 이력은 만들고 있는 중이니 곧 신분증과 함께 준비될 거야. 다시 한 번 말하지만, 가능한 한 빠르게 하는 게 중요해. 여기서 정부의 보안병력이 무모하게 뉴에이지 호텔을 공격할지도 모르니까. 그러지 못하도록 우리가 막거나 시간을 끌겠지만, 빨리 행동하라고. 행운을 빌어."

검은독거미 작전의 첫 번째 단계는 계획대로 흘러갔다. 11일 뒤 길리드와 게일은 달에 있는 키틀리 부인의 돔 안에 들어가 있었다. 두 사람은 고용인 구역에 있는 침실을 함께 썼다. 그 방에 처음 들어갔을 때 게일은 안을 둘러보더니 고속어로 말했다. "이제 나와 결혼해야 해요. 난 더럽혀졌으니까요."

"조용히 해요! 바보같이. 누가 들으면 어쩌려고요."

"풋! 나한테 천식이 있다고 생각하겠죠. 여자로서 내 평판을 고향과 조국을 위해 희생한다는 게 참 고귀한 일이라고 생각하지 않아요, 길리드?"

"평판이랄 게 있었나?"

"가까이 와봐요. 때려버리게."

고용인의 방조차 호화로웠다. 키틀리 부인의 돔은 쾌락주의자의 꿈이었다. 키틀리 부인의 저택이 서 있는 부분을 제외한 바닥은 전체가 대단히 아름다운 정원이었다. 저택 반대쪽, (아마도 달에 있는 유일한 호수일) 작은 호수 건너편에는 회로가 있는 건물이 있었다. 그 건물은 작은 도리아 양식의 그리스 신전으로 위장하고 있었다.

돔 자체는 검은 하늘과 무정한 별빛을 막아버린 채 24시간 중 15시간을 비스듬히 비추는 빛으로 불을 밝혔다. '밤'에는 불빛이 서서히 어두워졌다.

맥긴티는 정원사였고, 자기 일을 즐거워하는 게 눈에 보였다. 게일은 맥긴티와 텔레파시로 접촉해 조금이나마 알고 있는 내용을 전달받았다. 길리드는 자기 역할에 따라 만나야 할 때를 제외하고는 그를 만나려 들지 않았다.

고용인을 모두 합하면 2백 명이 넘었는데, 돔과 장비를 책임지는 엔지니어나 키틀리 부인의 개인 조종사부터 정원사의 조수까지 나름대로 사회적 위계가 있었다. 길리드와 게일은 실내에서 일하는 직종이었으므로, 중간쯤에 있었다. 게일은 악의 없이 장난을 많이 치지만 항상 연상의 순둥이 남편을 돕는 마음씨 좋은 아내라는 평판을 얻었다. '결혼'하기 전에는 미용실을 운영했었다는 것 같았다. 그래서인지 아픈 허리와 뻣뻣한 목을 주물러 두통을 가시게 하고 수면을 유도하는 기술이 탁월했다.

가정부로서 게일이 맡은 영역은 아직 고용주와 가까이 만날 기회가 없는 일이었다. 그러나 길리드는 '밤'에 화분을 모두 '실외'로 내놓아야 하는 일을 맡았다. 집사인 제임스 씨에 따르면 키틀리 부인은 '밤'에는 화분이 실외에 있어야 한다고 생각했다. 그렇게 길리드는 돔이 어두울 때 건물 밖으로 나올 수 있는 자격을 얻을 수 있었다. 이미 그리스 신전의 야간 경비원이 금지 품목인 담배를 몰래 피우러 갈 때 이따금 길리드에게 '대타'를 뛰어달라고 하는 수준까지 이르러 있었다.

맥긴티도 한 가지 중요한 사실을 알아내주었다. 신전에는 경비원만 있는 게 아니라 건물 자체에도 자물쇠와 장갑판이 있었다. 그리고 기폭 회로에는 부비트랩이 설치되어 있었다. 설령 지구에 있는 '신성' 폭탄의 기폭 회로 역할을 하지 못한다고 해도 건드렸다가는 그 자체가 폭발한다는 뜻이었다. 게일과 길리드는 방 안에서 이 문제를 논의했다. 게일은 애정이 넘치는 아내처럼 길리드의 무릎 위에 앉아서 길리드의 왼쪽 귀에 입술을 가까이 대고 말했다. "어쩌면 몸을 노출하지 않고 문 쪽에서 부숴

버릴 수 있을지도 몰라요."

"확실하게 해야 해요. 그 비밀 장치를 끌 방법이 분명히 있을 거예요. 수리하거나 교체하려면 키틀리 부인이 꺼줘야 할 테니까요."

"끄는 장치는 어디 있을까요?"

"키틀리 부인의 다른 계획과 맞아떨어지는 장소는 하나예요. 해제 스위치와 기폭 스위치가 함께 그 여자 손안에 있겠죠." 길리드는 반대쪽 귀를 문질렀다. 그곳에는 맥긴티와 연결된 단거리 무전기가 들어 있었다. 그 때문에 거의 언제나 귀가 간지러웠다.

"흠, 그러면 이제 한 가지만 남았군요. 내가 키틀리 부인을 죽이기 전에 그걸 빼내야겠어요."

"어떻게 될지 봅시다."

다음 '저녁' 식사 직전에 게일이 방에서 길리드를 찾았다. "됐어요, 길리드. 됐다고요!"

"뭐가 돼요?"

"부인이 미끼를 물었어요. 비서에게 내 마사지 기술 이야기를 들었어요. 오늘 오후에 시범을 보이라고 해서 불려 갔고요. 이제 오늘 밤 키틀리 부인이 잠들 때까지 마사지를 하라는 엄명을 받은 상태라고요."

"그러면 오늘 밤이군요."

✳

맥긴티는 자기 방에서 방문을 잠그고 기다렸다.

길리드가 뒷문 현관에서 제임스 씨에게 지루한 이야기를 끊임없이 늘어놓으며 시간을 끌었다.

귓속에서 목소리가 들렸다. "지금 방 안으로 들어갔어요."

"…그렇게 해서 제 동생이 동시에 두 여자랑 결혼하게 됐다니까요." 길리드가 이야기를 끝맺었다. "아주 재수가 없었죠. 부인께서 물어보시기 전에 이 화분들을 밖에 내놓는 게 좋겠네요."

"그래야겠군. 잘 자게."

"안녕히 주무세요, 제임스 씨." 길리드가 화분 두 개를 집어 들고 비척거리며 밖으로 나갔다.

화분을 밖에 내려놓자 계속 소리가 들렸다. "이제 마사지를 시작한다고 합니다. 원격 전환 장치를 찾았어요. 그 늙은이가 차고 있지 않을 때면 침대 옆 탁자에 두는 벨트에 있답니다."

"부인을 죽이고 그걸 가져오라고 해요."

"먼저 부비트랩 장치를 끄는 방법을 알아내려고 한답니다."

"지체하지 말라고 전해줘요."

갑자기 길리드의 머릿속에서 종소리처럼 맑고 달콤한 게일의 목소리가 실제 말하는 것처럼 들렸다. 「길리드, 당신 목소리가 들려요. 내 말이 들려요?」

「들려요, 들려요!」 길리드가 큰 소리로 덧붙였다. "그래도 무전 대기하고 있어요, 맥긴티."

「오래 걸리지 않아요. 내가 부인을 아주 고통스럽게 하고 있으니까요. 곧 털어놓을 거예요.」

「아주 아프게 해줘요!」 길리드가 신전 건물을 향해 달리기 시작했다.

「게일, 아직 남편감을 찾고 있나요?」

「찾았어요.」

「나와 결혼해요. 토요일 밤마다 사랑해줄게요.」

「날 사랑할 수 있는 남자는 아직 태어나지 않았어요.」

「어디 한번 해보자고요.」 길리드는 경비실 근처에서 속도를 줄였다.

"어이, 짐!"

"오, 길리드, 이 친구 아닌가! 성냥 있나?"

"여기." 길리드가 손을 내밀었다. 그리고 쓰러지는 경비원을 잡아 부드럽게 땅에 눕힌 뒤 계속 의식을 잃고 있도록 확실히 조치했다. 「게일, 지금이에요!」

머릿속에서 아주 당황해하는 목소리가 들렸다. 「길리드! 부인이 너무 끈질겼어요. 말을 하지 않았어요. 지금은 죽었고요!」

「좋아요! 벨트를 가지고 회로를 부숴요. 그리고 또 뭐가 있는지 살펴봐요. 난 이제 들어가요.」

길리드는 신전의 문을 향했다.

「해제했어요, 길리드. 시간 설정이 있어서 찾을 수 있었어요. 하지만 다른 건 알 수가 없어요. 아무 표시도 없고 다 비슷하게 생겼어요.」

길리드는 주머니에서 볼드윈이 세심한 계획에 따라 건네준 작은 물체를 꺼냈다. 「전부 다 지금 위치 반대로 비틀어버려요. 아마 부술 수 있을 거예요.」

「아, 길리드, 제발 그렇게 되기를!」

길리드는 그 물체를 자물쇠에 장착했다. 가장자리의 금속이 빨갛게 변하더니 녹기 시작했다. 어디선가 경보가 울렸다.

게일의 목소리가 다시 머릿속에서 울렸다. 다급했지만, 두려운 목소리는 아니었다. 「길리드! 밖에서 문을 두드리고 있어요. 난 갇혔어요.」

"맥긴티! 우리 증인이 되어줘요!" 길리드가 말을 이었다. 「나, 조셉 길리드는 게일을 법적인 아내로 맞아들일 것을….」

고요한 목소리로 대답이 돌아왔다.

「나, 게일은 조셉 길리드를 법적인 남편으로 맞아들일 것을….」

「믿음을 다해 함께할 것을.」 길리드가 계속 말했다.

「믿음을 다해 함께할 것을, 내 사랑!」

「좋을 때나 나쁠 때나….」

「좋을 때나 나쁠 때나….」 머릿속에서 들리는 게일의 목소리는 노랫말 같았다.

「죽음이 우리를 갈라놓을 때까지. 열었어요, 여보. 난 들어가요.」

「죽음이 우리를 갈라놓을 때까지! 침실 문을 부수고 있어요, 내 사랑 길리드.」

「잠깐만요! 거의 다 왔어요.」

「문이 부서졌어요, 길리드. 나를 향해 오고 있어요. 잘 있어요, 여보! 난 아주 행복해요.」 갑자기 게일의 '목소리'가 끊겼다.

길리드는 기폭 회로가 들어 있는 상자를 마주 보고 서 있었다. 귓가에서 계속 경보음이 들렸다. 길리드는 주머니에서 또 다른 장치를 꺼내 사용했다.

상자를 산산조각 낸 폭발은 그대로 길리드의 가슴을 강타했다.

금속 표지에는 다음과 같은 글귀가 쓰여 있었다.

이곳에서

모든 인류를 위해

목숨을 바친

길리드와 게일 부부를

기념하며.

불쌍한 아빠

Poor Daddy

고호관 옮김

✦ 1949년 〈콜링 올 걸즈(Calling All Girls)〉에 발표

엄마는 뭔가를 하기에는 너무 바빴다. 그래도 더 많은 일을 계속 받아들였다. 그 일도 다 해낼 수 있었다. 그게 할머니가 '숙녀다운'이라고 불렀을 만한 일인지는 상관없었다.

엄마는 사실상 우리 새집을 지었다. 우리가 이사했을 때 아직 '새'집이 아니었을 뿐. 약 3개월 동안은 버터스카치 푸딩에서 송진 냄새가 나곤 했다. 혹은 엄마가 새 전기선을 까는 동안 아빠가 투덜거렸다. 전기면도기를 쓸 수 없는 건 상관없지만, 다른 면도기를 전선 껍질을 벗기는 데 쓰지만 않아주면 좋겠다고.

엄마는 아빠 말을 귓등으로도 듣지 않고, 계단 같은 것을 새로 만들고 있곤 했다.

마침내 집이 완성되었다. 자동차를 안에 넣을 수 있도록 차고를 치우는 일과 새로 만든 욕실의 배관을 덮는 일, 그리고 엄마가 쇠고기찜이 완성되기를 기다리는 동안 할 수 있는 몇 가지 일만 빼고. 그러나 엄마에게는 주일학교에서 가르치는 일과 공동체 모금 운동을 관리하는 일, 아빠가 셔츠를 갈아입고 엄마가 그린 그림과 엄마가 쓴 연극을 챙겨보는 모습을 지켜보는 일 말고는 할 일이 전혀 남지 않았다.

아빠는 엄마에게 지적인 수양을 하는 건 어떻겠냐고 말했지만, 엄마는 허튼소리 말라고, 우리 가족에서 지적 수양을 하는 사람은 아빠만으로 충분하다고 했다. 아빠는 여러 부족의 관습이나 유카탄 반도의 문화 같은 것에 관해 지독할 정도로 공부한 사람이다. 게다가 엄마는 자기 책꽂이를 개조해 진공청소기 수납이나 싱크대 찬장에 썼기 때문에 이미 지적인 수양을 하는 셈이라는 점을 지적했다. 엄마에게 필요한 건 운동이었다.

아빠가 함께 낚시를 가자고 했지만, 엄마는 아빠처럼 물고기에게 방해하지 말라고 종용하는 식으로 하는 건 운동이 아니라고 했다. 아빠는 물고기는 운동을 충분히 하고 있으며, 자기가 뭐라고 온갖 혜택을 강요하느냐고 말했다. 아빠는 신입생들이 웃는다는 이유로 그런 식으로 말했다.

어쨌든 그래서 우리는 피겨 스케이팅을 선택했다.

아빠는 말고. 엄마와 남동생과 나만 하기로 했다. 아빠는 옛날에 한번 스케이트를 타보려고 했는데 발목이 약해서 그만두었다며, 가서 즐겁게 타라고 말했다. 그리고 가족형 상해보험에 가입한 뒤 잊어버렸다.

나는 한번 넘어지면 바지가 젖는다는 점만 빼고 피겨 스케이팅이 마음에 들었다. 어떤 얼음은 '드라이아이스'라고 부르는데, 스케이트를 타는 얼음은 왜 그렇게 안 부르는지 알 수 있었다. 동생은 사람들과 부딪히고 다니면서 어른들에게 성가신 존재가 될 수 있어서 마음에 들어 했다. 하지만 엄마는 마치 지금까지의 삶이 이것을 위한 준비 과정이었다는 것처럼 빠져들었다.

엄마는 끝내 스쿨 피겨*를 잘 익히지 못했다. 엄마의 스타일은 8자를 간신히 그릴 정도의 좁은 얼음판에 갇혀 있을 수 없었다. 하지만 아이스 댄싱은 좋아했다. 탱고와 왈츠를 추었고, 우리 클럽이 아이스 축제를 기

---

* 일정한 도형을 그리며 활주하는 것

획하자 나서서 지휘하기 시작했다. 그게 다 내가 포틴스텝 중 모호크를 익히려고 애쓰고 있을 때 벌어진 일이었다. 포틴스텝은 처음으로 배우는 아이스 댄스다. 나는 엄마에 비해 속절없이 뒤처져버렸다. 바람직한 일은 아니었다. 그래도 모호크를 어려워한 결과 클리프가 내 인생에 들어올 수 있게 되었다.

모호크는 인디언 이름이 아니다. 뭐, 클리프도 마찬가지지만. 모호크는 한쪽 발의 한쪽 에지로 가다가 다른 쪽 발의 비슷한 에지로 바꾸며 방향을 앞에서 뒤로 바꾸는 기술이다. 설명이 모호하지만, 어쨌든 가능한 한 빨리 앞으로 가다가 갑자기 방향을 바꿔서 뒤로 타는 것이다. 그동안 파트너는 발을 교차하고 있고, 나는 가까이 안겨 있다. 그리고 코너를 도는 동안 나는 앞을 볼 수 없다.

양쪽 무릎을 탈구시키면 도움이 될 것 같았다. 사실 어차피 그렇게 될 것 같았다. 나는 아빠에게 설명했지만, 아빠는 휠체어에 앉을 게 아니라면 실용적인 방법으로 들리지 않는다고 말했다.

✳

내가 왜 그렇게 끈질겼는지 궁금할 것이다. 음, 애초에 클리프가 내게 자신을 소개하고 가르침을 시작했던 게 내가 모호크와 사투를 벌이고 있었기 때문이었다. 그건 좋았다. 그다음으로는, 사랑은 한 남자가 형편없는 스케이팅 파트너를 90일 동안, 만약 진정한 사랑이라면 6개월까지도 참을 수 있게 한다고 사람들이 말하곤 했기 때문이다. 이건 좋지 않았다. 그렇다면 내가 모호크를 완전히 익힐 수 있는 시간이 최대 반년이라는 소리였다. 그게 안 되면 클리프는 잊어버리고 착한 일이나 하고 다녀야지.

그 모호크에서 거의 막힐 뻔했지만, 클리프는 아주 인내심이 많았다. 내 부츠가 잘 안 맞는 게 문제일지도 모른다며 뒤꿈치 안감을 사주었다. 나는 마침내 그럭저럭 모호크를 익혔고, 클리프는 다른 것을 가르쳐주기 시작했다.

엄마는 모호크에서 조금도 애먹지 않았다. 모호크를 지나 그보다 훨씬 까다로운 폭스트롯의 컷오프를 배우고 있었고, 일고여덟 가지의 다른 동작을 금세 익혔다. 엄마가 춤을 잘 춘다고는 할 수 없었지만, 춤을 출수는 있었고 필요하면 파트너를 들어 올릴 수도 있었다. 엄마는 작지만 강했다. 나는 좀 더 풍만한 유형이었다. 엄마는 자신만의 기운찬 스타일을 개발했다. 우리 클럽의 강사는 엄마의 동작을 매끄럽게 만들어주는 걸 포기하고 원하는 대로 가능한 한 빨리 새 기술을 배우게 내버려두었다. 엄마에게 딱 맞는 일이었다.

3월에 아빠가 아이스 축제에 와서 춤추는 모습을 구경했다. 아빠는 엄마의 의상이 예쁘다고 칭찬했다. 그 의상은 당연히 엄마가 직접 만든 것이었다. 하지만 춤추는 모습에는 멈칫했다. 엄마는 얼음판 위에서 아주 인기가 좋았다. 클리프조차도 나보다는 엄마와 추고 싶어 했다. 나는 자신의 가족인 엄마가 인기 있다는 사실에 아빠가 자랑스러워해야 한다고 여겼는데, 오히려 아빠는 생각에 잠긴 표정이었다. 아빠는 부부만 탱고를 추게 해야 한다고 말했다. 아니면 적어도 약혼했거나, 혹은 그와 비슷한 사이일 때만.

엄마는 코웃음을 쳤다.

그 뒤로 아빠는 아이스링크에 한두 번 들러 엄마가 춤추는 모습을 지켜보았다. 학교가 방학에 들어가자 아빠는 엄마에게 함께 가자고 조르지도 않은 채 장기 낚시 여행을 떠났다. 나는 걱정이 되었다. 하지만 엄마는 아빠가 현실을 받아들이고 있다고 말했다. 보통 아빠는 현실이 아빠를 받아들이게 만들어왔다. 이상한 기분이었다. 청소년에게 안정적인 가정환경이 얼마나 중요한지는 모든 교과서뿐만 아니라 아빠가 숨겨놓고 보여주지 않으려 하는, 좀 더 흥미로운 심리학 연구에도 나와 있다. 나는 주위를 좀 더 유심히 관찰해야겠다고 생각했다.

아빠는 콜로라도의 그린마운틴폴즈 소인이 찍힌 카드와 냉동 포장한 물고기 몇 마리를 보내왔다.

돌아온 아빠는 스케이팅에 관심을 보이더니 엄마의 《피겨 스케이팅 입문》을 빌려 갔다. 어느 날 저녁, 엄마와 남동생과 내가 아이스링크에서 돌아왔을 때 아빠는 그 책을 내려놓더니 이렇게 선언했다. "여보, 나는 피겨 스케이팅이 근본적으로 단순하다는 결론을 내렸어."

엄마는 신중하게 대답했어야 했다. 엄마가 말했다. "그래, 여보? 잘됐네." 그리고 저녁을 준비하러 나갔다.

"그래." 아빠가 따라가며 말했다. "간단한 물리학이야. 주로 각운동량 보존 법칙에 반동을 얻는 패턴과 관련된 법칙 몇 개가 들어가. 피겨 스케이팅은 각각의 움직임을 분석하고 처음에 정확하게 하기만 하면 빨리 배울 수 있을 거야. 정신 상태만 적합하다면 누구나 금세 기술을 배울 수 있다고."

"흠." 엄마가 말했다. "당신이 발견한 원리라면, 당신이 직접 할 수 있겠네?"

"물론이지." 아빠가 말했다. "보통 스케이트는 정신적으로 규율이 잡히기 전인 아주 어린 시절에 배우지. 혹은 그와 반대로 나이 든 사람이 배우기도 하는데, 체계적이지 못하고 아무렇게나 배워. 내가 그걸 보여 줄 시간이 있으면 좋겠군. 하지만 내가 분석한 결과 그 원리는 분명해."

그렇게 해서 우리는 돌아오는 금요일에 다 함께 아이스링크로 갔다.

엄마는 아빠가 신을 스케이트를 고르기 시작했다. 아빠가 가게 밖에서 손짓으로 엄마를 부르더니 말했다. "난 이걸 체계적으로 해야겠어. 다들 얼음 위에서 보자고."

난 엄마가 그렇게 안절부절못하는 모습을 처음 보았다. "너희 아빠는 왜 그렇게 애 같으냐! 모린, 넌 아빠가 얼음판 위에 올라갈 때 도와줘. 지금 네 아빠 기분으로 봐서는 내가 돕지 못하게 할 거야. 어떡해! 내가 아직 부목 대는 법을 기억하고 있으려나 모르겠네?"

"다리보다는 머리를 다칠 것 같은데요." 내가 말했지만, 엄마에게 위안이 되지는 못했다.

내가 도와줄 기회는 없었다. 아빠는 우리 클럽 강사인 스웬슨 씨와 함께 있었다. "내가 전화로 스웬슨 양에게 도와달라고 했어." 아빠가 엄마에게 말했다. 그리고 책에 쓰여 있는 그대로 토픽*을 디디며 얼음 위로 내려왔다.

스웬슨 씨는 엄마를 향해 웃어 보이며 말했다. "걱정하지 마세요. 제가 보고 있을게요."

엄마가 말했다. "누가 걱정된대요?" 그리고 휙 가버렸다. 화가 난 듯했다.

스웬슨 씨는 초보들이 연습하는 구역으로 아빠를 끌고 갔다. 그리고 나를 향해 다정하게 말했다. "자, 어디 다른 데 가서 타고 있으렴, 모린. 아빠는 여기 없다고 생각해." 나는 눈치가 빠른 사람이다. 나는 내가 타는 데로 가서 인사이드 에지를 연습했다.

엄마가 내 쪽으로 왔다. "아빠 괜찮니?" 엄마가 물었다.

"괜찮겠죠. 스웬슨 씨랑 있으면 다치지는 않잖아요."

"내가 가서 어떻게 하고 있는지 봐야겠다."

"저라면 안 가겠어요." 내가 말했다. "저는 쫓겨났거든요. 구경꾼은 싫은가 봐요."

엄마가 말했다. "정신없어서 날 보지도 못할걸." 엄마는 얼굴이 빨개져서 돌아오더니 미친 듯이 루프를 연습하기 시작했다.

곧 배경음악이 흘러나오기 시작했다. 엄마는 화장과 자신감을 복구하러 탈의실로 들어갔다. 첫 번째 춤은 포틴스텝이었다.

아빠와 스웬슨 씨가 댄스 플로어로 나왔다. 정말로 다른 사람들과 춤을 추려고 줄을 맞추어 섰다!

나는 눈을 감고 생각했다. '제발, 아빠가 저러지 않게 해주세요. 넘어지지 않게 해주세요. 아빠는 갈기갈기 찢기고 말 거예요.' 포틴스텝은 무

---

* 스케이트 날 앞쪽의 톱니 모양

지막지하게 빠르다. 만약 넘어진다면, 신호등에 잡혀 도로 한가운데 서 있는 것과 같다.

마침내 나는 내가 고아가 될 운명인지 확인하기 위해 눈을 떴다. 클리프가 내게 다가와 말했다. "이번 거 탈래, 푸딩?"

나는 앞으로 결코 스케이트를 못 타게 될지 모른다고 말하고는 아빠를 찾으려고 애썼다. 마침내 얼음 위 저쪽에 있는 아빠를 보았다. 아빠는 4박자 롤*을 하며 아이스링크 저편으로 움직이고 있었다. 그리고 아빠는 정말로 스케이트를 타고 있었다. 그렇다고 할 수 있었다. 아빠보다 스케이트를 잘 타는 서커스 곰을 본 적이 있지만, 어쨌든 아빠는 스케이트 위에 있었다. 나는 스웬슨 씨가 생각보다 힘이 센 게 분명하다고 생각했다.

아직 턴을 해야 하는 곳이 남아 있었고, 그게 머지않은 상태였다. 여성의 모호크는 영원히 내 골칫거리로 남은 채여도 괜찮지만, 남성의 모호크는 대단히 중요하다. 그리고 바로 턴할 때 해야 하는 동작이다. 나는 시신을 확인할 마음의 준비를 했다.

그러나 아빠가 그 동작을 넘겼다. 스웬슨 씨는 아빠가 추가로 내디딘 몇 걸음을 보완하기 위해 즉흥적으로 움직이고 있었다. 아빠는 박자를 놓치지도 않고 코너를 돌았다. 나는 환호하고 싶었지만, 입이 말라 있었다.

엄마가 나타났다. "모린, 네 아빠 어딨니?" 엄마는 물었다.

내가 손으로 가리켰다. 두 사람은 얼음 위를 움직이고 있었다. 아빠의 이번 롤은 더 깊숙했다.

엄마가 정신을 잃으려는 모습을 본 건 그때가 유일했다. 엄마는 간신히 버텼지만, 갑자기 축축한 얼음 위에 주저앉지 않도록 내가 잡아주어야 했다. 음악이 멈추고 아빠가 혼자 스케이트를 타고 다가왔다. "여보." 아빠가 엄마에게 말했다. "이다음이 탱고인데, 나와 함께 해보겠어?"

엄마가 아빠를 붙잡았다. "찰스!" 날카로운 목소리였다. "당장 나와!

---

* 피겨 스케이팅의 기초적인 동작으로 음악에 맞추어 방향을 바꾸면서 발을 바꾸는 것

죽으려고 작정을 했어. 저 여자가 뭘 믿고 당신을 저 복잡한 데로 데리고 나간 건지 모르겠네!"

"조용히 해, 여보." 아빠가 말했다. "안 다쳤으니까. 나와 탱고를 출 거야, 아니면 강사랑 춰야 하는 거야?"

"당신 탱고 못 추잖아!"

"패턴을 자세히 연구했다니까. 동작을 그럴듯하게 따라 할 수 있을 거야."

두 분은 탱고를 추었다. 잘하지는 못했지만, 아빠는 패턴을 외운다는 등의 이상한 소리를 하지 않았다. 사실 나도 그보다 딱히 나을 게 없었다. 부모님을 보겠다고 엉뚱한 타이밍에 클리프와 자리를 바꾸어댔다.

우리는 말없이 집으로 향했다. 도착하자 나는 남동생을 옆으로 데려가 물었다. "아빠의 스케이트 실력이 어떤 것 같아?"

"응? 아빠는 최악이야."

"아빠가 스케이드를 탄다는 것 자체가 신기하지 않아?"

"왜?" 동생으로부터 끄집어낼 수 있는 답은 그게 다였다.

사흘 뒤에야 나는 아빠와 그 이야기를 할 수 있었다. 사실을 파악하는 데 그만큼이 걸렸기 때문이다. 나는 남몰래 아빠와 있게 됐을 때 말했다. "아빠, 걱정스러운 게 있어요."

"뭐니, 푸딩? 아빠가 도와줄 수 있을까?"

"어쩌면요. 저보다 경험이 많으시니까."

"괜찮아, 괜찮아. 무슨 이야기를 하고 싶은 거니?"

"음, 다른 사람을 속이는 사람을 어떻게 생각하세요?"

"상황에 따라 다르지. 예를 들어, 크리스마스나 생일 직전의 거짓말은 정당화할 수 있으니까."

"아." 나는 생각해보았다. "그게 어떤 유형에 속하는지는 모르겠어요."

"음, 말해봐."

"좋아요. 아빠 논리학책을 보면 명백한 사실이 서로 모순을 일으키면 소위 사실이라고 하는 게 진짜 사실인지 검증해야 한댔어요. 저는 아빠가 집으로 보낸 생선이 그린마운틴폴즈의 호수에서 나온 게 아니라고 믿을 만한 이유가 있어요."

"누가 거기서 나왔댔니? 낚시할 수 있는 곳은 많아."

"그렇겠죠. 그린마운틴폴즈와 브로드무어가 둘 다 콜로라도스프링스 근처에 있다는 사실이 떠올랐어요."

"계속해봐."

"브로드무어 하니까 매년 여름 그곳의 아이스 팰리스에서 피겨 스케이팅 강좌를 연다는 게 생각났고요."

"그런데?"

"그렇게 추측하다 보니, 스웬슨 씨가 센터빌에 있는 아이스링크에서 아침마다 수업한다는 게 떠올랐고, 아빠가 요즘은 오전 수업이 없다는 것도 생각났어요."

"흠…. 스웬슨 양이 네 추측에 흥미를 보이디?"

"아, 스웬슨 씨는 공략하기 불가능해요! 하지만 아빠, 스케이트 상점의 조지는 그렇게 어렵지 않죠. 클리프가 수를 좀 썼더니 최근에 스케이트 몇 개가 콜로라도스프링스에서 배송되어 왔다는 걸 떠올렸어요. 5달러를 주니까 그게 누구 것인지 기억이 날 것 같다고 하던데요."

"클리프에게 쓸데없이 돈 낭비하지 말라고 해라. 이렇게 캐묻고 다니는 목적이 뭐지, 젊은 아가씨? 네 엄마가 생각한 거야?"

"아니에요, 아빠! 엄마는 당황하고 있어요."

"그러면 왜…."

"처음에는 그냥 호기심 때문이었어요. 그런데…."

"그런데?"

"사실을 알고 난 뒤에도 이유를 알 수 없었어요. 왜 비밀로 한 거예요? 털어놔요, 아빠."

✳

아빠는 잠시 파이프에 담배를 채웠다. "네가 내 입장이라고 생각해봐라, 푸딩아. 네가 꿈꾸던 여자를 얼음판 위에서 재주 좀 부리는 젊은이들이 쫓아다닌다고 생각해봐. 너라면 어떻게 하겠니?"

"어, 스케이트를 배우겠죠." 나는 반사적으로 대답했다. 그리고 정신이 아득해졌다. 상상해보라! 아빠 나이에 질투라니! 로맨스라니!

"그래. 하지만 공개적으로 하지는 않을 거야. 맨날 넘어지고 네 엄마가 나를 내려다보면서 내가 운동신경이 없다는 둥의 소리를 하고 있으면 안 될 일이지. 내가 용감하지 않았니? 나는 엄마를 놀라게 해야 했어."

"아. 알겠어요, 아빠."

그걸로 이야기가 끝이었어야 하는데, 한 가지 더 마음에 걸리는 게 있었다. "어, 아빠…."

"그래, 푸딩아?"

"아빠가 남녀 사이에서 스케이트가 가질 수 있는 중대한 상징적 중요성을 이해했다니 기뻐요. 그러면 이제…." 나는 말을 멈췄다. 난 아직 아빠에게 클리프에 관해 아무것도 이야기할 수 없었다. 클리프가 아직 자신이 나와 결혼할 거라는 사실을 몰랐기 때문이다. 남자들은 아주 복잡하다.

아빠가 눈썹을 추켜올렸다. "이제 뭐, 푸딩아? 그리고 그런 어려운 말은 어디서 배웠니? 나한테서는 아닐 텐데."

"아니죠. 아니, 맞아요." 나는 머뭇거렸다. 이건 까다로운 일이 될 것이다. "음, 아빠, 요점을 말하자면, 제가 조사하다가 아빠 스케이트를 살펴봤어요. 아주 멋지더라고요. 제가 아빠처럼 스탄지오네 부츠하고 올림피아드 날을 썼더라면, 정말 빨리 실력이 늘지도 모르는데 말이에요. 물론 이 무서운 비밀은 지킬게요." 나는 서둘러 덧붙였다.

"협박이냐!" 아빠가 말했다. "푸딩아, 옛날엔 그보다 사소한 일로 사형당하기도 했어."

"그렇겠죠. 아빠."

"너는 거의 다 커서 엉덩이를 때려줄 수도 없고."

"그렇게 생각하신다니 다행이네요, 아빠. 그러면 모든 게 간단해지죠."

"거의라고 했잖아. 하지만 너도 점점 크고 있고 돈을 쓸 일도 많겠지. 용돈을 올려줘야겠다. 그리고 네가 스케이트가 필요하면 내가 가불해주고 나중에 그만큼을 빼고 주지."

"이건 우리 둘만의 약속이에요, 아빠?"

아빠는 고개를 저었다. "맘대로 해라. 도덕적인 문제는 너 스스로 판단해야 할 거야."

우리 아빠는 참 다정하다.

클리프와 칼로리

Cliff and the Calories

고호관 옮김

아빠에 따르면, 나는 움직이지 않는, 심지어는 천천히 움직이는 모든 것을 먹어치울 거라고 한다. 하지만 엄마는 터무니없는 소리라고 했다. 그저 신진대사율이 높을 뿐이라고.

아빠가 대답했다. "검사해보지 않았는데, 어떻게 알아? 푸딩아, 옆으로 서봐. 한번 보게."

동생이 말했다. "누나는 앞이랑 옆이랑 똑같아요." 그러고는 우디 우드페커*가 냈을 법한, 아니 그보다 더 끔찍한 소리로 웃어댔다. 두 살에서 열여섯 살 사이의 인간 수컷은 도대체 뭐하러 존재하는 걸까? 더 크면 견딜 만해지고, 꼭 필요한 존재가 되기도 하지만(적어도 클리프 없는 삶은 상상하기 어려우니까), 동생은 절대 쓸모 있는 인간이 될 것 같지 않았다.

여하튼 그렇게 나는 다이어트를 시작했다.

시작은 클리프 때문이었다. 거의 그랬다. 나는 클리프와 결혼할 작정이었다. 아직 클리프에게 이야기만 안 했을 뿐이었다. 클리프의 진심을

---

* 1940년대에 나온 미국 만화영화의 캐릭터. 우리나라에는 딱따구리로 알려져 있다.

의심할 일은 한 번도 생기지 않았지만, 나는 가끔 클리프가 나의 어떤 면을 가장 매력적이라고 생각하는지 궁금할 때가 있었다. 내 성격이나 성향, 진정한 가치, 혹은 소위 말하는 육체적 특성 같은 것 말이다.

욕실 저울에 올라가 보니 전자 때문이라는 생각이 들기 시작했다. 어쩌면 기분이 좋았어야 할 일이었지만, 난 아직 21인치 허리와 멋진 몸매를 다른 뛰어난 장점과 바꾸겠다는 여자애를 본 적이 없었다. 내가 끝내주게 아름다워지기를 바라는 건 아니지만, 가끔씩 들리는 남자들의 휘파람 소리가 나쁠 건 없으며 나를 으쓱하게 해준다.

얼마 전에 클리프의 관점을 시험해볼 기회가 생겼다. 학교에 나와 몸집이 똑같은 여자애가 나타났던 것이다. 우리는 치수를 비교했다. 요는, 클라리스가 보기 좋았다는 것이다. 둥글둥글하고 풍성해 보이긴 했지만, 괜찮았다. 나는 혼자 중얼거렸다. "모린, 클리프의 솔직한 생각을 들어볼 기회야."

나는 테니스 연습 시간에 클리프가 클라리스를 잘 볼 수 있게 만들었다. 그리고 테니스장을 나서면서 은근슬쩍 말했다. "새로 온 여자애 말이야, 클라리스라고. 몸매가 멋진 것 같아."

클리프는 어깨너머로 슬쩍 보더니 대답했다. "아, 그래. 발목 아래로는 괜찮지."

답을 얻었는데 마음에 들지 않았다. 클리프는 나 같은 몸매를 좋아하지 않았다. 내 성격과 별개로 내 몸매에는 끌리지 않았던 것이다. 그것이야말로 진정한 사랑이라고 생각하면 마음이 따뜻해져야 할 텐데, 그렇지가 않았다. 기분이 최악이었다.

그날 저녁 내가 감자를 한 접시만 먹겠다고 하자, 내 신진대사라는 주제가 다시 도마 위에 올랐다.

다음 날 나는 도서관에 가서 다이어트에 관한 자료를 찾아보았다. 그 주제에 관한 책이 그렇게 많은 줄은 미처 몰랐다. 마침내 나는 그럴듯해 보이는 책을 한 권 찾았다. 《먹으면서 날씬해지기》라는 제목이었다. 아주 훌륭한 아이디어로 보였다.

나는 책을 집으로 빌려 와서 공부했다. 책을 넘기면서 아무 생각 없이 과자와 치즈를 가져와 먹어버렸다. 그 책에는 열흘 동안 5킬로그램을 빼는 계획이 담겨 있었다. 식단이 상당히 빈약해 보였다. 한 달에 5킬로그램을 빼는 다른 계획도 있었다. 나한테는 이게 좋겠다고 생각했다. 무리할 필요는 없었다.

칼로리에 관한 내용도 있었다. 아주 간단하게 쓰여 있었다. 아이스크림 콘 하나는 150칼로리. 대추야자 세 개는 84칼로리.

소다 크래커에서 내 눈이 빛났다. 그건 칼로리가 높지 않을 것 같고, 실제로 그랬다. 한 개에 고작 21칼로리였다. 그리고 난 치즈를 찾아보았다.

계산하느라 머릿속이 어지러웠다. 그리고 등골이 서늘해졌다. 나는 아빠의 서재로 가서 우편 저울로 아직 내 배 속으로 들어가지 않은 치즈의 무게를 재보았다.

나는 세 번이나 계산했다. 사탕 몇 개를 포함해서 나는 670칼로리를 먹었다. 체중 감량 식단이 허용하는 하루 섭취량의 절반 이상이었다! 게다가 그건 저녁때까지 허기만 면하려고 먹은 것이었다.

나는 중얼거렸다. "모린, 이번에는 무리해야 되겠어. 너는 열흘 동안 죽어라 하고 다이어트를 해야겠다."

나는 이 일을 비밀로 하고, 눈앞에 놓인 음식 중에서만 골라서 먹으려고 했다. 하지만 지독한 국정 감사와 그보다는 좀 낫지만 가혹한 심문이 공존하는 듯한 우리 집에서는 그런 방식이 불가능했다. 식사 시간에 살짝 늦는 수법으로 크림토마토 수프는 피할 수 있었지만, 고깃국물을 거부하고 나자 그 책을 보여줄 수밖에 없었다.

엄마는 한창 자라는 여자애는 음식을 먹어야 한다고 말했다. 나는 내가 이미 수직 성장을 끝마쳤으니 이제는 수평 성장을 마칠 때라고 반박했다. 동생이 입을 열자 내가 그 안에 빵을 쑤셔 넣었다. 그러자 아빠에게 말할 기회가 생겼다. "앤드루스 선생님한테 가서 물어보자. 선생님이 괜찮다고 하면, 모린은 굶어서 살을 빼도 돼. 자유롭게 하면 되는 거야."

그래서 다음 날 나는 아빠와 함께 앤드루스 선생님의 진료실로 갔다. 어차피 예약이 되어 있었다. 아빠는 봄만 되면 지독한 감기에 걸렸으니까. 앤드루스 선생님은 아빠를 맞은편으로 보내 알레르기 같은 병에 전문인 그리브 선생님에게 진료받게 했다. 그리고 나를 보았다.

앤드루스 선생님은 나를 갓난아기일 때부터 알고 있었다. 그래서 나는 전부 털어놓았다. 심지어 클리프에 관해서도. 그리고 그 책을 보여주었다. 앤드루스 선생님은 책을 휘리릭 넘겨보고는, 내 체중을 재고, 심장 소리를 듣고, 혈압을 쟀다. "계속해봐." 앤드루스 선생님이 말했다. "하지만 한 달에 5킬로그램 감량 식단으로 하자. 강의실에서 기절하면 안 되니까."

어쩌면 나는 앤드루스 선생님이 내 의지력으로부터 나를 구해줄 수 있을지도 모른다고 생각했을지도 모른다. "운동은요?" 내가 기대하며 말했다. "저는 꽤 활동적이거든요. 그걸 상쇄하려면 좀 더 먹어야 하지 않을까요?"

앤드루스 선생님이 소리쳤다. "얘야, 초콜릿 우유 한 잔을 태우려면 얼마나 많이 걸어야 하는지 아니? 12킬로미터야! 운동은 도움이 되지만, 많이는 안 돼."

"이걸 얼마나 오래 해야 해요?" 내가 기어들어가는 소리로 물었다.

"네가 원하는 몸무게가 될 때까지. 아니면 네 개성이 사라질 때까지."

나는 입을 앙다물고 나왔다. 여자에게 몸매나 개성이 없다면, 남는 게 뭐가 있겠는가?

내가 돌아가자 엄마는 집에 있었다. 아빠가 엄마를 들어 올려 키스하더니 말했다. "이제 우리 둘 다 다이어트를 하게 생겼어!"

"둘?" 엄마가 말했다.

"봐." 아빠가 셔츠를 말아 올렸다. 팔뚝이 나란히 늘어선 빨간 점으로 덮여 있었다. 어떤 점은 다른 것보다 더 빨갰다. "난 알레르기가 있어." 아빠가 당당하게 말했다. "진짜 감기가 아니었어. 나는 사실상 모든 것에 알레르기가 있어." 아빠가 점 하나를 가리켰다. "이건 바나나야. 이건 옥수수고. 이건 우유 단백질이고. 그리고 이건 꿀 속에 있는 꽃가루야. 잠깐." 아빠가 목록을 주르륵 읊었다. "대황, 타피오카, 아스파라거스, 리마콩, 코코넛, 겨자, 우유, 살구, 비트, 당근, 양, 면실유, 양상추, 굴, 초콜릿. 자, 읽어봐. 자기가 해결해줘야 해."

"오늘 캠퍼스에 가서 가정영양학 저녁 수업에 등록하기를 잘했네. 이제부터 우리 가족은 과학적으로 먹게 될 거야." 엄마가 말했다.

그게 최악인 줄 알았다. 하지만 그렇지 않았다. 동생이 자기는 하키 연습을 하고 있으니 훈련용 식단으로 먹어야겠다고 말했다. 그건 곧 피가 뚝뚝 떨어지는 소고기와 통밀 토스트, 사실상 그것만을 뜻했다. 지난 시즌에 동생은 아무리 주머니에 납덩이를 넣어도 몸통 부딪히기에 필요한 몸이 되지 않는다는 사실을 깨달았다. 그리고 녀석은 다음 시즌에는 폴 버니언*과 고저스 조지**의 중간 어디쯤이 되겠다는 계획을 세웠다. 즉 식단을 관리해야 했다.

이제 엄마도 과학적인 식단으로 다이어트를 했다. 실제로 2주 동안 참석한 수업에서 배운 내용을 바탕으로 하고 있었다. 엄마는 여러 도표를 들여다보며 곰곰이 생각했고, 우리는 내가 웨스트사이드 주니어 다저스팀에서 2루수를 보다가 발목을 부러뜨려서 입원했을 때처럼 각자 다른 쟁반에 식사를 받았다. 엄마는 체형이 나 같은 여자애가 말괄량이여서는 안 된다고 했지만, 나는 말괄량이는 나 같은 체형이어서는 안 된다고 말했다. 어쨌든 클리프가 내 삶에 들어온 뒤로 나는 더 이상 말괄량이가 아니다.

어떻게 했는지는 모르겠지만, 엄마는 아빠의 금지 목록에 올라 있지 않은 재료를 찾아냈다. 야크 고기 스튜, 야자수잎 절임, 문어 카레 따위

* 미국의 전설에 등장하는 거인 나무꾼
** 20세기 초에 활약했던 미국의 레슬러

였다. 나는 아빠가 그 식품에 대한 알레르기 검사를 받았는지 물어보았다. "네 일이나 신경 쓰렴, 푸딩." 아빠는 말하고 사슴고기 파이를 더 먹었다. 나는 간신히 시선을 돌렸다.

엄마의 식단 역시 난해했지만, 매력이 덜했다. 엄마는 나와 동생에게 해초 수프나 으깬 밀, 익히지 않은 대황을 먹이려고 해보았지만, 우리는 각자 자신의 식단을 고수했다. 먹는 건 즐거운 일이지만, 어디까지나 그게 음식일 때 즐거운 법이다.

아침이 가장 쉬웠다. 아빠는 나보다 늦게 아침을 먹었다. 그 학기에는 10시 이후에나 수업이 있었다.

나는 우리 자라나는 운동선수 새싹이 챔피언의 아침을 게걸스럽게 먹어치우는 동안 침대에 누워 있다가 마지막 순간에 빠져나와 토마토주스 한 잔(28칼로리)을 마시고, 잠이 덜 깬 상태로 학교에 갔다. 그때쯤에는 뭘 먹고 싶은 마음이 들어도 이미 늦은 뒤였다.

나는 불쌍할 정도로 작은 도시락을 갖고 등교했다. 클리프도 도시락을 싸 오기 시작했고, 우리는 함께 소풍 온 것처럼 점심을 먹었다. 클리프는 내가 뭘 얼마나 먹는지 의식해본 적이 없었다.

나는 클리프가 의식하기를 원하지 않았다. 아직은 그랬다. 나는 졸업 무도회에서 내 새 드레스를 입은 모습을 보고 클리프가 기절하도록 만들겠다고 작정했다.

그게 잘되지는 않았다. 클리프는 기말시험 두 개를 빨리 치른 뒤 여름을 나기 위해 캘리포니아로 떠났다. 나는 무도회 날 밤에 내 방에서 셀러리(4칼로리)를 씹으며 인생에 관해 생각했다.

얼마 지나지 않아 우리는 여름 휴가를 준비했다. 아빠는 뉴올리언스에 한 표를 던졌다.

엄마가 고개를 저었다. "너무 더워. 게다가 당신이 크레올* 음식의 유

---

* 중남미에서 태어난 유럽인의 자손

혹에 빠지는 것도 싫고."

"내 생각이 바로 그거야." 아빠가 대답했다. "그 동네에 훌륭한 식당이 있거든. 당신도 여행하는 도중에는 식단을 유지할 수 없어. 실용적이지 않다고. 앙투안 식당이여, 내가 간다!"

"안 돼." 엄마가 말했다.

"돼." 아빠가 말했다.

그래서 우리는 캘리포니아로 갔다. 내가 온몸을 던져(아직 아주 무거웠다) 아빠와 한편을 먹으려던 참에 캘리포니아 이야기가 나왔다. 난 가을까지는 클리프를 만나지 못할 줄 알고 있었다. 부야베스*와 새우 노픽에 관한 생각을 머리에서 밀어냈다. 결국 클리프가 이겼다. 하지만 내가 바라던 것보다는 근소한 차이였다.

룰루랄라 떠나는 즐거운 여행과는 거리가 멀었다. 동생은 아령을 가져가지 못해서 심술이 났고, 엄마는 도표와 참고 도서와 식단표를 한가득 짊어지고 갔다. 중간에 쉬어 갈 때마다 엄마는 요리사와 개인적으로 이야기를 나누는 등의 길고 긴 상담에 들어갔고, 우리는 갈수록 배가 고파졌다.

애리조나주 킹맨에 가까워지고 있을 때 엄마가 우리의 식사를 책임져 줄 식당을 찾지 못할 거라고 생각한다는 이야기를 했다. "어째서지?" 아빠가 물었다. "그 동네 사람들도 먹어야 살 텐데."

엄마는 목록을 주르륵 넘겨 보더니 라스베이거스를 지나서 가자고 제안했다. 아빠는 이 여행이 또 다른 도너 파티**가 될 줄 알았다면, 인육 요리하는 법을 공부하고 올 걸 그랬다고 말했다.

엄마와 아빠가 옥신각신하는 동안 우리는 킹맨을 지나 북쪽으로 꺾어

---

*   사프란을 넣은 어패류 수프. 프랑스 마르세유 지방의 명물 요리이다.
** 19세기 캘리포니아로 이주하던 개척자 그룹. 굶주림에서 벗어나기 위해 시신을 먹고 살아남기도 했다.

볼더 댐*을 향했다. 엄마가 울퉁불퉁한 언덕을 걱정스럽게 바라보며 말했다. "돌아가는 게 나을지도 몰라, 찰스. 라스베이거스에 가려면 몇 시간 남았는데, 지도에는 아무것도 없다고."

아빠가 운전대를 꽉 잡고 단호한 표정을 지었다. 엄마도 알다시피, 아빠는 산사태가 나지 않고서는 돌아가는 법이 없었다.

나는 초연한 경지에 올라섰다. 길가의 하얀 뼈로 남게 되리라고 각오하고 있었다. 그 옆에는 쪽지가 하나 있을 것이다. '노력했노라, 죽었노라….'

언덕 사이를 빠져나와 이렇게 황량한 곳이 또 있을까 싶은 사막에 들어서자 엄마가 말했다. "돌아가야 해, 여보. 기름이 얼마나 남았는지 보라고."

아빠는 입을 굳게 다물고 속도를 올렸다. "찰스!" 엄마가 말했다.

"조용히 해!" 아빠가 대답했다. "저 앞에 주유소가 보여."

표지판을 보니 '애리조나의 산타클로스'라고 되어 있었다. 나는 마침내 신기루가 보이는 줄 알고 눈을 깜빡였다. 주유소가 있었다. 좋았어. 하지만 그게 다가 아니었다.

사막에 있는 주유소가 어떻게 생겼는지는 다들 알 것이다. 온갖 잡동사니로 지어놓은 것 같다. 그 주유소에는 지붕에 구불구불한 줄무늬가 있는 동화 속의 아름다운 오두막이 있었다. 커다란 벽돌로 지은 굴뚝이 있었고, 막 굴뚝으로 들어가려는 산타클로스가 있었다!

내가 중얼거렸다. "모린, 이제 굶는 일은 끝이야. 어디 한번 미쳐보자고."

주유소와 오두막 사이에는 믿을 수 없을 정도로 작은 인형의 집이 두 개 있었다. 하나에는 '신데렐라의 집'이라는 표시가 있었고, 동요에 나오는 '고집쟁이 메리'가 정원을 가꾸고 있었다. 다른 하나는 표시가 필요 없

---

* 1947년에 후버 댐으로 이름이 바뀌었다.

었다. 아기돼지 삼형제였다. 못된 늑대가 굴뚝에 박혀 있었다.

"애들 거네!" 동생이 말했다. "아빠, 우리 여기서 먹어요? 네?"

"그냥 기름만 넣을 거야." 아빠가 대답했다. "돌멩이나 하나 찾아서 빨고 있어라. 엄마가 단식을 선언했으니까."

엄마는 대꾸하지 않고 오두막으로 향했다. 우리는 안으로 들어갔다. 종소리가 나면서 부드럽고 낮은 여자 목소리가 울렸다. "어서 오세요! 저녁이 마련돼 있습니다!"

안은 바깥의 두 배 정도로 넓었다. 그리고 상상 속에서나 가능한 예쁜 식당이었다. 신선하고, 새롭고, 깨끗했다. 주방에서는 천상의 향기가 흘러나왔다. 식당 주인의 목소리도 우리에게 미소 짓는 듯했다.

앞치마에 '산타클로스 부인'이라는 글씨가 수놓아져 있었기 때문에 보자마자 누군지 알 수 있었다. 산타클로스 부인과 비교하니 나는 날씬하다는 기분이 들었다. 하지만 그분은 그대로 딱 어울렸다. 산타클로스 부인이 마른 걸 상상할 수 있는지?

"몇 분이신가요?" 부인이 물었다.

"네 명요." 엄마가 말했다. "하지만…" 부인은 주방 안으로 들어갔다.

엄마는 식탁에 앉아 메뉴를 골랐다. 나도 그렇게 했고, 곧 침을 흘리기 시작했다. 그 이유는 다음과 같다.

민트향 과일 샐러드

크레올식 포토푀

닭고기 벨벳 수프

신선한 허브를 곁들인 송아지 고기구이

햄 수플레

미국식 소고기찜

하와이 양고기

리옹식 감자요리

쌀을 곁들인 감자

메릴랜드식 고구마요리

구운 양파

완두콩을 곁들인 아스파라거스

로크포르 드레싱을 곁들인 치커리 샐러드

아보카도를 곁들인 아티초크꽃

에스픽 젤리와 비트

치즈 스트로

미니 시나몬 롤

따뜻한 비스킷

셰리 아몬드 아이스크림

럼 파이

로열 복숭아 플람베

페퍼민트 구름 케이크

악마의 초콜릿 케이크

앤젤베리 파이

커피 차 우유

(물은 20킬로미터 떨어진 곳에서 실어 옵니다. 아껴주세요.)

감사합니다. 산타클로스 부인.

나는 현기증이 나려고 해서 창밖을 바라보았다. 우리는 아직 세상에서 가장 황량한 사막 한가운데 처박혀 있었다.

그 위험한 문서를 보며 칼로리를 계산하기 시작했다. 3,000쯤부터는 계산이 이어지지 않았다. 눈앞에 과일 샐러드가 놓였기 때문이었다. 나는 내 것을 거의 맛보지도 못했다. 위장이 흥분해서 내 식도를 조여대기 시작했다.

아빠가 들어오며 말했다. "오!" 그리고 앉았다. 동생이 뒤를 이었다.

엄마가 말했다. "찰스, 여기에는 당신이 손댈 수 있는 게 거의 없어. 내 생각에는…." 엄마가 주방으로 향했다.

아빠는 이미 메뉴를 보기 시작했다. 아빠가 말했다. "잠깐만, 마사! 앉아." 엄마가 앉았다.

곧 아빠가 말했다. "나한테 깨끗한 손수건이 많던가?"

엄마가 말했다. "응, 당연하지. 왜…."

"좋아. 반응이 오는 게 느껴져. 포토퍼부터 시작하고…."

엄마가 말했다. "찰스!"

"조용히 좀 해줘! 인류는 씹어 삼킬 수 있는 것이라면 뭐든지 먹으면서 5백 년을 살아왔어." 산타클로스 부인이 돌아왔고, 아빠는 아낌없이 주문을 넣었다. 한 마디 한 마디가 내 심장을 찔렀다. "자." 아빠가 마무리했다. "설마 누비아족 노예 여덟 명이 그걸 짊어지고 오는 건…."

"지프차를 이용해요." 산타클로스 부인이 단호히 말하고 엄마를 바라보았다.

엄마는 썬 채소와 비타민 수프 같은 것을 말하려고 했는데 아빠가 끼어들었다. "아까 그게 우리 두 사람 주문이에요. 애들은 알아서 주문할 겁니다." 엄마는 침을 삼키며 아무 말 하지 않았다.

동생은 메뉴 따위에 신경 쓰지 않았다. "식인 샌드위치 더블로 주세요." 남동생이 말했다.

산타클로스 부인이 움찔했다. "그게…." 부인은 불안하게 물었다. "식인 샌드위치란 게 뭐죠?"

남동생이 설명했다. 산타클로스 부인은 동생이 어디론가 사라지기를 바라는 듯한 표정으로 바라보았다. 마침내 부인이 말했다. "산타클로스 부인은 언제나 사람들이 원하는 것을 가져다주지요. 하지만 주방에서 드셔야 해요. 다른 손님들이 곧 저녁을 먹으러 올 테니까요."

"좋아요." 남동생이 동의했다.

"이제 아가씨는 뭘 드릴까요?" 부인이 내게 말했다.

"뭐든지 좋아요." 나는 불쌍하게 대답했다. "그런데 요즘 살을 빼고 있어서요."

부인이 안타깝다는 듯이 혀를 찼다. "특별히 먹으면 안 되는 게 있나요?"

"특별히 그런 건 없고요. 그냥 음식이에요. 음식을 먹으면 안 돼요."

부인이 말했다. "여기서 저칼로리 음식을 고르는 건 어려울 거예요. 그런 식으로 요리하는 데는 관심을 가져본 적이 없거든요. 부모님 드시는 것과 똑같이 해줄게요. 먹고 싶은 걸 먹고 싶은 만큼만 들도록 해요."

"좋아요." 내가 힘없이 말했다.

솔직히, 나는 노력했다. 열 입 정도까지는 셌다. 그리고 어느새 나는 다음 음식이 나오기 전에 앞에 있는 것을 먹어치우기 위해 점점 더 빨리 세고 있었다.

곧 나는 망했다는 것을 깨달았다. 상관없었다. 나는 포근한 칼로리의 안개에 휩싸여 있었다. 접시 너머에서 양심이 슬쩍 얼굴을 내밀자, 나는 내일 보충하겠다고 약속했다. 양심은 다시 잠을 자러 돌아갔다.

동생이 얼굴에 분홍색 줄무늬 케이크를 잔뜩 묻히고 주방에서 나왔다. "그게 식인 샌드위치야?" 내가 물었다.

"응?" 동생이 대답했다. "저 안에 뭐가 있는지 누나가 봐야 하는데. 저분이 훈련 식단을 만들어야 한다고."

한참 뒤에 아빠가 말했다. "이제 출발하자. 그러기 싫지만."

산타클로스 부인이 말했다. "원하면 더 있다 가세요. 숙박도 가능해요."

그래서 우리는 그곳에서 묵었다. 대단히 즐거웠다.

잠에서 깨어난 나는 28칼로리짜리 토마토주스도 그냥 건너뛰려고 했다. 하지만 산타클로스 부인을 제대로 알지 못하고 한 생각이었다. 메뉴 같은 건 없었다. 일단 앉으면 작은 컵에 담긴 커피가 나왔다. 그리고 그게 속임수였다는 듯이 한 번에 하나씩 다른 것들이 나왔다. 이런 식이었다. 포도주스, 우유, 오트밀과 크림, 소시지와 달걀과 토스트와 버터와 잼, 바나나와 크림. 그리고 이제 배가 찼다는 게 확실해질 때쯤 세상에서 가장

폭신한 와플이 더 많은 버터와 딸기잼과 시럽을 곁들여 나왔다. 그리고 또다시 커피가.

나는 그걸 전부 다 먹었다. 내 심정은 절망과 좌절과 환희 사이를 왔다 갔다 했다. 우리는 멋진 기분으로 그곳을 나왔다. 아빠가 말했다. "아침 식사는 의무로 해야 해. 교육처럼 말이야. 아침을 빈약하게 먹으려는 현대의 경향과 비행 청소년의 증가 사이에 상관관계가 있다는 게 내 가설이야."

나는 아무 말도 하지 않았다. 남자는 나의 약점이다. 그리고 음식은 나를 파멸시킨다. 하지만 상관없었다.

점심은 바스토에서 먹었는데, 나는 차 안에서만 머물며 낮잠을 자려고 했다.

클리프가 호텔로 찾아왔고, 내게 대학교를 구경시켜주고 싶어 해서 우리는 가족에게 양해를 구하고 함께 나왔다. 주차장에 도착했을 때 클리프가 말했다. "무슨 일 있었어? 마지막 친구라도 잃은 듯한 표정인데. 그리고 확실히 야위었어."

"아, 클리프!" 내가 말하며 클리프의 어깨에 기대 울었다.

얼마 뒤 클리프는 내 코를 닦아주고 차에 시동을 걸었다. 가는 동안 나는 클리프에게 이야기했다. 클리프는 아무 말도 하지 않았고, 얼마 위 왼쪽으로 차를 꺾었다. "이쪽이 캠퍼스로 가는 길이야?" 내가 물었다.

"신경 쓰지 마."

"클리프, 나한테 정 떨어졌어?"

대답하는 대신 클리프는 커다란 공공건물 근처에 차를 댄 뒤 나를 데리고 안으로 들어갔다. 알고 보니, 그곳은 미술관이었다. 클리프는 계속 입을 다문 채 나를 이끌고 과거 거장들의 전시관으로 갔다. 클리프가 그중 하나를 가리키며 말했다. "저게 내가 생각하는 아름다운 여성이야."

나도 보았다. 루벤스가 그린 〈파리스의 심판〉이었다. "그리고 저거, 그리고 저거도…." 클리프가 덧붙였다. 가리키는 그림이 전부 루벤스의 작품이었다. 그리고 나는 그 모델들이 다이어트에 관해서는 전혀 들어본 적이 없다고 장담한다.

"우리 나라에 필요한 건 말이지." 클리프가 말했다. "더 통통한 여자들이야. 그리고 그 진가를 알아보는 나 같은 남자들이지."

나는 밖으로 나올 때까지 아무 말도 하지 않았다. 내 생각을 다시 정리하느라 정신이 없었다. 어딘가 의심되는 구석이 있었다. 그래서 나랑 크기와 치수가 똑같았던 클라리스에 관해 의견을 물었던 일을 언급했다. 클리프는 간신히 기억해냈다. "아, 그래! 아주 예쁜 여자애였지. 끝내줬어!"

"하지만 클리프, 그때는…."

클리프가 내 어깨를 잡았다. "잘 들어, 바보야. 내가 돌머리라고 생각해? 네가 질투를 느낄 만한 말을 내가 왜 하겠어?"

"하지만 난 절대 질투하지 않아!"

"퍽이나 그러겠다! 그나저나 어디서 먹을까? 로마노프? 비치코머? 나 돈 많아."

행복감이 따뜻한 물결처럼 나를 휘감았다. "클리프?"

"응, 자기야?"

"'바보의 기쁨'이라는 아이스크림 이야기를 들어봤어. 큰 유리컵에다가 바나나 두 개랑 아이스크림 여섯 종류하고…."

"그건 옛날 거야. '에베레스트산'이라고 들어봤어?"

"응?"

"커다란 접시에 스물한 가지 맛 아이스크림을 산처럼 쌓아. 바나나랑 버터스카치 시럽이랑 견과류로 아이스크림이 떨어지지 않게 잡아주지. 그리고 그 위를 초콜릿 시럽으로 덮고, 맥아 우윳가루를 뿌리고, 견과류를 얹어서 바위를 만들어주고, 마시멜로 시럽과 생크림으로 전체를 덮어서 눈을 만들고, 아래쪽에는 파슬리를 뿌려서 나무를 만든 뒤 눈비탈 위에 작은 플라스틱 스키 선수를 올려. 플라스틱 스키 선수는 이걸 먹어본 기념으로 가질 수 있어."

"우와!" 내가 말했다.

"손님 한 명에게 딱 하나씩밖에 안 팔고, 네가 다 먹으면 돈을 내지 않아도 돼."

내가 어깨를 폈다. "안내해!"

"널 믿겠어, 푸딩."

클리프는 참으로 멋진 남자다.

목적지는 달

Destination Moon

고호관 옮김

✦ 1950년 9월 〈쇼트 스토리즈(Short Stories)〉에 발표

우주에는 우주선이 가득하고, 내행성에는 개척지가 들어서 있고, 지구와 달은 매우 가까워서 달에 다녀오는 조종사는 밤에 집에 가서 잠을 잘 수 있는 오늘날, '달을 향해 날아가는 것'이 불가능을 비유적으로 뜻하는 말이었던 시절, 그렇게 할 수 있다고 생각했던 인간은 몽상가나 미치광이였던 시절을 상상하기는 어렵다.

그런 사람들이 어떤 반대에 직면했는지, 왜 그렇게 끈질겼는지, 혹은 무슨 생각을 했던 것인지 체감하기란 어려운 일이다.

— 파쿠하손,《운송수단의 역사》, 3권 414쪽

1

새벽빛을 받은 모하비 사막은 회색이었다. 그러나 제작 현장의 기술 부장 사무실은 아직도 환하게 빛났다. 사무실은 간간이 커피 끓는 소리만 들릴 뿐 조용했다.

그 안에는 세 사람이 있었다. 링컨처럼 키가 훌쩍 크고 마른 기술부장 로버트 콜리 박사, 퇴역 해군 제독인 레드 볼스, 반스항공와 반스장비를 비롯한 여러 기업체의 수장인 짐 반스였다.

세 사람 모두 면도가 필요한 상태였다. 반스는 시급히 이발도 할 필요가 있었다. 반스는 콜리의 책상에 앉아 있었다. 볼스는 소파 위에 대자로 뻗어 있었는데, 잠든 게 분명했다. 통통하고 머리가 빨간 아기 같은 모습이었다. 콜리 박사는 방 안을 거닐고 있었다. 발길이 닿는 곳마다 바닥이 닳아 있었다.

콜리가 걸음을 멈추고 창밖을 내다보았다. 1킬로미터쯤 떨어진 사막 위에 커다란 우주선이 서 있었다. 뾰족하고 매끈한 모습으로 하늘을 향하고 있는 게 곧 지구의 두꺼운 대기를 뚫고 날아갈 준비가 된 것처럼 보였다.

콜리는 지친 표정으로 몸을 돌려 책상 위에 놓인 편지를 집어 들었다. 편지에는 이렇게 쓰여 있었다.

원자력 연합 주식회사
캘리포니아 모하비 사막

여러분,
안타깝지만, 원자력 로켓의 엔진을 제작 현장에서 시험하겠다는 여러분의 요청은 거절하는 바입니다.

핵폭발이 일어날 우려는 사실상 없다는 것을 인정하나 대중의 마음속에는 불안감이 있습니다. 그건 위원회의 방침입니다. (콜리는 마지막 문단으로 건너뛰었다.) …따라서 시험 발사는 남태평양의 특수무기 시험장에서 이루어질 것입니다. 이와 관련하여….

콜리는 읽다 만 편지를 반스에게 내밀었다. "에니위톡 환초에서 실험하려면 어디서 돈을 끌어와야 해."

반스가 성난 목소리로 말했다. "콜리, 원자력 연합에서는 한 푼도 더 주지 않을 거라고 말했잖아. 이제 돈은 더 없다고."

"빌어먹을, 정부에서 돈을 대야지!"

반스가 투덜거렸다. "의회에 얘기해보든가."

볼스가 눈도 뜨지 않은 채로 끼어들었다. "미국이 꾸물거리는 사이에 러시아가 먼저 달에 갈 거야. 수소폭탄을 싣고서 말이지. 그딴 걸 '정책'이라고 하다니."

콜리가 입술을 깨물었다. "당장 해야 해."

"나도 알아." 반스가 일어서서 창가로 갔다. 떠오르는 태양 빛을 받아 커다란 우주선의 매끄러운 외피가 반짝였다. "당장 해야 해." 반스는 나직하게 읊조렸다.

반스가 콜리를 향해 말했다. "콜리, 다음번 출발하기 좋은 시간이 언제지?"

"우리가 계획한 대로는… 다음 달."

"아니. 이번 달에 말이야."

콜리는 벽에 걸린 달력을 보더니 책장에서 손때가 묻어 닳은 책 한 권을 꺼내 재빨리 어림했다. "내일 아침. 새벽 4시쯤."

"그럼 됐어. 내일 아침에 발사하는 거야."

볼스 제독이 벌떡 일어나 앉았다. "시험도 안 해본 우주선을 쏜다고? 반스, 미쳤나?"

"아마도. 하지만 지금이 적기야. 지금이. 만약 우리가 한 달을 더 기다린다고 해도 또 무슨 새로운 걸림돌이 생길 거라고. 우주선은 준비됐어. 동력 장치만 빼고. 그러니까 그 시험은 건너뛰는 거야!"

"하지만 승무원도 선발 못 했잖아."

반스가 웃었다. "우리가 승무원이야!"

콜리와 볼스 모두 대답하지 않았다. 반스가 계속 말했다. "왜 안 돼?

이륙은 자동이야. 물론 반응 속도도 빠르고, 뭐 그런 젊은이를 보내기로 동의했지만, 우리 모두 자기가 가야 하는 이유를 만들어내려고 기를 쓰고 있지 않나. 볼스, 자네는 몰래 모펫 비행장에 가서 조종사 신체검사를 받았잖아. 떨어졌고 말이야. 거짓말하지 말게. 난 다 알아. 그리고 콜리, 자네는 은근슬쩍 동력 장치를 자기가 관리해야 한다고 흘리고 다녔지. 아내한테도 미리 사전 작업을 하고 있었잖아."

"어?"

"자네 아내는 원자력 연합에서 자네가 가는 것을 반대할 거라고 내가 이야기해주길 바랐어. 걱정하지 말라고. 그러지 않았으니까."

콜리는 반스를 똑바로 바라보았다. "나는 언제나 가고 싶었어. 마누라도 안다고."

"바로 그거야! 볼스, 자네는?"

볼스가 일어나 섰다. "빌어먹을. 반스, 난 그 신체검사를 망친 게 아니야. 그냥 몸무게가 살짝 초과했을 뿐이라고."

"자네도 가는 거야. 어차피 젊고 끈질긴 친구가 부조종사로 가는 건 싫었으니까."

"부조종사?"

"선장 자리를 놓고 나와 한판 붙어보고 싶나? 볼스, 난 예전부터 이 녀석을 신나게 몰아보고 싶었어. 맙소사, 4년 전부터야! 자네와 콜리 박사가 가방에 청사진을 잔뜩 담아 가지고 왔을 때부터라고." 반스는 숨을 들이마시면서 의기양양한 표정으로 주위를 둘러보았다.

볼스가 말했다. "어디 보자. 자네가 조종사고, 내가 부조종사. 박사는 기관사. 그러면 레이더 담당이 없는걸. 내일 아침까지 우주선의 전자 장치를 다루도록 사람을 훈련시킬 수는 없어."

반스가 어깨를 으쓱했다. "홉슨의 선택이야. 워드가 해야 해." 반스는 이 계획의 수석 전자공학자 이름을 거론했다.

볼스가 콜리에게 말했다. "워드가 가고 싶어 할까?"

콜리는 생각에 잠겼다. "분명히 그럴 거야. 이야기해보지는 않았지만." 콜리가 전화기를 들었다. "방으로 전화해보지."

반스가 콜리를 막았다. "아직 일러. 말이 새어 나가면 위원회가 우리를 막을 시간이 24시간이나 남게 된다고."

볼스가 시계를 보며 말했다. "21시간이야."

"어쨌든 충분히 길어."

콜리가 이마를 찡그렸다. "비밀을 지킬 수는 없어. 우주선에 짐도 실어야 하잖아. 헤이스팅스 박사에게 연락해서 궤도도 계산해야 해."

"한 번에 하나씩 하자고." 반스가 인상을 쓰며 잠시 말을 멈췄다.

"이렇게 하자고. 이게 그냥 최종 시험 발사라고 하는 거야. 하지만 세부 사항까지 모두 완벽하게 하는 거지. 도로 봉쇄, 식량, 언론, 점검표에 있는 거 전부 다. 콜리, 자네는 동력 장치를 준비해줘. 볼스, 자네는 선적을 맡아주고. 나는 모하비로 들어가서 헤이스팅스 박사에게 전화해야겠어. 그리고 대학교에 전화해서 대형컴퓨터 사용 시간을 잡아야지."

"왜 30킬로미터나 운전을 해서 가나?" 콜리가 이의를 제기했다. "여기서 전화하면 되잖나."

"여기는 아마도 도청당하고 있을 테니까. 난 FBI를 말하는 게 아니야! 우리와 워드를 제외하면, 헤이스팅스 박사가 진실을 알고 있어야 하는 유일한 사람이야. 그 친구가 궤도를 계산하고 나면 진상을 알게 될 테니까."

반스는 모자를 집어 들었다. "콜리, 이제 워드에게 전화해도 돼. 난 이만 가보지."

"잠깐!" 볼스가 말했다. "반스, 이야기하다 말고 가면 어떡하나. 적어도 헤이스팅스가 어디 있는지는 알아보고 가야지. 팔로마까지 날아가서 데려와야 할지도 모르잖아."

반스가 손가락으로 딱 하는 소리를 냈다. "아, 그렇군. 가장 중요한 걸 깜빡했네. 내가 내 비행기를 쓸 수 없는 이유 말이야. 현장 조사관 때문에 그래." 반스는 원자력에너지위원회에서 나온 프로젝트 대표를 언급했다.

"홈스? 그 사람한테 자네 비행기가 왜 필요하지?"

"따돌리려고. 난 네드 홈스를 설득해서 워싱턴에 가게 한 다음에 여기서 엔진을 시험할 수 있도록 허락해달라고 마지막으로 청원하게 하려고 해. 그 친구는 그렇게 해줄 거야. 우리 청을 거절한 건 그 친구 생각이 아니었으니까. 우리 퍼거슨이 내 비행기로 그 친구를 데려다줄 테고. 그리고 퍼거슨은 어쩔 수 없이 사막에 착륙하게 될 거야. 전화가 있는 곳으로부터 60킬로미터 떨어진 곳에. 슬프게도 말이야."

콜리가 억지웃음을 지었다. "납치처럼 들리는군."

반스는 태연했다.

"물론 홈스는 원자로에 위원회의 봉인을 붙이고 갈 거 아닌가?"

"그리고 우리는 그걸 찢을 거야. 반대 더 있나? 없으면 앤디와 홈스, 워드에게 순서대로 연락하자고."

볼스 제독이 휘파람을 불며 말했다. "콜리, 자네 엔진이 제대로 작동해야 할 거야. 아니면 우리 모두 남은 생을 감옥에서 보내게 될 테니. 자, 이제 시작하자고."

2

반스가 제작 현장으로 차를 몰고 돌아왔을 때는 아침도 거의 지나 있었다. 회사 경비원이 통과하라며 손짓했지만, 반스는 굳이 차를 멈췄다. "잘 있었나, 조."

"안녕하십니까, 반스 씨."

"정문이 열려 있군. 본부에서 지시가 내려온 게 있나?"

"정문에 관해서요? 아닙니다. 누군가가 전화해서 오늘이 저 커다란 녀석을 마지막으로 시험하는 날이라더군요." 경비원이 3킬로미터 떨어져 있는 우주선을 엄지손가락으로 가리켜 보였다.

"맞아. 잘 듣게. 이 최종 시험 발사는 마지막 하나까지도 완벽해야 해. 정문을 계속 잠가놓도록 해. 나나 볼스 제독, 콜리 박사에게 직접 확인하기 전까지는 절대 열지 말게."

"알겠습니다, 반스 씨."

"저기 있는 우주선이 지상을 떠나지 못하게 하려고 혈안이 된 사람들이 있다는 사실만 기억하게. 그 사람들이 다 외국 억양을 쓰는 것도 아니야."

"걱정하지 마십시오, 반스 씨."

그러나 반스는 걱정이 되었다. 정문을 틀어막아도 경비원 없는 울타리가 20여 킬로미터나 남아 있었다.

에이, 됐어…. 그 정도 위험은 감수해야만 했다. 반스는 거주지를 지나, 작업장이 모인 곳을 가로질러 이동했다. 그곳은 걷거나, 트럭이나 지프를 탄 사람으로 북적였다. 우주선 주위에 있는 준비실 입구에 트럭이 늘어서 있었다. 반스는 행정동에 차를 세웠다.

콜리의 사무실로 가자 볼스와 콜리, 그리고 콜리의 아내가 있었다. 콜리는 상처를 받은 표정이었고, 콜리 부인은 화가 난 게 분명했다. "안녕들 하신가요, 여러분." 반스가 말했다. "내가 방해가 되었나요?"

콜리가 고개를 들었다. "어서 와, 반스."

반스는 콜리 부인에게 고개를 숙였다. "안녕하세요, 부인?"

콜리 부인이 반스를 노려보았다. "당신! 당신 때문이야!"

"저 말입니까, 부인? 무슨 말씀이지요?"

"무슨 얘긴지 당신도 잘 알잖아! 으, 당신…, 당신 같은…." 콜리 부인은 숨을 몰아쉬더니 폭발하듯 한 단어를 내뱉었다. "남자들!" 콜리 부인이 문을 세게 닫으며 나가버렸다.

문이 닫히자 반스는 다시 원래 표정으로 돌아왔다. "자네 부인이 안다는 건 알겠군. 말하지 말았어야지. 아직은 아니야, 콜리."

"망할. 반스, 난 아내가 저렇게 소란을 피울 줄 몰랐어."

볼스가 의자에 앉은 채 주위를 둘러보았다. "바보 같은 소리 마, 반스. 그 친구 아내라면 알아야지. 아내들은 고용인이 아니라고."

"미안하네. 어쨌든 이미 저질러진 일이야. 콜리, 전화는 확인했나?"

"아니, 안 했어."

"해. 잠깐만. 내가 할게." 반스가 문가로 걸어갔다. "카운티스, 교환대에 전화 좀 해줘. 거티에게 외부로 나가는 전화를 모두 당신에게 돌리라고 해. 외부 회선은 전부 사용 중이라고 말하고, 누가 전화하는 건지 알아봐. 왜, 누구에게 전화하는 건지도. 그리고 기술부장이나 볼스 제독, 아니면 내게 알려줘. 들어오는 전화도 마찬가지야."

반스는 문을 닫고 볼스에게 말했다.

"자네 아내도 아나?"

"물론이지."

"문제는?"

"없어. 해군의 아내는 그런 일에 익숙해, 반스."

"그렇겠군. 음, 헤이스팅스 박사는 내가 잘 처리해뒀어. 새벽 2시가 지나기 전에 테이프를 가지고 이쪽으로 온다고 했어. 비행기를 대기시켜 두었지."

콜리가 눈썹을 찡그렸다. "시간이 빠듯해. 자동조종 설정을 하려면 시간이 더 있어야 한다고."

"더 빨리 올 수는 없대. 여기 일은 어때?"

"장비를 싣는 건 잘 진행되고 있어." 볼스가 대답했다. "산소를 가지고 오는 트럭이 늦지만 않는다면."

"비행기로 날랐어야지."

"사기 좀 그만 치라고. 아마 지금쯤 트럭이 카혼 패스에 있을 거야."

"좋아. 좋아. 콜리, 동력 장치는?"

"아직 원자로에 붙어 있는 네드 홈스의 봉인을 뜯지 않았어. 물탱크를 채우는 중인데, 방금 시작했어."

그때 팔꿈치 근처에 놓여 있는 전화가 울리면서 말이 끊어졌다. "여보세요?"

비서의 목소리가 방 안에 울렸다. "부인께서 전화를 거셨습니다, 콜리 박사님. 지금 대기 중인데요, 안에 계시나요?"

"연결해줘." 콜리가 피곤한 기색으로 말했다. 콜리 부인의 말은 들리지 않았지만, 화가 난 말투는 그대로 전해졌다. 콜리가 전화를 받았다. "아니야, 여보⋯. 그래, 맞아. 미안하지만, 그렇게 됐어⋯. 아니, 언제 전화가 자유롭게 될지 모르겠어. 동부로 해야 하는 전화 때문에 잡아두고 있는 거야⋯. 아냐, 자동차는 가지면 안 돼. 내가 쓰고 있어서. 내가⋯." 콜리가 깜짝 놀라더니 전화기를 내려놓았다. "먼저 끊어버렸어."

"내 말이 뭔지 알겠나?" 반스가 말했다.

"반스, 자네는 바보야." 볼스가 대꾸했다.

"아니, 난 독신이야. 왜냐고? 여성들이 가장 좋아하는 스포츠를 견딜 수 없기 때문이지."

"그게 뭔데?"

"종마를 거세하는 것. 이제 일 이야기를 하지."

"그래." 콜리가 대답하고 원격통화기의 스위치를 올렸다. "헬렌, 전자 부품 작업실에 연락해서 워드 씨에게 내가 보자 한다고 해."

"그 친구에게는 소식을 전하지 않았어?" 반스가 물었다.

"워드? 물론 했지."

"어떻게 반응했어?"

"괜찮은 반응이었어. 워드는 아주 긴장하고 있어. 처음에는 전자 장치를 모두 준비할 시간이 없다고 우기더군."

"하지만 참여하는 거지?"

"그래." 콜리가 일어섰다. "우주선에 돌아가봐야겠어."

"나도." 볼스가 동의했다.

반스는 두 사람을 따라 나갔다. 콜리의 비서가 앉아 있는 책상을 지나갈 때 비서의 말소리가 들렸다. "잠시만요. 연결해드릴게요." 비서가 고개를 들더니 콜리를 가리켰다.

콜리는 주저했다. "어, 음." 반스가 말했다. "자꾸 그렇게 전화에 매여 있으면 절대 이륙하지 못할 거야. 내가 당첨됐어. 자네 둘은 가. 가서 준비해."

"좋아." 콜리가 비서에게 추가로 물어보았다. "워드 씨는?"

"전자부품 작업장에는 없어요. 지금 알아보는 중이에요."

"지금 당장 만나야 해."

반스는 다시 사무실로 들어가 밀려들어 오는 전화를 처리했다. 개인 용건은 우선권이 있는 장거리 전화를 위해 회선을 비워놓아야 한다는 핑계로 간단히 미뤘다. 우주선을 준비하는 일과 관련된 전화는 직접 처리하거나 감독했다. 가능한 한 현장을 세상에서 떨어져 있는 섬으로 만들기 위해 노력했다.

✳

반스는 수석 금속학자와 얽힌 문제를 처리했고, 지난주에 있었던 초과 근무에 관해 회계부서에 올린 안을 결재했고, AP통신사에 이번 '최종 시험'이 본격적으로 취재할 만한 일이 될 거라고 장담했으며, 우주선을 구경하러 오기로 한 로스앤젤레스 시민 클럽 연합의 방문을 '일주일' 뒤로 미뤘다.

그 일이 끝나자 콜리의 구술녹음기를 들고 (1) 발사가 성공적이었을 경우와 (2) 우주선이 추락했을 경우에 이 계획을 어떻게 끝마쳐야 할지 업무 관리자에게 메모를 남겼다. 다음 날 문자화하기 옵션에 표시를 해두었다.

그 와중에 콜리 박사가 전화를 걸어왔다. "반스? 워드를 찾을 수가 없어."

"남자화장실도 살펴봤어?"

"아니. 찾아볼게."

"멀리 있지는 않을 거야. 그 부서에 문제가 있어?"

"아니야. 하지만 그 친구가 필요해."

"음, 어쩌면 시험을 마치고 잠을 좀 자려고 방에 갔을지도 모르잖아."

"방에서는 아무 대답이 없어."

"전화선을 뽑아두었을지도 모르지. 내가 누굴 보내서 그 친구를 찾아볼게."

"그래."

반스가 워드를 찾아 사람을 보내는 중에, 이번 계획의 홍보책임자인 허버트 스타일스가 들어왔다. 이 언론 담당 직원은 슬픈 표정을 지으며 무너지듯 의자에 앉았다.

"안녕하신가, 스타일스."

"안녕하세요. 반스 씨, 우리 같이 이 미친 짓을 집어치우고 반스항공으로 돌아가는 게 어때요?"

"왜 그러나, 스타일스."

"음, 뭐가 어떻게 되고 있는지 어느 정도 아실 텐데요. 새벽 3시까지 전부 이쪽으로 데려오라는 거예요. AP통신, UP통신, INS통신, 라디오 방송국, TV 중계차 등을 다요. 그러더니 일요일의 학교처럼 시설을 전부 잠가버리라고 했고. 훈련 한 번, 예행연습을 한다고 이런 짓까지 다 해야 하잖아요. 누가 미친 겁니까? 반스 씨인가요, 아니면 저인가요?"

반스는 스타일스와 오래전부터 알고 지냈다. "이건 연습이 아니야, 스타일스."

"역시 그렇군요." 스타일스가 담배를 비벼 껐다. "그러면 이제 어떻게 하실 건가요?"

"스타일스, 난 지금 곤란한 상황이야. 우리는 이륙할 거야. 내일 새벽 3시 53분에. 만약 그 전에 말이 새어 나간다면, 사람들은 우리를 막으려고 하겠지."

"그 '사람들'이 누군데요? 그리고 왜죠?"

"일단 원자력에너지위원회가 있지. 시험 발사도 거치지 않은 원자력 우주선을 날린다고 하니까."

스타일스가 휘파람을 불었다. "위원회에 한 방 먹인다고요? 오, 맙소사! 그런데 왜 시험 발사 안 하는 거죠?"

반스가 설명했다. 마지막 문장은 이랬다. "…그래서 시험 발사를 할 수가 없어. 난 망했어, 스타일스."

"누군 안 그런가요?"

"그게 다가 아니야…. 감이라고 해야 할까, 마음대로 생각해. 만약 우리가 지금 이륙하지 않는다면, 앞으로도 절대 할 수 없을 거야. 설령 남태평양에서 시험할 수 있는 돈이 있다고 해도 말이야. 이 계획에 있어서는 이미 불운은 차고 넘쳤어. 그리고 나는 행운을 믿지 않아."

"무슨 뜻이죠?"

"이 사업이 실패하기를 바라는 사람들이 있어. 몇몇은 또라이고, 몇몇은 질투를 하고. 다른 사람들은…."

"다른 사람들은…." 스타일스가 대신 말을 끝마쳤다. "미국이 먼저 원자폭탄을 갖는 게 못마땅한 것처럼 먼저 우주여행을 하는 것도 못마땅하게 여기죠."

"정답이야."

"그러면 무엇을 막고 싶으신 거죠? 우주선에 시한폭탄을 설치할까 봐요? 제어 장치를 망가뜨릴까 봐요? 아니면, 연방 보안관이 군인들하고 함께 쳐들어올까 봐요?"

"나도 몰라!" 스타일스는 멍하니 앞을 바라보았다.

"반스 씨…."

"응?"

"첫 번째, 곧 이게 진짜 이륙이라는 사실을 공개적으로 인정해야 할 거예요. 이 계곡에서 사람을 대피시켜야 하니까요. 보안관과 주 경찰은 단순한 훈련이라고 대충 넘어가려 하지 않을 거예요."

"하지만…."

"두 번째, 지금 동부는 근무 시간이 지났어요. 아침까지는 위원회 걱정을 하지 않아도 괜찮아요. 세 번째, 우주선에 이미 방해공작을 해놓지 않았다면, 어떤 방해공작이라도 즉석에서 해야 할 거예요."

"우주선에 뭐가 설치됐을까 봐 걱정하기에는 이미 늦었어."

"똑같아요. 만약 제가 반스 씨라면, 이쑤시개를 가지고 구석구석 쑤셔볼 거예요. 마지막 순간에 렌치 하나만 있어도 방해공작이 가능하다고요. 제어판 뒤 같은 곳을요. 예전엔 그런 곳을 임기표적(臨機標的)이라고 불렀죠."

"그런 것까지 막긴 힘들지."

"별로 힘들지 않아요. 기지에 있을 때는 우주선에 무슨 짓을 하기 어려워요, 그렇죠? 음, 만약 그 기계에 제 목숨이 걸려 있다면, 저는 지금 이 순간부터 함께 타는 사람을 제외하고 아무도 안에 들어가지 못하게 할 거예요. 아무도요. 아무리 DAR에서 나오는 순도 백 퍼센트 진짜 자격증을 갖고 있다고 해도요. 저라면 우주선에 뭐가 실리는지 감시하면서 하나하나 다 제 손으로 실을 거예요."

반스가 입술을 깨물었다. "자네 말이 맞아, 스타일스. 방금 자네에게 할 일이 생겼어."

"무슨?"

"여기를 맡아줘." 반스는 지금까지 하던 일을 설명했다. "언론에는 말이야, 도로 통제와 대피를 준비해야 할 때까지는 알려주지 마. 아마 자정 때까지는 일을 마칠 수 있을 거야. 난 우주선에 가서…."

전화기가 시끄럽게 울렸다. 반스가 받았다. "여보세요?" 볼스였다.

"반스, 전자부품 작업실로 와줘."

"문제가 있어?"

"많아. 워드가 도망갔어."

"아아! 바로 갈게." 반스는 전화기를 세게 내려놓으며 말했다. "여기를 맡아, 스타일스!"

"알겠습니다!"

✳

밖으로 나간 반스는 차에 올라타 원을 그리며 전자부품 작업장으로 향했다. 워드의 사무실에는 볼스와 콜리가 있었다. 워드의 수석 비서인 이매뉴얼 트라우브도 있었다. "무슨 일이야?"

콜리가 대답했다. "워드는 병원에 있어. 급성 맹장염이야."

볼스가 코웃음 쳤다. "급성은 무슨!"

"그러지 말라고! 워드는 나한테 거짓말하고 도망칠 사람이 아니야."

반스가 끼어들었다. "어쨌든 상관없어. 문제는 이제 어떻게 하느냐야."

콜리는 불편한 표정이었다. "이륙할 수 없어."

"그만 좀 해!" 반스기 볼스에게 물었다. "볼스, 지네가 전지 장치를 다룰 수 없어?"

"힘들지! 평범한 양방향 장치의 손잡이 정도야 돌릴 수 있지만, 그 우주선은 전체가 전자 장치잖아."

"나도 마찬가지야. 콜리, 자네는 할 수 있나, 없나?"

"음, 아마도. 하지만 레이더와 동력 장치를 동시에 다룰 수는 없어."

"동력부 다루는 법을 내게 가르쳐줘. 조종은 볼스가 할 수 있어."

"응? 몇 시간 만에 자네를 핵기술자로 만들 수는 없다고."

반스는 세상이 사방에서 자신을 짓누르는 기분이 들었다. 그 기분을 떨쳐버리고 트라우브에게 말했다. "트라우브, 자네는 전자 장치 설치를 많이 해봤지. 안 그런가?"

"저요? 전부 제가 설치했죠. 워드 씨는 크레인을 타고 정비탑에 올라가는 걸 안 좋아했어요. 불안해하는 유형이라서요."

반스가 콜리를 쳐다보았다. "어때?"

콜리는 안절부절못하고 있었다. "난 모르겠어."

볼스가 갑자기 끼어들었다. "트라우브, 자네 대학은 어디 나왔나?"

트라우브는 상처받은 표정을 지었다. "제가 그럴듯한 학위는 없어도 공공기관에서 인정한 상급 전자공학자 분류에 들어갑니다. P-5요. 레이테온 연구소에서 3년 일했고요. 열다섯 살에 아마추어 무선통신사 자격을 땄고, 통신부대에서 상사였습니다. 전자에 관한 거라면 아주 잘 압니다."

반스가 부드럽게 말했다. "제독이 나쁜 뜻으로 한 말은 아닐세, 트라우브. 몸무게는 몇이지?"

트라우브가 눈알을 굴리며 물었다. "반스 씨, 이건 예행연습이 아니군요? 그렇죠?"

"그래, 트라우브. 우리는 이륙할 거야." 반스가 손목시계를 들여다보았다. "13시간 뒤에."

트라우브는 숨을 몰아쉬었다. "지금 여러분은 제게 함께 달에 가자고 하는 건가요? 오늘 밤에요?"

반스가 대답하기도 전에 볼스가 끼어들었다. "바로 그거야, 트라우브."

트라우브가 침을 꿀꺽 삼키고 말했다. "네."

"좋다고?" 반스가 되물었다.

"가겠습니다."

콜리가 서둘러 말했다. "트라우브, 자네를 압박하려는 건 아니야."

"부장님, 제 채용 지원서를 보세요. '여행 가능'이라고 써놓았습니다."

3

거대한 우주선은 준비실 내부에 일정한 간격으로 배치된 조명에서 나오는 불빛에 둥글게 둘러싸여 있었다. 아치 모양의 정비탑 크레인도 여전히 있었지만, 하단부에서 분사구까지를 덮고 있던 임시 방사선 차폐막은 없어진 상태였다. 그 대신 세잎클로버같이 생긴 방사선 경고 기호가 붙었다. 아직 방사선 수준이 위험할 정도로 높지는 않았다.

그러나 원자로의 봉인은 뜯어졌고, 우주선은 출발 준비를 마쳤다. 전체 질량의 85퍼센트는 물이었고, 원자로의 열을 받아 빛나는 수증기로 변해 초속 10킬로미터로 뿜어나갈 준비를 하고 있었다.

우주선 높은 곳에는 제어실이 있었고, 인접한 곳에 에어로크가 있었다. 에어로크 아래에는 우주선을 나누는 영구 방사선 차폐막이 있어서 가압된 승무원 공간과 탱크와 펌프, 원자로, 그 외 보조 장치로를 분리해 주었다. 제어실 위, 우주선의 앞머리는 진공 화물칸이었다.

우주선 맨 밑에는 삼각형 날개가 과도하게 큰 지느러미처럼 뻗어 나와 있었다. 우주선이 솟구쳐 날아갈 때는 정말 지느러미 역할을 할 테고, 탱크를 비운 뒤 지구로 돌아올 때는 글라이더의 날개 역할을 할 것이었다.

반스는 크레인 아래에 서서 마지막 지시를 내리고 있었다. 크레인에는 전화기가 하나 달려 있었다. 그게 울리자 반스가 받으러 갔다.

"반스 씨?"

"그래, 스타일스."

"보안관 사무실에서 말하길 도로통제가 되고 있고 계곡에서 사람이 전부 나갔답니다. 그나저나 '한가한 시간' 목장을 비우는 데 사례가 상당히 들어갔어요."

"상관없어."

"다들 나갔어요. 그런데 은둔해 사는 피터 있잖아요. 나가지 않겠답니다."

"문 북쪽의 오두막에 사는 수염 많은 늙은이 말이야?"

"맞아요. 결국 이유를 말해줬는데, 당황하지도 않더라고요. 지금까지 달로 가는 우주선이 이륙하는 걸 본 적이 없으니 놓치지 않겠대요. 이 나이에 언제 또 보겠느냐고요."

반스가 웃었다. "그럴 만도 하지. 그 사람도 우리 직원들이 서명하는 문서에 서명하라고 해. 서명하지 않으면 구경거리가 생기지 않을 거라고."

"서명하지 않으면요?"

"스타일스, 난 웬 머저리가 분사구 바로 아래에 서 있다고 해도 이륙하고 말 거야. 하지만 그 노인에게는 말하지 말게."

"알겠습니다. 그러면 언론은 어떻게 할까요?"

"이제 말해줘. 하지만 날 귀찮게 하지는 못하게 해. 그리고 문서에 서명했다고 해도 기자들은 관제소 안에 머물러야 해."

"그러면 영상뉴스와 텔레비전 기자들하고 문제가 생길 텐데요."

"원격 조정 아니면 안 돼. 다 들여보내고 자네가 마지막으로 들어간 다음에 문을 잠가. 관제실에 선은 얼마든지 깔아도 되는데, 노출된 곳에는 아무도 있어선 안 돼."

"반스 씨, 분사가 그렇게 위험할 거라고 생각하시나요?"

반스의 대답이 관제실에서 흘러나오는 확성기 소리에 묻혔다. "주목! 북문에서 작업장으로 향하는 마지막 버스가 승차 중입니다!"

곧 스타일스가 다시 말했다. "또 다른 전화네요. 이거 받으시는 게 좋겠습니다. 곤란한 문제예요."

"누군데?"

"뮤록*의 지휘관이오."

"바꿔줘." 반스가 전화를 받아 말했다. "짐 반스입니다, 장군님. 어떻게 지내시나요?"

"아. 안녕하시오, 반스 씨. 귀찮게 하고 싶지는 않지만, 당신 직원이 하는 말이 이해가 안 가서 말이오. 정말 그 예행연습 때문에 꼭 우리 레이더병이 밤을 꼬박 지새워야 하는 거요?"

"음, 장군님. 어차피 추적 레이더에는 언제나 사람이 붙어 있는 게 아니었습니까? 저는 이 나라가 '레이더 우산'을 쓰고 있다고 생각했는데요."

---

* 캘리포니아주 모하비 사막에 있던 비행장

장군이 딱딱한 말투로 대답했다. "그건 적절한 질문이 아니오, 반스 씨."

"그렇겠죠. 법을 통과시키는 것과 그걸 실행하는 데 필요한 예산을 받는 데는 큰 차이가 있으니까요. 그렇지 않습니까?" 반스는 잠시 생각했다. "장군님, 레이더 화면에 점이 깜빡이게 될 거라고 제가 장담한다면 어떨까요?"

"무슨 뜻이오?"

반스가 말했다. "장군님, 우리는 비행기 조종석에 덮개가 없던 시절부터 알고 지냈지요. 장군님은 저희 비행기를 많이 이용하셨고요."

"당신네 비행기는 훌륭하지, 반스 씨."

"오늘 밤에는 협조를 부탁드립니다. 생각대로입니다, 장군님."

"뭐라는 거요?"

"우리는 오늘 밤 이륙합니다. 알다시피 장군님은 화이트샌즈*에 연락해서 우리를 추적하게 할 수도 있습니다. 그리고 장군님….'

"뭐요, 반스?"

"병사들을 모으고 화이트샌즈에 연락하고 하다 보면 1시간은 더 있어야 워싱턴에 연락할 수 있겠지요. 그렇게 생각하지 않습니까?"

한참 동안 아무 말이 없자 반스는 장군이 전화를 끊었다고 생각했다. 그때 장군이 대답했다. "그 정도 걸릴 수도 있지. 내게 알려줘야 할 게 더 없소?"

"없습니다…. 그거면 충분합니다. 한 가지만 빼놓고요. 전 갑니다, 장군. 제가 조종할 거예요."

"오. 행운을 빌어요, 반스."

"고맙습니다, 장군님."

몸을 돌리는 반스의 눈에 그 지역을 선회하는 비행기가 보였다. 비행기의 불빛이 깜빡이고 있었다. 등 뒤에서 엘리베이터가 삐걱거리는 소리

* 미국 뉴멕시코주에 있는 미사일 시험장

를 냈다. 고개를 드니 콜리와 볼스, 트라우브가 내려오고 있었다. 콜리가 외쳤다. "헤이스팅스 박사야?"

"그랬으면 좋겠군."

비행기가 착륙했고, 지프 한 대가 비행기를 향해 움직였다. 몇 분 뒤 지프가 준비실 안쪽으로 들어오더니 정비탑으로 다가왔다. 헤이스팅스 박사가 내렸다. 콜리가 달려가 맞이했다.

"헤이스팅스 박사! 갖고 왔나?"

"안녕하신가, 여러분. 가져왔지." 헤이스팅스 박사가 불룩한 주머니를 두드렸다.

"이리 주게!"

"우주선 안으로 들어가면 되나? 먼저 자네와 논의를 하고 싶은데?"

"타." 두 학자는 엘리베이터를 타고 올라갔다.

볼스 제독이 반스의 소매를 건드렸다. "반스, 얘기 좀 해."

"해."

볼스는 트라우브를 향해 눈짓했다. 반스는 눈치를 채고 안으로 들어갔다. "반스." 볼스가 속삭이며 물었다. "이 트라우브라는 친구에 관해 얼마나 아나?"

"자네나 다를 게 없지. 왜?"

"저 친구 외국에서 태어났지? 독일? 폴란드?"

"러시아일 거야. 그게 문제가 되나?"

볼스는 눈썹을 찡그렸다. "방해공작이 있었어, 반스."

"아니, 뭐라고! 어떤 종류였지?"

"지상 출발 레이더가 작동하지 않았어. 그러고는 트라우브가 뚜껑을 열더니 나를 불렀어."

"문제가 뭐였어?"

"납땜 사이에 연필 자국이 있었어. 그러면…."

"알아. 탄소 때문에 합선이 되지. 방해공작이군. 그래서?"

"요는 저 친구가 너무 쉽게 찾아냈다는 거야. 자기가 직접 한 게 아니라면 어디서 찾아야 할지 어떻게 알 수 있었을까?"

반스는 잠시 생각했다. "만약 트라우브가 우리를 막으려 한다면, 그냥 같이 가기를 거부하면 되잖아. 그 친구가 없으면 우리는 갈 수 없어. 트라우브도 그걸 알고 있고."

"어쩌면 목적이 우리를 막는 게 아니라 우주선을 추락시키려는 거라면?"

"그 와중에 자기도 죽는데? 논리적으로 생각해, 볼스."

"세상에는 미치광이도 있다고, 반스. 논리가 안 통하는 사람이 있어."

반스는 곰곰이 생각했다. "잊어버려, 볼스."

"하지만…."

"잊으라고 했잖아! 다시 우주선에 올라가서 돌아다녀봐. 자네가 방해 공작을 한다면, 어디에 폭탄을 숨길지 상상해봐. 아니면 무엇을 망가뜨릴지."

"알았어!"

"좋아. 트라우브!"

"네, 반스 씨." 트라우브가 서둘러 다가왔다. 반스는 트라우브에게 올라가서 계속 확인하라고 말했다. 정비탑 크레인 아래에 달린 전화가 울렸다. 또 스타일스였다.

"반스 씨? 통행문에서 연락이 왔어요. 그쪽 담당이 자동차 무전기로 도로통제 담당하고 연락이 됐다는데…."

"좋군. 조직을 잘 짰네, 스타일스."

"그렇지 않습니다! 북쪽 도로통제소가 그러는데 집행관이 탄 차가 왔대요. 이륙을 막는 연방법원의 명령을 갖고 있고요. 그 차를 통과시켰답니다."

반스는 나직하게 욕설을 내뱉었다. "통행문에 전화해. 거기 담당한테 그 사람을 막으라고 해."

"했어요. 싫답니다. 연방의 업무를 방해할 수 없답니다."

"망했군!" 반스는 잠시 말을 멈추고 생각에 잠겼다. "그 사람이 주장하는 신분이 맞는지 그야말로 철저하게 확인하라고 해. 법원 명령은 거의 확실하게 가짜일 거라고 알려줘. 정말 가짜야. 그 사람이 보안관 사무실에 연락하는 동안 붙잡아두라고 해. 그리고 보안관이 그 명령을 내렸을 판사에게 전화하게 만들라고 해."

"해볼게요." 스타일스가 대답했다. "그런데 그 명령이 진짜면 어떡하죠? 한 방 먹인 다음에 불꽃놀이가 끝날 때까지 옷장에 가둬두는 게 낫지 않을까요?"

반스는 잠시 그 생각을 고려해보았다. "아니야. 그랬다가 자네는 남은 평생 땅이나 파면서 살게 될 거야. 최대한 시간을 벌어줘. 그리고 관제소로 달려와. 다들 대피했지?"

"콜리 부인이 탈 차와 운전사만 빼고요."

"볼스 제독 부인은?"

"일찍 보내셨어요. 제독님은 우주선이 떠나는 모습을 부인에게 보이는 걸 싫어하셨죠."

"미신을 믿는 게 오히려 다행이군! 콜리 부인의 차를 준비실로 보내. 난 여기 일을 마무리하겠어."

"알겠습니다!"

반스가 고개를 돌리자 콜리와 헤이스팅스 박사가 내려오고 있었다. 반스는 초조하게 잠시 기다렸다. 두 사람이 지상에 닿자마자 콜리가 말했다. "아, 반스. 내가….."

"됐어! 위쪽은 다 괜찮은가?"

"그래, 하지만….."

"시간이 없어! 아내에게 작별인사를 해. 헤이스팅스 박사, 잘 있게. 그리고 고맙네! 자네 비행기가 기다리고 있을 거야."

"반스." 콜리가 큰 소리로 말했다. "왜 그렇게 서두르나? 그건….."

"시간이 없어!" 준비실 문을 통해 자동차가 한 대 들어와 일행을 향해 다가왔다. "자네 아내일세. 작별인사를 하고 오라고. 빨리!" 반스는 몸을 돌려 크레인 기사에게 갔다. "바니!"

"네?"

"이제 우리가 올라갈 거야. 마지막으로. 우리가 크레인에서 내리자마자 뒤로 물러나. 제동기는 트랙에서 떨어져 있지?"

"그럼요."

"완전히 떨어져 있나, 아니면 뒤로 좀 물러나 있나?"

"완전히 떨어져 있습니다. 걱정하지 마세요. 레일에서 떨어뜨리지 않을 겁니다."

"아니야. 떨어뜨려야지. 크레인을 끝까지 밀어버리게."

"네? 반스 씨, 바퀴가 모래에 빠지면 다시 올려놓는 데 일주일은 걸려요."

"그렇지. 바로 그게 내가 바라는 거야. 그렇게 한 뒤에 굳이 설명하려 들지 말고, 곧바로 관제소로 달려가게."

기사는 당황스러운 표정을 지었다. "알겠습니다. 그렇게 말씀하신다면."

반스는 다시 엘리베이터로 왔다. 콜리가 아내와 함께 자동차 근처에서 있었다. 콜리의 아내는 울고 있었다.

반스는 쏟아지는 불빛에 눈을 가리고 통행문으로 이어지는 도로를 보려고 애썼다. 주물공장이 시야를 가렸다. 갑자기 자동차 불빛이 그 건물을 밝게 비추더니 작업장 구역으로 꺾었다가 준비실 입구로 향했다. 반스가 외쳤다. "콜리! 지금이야! 서둘러!"

콜리가 고개를 들었다. 그리고 서둘러 아내를 포옹했다. 반스가 외쳤다. "빨리 오라고! 빨리 와!"

콜리는 아내가 차에 탈 때까지 기다렸다. 반스는 엘리베이터에 올라탔고, 콜리가 도착하자 끌어당겼다. "바니! 위로!"

케이블이 삐걱거리는 소리를 내며 엘리베이터가 위로 올라가기 시작했다. 콜리 부인이 탄 차가 문에 다가가고 있을 때 다른 차 한 대가 들어오기 시작했다. 두 자동차가 멈추더니 낯선 차가 밀고 들어왔다. 그 차는 속도를 높여 크레인 쪽으로 달려와 급히 멈췄다. 한 남자가 내렸다.

그 남자는 이미 머리 위로 10미터쯤 올라간 엘리베이터를 향해 달려왔다. 그리고 손을 흔들며 외쳤다. "반스! 이리 내려오시오!"

반스도 고함을 질러 대꾸했다. "안 들립니다! 시끄러워서요!"

"엘리베이터를 멈추시오! 법원 명령을 갖고 왔소!"

자동차 운전사도 뛰어나와 크레인 조종실로 달려갔다. 반스는 어쩔 도리 없이 지켜만 보고 있었다.

바니가 운전사 뒤에서 튀어나오더니 렌치를 집어 들었다. 운전사가 걸음을 멈췄다. "잘했어!" 반스는 안도의 한숨을 내쉬었다.

엘리베이터가 에어로크 문에 도착했다. 반스는 콜리를 밀었다. "들어가!" 반스가 그 뒤를 따랐다. 그리고 몸을 돌려 통로를 문가에서 떨어지도록 들어 올린 뒤 발에 걸리지 않도록 밀어버렸다. "바니! 시작해!"

크레인 기사가 위를 쳐다보더니 조종간을 움직였다. 크레인이 떨리면서 천천히 우주선에서 멀어졌다. 완전히 떨어져 나간 뒤에도 계속 움직였다.

크레인은 그러고도 계속 뒤로 물러나더니 기울어지면서 진동했다. 모터가 비명을 지르면서 멈췄다. 바니는 자리에서 빠져나와 문을 향해 달려갔다.

4

뮤록, 화이트샌즈, 그리고 그쪽 관제소와 시간 확인이 끝났다. 조종실은 공조기와 통신기의 나지막한 소음, 보조 장비가 가끔 내는 소리 외에는 조용했다. 각 장소의 시각은 3시 29분, 발사 24분 전이었다.

네 사람은 각자 자기 자리에 있었다. 위쪽 두 자리는 조종사와 부조종사 좌석이었고, 아래쪽에는 기관사와 전자 장치 담당이 앉았다. 각각의 무릎 위에는 아치 모양으로 굽은 제어판이 있었다. 곧 닥쳐올 끔찍한 무게에 저항해 몸을 움직이지 않고도 손가락을 자유롭게 움직여 스위치를 조작할 수 있도록 두 팔을 받치게 되어 있었다. 계기판을 볼 수 있도록 머리도 받쳐주었다.

트라우브가 고개를 들어 커다란 석영 창문 두 개 중 하나를 통해 밖을 바라보았다. "구름이 끼고 있어요. 달이 안 보이네요."

반스가 대답했다. "우리가 가는 데에는 구름이 없을 거야."

"구름이 없다고요?"

"그럼 우주에서 뭘 기대한 건가?"

"어, 잘 모르겠어요. 우주여행에 관해서 아는 건 다 벅 로저스*에서 본 것 같습니다. 제 분야는 전자공학이라서요."

"23분." 볼스가 말했다. "선장, 이 녀석 이름은 뭐지?"

"응?"

"우주선을 발사하면 이름을 붙여야 한다고."

"아, 그런가. 박사, 어떻게 생각하나? 자네가 만들었잖아."

"나? 한 번도 생각해본 적 없어."

볼스가 말했다. "루나라고 부르는 게 어떨까?"

"루나호." 반스가 동의했다. "괜찮군."

트라우브가 초조한 기색으로 웃었다. "그러면 저희는 루나틱**이 되겠군요."

"안 될 거 있나?" 반스가 인정했다.

"20분." 볼스가 알려왔다.

"예열해, 박사. 다들 점검표 확인합시다."

* 1920년대에 처음 등장한 미국의 SF 만화 캐릭터. 영화와 드라마로도 만들어졌다.
** '미치광이'라는 뜻

"우주선은 이미 뜨거워." 콜리가 대답했다. "여기서 핵분열을 늘리려면 뭔가 먹이를 줘야 할 거야. 반스, 내가 계속 생각해봤는데, 아직 우주선을 시험할 수 있을 것 같아."

"응?"

"일단 0.5g 추진에 맞춰보는 거야. 그리고 일단 내가 그 시험을 마치면 추진력을 높여서 가자고."

"그게 무슨 의미가 있지? 작동하거나 터지거나 둘 중 하나잖아."

"그래." 콜리가 대답했다.

트라우브가 긴장해서 물었다. "이게 터질 수도 있나요?"

"걱정하지 마." 콜리가 위안이 되는 말을 했다. "축척 모형은 1시간 하고도 23분이나 작동한 뒤에 폭발했어."

"아, 그 정도면 좋은 건가요?"

"트라우브." 반스가 지시를 내렸다. "'지상 방송 수신' 스위치를 켜게. 우리도 좀 보자고."

"네, 알겠습니다." 위쪽에는 커다란 TV 화면이 있었다. 트라우브는 그 화면을 후미와 앞머리에 있는 스캐너에 연결하거나, 아니면 지금처럼 평범한 영상 채널을 수신하게 할 수 있었다. 화면에 켜졌다. 불빛을 받으며 외롭게 서 있는, 키 큰 우주선이 보였다.

화면과 함께 아나운서의 목소리도 들렸다. "…이 우주선, 역사상 가장 강력한 이 우주선은 곧 우주로 날아갈 예정입니다. 비행 계획은 오늘 밤까지 비공개였습니다. 목적지도 공개되지 않은 상태입니다. 이게…."

방송을 보는 도중에 허브 스타일스가 끼어들었다. "반스 씨, 반스 씨!"

반스가 몸을 기울여 아래쪽에 앉아 있는 트라우브를 바라보았다. "연결된 건가?"

"잠시만요. 됐습니다."

"뭐지, 스타일스?"

"누군가가 길 막아놓은 것을 허물고 이쪽으로 오고 있습니다."

"누구지?"

"모르겠어요. 북쪽 도로 통제소와 연락이 안 돼요."

"통행문에 연락해. 쫓아버리라고."

"그곳에는 이제 사람이 없어요. 아, 잠깐만요. 북쪽 도로 통제소네요." 얼마 뒤에 스타일스가 외쳤다. "사람을 가득 태운 트럭이에요. 밀고 들어오면서 담당자를 깔아뭉갰어요!"

"당황하지 마." 반스가 주의를 시켰다. "우리를 잡을 수는 없어. 우주선 꼬리에 매달리게 된다면 그건 그쪽의 운이 없는 것이겠지. 난 정시에 이륙할 거야."

볼스가 앉은 채로 몸을 곧추세웠다. "너무 확신하지 마, 반스."

"응? 저놈들이 우리에게 뭘 할 수 있단 말이지?"

"꼬리 날개 하나에 달린 다이너마이트 여섯 개가 우주선에 무슨 짓을 할 수 있을까? 지금 당장 이륙해!"

"시간 계산도 하기 전에? 볼스, 바보 같은 소리 하지 마."

"일단 발사하고 나중에 수정하자고!"

"박사, 그럴 수 있나?"

"응? 안 되지!"

반스는 TV 화면을 바라보았다. "트라우브, 관제소에 사이렌을 울리라고 해!"

"반스." 콜리가 항의했다. "지금 이륙할 수는 없어!"

"아직 시험해볼 생각이 있어? 0.5g라고?"

"그래. 하지만…."

"준비!" 반스의 눈은 화면에 보이는 바깥의 모습에 못 박혀 있었다. 자동차 전조등이 공장 주위를 돌아 준비실을 향해 속도를 높였다. 콜리의 대답은 울리는 사이렌 소리에 묻혔다.

트럭은 거의 문에 다가온 상태였다. 반스의 손가락이 점화 버튼을 눌렀다.

거대한 펌프 소리에 이어 뼛속까지 울리는 굉음이 일어났다. 루나호가 부르르 떨렸다.

TV 화면을 보니 우주선의 후미에서 백열광이 꽃을 피우듯이 뿜어져 나왔다. 환한 빛이 물결치면서 자동차 불빛과 건물, 우주선의 하단부를 뒤덮었다.

반스는 급히 손가락을 뗐다. 소음이 가라앉았다. 분사 구름이 환한 백열광에서 불투명한 색으로 바뀌었다. 침묵 속에서 스타일스의 목소리가 울려 퍼졌다. "아침부터 정말 장관이군요!"

"스타일스, 내 말 들리나?"

"네, 어떻게 된 건가요?"

"확성기로 경고해. 당장 멀리 떨어지라고. 더 가까이 왔다가는 태워버릴 테니까."

"벌써 태우신 게 아니고요?"

"빨리해." 반스는 화면을 보며 손가락을 들어 올렸다. 구름이 걷히며 트럭이 모습을 나타냈다.

"9분." 볼스가 차분하게 알렸다.

반스는 스피커를 통해 확성기에서 나오는 소리를 들을 수 있었다. 침입자에게 물러가라고 경고하고 있었다. 한 명이 트럭에서 뛰어내리자 나머지도 뒤따랐다. 반스의 손가락이 떨렸다.

그자들은 몸을 돌려 달아나버렸다.

반스는 한숨을 내쉬었다. "콜리, 시험이 마음에 들었나?"

"연소 정지가 깔끔하지 않군." 콜리가 불평했다. "깔끔했어야 하는 건데."

"발사는 하는 건가, 아닌가?"

콜리는 주저했다. "어때?" 반스가 물었다.

"발사해."

트라우브가 슬픈 한숨을 내쉬었다. 반스는 틈을 주지 않고 말했다. "동력 장치, 자동으로 전환! 전원, 가속에 대비. 트라우브, 관제소와 뮤록,

화이트샌즈에 03시 52분에 카운트다운 대기하라고 전해줘."

"03시 52분." 트라우브가 들은 내용을 복창했다. "우주선에서 관제소, 뮤록, 화이트샌즈에 전달."

"동력 장치, 보고."

"자동. 전부 양호."

"부조종사?"

"자동조종으로 추적 중." 볼스가 덧붙였다. "8분 남았음."

"콜리, 우주선은 최대한 뜨거워졌나?"

"가능한 한 위험을 무릅쓰고 핵분열 반응을 일으키고 있어." 콜리가 잔뜩 긴장한 목소리로 대답했다. "아슬아슬해."

"그렇게 유지해. 전원, 안전띠 착용."

콜리가 엉덩이를 들썩였다. "반스, 내가 멀미약 먹는 걸 깜빡했어."

"움직이지 마! 멀미가 나면, 멀미가 나는 거지."

"1분. 곧 시작이다!" 볼스가 거친 목소리로 말했다.

"지금이야, 트라우브!"

"관제소, 뮤록, 화이트샌즈, 카운트다운 준비!" 트라우브가 잠시 기다렸다. 선내는 조용했다.

"60! 59, 58, 57…."

반스는 의자 손잡이를 꽉 붙잡고 두근거리는 가슴을 가라앉히려고 애썼다. 트라우브가 수를 세는 동안 줄어드는 숫자를 바라보았다. "39! 38! 37!" 트라우브의 목소리는 날카로웠다. "31! 절반 진행!"

반스는 바깥에서 사이렌 소리가 오르내리는 것을 들을 수 있었다. 위쪽의 TV 화면 속에 있는 루나호는 앞머리가 어둠 속에 잠긴 채 자랑스럽게 우뚝 서 있었다.

"11!"

"10!"

"9!"

"8!" 반스는 입술을 적시며 침을 삼켰다.

"5, 4, 3, 2⋯."

"발사!"

그 소리는 시험 발사 따위를 초라하게 만들어버리는 굉음에 묻혔다. 루나호가 몸을 들썩이더니 하늘을 향해 솟아올랐다.

5

이 사람들을 이해하려면, 방향을 새로 설정해야 한다. 대서양을 건너는 일은 대단한 모험이었다. 콜럼버스 시절에는 그랬다. 초창기 우주인도 마찬가지였다. 그들이 탄 우주선은 믿을 수 없을 정도로 조악했다.

그들은 앞으로 무슨 일이 닥쳐올지 알지 못했다. 만약 알았더라면, 가지 않았을 것이다.

— 파쿠하손, 같은 책, 3권 415쪽

반스는 뭔가 자신을 푹신한 좌석 속으로 짓누르고 있다는 느낌을 받았다. 구역질을 참으며 혀를 삼키지 않으려고 애를 썼다. 0.5톤이 넘는 몸무게 때문에 마비된 느낌이었다. 반스는 억지로 가슴을 들어 올렸다. 무게보다 심한 건 소음이었다. 참기 어려운 초음파부터 거의 들리지도 않는 저음이 모두 합쳐진 백색 소음이 정신을 쏙 빼놓았다.

소음은 점점 작아지면서, 덜컹거리는 소리로 바뀌더니 곧 사라졌다. 5g라는 가속도로 6초 만에 소음조차 제쳐버렸던 것이다. 이제 조용한 고통을 깨뜨리는 소리라곤 펌프를 통해 흘러가는 물소리뿐이었다.

한동안 반스는 침묵을 음미했다. 곧 두 눈에 위쪽에 있는 TV 화면이 들어왔다. 화면 속에 점점 줄어드는 불꽃이 보였다. 반스는 그것이 하늘로 사라지는 자신의 모습임을 깨닫고, 발사 순간을 지켜보지 않은 것을 후회했다. "트라우브." 반스가 힘겹게 말했다. "'후방 시야'를 켜줘."

"안 됩니다." 트라우브가 끙끙거리며 말했다. "손가락 하나도 안 움직여요."

"해봐!"

트라우브가 간신히 시킨 대로 했다. 흐릿한 화면이 들어오더니 선명해졌다. 볼스가 투덜거렸다. "오오, 굉장하군!" 반스가 화면을 응시했다. 그들은 로스앤젤레스 상공 위를 높이 날고 있었다. 가로등과 네온사인에 빛나는 대도심이 뚜렷하게 모습을 드러냈다. 그 모습은 눈에 띄게 줄어들고 있었다.

동쪽 현창 밖에서 장밋빛 불빛이 깜짝이더니 순식간에 눈부신 햇빛이 넘실거렸다. 트라우브가 외쳤다. "무슨 일이죠?"

반스도 처음에는 놀랐지만, 억지로 목소리가 떨리지 않게 가다듬고 대답했다. "일출이야. 우리가 그만큼 높게 올라온 거지." 그리고 덧붙였다. "콜리, 동력 장치는 어때?"

"계기는 정상이야." 콜리가 숨이 막힐 듯한 목소리로 대답했다. "얼마나 더 가야 하지?"

반스가 계기판을 바라보았다. "3분 이상."

콜리는 대꾸하지 않았다. 3분은 견디기에 너무 긴 시간 같았다. 이내 트라우브가 말했다. "하늘을 보세요!" 콜리는 억지로 고개를 들어 바라보았다. 햇빛이 강렬하게 비쳤지만, 하늘은 검었고 별들이 점점이 박혀 있었다.

3분 50초가 되었을 때 분사가 끝났다. 처음과 마찬가지로 분사가 끝나는 과정도 깔끔하지 않고 느렸다. 몸을 짓누르던 끔찍한 무게가 천천히 줄어들다가 마침내 완전히 사라졌다. 이제 로켓과 승무원이 달을 향해 위쪽으로 '떨어지는' 자유 궤도에 들어간 것이다. 우주선과 탑승객 사이에는 그 어떤 상대적인 무게도 없었다.

반스는 무중량 상태의 특징인, '추락하는 엘리베이터'에 탄 기분을 느끼며 구역질이 올라오고 겁이 났다. 하지만 예상했던 일이었으므로 곧 자신을 추스르며 힘주어 말했다. "동력 장치, 보고!"

"동력 장치 정상." 콜리가 힘없는 목소리로 대답했다. "분사 정지는 느꼈지?"

"나중에 얘기해." 반스가 말했다. "부조종사, 내 계기로는 항로가 높아 보이는군."

"내 화면에 보이는 항로는 정상이야." 볼스가 숨을 헐떡이며 말했다. "아니, 조금 높거나."

"트라우브!"

답이 없었다. 반스가 다시 불렀다. "트라우브? 대답해. 괜찮아?"

트라우브의 목소리에는 힘이 없었다. "죽을 것 같아요. 추락하고 있잖아요. 아, 제발요. 멈춰주세요!"

"그만 좀 해!"

"우리, 추락하고 있나요?"

"아니야, 아니라고! 우린 괜찮아."

"저 분이 '괜찮다'고 했어." 트라우브가 중얼거리더니 곧 덧붙였다. "저는 추락해도 괜찮을 것 같네요."

반스가 외쳤다. "콜리, 멀미약 좀 줘. 트라우브가 빨리 먹어야 할 것 같아." 그러고는 잠시 말을 멈추고 자신도 구역질을 억눌렀다. "나도 한 알 먹어야겠군."

"나도." 볼스가 동의했다. "이렇게 멀미를 해본 게…." 볼스는 잠깐 생각하다가 말했다. "수습 장교일 때 이후로 처음이군."

콜리는 안전띠를 느슨하게 풀고 의자에서 몸을 일으켰다. 무게를 전혀 느끼지 못한 채 자유롭게 떠올라 느린 화면으로 본 잠수부처럼 천천히 몸을 돌렸다. 트라우브가 고개를 돌려 외면하며 신음했다.

"그만 좀 해, 트라우브." 반스가 말했다. "화이트샌즈에 연락해봐. 시간별 고도를 확인하고 싶어."

"못 하겠습니다. 멀미가 나서요."

"해!"

콜리가 기둥 근처로 날아오른 뒤 기둥을 붙잡아 몸을 선반 쪽으로 이끌었다. 그리고 약병을 찾아서 황급히 멀미약을 한 알 삼켰다. 콜리는 다시 몸을 당겨 트라우브의 자리로 다가갔다. "여깄어, 트라우브. 이걸 먹으면 기분이 나아질 거야."

"그게 뭔가요?"

"드라마민이라는 약이야. 멀미약이지."

트라우브가 입속에 약을 넣었다. "삼킬 수가 없습니다."

"삼키는 게 좋을걸." 트라우브가 입을 꾹 다물고 알약을 넘겼다. 콜리가 이번에는 반스에게 다가가 물었다. "반스, 자네도 필요해?"

반스는 대답하려고 입을 열었다가 고개를 돌리며 손수건에 토했다. 눈에서 눈물이 줄줄 흘러나왔다. 반스는 알약을 받아 들었다. 볼스가 외쳤다. "콜리, 여기도 빨리!" 목소리가 끊기더니 이내 다시 들렸다. "너무 늦었군."

"미안해." 콜리가 볼스 쪽으로 움직였다. "맙소사, 지저분하기는!"

"약이나 내놓고 더 말하지 마."

트라우브는 아까보다 나은 목소리로 교신하는 중이었다. "여기는 우주선 루나호, 화이트샌즈 응답하라. 화이트샌즈 응답하라."

마침내 응답이 왔다. "우주선, 여기는 화이트샌즈. 말하라."

"시간별로 레이더 추적, 시간, 거리, 방위 정보를 알려달라."

새로운 목소리가 끼어들었다. "우주선, 여기는 화이트샌즈. 계속 추적 중이었는데, 수치가 이해가 가지 않는다. 목적지가 어디인가?"

트라우브가 반스 쪽을 힐끗 바라보며 대답했다. "화이트샌즈, 여기는 루나호. 목적지는 달이다."

"반복하라! 반복하라!"

"우리 목적지는 달이다!"

침묵이 이어지다가 똑같은 목소리가 응답했다. "목적지, 달. 행운을 빈다. 우주선 루나호!"

✳

갑자기 볼스가 소리 높여 말했다. "이봐! 여기 좀 봐!" 볼스는 안전띠를 풀고 태양 쪽으로 나 있는 현창 옆에 떠 있었다.

"나중에." 반스가 대답했다. "먼저 이 레이더 추적 자료가 필요해."

"그쪽에서 다시 연락이 올 때까지만이라도 봐. 평생에 단 한 번밖에 없는 기회라고."

콜리가 반스에게 왔다. 반스는 주저했다. 정말 간절하게 보고 싶었지만, 트라우브만 일하게 하자니 부끄러웠다. "잠깐." 반스가 외쳤다. "내가 우주선을 돌릴게. 그러면 우리 모두 볼 수 있어."

우주선 중앙에는 플라이휠이 있었다. 반스는 방위 정보를 자세히 들여다본 뒤 우주선과 플라이휠을 연결했다. 경로를 그대로 유지한 채 우주선이 천천히 회전했다. "어때?"

"방향이 틀렸어!"

"미안." 반스가 다시 시도했다. 별들이 반대 방향으로 움직였다. 지구가 시야에 들어왔다. 반스는 지구를 쳐다보느라 회전을 확인하는 것을 거의 잊을 뻔했다.

1천3백 킬로미터보다 살짝 높은 고도에서 동력이 멈췄다. 루나호는 초속 11.2킬로미터에서 타성으로 움직였다. 지난 몇 분 동안 꾸준히 고도를 높인 결과 이제 캘리포니아 남부 상공 4천8백 킬로미터 위에 있었다. 아래쪽은, 즉 우주선에서 볼 때 반대쪽은 어두웠다. 해안 도시들이 크리스마스 전등처럼 늘어서 있었다. 그 동쪽에서는 그랜드 캐니언 위로 태양이 솟아오르며 미드 호수에 빛을 비추었다. 더 동쪽으로 가면 햇빛을 받은 대초원이 보였다. 갈색과 녹색이 펼쳐진 초원을 화려한 구름이 조금씩 가리고 있었다. 이 평야는 둥글게 굽은 지평선 너머로 이어졌다.

우주선이 워낙 빠르게 움직이고 있었기 때문에 풍경은 계속해서 움직이며 작아졌다. 그러다 마침내 지구 전체가 공만 하게 줄어들었다. 반스는 반대편 구획에서 그 모습을 감상했다. "트라우브, 자네도 잘 보이지?" 반스가 물었다.

"네." 트라우브가 대답했다. "네." 트라우브는 조그맣게 또다시 대답했다. "와, 저게 진짜인 거지요?"

반스가 말했다. "어이, 볼스, 콜리 박사. 머리 좀 숙여줘. 자네들은 투명하지 않단 말이야."

트라우브가 반스를 바라보았다. "가서 보세요, 선장님."

"아냐. 자네와 있겠어."

"바보 같은 소리 하지 마시고요. 저는 나중에 볼게요."

"그럼…" 반스가 갑자기 웃음을 띠었다. "고마워, 트라우브." 그리고 몸을 날려 현창을 향해 갔다.

트라우브는 계속 제이펀을 바라보고 있었다. 얼마 뒤 통신기에서 나오는 소리가 귓가에 울렸다. "우주선, 여기는 화이트샌즈. 레이더 정보 준비 완료."

처음 받은 정보, 그리고 화이트샌즈와 뮤록이 가능한 한 오래 우주선을 추적하며 기록한 추가 정보는 반스의 추측을 확인해주었다. 루나호는 예상 위치보다 '높은' 위치에서 헤이스팅스 박사가 열심히 계산한 속도보다 더 빠른 속도로 날고 있었다. 차이는 작았다. 자동 조종 화면에 나타난 예정 경로와 실제 경로 사이에는 미세한 차이밖에 없었다.

그러나 그 차이는 점점 벌어질 예정이었다.

로켓의 '탈출 속도'는 대단히 중요했다. 헤이스팅스 박사는 전형적인 백 시간짜리 궤도를 계산했고, 루나호는 4일 뒤에 달이 있을 지점을 겨냥해 출발했다. 그러나 초기 속도가 결정적이다. 분사 중지 당시의 우주선 속도가 1퍼센트 미만으로 달라져도 지구에서 달까지 가는 데 걸리는 시간은 절반, 혹은 두 배가 될 수 있었다. 루나호는 예정보다 아주 살짝 앞서 있었다. 하지만 달 궤도에 도착했을 때는 달이 그곳에 없었을 것이다.

콜리 박사는 숱이 별로 없는 머리를 쥐어뜯었다. "물론 분사 중단이 깔끔하지는 않았어. 하지만 그건 예상하고 있었던 것이고, 질량계는 주의 깊게 보고 있었다고. 더 빠른 이유를 설명하기엔 증거가 부족해. 여기를 봐."

콜리는 항해 일지 기록용 책상, 즉 가속용 침상 사이의 공간에 설치된 작은 선반 위에 웅크렸다. 그 앞에 놓인 고정식 의자 위에 몸을 묶은 채였다. 반스가 그 옆으로 날아와 계산을 들여다보았다. "이해가 안 가는군." 얼마 뒤 반스가 말했다. "소모 질량이 헤이스팅스가 계산한 것보다 상당히 크잖아."

"그건 잘못된 수치야." 콜리가 지적했다. "자네는 시험에 쓴 물의 질량을 빼먹었어. 발사에 필요한 수치를 얻기 위해 소모한 전체 질량에서 그 수치를 빼야 해. 여기 있어. 그걸 적용하면…" 콜리가 머뭇거렸다. 짜증나 있던 표정이 돌연히 절망적인 표정으로 바뀌었다. "아, 맙소사!"

"응? 왜 그래, 박사? 실수를 찾았어?"

"아, 이렇게 멍청할 수가!" 콜리가 미친 듯이 계산하기 시작했다.

"뭘 찾아낸 거야?" 콜리는 대답하지 않았다. 반스가 콜리의 팔을 붙잡았다. "어떻게 된 거냐니까?"

"응? 나 좀 내버려둬."

"야구 방망이로 후려칠 거야. 뭘 찾아낸 거야?"

"어? 이봐, 반스. 로켓의 최종 속도를 어떻게 계산하지? 이상적인 경우에?"

"무슨 소리야? 퀴즈 쇼라도 열게? 분사 속도에 질량비의 로그값을 곱한 것 아닌가. 맞혔으니까 돈 내놔."

"그런데 자네가 이 질량비를 바꿔놓았단 말이야! 우리가 '높이' 날아가는 것도 당연하지."

"내가?"

"우리 둘 다. 나도 자네만큼이나 잘못이 있지. 잘 들어봐. 자네는 트럭에 탄 깡패들을 쫓아내겠다고 물을 썼어. 그런데 헤이스팅스가 계산한 수치는 그 질량이 0일 때를 기준으로 한 거라고. 우주선은 이륙할 때 거의 정확하게 250톤이었어야 해. 거기서 자네가 쓴 게 빠진 거야. 그래서 너무 빨리 날아가고 있는 것이고."

"뭐? 내가 반작용 질량을 낭비해서 우리가 너무 빨리 가는 거라고? 그건 말이 안 돼." 반스는 의자 다리에 발을 걸어 몸을 고정한 뒤 계산자와 로그표를 이용해 그 문제를 대략적으로 검토했다. "음, 내가 죽을죄를 지었군!" 반스가 겸손하게 덧붙였다. "콜리, 내가 선장을 하겠다고 나서는 게 아니었어. 내가 아는 게 부족했어."

콜리의 걱정스러운 표정이 누그러졌다. "그렇게 생각하지 마, 반스. 아직 제대로 아는 사람이 누가 있다고. 나도 그토록 많은 시간을 이론 연구에 들이고도 너무 앞서 나가서 자네가 실수하도록 재촉하지 않았나."

"이게 얼마나 중요할까? 오차는 1퍼센트 아래야. 달에 도착하는 시간이 1시간 정도 빨라질 것 같은데."

"그렇게 대충 하면 틀려. 초기 속도가 결정적이라고, 반스. 자네도 알잖아!"

"얼마나 결정적이지? 우리가 언제 달에 도착할까?"

콜리는 낙심한 표정으로 처량하게 각종 도구를 바라보았다. 50센티미터짜리 로그-로그 계산자, 7자리수 계산표, 항해력, '영리한 두뇌'를 원자폭탄이라고 치면 불꽃놀이 수준밖에 되지 않을 사무실용 계산기 등. "나도 몰라. 헤이스팅스 박사에게 확인해봐야겠어." 콜리가 책상 위에 연필을 던졌다. 연필은 튕겨 나와 멀리 날아갔다. "문제는 이거야. 우리가 애초에 달에 갈 수는 있을까?"

"아, 그 정도로 나쁘지는 않을 거야!"

"그 정도로 나빠."

건너편 구획에서 볼스가 불렀다. "와서 뭐 좀 먹어. 안 먹으면 돼지한테 줘버릴 거야!"

그러나 콜리가 헤이스팅스 박사에게 보낼 메시지를 작성하는 동안 식사는 미뤄둘 수밖에 없었다. 내용은 아주 간단했다.

'궤도 이탈. 화이트샌즈와 뮤록의 데이터를 이용해 수정 벡터를 계산할 것. 대단히 긴급을 요함. 콜리.'

트라우브는 메시지를 보낸 뒤, 자기는 배가 고프지 않으며 우주선에서 식사를 하리라고 예상하지 못했다고 말했다.

볼스는 전열기 하나 달랑 있는 조리 공간을 나와 트라우브의 자리로 갔다. 트라우브는 무전기를 조작하는 동안 몸을 고정하려고 안전띠를 매고 있었다. "그만하고 나와." 볼스가 충고했다. "자네도 알다시피 먹어야 해."

트라우브가 우울한 얼굴을 하고 말했다. "감사합니다, 제독님. 하지만 먹을 수 없어요."

"그러니까 내 요리가 마음에 안 든다는 거지? 그리고 내 친구들은 나를 그냥 볼스라고 불러."

"감사합니다, 어, 볼스. 그건 아니고 그냥 배가 고프지 않아요."

볼스가 머리를 가까이 갖다 대더니 낮은 목소리로 말했다. "겁먹지 말라고, 트라우브. 나는 이보다 더한 궁지에 빠졌다가 살아남은 적이 있어. 걱정하지 마."

"걱정 안 합니다."

볼스가 웃었다. "부끄러워할 것 없어, 이 친구야. 우린 지금 다 엉망이야. 첫 전투에 나선 거라고. 와서 좀 먹어."

"먹을 수가 없어요. 그리고 저는 전투에 참가한 적이 있습니다."

"정말?"

"네, 정말요! 퍼플 하트 훈장을 두 개 받았습니다. 제독님, 절 좀 가만히 내버려두세요. 배 속이 정말로 불편하단 말입니다."

볼스가 말했다. "미안하군, 트라우브." 그리고 덧붙였다. "어쩌면 멀미약을 하나 더 먹어야 할지도 모르겠네."

"그럴지도요."

"하나 가져다주지." 볼스는 약을 가져다준 뒤 곧 다시 투명한 봉지에, 정확히는 부드러운 플라스틱으로 만든, 그리고 젖꼭지까지 달린 수유용 주머니에 담긴 우유를 가지고 돌아왔다. "달콤한 우유야, 트라우브. 아마 속이 좀 나아질 거야."

트라우브는 호기심 어린 눈으로 바라보았다. "기저귀와 딸랑이도 있어야겠는데요." 트라우브가 말했다. "감사합니다, 어…, 볼스."

"괜찮아, 트라우브. 그게 잘 내려가면 샌드위치를 만들어주지." 볼스가 공중에서 몸을 돌려 나머지 일행 쪽으로 움직였다.

6

루나호는 계속해서 앞으로 나아갔다. 지구가 점점 멀어져갔고, 전파 신호도 갈수록 약해졌다. 그리고 헤이스팅스 박사에게서는 아직 연락이 없었다. 콜리는 가진 도구를 이용해 계속해서 끈질기게 헤이스팅스로부터 어떤 답변을 받을지 예측해보려고 시도하며 시간을 보냈다. 트라우브는 통신기 옆을 지켰다. 반스와 볼스는 한참 동안 현창 밖을 내다보았다. 뒤쪽으로는 군데군데 구름에 덮인 지구가 작아지는 모습이 보였고, 앞쪽으로는 반달과 보름달 사이의 빛나는 달과 변함없이 밝은 별이 있었다. 그러다 볼스는 도중에 잠이 들었고, 부드럽게 코를 골며 풍선처럼 떠다녔다.

반스는 볼스를 자기 자리로 살짝 밀어 보낸 뒤 느슨하게 안전띠를 매주었다. 좁은 선실이 난장판이 되지 않게 하려는 의도였다. 반스는 갈망하는 눈빛으로 자신의 의자를 바라보았지만, 이내 트라우브를 향해 고개를 돌렸다.

"거기서 나와, 트라우브." 반스가 지시했다. "내가 대신할 테니 잠깐

눈 좀 붙이라고."

"저요? 아, 괜찮습니다, 선장님. 제가 지켜보고 있을 테니까 좀 주무세요."

반스가 머뭇거렸다. "좀 쉬지 않아도 괜찮겠어?"

"그럼요. 저는 아주…." 트라우브가 말을 끊었다가 덧붙였다. "잠깐만요." 그리고 제어판을 바라보았다. 트라우브는 스피커 대신 이어폰을 꽂고 있었다. 트라우브는 이어폰을 똑바로 꽂고 또박또박 말했다. "말하라, 지구."

곧 트라우브가 반스를 향해 말했다. "〈시카고 트리뷴〉이에요. 반스 씨에 관한 독점 기사를 싣고 싶다는데요."

"됐어. 난 잘 거야."

트라우브가 반스의 대답을 전한 뒤에 다시 물었다. "제독님이나 콜리 박사님은요?"

"부조종사는 자고 있고, 콜리 박사는 방해받으면 안 돼."

"반스 씨?" 트라우브가 소심한 태도로 물었다. "제가 해도 괜찮을까요?"

반스는 웃었다. "물론이지. 하지만 비싸게 부르라고." 눈을 감은 반스는 트라우브가 누군지 모를 상대와 흥정하는 소리가 들렸다. 과연 트라우브는 그 돈을 쓰게 될 수 있을까? 애초에 트라우브 같은 사람이 어딘지도 모를 곳으로 황급히 날아가는 우주선 안에서 뭘 하는 걸까?

따지고 보면, 짐 반스는 왜 그곳에서 그러고 있는 것일까?

인터뷰를 마친 뒤 트라우브는 계속해서 통신기 옆을 지켰다. 신호는 갈수록 약해지더니 이내 알아듣기 어려운 수준으로 떨어졌다. 선실은 희미한 공조기 소리를 제외하면 조용했다.

한참 지난 뒤 갑자기 통신이 살아났다. 트라우브는 워싱턴의 NAA*에서 우주선을 향해 반사경을 설치했다는 사실을 알게 됐다. "군 부호를 이

* 해군통신시설

용할 수 있습니까?" 트라우브는 이런 질문을 받았다.

트라우브가 그렇다고 응답했다. "볼스 제독에게 급전." NAA가 곧바로 대꾸했다. "공 공 공 하나. 군 부호 이어짐. 러브, 엉클, 킹, 이지, 로저…. 보이, 에이블, 도그, 아이템, 피터…." 부호는 한참 동안 이어졌다.

"콜리 박사님!"

콜리가 마치 이상한 곳에서 깨어난 사람처럼 멍한 표정으로 바라보았다. "응? 뭐지, 트라우브? 난 바쁜데."

"헤이스팅스 박사님의 연락입니다."

"아, 좋아." 콜리가 정신을 차렸다. "거기서 나와. 내가 받지."

무중량 상태라 자리를 바꾸는 게 쉽지 않았다. 누군가가 트라우브의 팔을 건드렸다. "무슨 일이지, 트라우브?"

트라우브가 몸을 돌리자 반스와 볼스가 깨어나 안전띠를 푸는 모습이 보였다. "안녕히 주무셨습니까, 선장님. 헤이스팅스 박사님이 연락했어요."

"좋았어!"

"어, 제독님. 전해드릴 게 있습니다." 트라우브가 부호 신호를 내밀었다.

볼스가 부호를 들여다보았다. 반스가 말했다. "경주 결과?"

볼스는 대답하지 않고, 앞쪽에 있는 격벽을 향해 날아가 가능한 한 거리를 유지했다. 그러고 나서 안주머니에서 얇은 책자를 꺼내 보며 메시지를 해독했다. 반스는 놀란 듯했지만, 아무 말도 하지 않았다.

헤이스팅스 박사의 연락은 짧았지만, 그다지 반가운 소식은 아니었다. 우주선은 원래 계획했던 달 궤도상의 지점에 도착하겠지만, 50시간 이상 일찍 도착할 예정이었다. 따라서 14만 킬로미터 이상의 차이로 달을 비켜날 터였다!

반스가 휘파람을 불었다. "초미의 관심을 받는 파일럿, 반스라는군."

콜리가 말했다. "농담이 아니야."

"나도 재밌어서 한 말이 아니야, 박사." 반스가 대답했다. "하지만 운다고 나아질 게 있나. 어차피 비극일 텐데."

트라우브가 끼어들었다. "저… 무슨 뜻입니까?"

"저 친구 말은 말이지." 볼스가 무뚝뚝하게 말했다. "우리가 저 멀리 날아가고 있으며 돌아가지 못한다는 뜻이야."

"저 멀리요? 저 멀리라면…, 우주로 말인가요? 별들이 있는 곳이요?"

"대충 그럴 거야."

"그렇지는 않아." 콜리가 끼어들었다. "내 예상에 따르면 우리가 가장 멀리 갈 수 있는 건 화성 궤도 근방이야."

트라우브는 한숨을 쉬었다. "그럼 화성이군요? 아주 나쁘지는 않은 거죠? 그러니까 화성에도 사람이 산다잖습니까. 아닌가요? 운하니 뭐니 하던데요? 거기서 물을 싣고 돌아올 수 있을 거예요."

"웃기는 소리 하지 마, 트라우브." 볼스가 말했다. "자네가 총각이라는 게 다행일 뿐이야."

"총각이요? 누가 그러던가요?"

"총각 아닌가?"

"제가요? 저는 아주 가정적인 남자입니다. 아이도 넷이 있고, 결혼한 지도 14년이 됐는데요."

콜리가 큰일 났다는 표정을 지었다. "트라우브, 난 몰랐어."

"그게 이거랑 무슨 상관입니까? 저는 보험이 있습니다. 로켓 실험에 관한 특약 조항이 있는 것으로요. 이게 소풍이 아니란 건 알고 있었습니다."

반스가 말했다. "트라우브, 만약 내가 알았더라면 함께 가자고 하지 않았을 거야. 미안해." 반스는 콜리에게 말했다. "우리가 언제 물이 떨어지지? 공기도?"

콜리가 목소리를 높였다. "제발! 다들 왜 그러나! 난 우리가 돌아가지 못한다고 말한 적이 없어. 내 말은…."

"하지만 자네가…."

"조용히 해, 볼스! 난 이 궤도가 좋지 않다고 말했어. 우리는 서쪽으로, 달을 향해서 방향을 틀어야 해. 그리고 그걸…." 콜리가 시계를 쳐다보았다. "맙소사! 7분 뒤에 해야 해."

반스가 고개를 젖히며 외쳤다. "다들, 가속 준비! 우주선 기동에 대비하도록!"

7

우주 비행에서 가장 위태로운 기동은 공기가 없는 행성에서 분사를 이용해 착륙하는 것이다. 오늘날에도 이 기동은 최고의 비용과 최고의 조종사를 필요로….

— 파쿠하손, 같은 책, 3권 418쪽

40시간에 걸쳐 우주선은 달을 향해 떨어졌다. 방향 전환은 성공이었다. 이제는 맨눈으로 보아도 달에 가까워지고 있다는 사실을 알 수 있었다. 네 사람은 서로 교대해 가며 통신을 담당하고, 먹고, 자고, 이야기하고, 화려한 하늘을 바라보았다. 볼스와 트라우브는 둘 다 체스에 커다란 열정이 있다는 사실을 알게 되자 종이에 연필로 체스판을 그려서 '제1회 행성 간 체스 대회'를(볼스 제독이 이렇게 명명했다) 벌였다.

트라우브가 일곱 판 중 네 판을 잡아서 승리했다.

지구에서 약 30만 킬로미터쯤 떨어진 거리에서 루나호는 지구와 달 사이의 중력이 서로 상쇄되는 지점을 지났다. 그리고 마지막 궤도로 들어서기 시작했다. 곧 궤도 수정 벡터가 약간 과하게 보상을 한 탓에 달의 (지구에서 봤을 때) 서쪽 부분을 향해 가고 있다는 점이 분명해졌다. 루나호의 궤도는 아직 아무도 본 적이 없는 달 뒷면을 향하고 있었다. 아니면 빠른 속도로 뒷면을 스쳐 지나가며 달 주위를 급회전해 다시 지구로 돌아갈 가능성도 있었다.

두 가지 주요 착륙 방법이 가능했다. A형 – 곧바로 수직으로 내려가 분사를 이용해 속도를 줄이며 한 번에 착륙하는 방법. B형 – 원 궤도를 그리며 속도를 줄이다가 멈춘 뒤에 정지점에서 낙하할 때 역행하여 착륙하는 방법.

"A로 하자고, 반스. 가장 간단해."

반스가 고개를 저었다. "아니야, 콜리. 종이 위에서나 간단하지. 너무 위험해." 만약 그대로 직행하도록 경로를 수정한다면(A형) 제동 시점에서의 속도는 초속 2킬로미터가 넘을 것이었고, 1초라도 오차가 생긴다면 표면에서 2천4백 미터 위에(혹은 아래에) 내려앉게 될 수 있었다.

반스가 말을 이었다. "수정 A형은 어때? 수정이라 함은 고의로 너무 이르게 분사한 다음에 레이더 추적으로 우주선이 멈춘 걸 확인하고 분사를 중단하는 거야. 그리고 그 자리에서 낙하하면서 필요할 때만, 아마 두세 번 정도 분사하는 방법이지."

"말도 안 돼, 반스. 수정 A형은 낭비가 너무 심해."

"난 안전하게 착륙하고 싶을 뿐이야."

"난 집으로 돌아가고 싶기도 하다고. 이 우주선은 초당 20킬로미터의 경로 변경을 감당할 수 있게 설계됐어. 너무 아슬아슬해."

"똑같은 거야. 난 자동조종이 몇 초 일찍 작동하게 하려는 거야."

"우리는 그런 위험을 감수할 수 없어. 그건 안 돼."

"그러면 자네가 직접 착륙시켜. 난 초인이 아니야."

"이봐, 반스…."

"미안해." 반스가 계산식을 바라보았다. "그런데 왜 A형이지? B형은 왜 안 되나?"

"반스, B형은 아마 제외해야 할 거야. 최근 접점에서 감속해야 하는데, 지금 상황으로 봐서 '최근 접점'은 아마 접촉을 의미할 거야."

"충돌이라는 소리군. 그런데 너무 그렇게 보수적으로 굴지 말라고. 어느 위치에서도 원 궤도로 들어갈 수 있잖아."

"하지만 그러면 반작용 질량도 낭비하게 되지."

"어설프게 A형을 썼다가 충돌하면 그 이상을 낭비하게 될 텐데." 반스가 대꾸했다. "B형을 연구해봐. 난 A형을 시도하지 않겠어."

콜리는 완강해 보였지만, 반스가 말을 이었다. "B형에는 추가 이익도 있어, 콜리. 두 가지나."

"바보 같은 소리 하지 마. 완벽하게 헤도 들어가는 반작용 질량은 A형과 같아. 어설프게 하면 그보다 훨씬 더 많이 들어가고."

"난 어설프지 않을 거야. 이익이란 이런 거지. A형을 이용하면 우린 이쪽 면에 착륙하게 돼. 하지만 B형을 쓰면 착륙하기 전에 달을 한 바퀴 돌아서 뒷면을 촬영할 수 있어. 과학하는 사람으로서 이쪽이 끌리지 않나?"

콜리는 흥미가 동하는 모양이었다. "나도 그 생각을 하긴 했는데, 너무 아슬아슬해. 달에 내려가는 데 2.4킬로미터를 움직여야 하고, 올라오는 데도 그만큼이 필요해. 총 4.8킬로미터야. 귀환길에는 대기권으로 들어가기 전에 초속 11.2킬로미터에서 초속 8킬로미터로 감속해야 하는데, 이때 필요한 반작용 질량을 남겨둬야 한다고. 우리는 발사 때 7을 써버렸어. 그러면 총 12가 되지. 수치를 봐. 얼마나 남았어?"

반스가 수치를 보고 어깨를 으쓱했다. "거의 0처럼 보이는군."

"여유가 기껏해야 몇 초야. B형으로 착륙하다 보면 전환 과정에서 낭비할 수 있다고."

"여기서 두 번째 이익이 나와." 반스가 천천히 말했다. "B형은 원 궤도에 들어간 뒤에도 생각을 바꿀 기회를 줘. 곧바로 착륙에 들어가면 그 뒤로는 손 쓸 도리가 없고 말이야."

콜리는 충격을 받은 표정을 지었다. "반스, 착륙하지 않고 지구로 돌아가는 걸 말하는 거야?"

반스가 목소리를 낮췄다. "기다려, 콜리. 만약 탱크에 착륙할 만한 충분한 물이 있다면 난 달에 착륙할 거야. 다시 이륙할 걱정은 안 하겠지. 난 독신이거든. 하지만 트라우브가 있다고. 어쩔 도리가 없어. 우리가 그 친구를 몰아붙였잖아. 그런데 이제 보니 그 친구에게 아빠가 집에 오기

만을 기다리는 아이가 많더라고. 그러면 이야기가 달라지지."

콜리가 얼마 남지 않은 머리카락을 쥐어뜯었다. "말을 했어야지."

"그 친구가 먼저 얘기했다면, 우리가 이륙하지 않았겠지."

"빌어먹을. 내가 엔진을 시험하자고 하지 않았으면, 이런 일이 없었을 텐데."

"말도 안 돼! 만약 내가 분사로 쫓아보내지 않았다면, 아마 그놈들이 우주선을 망가뜨렸을 거라고."

"그건 모르는 일이지."

"세상에 확실한 일이 있던가. 트라우브, 자네 생각은 어때?"

"맞아. 아마…, 좋아. 트라우브에게 결정하라고 해야겠군."

선실 반대쪽에서 트라우브가 볼스와 체스를 두다가 고개를 들었다.

"누가 저 부르셨나요?"

"그래." 반스가 말했다. "자네 둘 다. 결정해야 할 일이 있어."

반스가 상황을 간단히 요약했다. "콜리 박사와 나는 동의했어. 우리가 원 궤도에 들어가고 난 뒤 상황을 정리해보고, 트라우브가 착륙할지, 주위를 돌고 집으로 돌아갈지 결정하는 거야."

볼스는 놀란 표정이었지만, 아무 말도 하지 않았다.

트라우브는 당황스러워했다. "제가요? 결정하는 건 제 일이 아닌데요. 저는 전자 장치 담당이잖아요."

반스가 설명했다. "자네가 유일하게 자녀가 있는 사람이기 때문이야."

"네, 그렇긴 하지만, 잠깐만요. 만약 우리가 착륙하면 정말로 돌아가지 못할 가능성이 있는 건가요?"

"그럴 수 있지." 반스가 대답하자 콜리가 고개를 끄덕였다.

"하지만 그건 모르는 일이잖아요?"

"이봐, 트라우브." 반스가 대꾸했다. "우린 탱크에 착륙과 이륙, 지구로 돌아가는 데 필요한 물을 갖고 있어. 하지만 실수할 여유는 없어."

"네, 하지만 실수하지 않으실 거잖아요. 안 그래요?"

"그건 장담할 수 없어. 벌써 실수를 하나 해서 이런 상황에 이르렀으니까."

트라우브는 어찌해야 할지 몰라 괴로운 표정을 지었다. "하지만 결정하는 건 제 일이 아니란 말입니다!"

볼스가 갑자기 목소리를 높였다. "맞아. 그건 아니지!" 그리고 이어서 말했다. "여러분, 나는 단 한 번도 착륙하지 못할지도 모른다는 생각을 한 적이 없기에 말하지 않으려 했어. 하지만 이제 상황이 상황이니만큼 어쩔 수 없군. 자네들도 알다시피 나는 암호 메시지를 받았어.

요점은 이래. 우리 여행은 중대한 국제적 반향을 일으켰어. 보안위원회가 계속해서 열렸는데, 소비에트 연방이 달은 UN과 공동의 소유지가 되어야 한다고…."

"그래야겠지." 콜리가 끼어들었다.

"그게 핵심이 아니야, 박사. 그들의 유일한 목적은 우리가 달 소유권을 주장하지 못하게 막으려는 거라고. 우리, 실제로 달을 향해 가고 있는 우리 말이야. 짐작하다시피 미합중국이 허가 없이 달에 기지를 건설하지 못하도록 우리를 막으려는 거야. 그리고 그 허가는 분명히 거부당하겠지."

콜리가 지적했다. "하지만 그건 양쪽 다 마찬가지야. 우리도 러시아가 달에 기지를 건설하지 못하게 거부할 것 아닌가. 볼스, 내가 자네와 일한 건 그게 내 평생의 야망을 실현하는 방법이기 때문이었어. 하지만 솔직히 말해서, 그 누구라도 달을 로켓 기지로 이용하는 건 내가 참을 수 없어."

볼스의 얼굴이 붉어졌다. "콜리, 이건 달의 중립을 보장하기 위한 시도가 아니야. 원자폭탄을 세계가 통제하지 못하게 막으려 했을 때처럼 겉과 속이 다른 이야기를 하는 거라고. 이 공산주의자들은 자기네가 달에 가기 전까지 우리를 법적인 문제에 묶어놓고 싶을 뿐이야. 어느 날 눈 뜨고 보면 러시아는 달에 기지를 세웠고, 우리는 없는 상황이 될 거야.

그리고 제3차 세계대전은 시작도 하기 전에 끝나겠지."

"하지만… 그건 모르는 일이야, 볼스."

볼스가 반스에게 말했다. "반스, 자네가 말 좀 해봐."

반스가 조바심내며 손짓했다. "상아탑에서 빠져나와, 콜리. 우주여행은 실현됐어. 우리가 해냈다고. 언젠가는 달에 로켓 기지가 생길 거야. 물론 세계 평화를 유지하는 UN의 기지여야 하지. 하지만 UN은 처음부터 무력했어. 최초의 기지는 우리 것이거나 러시아의 것이 될 거야. 둘 중 어느 쪽이 그 힘을 오용하지 않으리라고 신뢰하나? 우리인가, 아니면 소련 공산당 정치국인가?"

콜리가 두 손으로 눈을 덮고 있다가 볼스를 향해 말했다. "알겠네. 그렇게 되어야겠지. 하지만 나는 마음에 들지 않아."

트라우브가 이어지는 침묵을 깨고 말했다. "어, 저는 이게 우리가 착륙할지 말지와 무슨 관련이 있는지 모르겠는데요."

볼스가 트라우브에게 말했다. "이것 때문이야. 그 메시지의 나머지 부분에는 현역으로 복귀해 미합중국의 이름으로 가능한 한 빨리 달의 소유권을 주장하라고 내게 지시하는 내용이 담겨 있어. 외교 용어로 기정사실화를 할 수는 있을 거야. 하지만 달의 소유를 주장하기 위해서는 착륙해야 하지!"

트라우브가 볼스를 바라보았다. "아, 알겠습니다."

볼스가 점잖은 목소리로 말을 이었다. "트라우브, 이 일은 자네나 나보다, 심지어는 자네 아이들보다 우선이야. 자네 아이들은 평화롭고 자유로운 세상에서 자라게 하기 위한 가장 확실한 방법은 바로 지금 위험을 감수하는 것이지. 따라서 우리는 착륙해야 해."

트라우브는 머뭇거렸다. 볼스가 계속 말했다. "무슨 이야기인지 알겠지? 자네 아이들, 그리고 수백만 명의 다른 아이들을 위해서야."

반스가 끼어들었다. "볼스, 그만 압박하게!"

"응?"

"저 친구는 자유롭게 선택할 거야. 우리가 안정한 위치에 가서 상황을 검토한 뒤에 말이야."

"하지만, 반스, 우리는 의견이 같은 줄 알았는데. 자네가 콜리에게…."

"조용히 해! 자네의 상황은 이미 이야기했으니 트라우브에게 순교자가 되라고 종용하려 들지 말라고."

볼스는 얼굴이 더욱 붉어졌다. "여러분에게 알려야 할 게 있는데, 현역 복귀 외에도 나는 이 우주선을 지휘할 권한을 부여받았어."

반스가 볼스를 똑바로 바라보았다. "그렇다면 그 권한으로 필요하다고 생각하는 일을 해. 선장은 나고, 내가 살아 있는 한 계속 선장으로 있을 테니까." 반스가 주위를 둘러보았다. "전원, 달 접근에 대비. 콜리, B형으로 시험 궤도 계산을 해줘. 트라우브, 조종사 레이더를 준비해줘. 볼스!"

마침내 볼스가 대답했다. "네."

"우현 현창에 자동카메라를 설치해주게. 달 뒷면을 지나가면서 연속으로 촬영할 거야."

"네, 선장님."

트라우브가 앉은 채로 몸을 기울여 우현 현창을 내다보았다. "반대쪽과 다를 게 없군요."

반스가 대꾸했다. "뭘 기대했나? 마천루? 부조종사, 항로는 어떤가?"

"대지속도, 0.59. 고도, 81.9. 서서히 접근 중."

"확인. 최소 34 이후 최근접 예상. 접촉은 없음. 그쪽은 어떤가?"

"32에 좀 더 가까움. 하지만 접촉은 없음."

"확인. 방위를 맡아줘. 고도가 일정하게 유지되다가 강하를 시작할 때 내가 분사를 맡겠어."

"알겠습니다!"

루나호가 미지의 세계였던 달의 뒷면을 돌았다. 하지만 승무원들은 너무 바빠서 황량한 바위투성이 풍경을 거의 보지 못했다. 루나호는 수평에 가깝게 움직이며 최근 접점에 가까워지고 있었다. 역분사로 최고

속도 초속 2.4킬로미터에서 원 궤도 속도인 초속 1.6킬로미터로 감속하기 위해 후미를 앞으로 향했다. 볼스는 반스의 지시에 따라 축을 정확하게 수평으로 유지하는 데 주의를 기울였다.

TV 화면에는 '후방 시야'라는 말이 떠 있었다. 지금 다가가고 있는 산악 지형의 지평선 모습이 담긴 화면 한가운데에 십자 표시가 있었다. 반스는 플라이휠의 반작용에 맞서 우주선을 조종했고, 십자선이 지평선 위에 안정적으로 떠 있게 되자 자이로스코프를 이용해 우주선을 고정했다.

반스가 조종을 반자동으로 전환하고, 분사와 중단을 모두 버튼 하나로 할 수 있게 준비했다. 자동조종 장치에는 자신이 원하는 속도 변화를 입력했다. 고도가 60, 45, 30킬로미터 아래로 떨어졌다. "동력 장치." 반스가 외쳤다. "분사에 대비!"

"준비됐어, 반스." 콜리가 조용히 대답했다.

"전자 장치?"

"모두 좋습니다, 선장님."

반스는 한쪽 눈으로 대지 속도를, 다른 눈으로 고도계를 지켜보았다…. 37, 35, 34.5.

34.5…, 34.4…, 다시 34.4…, 또다시. 34.5! 우주선이 상승하고 있었다. 반스가 분사 버튼을 눌렀다.

분사는 단 14초만 이루어지다가 끊어졌는데, 지난번과 마찬가지로 깔끔하지 못했다. 반스는 계기판을 바라보았다. 고도 34.5, 대지 속도는 1에서 개미 털끝만큼 큰 정도. 우주선은 계획대로 궤도에 들어섰다. 반스는 안도의 한숨을 내쉬었다. "당분간은 됐어, 모두. 지금 상태 그대로 두되 자리에서는 나와도 좋아."

볼스가 말했다. "선장, 나는 남아서 계기판을 보는 게 낫지 않겠나?"

"좋을 대로 해. 하지만 중력의 법칙이 어디 가지는 않을 거야. 콜리, 액체가 얼마나 남았는지 보자고." 반스가 슬쩍 시계를 보았다. "1시간 안에 결정을 내려야 해. 30분쯤 뒤면 지구가 다시 시야에 들어올 거야."

"분사가 멈춘 방식이 마음에 들지 않아." 콜리가 불평했다.

"안달복달 좀 그만해. 난 예전에 좌회전할 때마다 경적이 울리는 차를 몰고 다녔어."

볼스가 커피가 담긴 통을 가져와 우현 현창에 있는 트라우브에게 다가갔다. 두 사람은 자동카메라를 피해 달의 풍경이 스쳐 지나가는 모습을 바라보았다. "지형이 울퉁불퉁하군." 볼스가 말했다.

트라우브도 동의했다. "캘리포니아에서는 저것보다 나은 땅도 안 쓰는 데 말이죠."

두 사람은 계속 창밖을 응시했다. 그러다 볼스가 허공에서 몸을 돌려 가속용 좌석으로 미끄러져 들어갔다.

"트라우브!"

트라우브가 책상으로 다가왔다. "트라우브." 반스가 월면 지도를 가리키며 말했다. "동쪽 중앙에 그대로 착륙할까 생각하고 있어. 저 어두운 지점, 중앙의 만을 말하는 거야. 평원이지."

"그러면 착륙하려는 건가요?"

"그건 자네에게 달렸어, 트라우브. 그런데 곧 마음을 정해야 해. 거기까지 앞으로, 아, 40분이 남았거든."

트라우브는 곤란한 표정을 지었다. "저기요. 저한테 이러시면…."

그때 볼스의 목소리가 끼어들었다. "선장! 점점 달에 가까워지고 있어. 천천히."

"확실한가?"

"거의. 고도가 30.9, 아니 정정, 30.7…에서 줄어들고 있어."

"가속 대비!"

반스가 외치며 자기 자리로 뛰어들었다.

트라우브와 콜리도 그 뒤를 따랐다. 반스가 안전띠를 매며 외쳤다. "부조종사, 접촉 예측을 뽑아봐. 전원, 우주선 기동에 대비." 반스는 자기 앞에 있는 계기판을 들여다보았다. 의심의 여지가 없었다. 우주선은 완벽한 원 궤도에 들어가 있던 게 아니었다.

반스가 계기를 읽으며 충돌 예측을 하려고 애쓰고 있을 때 볼스가 보고했다. "내 예측으로는 9분 뒤에 접촉해, 선장. 오차는 1분."

반스는 집중했다. 아래쪽에 있는 산맥 때문에 레이더 추적은 5에서 10퍼센트까지 흔들렸다. 경로 예측선이 넓은 띠 모양이었다. 반스가 알 수 있는 범위 내에서 판단할 때, 볼스가 옳았다.

"이제 어떡할까, 선장?" 볼스가 계속해서 말했다. "우주선을 회전해서 앞으로 움직일까?" 살짝 밀어주기만 하면 우주선을 들어 올려 달을 향해 완만히 떨어지는 대신 달 주위를 회전하게 만들 수 있을 것이었다.

그건 반작용 질량을 낭비하는 일이었다.

9분…, 대략 1천4백 킬로미터. 반스는 전방에서 지구가 지평선 위로 떠오를 때까지 몇 분이 남았는지 계산하려고 애를 썼다.

아마도 7분… 그러면 지구가 눈에 들어올 것이었다. 중앙의 만에 착륙하는 건 불가능했지만, 아직은 궤도를 수정하는 데 귀중한 물을 쓰지 않고도 지구가 시야에 들어오는 곳에 착륙할 수 있을지도 몰랐다. "트라우브." 반스가 서둘러 말했다. "7분 뒤에 착륙하거나 영원히 못 하거나 둘 중 하나야. 마음을 정해!"

트라우브는 대답하지 않았다.

반스는 기다리는 사이 1분이 흘러갔다. 마침내 반스가 지친 목소리로 말했다. "부조종사, 우주선을 회전해서 전진. 전원 출발 준비."

갑자기 트라우브가 외쳤다. "우리가 여기 온 목적이 그거 아닙니까? 달에 착륙하려고요? 그럼 저 망할 놈의 곳에 착륙하자고요!"

반스가 잠시 숨을 멈췄다. "멋진 녀석! 부조종사, 아까 지시 무시하게. 감속을 위해 우주선 유지. 지구가 보이면 큰 소리로 알려줘."

"알았어!"

"지구다!"

반스가 고개를 들었다. TV 화면 속에서 지구가 산맥 뒤로 떠오르고 있었다. 볼스가 말을 이었다. "착륙해야 할 거야, 반스. 저 산맥은 절대 넘어가지 못해."

반스는 토를 달지 않았다. 고도는 이제 간신히 5킬로미터 정도였다. 반스가 외쳤다. "모두 대기. 볼스, 내가 분사를 끊자마자 회전을 시작하게."

"알았어!"

"분사!" 반스가 버튼을 눌렀다. 이번에는 수동이었고, 오로지 전진하는 움직임을 멈추기 위한 기동이었다. 우주선이 진동하는 동안 대지 속도 레이더를 지켜보았다. 1.5…, 1.1…, 0.8…, 0.6…, 0.5…, 0.3…, 0.16…, 0.09. 반스는 수치가 0으로 떨어지기 직전에 손가락을 떼고 매번 깔끔하지 않게 끝났던 분사가 자신의 예상과 맞아떨어지기를 기도했다.

반스가 볼스에게 소리 지르기 시작했지만, 우주선은 이미 회전하고 있었다.

TV 화면 속에서 지구와 지평선이 빙글빙글 돌더니 화면 밖으로 사라졌다.

✳

시간이 굼벵이처럼 흐르던 10초 동안 루나호는 그대로 낙하해 후미 먼저 지상에 내려가는 착륙 자세를 취했다. 이제 고도가 5킬로미터도 되지 않았다. 반스는 단위를 킬로미터에서 미터로 바꾸고 예측 시간을 계산하기 시작했다.

볼스가 먼저 답을 내놓았다. "선장, 72초 뒤 접촉."

반스는 안도했다. "B형 착륙 방법의 이점을 보게나, 콜리." 반스가 즐거운 기색으로 말했다. "서두를 것 없어. 엘리베이터와 똑같아."

"입 좀 다물고 제대로 착륙하라고." 콜리가 날카롭게 대답했다.

"그래." 반스도 수긍했다. "부조종사, 분사 고도 예측해줘." 그러면서 자신도 똑같은 일을 했다.

볼스가 대답했다. "반스, 수동으로 할 텐가, 자동으로 할 텐가?"

"아직 모르겠어." 자동 분사가 더 빠르고, 아마도 더 확실했다. 그러나 깔끔하지 않은 분사 중단 때문에 탁구공처럼 튕겨 나갈 수도 있었다. 반스는 자동조종 장치 화면의 십자선을 안정적으로 유지하고 계산 값을 읽었다. "150미터에서 분사. 볼스, 자네는 어떻게 나왔나?"

"맞네." 볼스가 덧붙였다. "그러면 분사는 채 3초가 안 돼, 반스. 자동조종으로 하는 게 나을 거야."

"그건 내가 알아서 할게."

"미안."

반스가 결정을 내리기까지 거의 40초가 걸렸고, 그동안 우주선은 3천3백 미터 하강했다. "동력 장치, 수동조종에 준비하게. 부조종사, 156미터에서 나를 대신해줘."

"반스, 그건 너무 늦어." 볼스가 항의했다.

"10분의 1초 동안만 대신하면 돼. 내가 분사한 뒤에."

볼스가 잠잠해졌다. 반스는 TV 화면을 잠시 쳐다보았다. 아래쪽 지상은 평탄해 보였고, 표적이 될 만한 눈에 띄는 물체는 없었다. 반스는 다시 계기판을 바라보았다. "정정한다. 153미터에 대신해줘."

"153. 알았어."

순식간에 몇 초가 지나갔다. 반스가 버튼 위에 손가락을 올렸을 때 볼스가 외쳤다. "반스, 화면을 봐!"

반스가 고개를 들었다. 아직 약간의 추진력을 받고 있던 루나호는 기다란 균열 혹은 좁은 계곡 위에 있었다. 그리고 그 안에 착륙할 참이었다.

반스가 버튼을 눌렀다.

그리고 바로 놓았다. 루나호는 잠깐 소음을 내더니 다시 조용해졌다. 계곡인지 협곡인지 균열인지는 아직 보였지만, 이제 가운데 있지는 않다. "부조종사, 예측 수정!"

"어떻게 된 거지?" 콜리가 물었다.

"조용히!"

"예측 결과." 볼스가 읊었다. "117미터에 분사."

그때 반스는 직접 예측하기 위해 부척(副尺)을 조정하고 있었다. "확인." 반스가 대답했다. "111미터에 대신해 줘." 반스는 TV 화면을 슬쩍 바라보았다. 균열은 화면 가장자리에 가까워지고 있었고, 아래쪽 지상은 상당히 평탄해 보였다. 우주선이 살짝 옆으로 움직인 건 분명했다. 반스가 할 수 있는 일은 그저 자이로스코프가 우주선이 넘어지지 않게 해주기를 바라는 것뿐이었다. "충돌 대비!"

144-135-120. 반스가 버튼을 눌렀다.

무서운 압력이 반스의 고개가 뒤로 젖혀지게 했다. 고도계가 시야에 들어오지 않았다. 반스는 다시 고도계로 시선을 돌렸다. 57-45-37.

'15'에서 반스는 손가락을 떼고 기도했다.

분사는 평소처럼 깔끔하지 않게 중단됐다. 격렬한 충격이 반스를 의자의 쿠션 속으로 더 깊이 파묻었다. 우주선이 불안정한 팽이처럼 비틀거렸다. 그러더니 똑바로 섰다.

반스는 자기도 모르는 사이에 한참 동안 숨을 참고 있었다는 사실을 깨달았다.

8

콜럼버스는 쾌적한 기후와 풍요로운 땅, 온화한 원주민을 발견했다. 우리 탐험가는 태양계 어디에서도 인간에게 우호적인 환경을 발견하지는 못했다. 그리고 우리의 가장 가까운 이웃만큼 이것이 가차 없는 진실인 곳도 없다.

— 파쿠하손, 같은 책, 3권 420쪽

반스는 현기증을 느꼈다. 혼란스러운 꿈에서 깨어나는 기분이었다.

볼스의 목소리를 듣고 나서야 현실로 돌아올 수 있었다. "받침대 하강 완료. 자이로스코프 분리할까, 선장?"

반스는 정신을 추슬렀다. "고정 상태 먼저 확인해주게. 내가… 어이! 우리가 달에 도착했어!" 반스가 정신없이 안전띠를 풀었다.

"정말이네!" 볼스가 대답했다. "훌륭한 착륙이었어, 반스. 난 겁먹었었다고."

"끔찍한 착륙이었어. 자네도 알면서."

"우린 살아 있잖아, 안 그래? 상관없어. 우리가 해낸 거야."

콜리가 끼어들었다. "동력 장치 확인."

반스가 깜짝 놀란 표정을 지었다. "아, 그렇지. 트라우브, 전자 장치는 괜찮아?"

트라우브가 힘없이 대답했다. "그런 것 같습니다. 제가 기절했었나 봐요."

"무슨 소리!" 볼스가 위안했다. "이리 와. 함께 보자고."

네 사람은 좌현 현창에 몰려들어 태양이 천정 가까이에서 아무 제약 없이 쏟아내는 빛에 달궈지고 있는 암갈색 평야를 바라보았다. 몇 킬로미터 떨어진 곳에 얼마 전에 본 산봉우리가 별이 박힌 새카만 하늘을 배경으로 솟아 있었다. 그 중간쯤 되는 지점에 구덩이 하나, 지름이 1.5킬로미터 정도 되는 분화구가 있었다. 그 외에는 황량한 평원에 다른 건 하나도 없었다. 끝이 없고, 죽은 황무지에 진공이라 시야는 선명했으며, 온통 바싹 마른 흙이었다.

트라우브가 경이감으로 가득 찬 목소리로 속삭이며 침묵을 깼다. "와, 대단하네요! 우리는 여기서 얼마나 머무르나요, 반스 씨?"

"오래 못 있어, 트라우브." 반스는 가급적 목소리에 확신을 담으려 했다. "콜리." 반스가 말을 이었다. "질량비를 확인해줘."

"그래, 반스."

볼스가 우현 현창으로 가서 밖을 힐긋 내다보더니 외쳤다. "어이, 이것 좀 봐."

다들 모여들었다. 아래쪽에 착륙 지점이 됐을 뻔한 어두운 균열이 보였다. 그 균열은 우주선까지 가깝게 이어져 있었다. 받침대 하나가 거의 균열의 가장자리에 닿은 상태였다. 반스는 엄청난 깊이를 보고는 질량을 소모하더라도 회피하기를 잘했다고 느꼈다.

볼스가 그 광경을 보며 말했다. "다시 말하지만, 반스. 훌륭한 착륙이었다고."

"안심하기에는 너무 가깝군."

볼스는 유리에 얼굴을 가까이 들이밀며 왼쪽과 오른쪽으로 더 멀리 보려고 했다. "방향이 헷갈려." 볼스가 투덜거렸다. "지구가 어느 쪽이지?"

"지구는 당연히 동쪽에 있어." 콜리가 대답했다.

"동쪽이 어느 쪽이야?"

"정말 헷갈리나 보군. 동쪽은 반대편 창이야."

"그럴 리가 없어. 우리가 그쪽에서 먼저 밖을 봤는데, 지구가 안 보였잖나." 볼스가 반대편 창으로 건너갔다.

"그렇지?"

콜리가 따라왔다. "저쪽이 동쪽이야." 콜리가 설명했다. "별을 봐."

볼스는 별을 쳐다보았다. "그런데 뭔가 이상한데. 난 착륙하기 전에 지구를 봤단 말이야. 화면에서. 자네도 보지 않았나, 반스?"

"그래, 봤어."

"자네는, 콜리?"

"난 너무 바빴어. 지구가 얼마나 높이 있었나?"

"막 떠오르고 있었지. 하지만 난 봤어."

콜리가 하늘을 보더니 산맥 쪽으로 시선을 돌렸다. "그랬겠지. 지구는 저쪽에 있어. 저 산맥 뒤에."

반스가 무미건조하게 휘파람을 불었다. "그거였군. 내가 몇 킬로미터 앞쪽에 착륙했어."

볼스는 한 방 얻어맞은 표정이 되었다. "직선 시야에서 벗어나다니."

볼스가 힘없이 말했다. "지옥이 얼어붙을 때까지 달 소유권을 주장할 수 있었는데. 이제 메시지를 보낼 수도 없다니."

트라우브가 놀랐다. "지구와 연락이 끊겼습니까? 하지만 저도 지구를 봤는데요."

"물론, 봤겠지." 반스가 말했다. "우리 고도가 높을 때 본 거야. 지금 우리는 너무 낮게 내려와 있고."

"아." 트라우브가 바깥을 내다보았다. "하지만 큰 문제는 아닐 거예요. 그렇죠? 지구가 저 산맥 뒤에 있지만, 동쪽이잖아요. 조금 있으면 떠오르겠지요. 달은 얼마나 빨리 회전하죠? 28일하고 몇 시간이던가요?"

반스가 콜리에게 말했다. "자네가 말하게, 콜리."

"트라우브, 지구는 뜨거나 지지 않아."

"네?"

"달은 항상 같은 면을 지구로 향하고 있어. 어느 지점에서 봐도 지구는 움직이지 않지. 그냥 그 자리에 있는 거야."

"네?" 트라우브가 두 손을 들어 올려 관찰했다. 주먹을 지구와 달로 생각하고 머릿속에서 상상해보려는 것 같았다. "아, 그렇군요." 그리고 낙담한 표정을 지었다. "아, 이건 나쁜 상황이네요. 정말 나쁘군요."

"그만해, 트라우브." 반스가 서둘러 말했다. "지구에 연락할 수 없다면, 우리는 돌아갈 때까지 기다릴 수밖에 없어." 반스는 스스로 느끼는 두려움에 관해서는 일절 언급하지 않았다.

볼스가 주먹으로 손바닥을 때렸다. "우리는 지구에 연락해야 해! 우리가 돌아가든 못 가든 그건 문제가 아니야. 네 명의 희생이면 비용이 저렴한 거지. 하지만 지금 메시지를, 미합중국 우주선이 달에 착륙해 소유권을 가져왔다는 메시지를 전달하는 건 미합중국을 구원하는 일이 될 거야." 볼스가 콜리에게 말했다. "콜리, 저 산 위로 우주선을 띄울 만한 동력이 있겠지. 그렇지 않나?"

"응? 어, 그렇지."

"그러면 그렇게 하자고. 당장." 볼스는 자기 자리로 돌아가려 했다.

"잠깐만, 볼스!" 볼스가 동작을 멈추자 반스가 말을 이었다. "만약 우리가 저 산맥에 가까이 가려고 한 번 상승했다가 내려온다면, 돌아갈 확률이 어떻게 될지는 알고 있겠지."

"물론이지! 그건 중요하지 않아. 우리는 조국을 위해 일해야 해."

"그럴 수도 있고. 아닐 수도 있지." 반스가 잠시 말을 멈췄다. "만약 지금 우리에게 남은 양이 달을 떠나기에 충분하지 않다면, 자네 의견을 받아들이겠어."

"짐 반스, 조국의 안전보다 우리를 우선할 수 없어."

"그건 자네 생각이지, 볼스. 달의 소유권을 주장하는 게 이번 주에는 국무부에 도움이 될지도 모르지만, 결국 그렇지 않을 수도 있어. 괜히 러시아를 자극해서 우주여행에 몰두하게 만들지도 모르잖나. 그동안 미합중국은 예전처럼 비틀거리고 말이야. 소유권을 주장해서 자랑스럽긴 하겠지만, 우위를 유지하기 위해 제대로 돈을 쓰고 싶지는 않은 상황이 될 수 있지."

"반스, 그건 궤변이야."

"그래서? 그게 내 결정이야. 우리는 먼저 다른 일을 모두 시도해볼 거야. 우리가 메시지를 보낼 수 없다는 것도 확실하지 않잖아. 시도해보는 게 어때?"

"우리가 직선 시야에서 벗어나 있는데? 그런 바보 같은 소리 마."

"지구가 저 산맥 한참 아래쪽에 있는 건 아니야. 직선 시야에 들어오는 장소를 찾아봐."

"아. 그건 좀 말이 되는군." 볼스가 산맥을 바라보며 말했다. "저곳이 얼마나 멀리 떨어져 있을까?"

"잠시만요." 트라우브가 말했다. "이 윗부분 좀 회전할 때까지 기다리세요." 그리고 자기 자리로 향했다.

"됐어, 트라우브!" 반스가 제지했다. "아니야. 해봐. 알아서 나쁠 건 없겠지. 그런데 난 저 산맥 이야기를 하는 게 아니었어, 볼스. 저기는 너무 멀어. 하지만 주변을 조사해보면, 산이 낮아서 지구를 볼 수 있는 지점이 있을지도 모르지. 아니면 언덕이 있거나. 이 안에서는 주변을 모두 볼 수 없으니까. 트라우브, 통신기를 밖으로 가지고 나가서 쓰는 게 가능할까?"

"밖에서요? 잠깐만요. 송신기는 원래 진공 상태에 있으니까 개조할 수 있을 겁니다. 전력은요?"

볼스가 말했다. "콜리, 전선을 얼마나 쓸 수 있을까?"

반스가 끼어들었다. "먼저 장소를 찾아. 그리고 뭐가 필요한지 알아보자고."

"알겠어! 반스, 내가 바로 나가보지. 트라우브, 나와 함께 가서 장소를 찾자고."

"밖에요?" 트라우브가 멍한 표정으로 말했다.

"그럼. 달에 발을 디딘 최초의 인간이 되고 싶지 않나?"

"어, 그런 것 같습니다." 트라우브는 그다지 우호적으로 보이지 않는 뜨거운 표면을 바라보았다.

콜리가 이상한 표정을 지었다. 반스가 이를 눈치채고 말했다. "잠깐만, 볼스. 최초로 내려가는 명예는 콜리 박사에게 돌아가야 해. 어쨌거나 콜리가 만든 엔진 덕분에 온 거잖아."

"아, 그렇지! 콜리가 먼저 사다리를 내려가야지. 모두 가자고."

"난 나중에 갈게." 반스가 말했다. "할 일이 있어."

"원하는 대로 해. 가자고, 콜리."

콜리가 수줍어하며 말했다. "어, 내가 최초일 필요는 없어. 우리 모두 함께 한 일이니까."

"겸손 떨지 말고. 우주복을 입어. 가자고!" 군대의 방침에 관한 생각은 볼스의 머릿속을 떠난 모양이었다. 이 순간만은 모험을 갈망하는 소년과 같았다. 볼스는 이미 에어로크로 이어지는 해치를 열고 있었다.

반스는 다른 사람들이 우주복 입는 것을 도와주었다. 우주복은 전투기 조종사가 입는 고고도(高高度) 여압복을 개조한 것이었다. 잠수복과 별로 다르지 않은 모양으로, 온몸을 감싸고 있어 거추장스러웠고, 머리는 둥근 어항 같은 헬멧으로 되어 있었다. 헬멧의 안면부를 제외한 나머지 부분에는 은이 입혀져 있었다. 여기에 휴대용 무전기와 산소통 두 개, 작업용 허리띠까지가 우주복의 주요 구성이었다. 헬멧을 빼고 나머지 복장을 갖추자 반스가 말했다. "우주선에서 볼 수 있는 곳까지만, 그리고 서로 볼 수 있는 영역에만 있도록 해. 볼스, 산소통 하나를 다 쓰고 교환하게 되면 꾸물거리지 말고 곧바로 귀환해."

"알겠네, 알겠어."

"난 이제 갈게." 반스는 이들의 헬멧을 밀봉해주었다. 그리고 마지막으로 콜리에게 나직하게 말했다. "너무 오래 있지 마. 자네가 필요해."

콜리는 고개를 끄덕였다. 반스는 박사의 헬멧을 조였다. 그리고 조종실로 올라가 해치를 닫았다. 콜리는 반스가 완전히 나갈 때까지 기다렸다가 말했다. "통신 확인, 장비 확인."

"좋습니다, 박사님." 트라우브의 목소리가 이어폰을 통해 들렸다.

"여기도 양호." 볼스가 덧붙였다.

"감압 준비됐어?" 다들 대답하자 콜리는 문가에 있는 버튼을 건드렸다. 그러자 감압 장치 돌아가는 소리가 희미하게 들렸다. 서서히 우주복이 부풀어 오르기 시작했다. 아주 생소한 느낌은 아니었다. 콜리는 모하비에 있는 감압실에서 연습해본 적이 있었다. 트라우브가 어떤 기분일지 궁금했다. 골드버그 장치처럼 생긴 옷을 신뢰해야만 하는 첫 번째 경험에 겁을 먹을지도 몰랐다. "기분이 어떤가, 트라우브?"

"괜찮습니다."

"처음에는 기분이 좀 이상할 거야. 나도 알아."

"그런데 처음은 아닙니다." 트라우브가 대답했다. "일할 때 감압실에서 휴대용 무전기를 시험한 적이 있어요."

"자네 둘 잡담이 끝났나." 볼스가 끼어들었다. "그러면 표시기에 '진공'이라고 뜬 게 보일 거야."

"어?" 콜리가 몸을 돌려 외부 문을 개방했다.

콜리는 문 앞에 서서 북쪽을 바라보았다. 눈이 부실 정도로 태양 빛에 흠뻑 젖은 평원이 어두운 지평선까지 뻗어 있었다. 오른쪽에는 착륙할 때 회피했던 산맥이 진공 상태의 달 풍경 속에서 아주 선명하게 보였다. 콜리가 시선을 들어 올리자 커다란 구덩이가 보였다. 한낮의 눈부신 사막 위에 놓인 선명한 밤과 같았다.

볼스가 콜리의 팔을 건드렸다. "비켜봐, 콜리. 내가 사다리를 내리지."

"미안해."

볼스는 줄사다리의 끝을 문 바깥쪽에 있는 고리에 걸었다. 그리고 사다리를 바깥쪽으로 걷어찼다. "어서 가자고, 콜리."

"어, 고마워." 콜리는 더듬거리며 첫 번째 가로대를 찾았다. 여압복을 입은 상태에서는 동작이 어설플 수밖에 없었다. 결국, 콜리는 무릎을 꿇고 문가를 잡은 뒤에야 자세를 잡고 내려가기 시작했다.

힘들다기보다는 불편했다. 우주복까지 합쳐도 무게는 20킬로그램이 되지 않았다. 콜리는 손만 이용해 내려가는 편이 더 쉽다는 사실을 깨달았다. 턱 아래쪽은 보이지 않았지만, 우주선의 모양을 통해 얼마나 내려갔는지 알 수 있었다. 마침내 분사구가 보였고, 좀 더 내려가서 발로 땅을 찾아 더듬었다. 그러다가 발가락에 달의 흙이 채였다.

이내 콜리는 달 위에 섰다.

한참 동안 그렇게 서 있었다. 가슴이 두근거렸다. 콜리는 이 일의 의미를 깨닫고, 마음속으로 받아들이려고 해보았다. 하지만 그렇게 되지 않았다. 너무 오랜 세월 동안 아주 여러 번 꿈꾸어왔던 순간이었다. 아직도 꿈만 같았다.

발 하나가 콜리의 어깨를 건드렸다. 콜리는 트라우브에게 밟히지 않으려고 옆으로 비켰다. 곧 볼스도 내려왔다. "결국, 내려왔군." 제독이 담담하게 말하며 천천히 주위를 둘러보았다. "저기다, 트라우브! 언덕이야! 멀지 않아."

콜리가 돌아보니 볼스는 분사구 아래쪽으로 보이는 남쪽을 바라보고 있었다. 평원 위에 바위가 뾰족하게 솟아 있는 곳이 있었다. 콜리가 볼스의 팔을 건드렸다. "일단 우주선에서 좀 떨어져. 분출물이 나오는 곳이라 아마 약간 방사능이 있을 거야."

"그러지." 볼스가 콜리의 뒤를 따랐다. 그 뒤를 트라우브가 따라붙었다.

9

콜럼버스에게는 한 가지 동기가 있었다. 이사벨라 여왕에게는 하나 더 있었다.

— 파쿠하손, 같은 책, 3권 421쪽

다시 조종실로 올라간 반스는 곧바로 일에 착수하지 않았다. 그 대신 앉아서 생각에 잠겼다. 지난… 이틀이었던가? 사흘이었던가? 아니, 나흘이었다. 그동안 반스는 외부용 가면을 벗고 영혼을 불러들여 생각을 정리할 기회가 없었다.

말도 못 하게 피로했다.

반스는 시선을 들어 산맥을 바라보았다. 산맥은 그곳에서 앞길을 허락하지 않는 듯이 우뚝 서서 반스가 추구해온 목적을 달성하는 모습을 지켜보고 있었다.

무엇을 위해서 한 일이었을까? 콜리가 과학이 보지 못하고 있던 어두운 영역을 탐사할 수 있도록? 볼스가 서구 문명의 안전을 지킬 수 있도록? 아니면 새로운 위기를 불러일으키기 위해?

혹은 '아주 가정적'이지만 부끄럽지 않으려고 함께 오기로 한 남자의 네 자녀를 고아로 만들기 위해?

아니었다. 반스는 이게 모두 짐 반스라는 인물이 나이에 비해 작고, 싸움도 못 하고, 멋진 옷도 없었기 때문이라는 사실을 알았다. 그래서 돈을 더 많이 벌고, 더 많은 사람을 부리고, 다른 누구보다 더 빠른 비행기를 만들어야 했다. 바로 그 짐 반스가 달에 올 수 있었던 건 한 번도 자기 자신에 대해 자신감이 없었기 때문이었다.

트라우브의 아이들을 생각하자 배 속에 돌덩이가 들어앉은 듯이 묵직해졌다.

반스는 그 기분을 떨쳐버리고 통신기로 갔다. 휴대용 무전기 회로를 연결하고 말했다. "여기는 짐 반스입니다, 여러분. 초강력 비누 '슬럼프'의 후원으로 보내드립니다. 응답하라. 응답하라. 어디 있는지 모르겠지만!"

"반스!" 볼스가 응답했다. "이리 나와."

"나중에." 반스가 대답했다. "콜리는 어디 있어?"

"여기 있어." 콜리가 대답했다. "이제 곧 돌아갈 참이야."

"좋아." 반스가 말했다. "볼스, 이건 켜둘 테니, 이따금 말을 걸어줘."

"물론이지." 볼스가 알겠다고 대답했다.

반스는 책상으로 가서 반작용 질량의 남은 양을 계산하기 시작했다. 궤도 계산은 복잡했다. 행성에서 벗어나는 데 필요한 양을 계산하는 건 간단했다. 반스는 몇 분 만에 대략적인 수치를 얻었다.

반스가 머리를 쓸어넘겼다. 이발을 해야 했는데, 근처에는 이발소가 없었다. 반스는 사람이 죽은 뒤에도 머리가 계속 자란다는 이야기가 사실인지 궁금했다.

해치 열리는 소리가 나더니 콜리가 조종실로 올라왔다. "휴." 콜리가 말했다. "우주복을 벗으니 시원하네. 태양이 아주 뜨거워."

"가스 팽창 때문에 시원하지 않던가?"

"그 정도로는 부족해. 그리고 우주복 입고 돌아다니는 게 여간 어렵지 않아, 반스. 개선을 많이 해야 할 거야."

"누군가가 하겠지." 반스가 성의 없이 대답했다. "하지만 이 우주선을 개선하는 게 훨씬 더 시급해. 콜리 엔진 이야기가 아니야, 박사. 제어 장치 말이지. 세밀함이 부족해."

"나도 알아." 콜리가 인정했다. "그 망할 놈의 분사 중단. 그걸 예측하는 방법을 만들어서 자동조종 장치에 입력해야 해. 그리고 되먹임 순환을 이용하는 거야."

반스가 고개를 끄덕였다. "맞아. 그래야지. 우리가 돌아가면. 만약 우리가 돌아간다면 말이지만." 반스는 손가락으로 콜리를 가리키며 말했다. "드러내놓고 말하지는 마."

콜리가 그걸 바라보며 말했다. "나도 알아."

"볼스는 지구의 시선 안에 있는 장소를 찾지 못할 거야. 저 산맥은 지독히 높아. 하지만 난 볼스, 그리고 트라우브도 잠깐 비켜 있게 하고 싶었어. 볼스에게는 이야기해도 소용이 없어. 그 친구는 만약 죽는다고 하면, 사후에 명예훈장을 받으려고 할 거야. 우리도 함께 죽겠지."

콜리가 고개를 끄덕였다. "하지만 지구에 연락해야 한다는 점에는 동의해. 제독보다 내가 더 절실하다고."

"헤이스팅스 박사 때문에?"

"맞아, 반스. 여유가 충분하다면, 잠시 분사해서 통신을 연결한 뒤에 수정할 수 있었을 거야. 하지만 그렇지 못해. 우리가 조금이라도 분사를 하면 위험해질 거야."

"알아. 내가 추가로 분사하면서 집으로 가는 표를 써버렸지."

"그래도 추락하는 것보다는 낫지 않나? 잊어버려. 난 헤이스팅스가 필요해. 그러려면 가능한 한 최고의 궤도가 필요하다고."

"가망이 없어!"

"아닐지도 몰라. 칭동 현상이 있지 않나."

반스는 깜짝 놀랐다. "이런, 이렇게 멍청할 수가!" 반스가 열띤 목소리로 말을 이었다. "지금 상황이 어떻지? 지구가 올라오고 있나, 내려가고 있나?"

달의 회전은 일정했다. 그러나 궤도 속도는 그렇지 않았다. 달은 지구에 가장 가까울 때 가장 빨리 움직였다. 그 정도는 미미하지만, 덕분에 달은 마치 달나라 사람이 머리를 흔들듯이 매달 흔들리는 것처럼 보인다. 이 움직임 때문에 달의 하늘에서 보는 지구는 앞뒤로 7도 정도 흔들린다.

콜리가 대답했다. "올라오고 있어. 내 생각에. 충분히 떠오를 거냐고 묻는다면, 글쎄, 지구의 위치를 계산하고 몇몇 항성의 위치를 확인해야지."

"바로 시작하지. 내가 도울 게 있나?"

콜리가 대답하기 전에 스피커에서 볼스의 목소리가 흘러나왔다. "어이! 반스!"

반스는 휴대용 통신기에 연결했다. "뭔가, 볼스?"

"우리는 우주선 남쪽 언덕에 있어. 충분히 높을지도 몰라. 뒤쪽으로 돌아가고 싶은데, 올라가기 더 쉬운 곳이 있을지도 모르거든."

공기가 없는 달에서 통신하려면 직선으로 보이는 곳에 있어야 했다. 그러나 반스는 이치에 닿는 요청을 거절하고 싶지 않았다. "알겠어. 하지만 위험한 짓은 하지 마."

"알았어, 선장."

반스는 콜리에게 말했다. "어쨌든 시간이 필요하니까."

"그렇지." 콜리도 동의했다. "반스, 알다시피 이건 내가 상상한 것과 달라. 달에 온 사실을 말하는 게 아니야. 이곳에 숨 쉴 수 있는 건물과 괜찮은 우주복이 생긴 뒤에야 올 줄 알았지. 그런데 지금 우리가 뭘 하고 있나. 난 시간을 아껴 가며 탐사하고 표본을 채집하고 새로운 데이터를 수집하는 일을 기대했어. 그러는 대신 골머리를 앓아 가며 집에 돌아갈 방법을 연구하고 있다니."

"음, 어쩌면 나중에 시간이 생길지도 모르지. 너무 많은 시간이."

콜리가 억지로 웃어 보였다. "그럴지도 모르지…."

콜리는 지구와 달의 상대적인 위치를 그려보고 표를 참조했다. 곧 콜리가 고개를 들었다. "운이 좋아. 지구가 거의 2.5도 올라왔다가 다시 내려갈 거야."

"그 정도면 충분한가?"

"두고 봐야지. 육분의를 꺼내줘, 반스." 반스가 그렇게 하자 콜리가 받아 들고 동쪽 현창으로 갔다. 콜리는 산맥 위에 떠 있는 별 세 개의 고도를 측정했다. 이 별을 도표에 그리고 시지평선에 해당하는 선을 그었다. 그리고 그 세 별에 대한 지구의 상대적인 위치를 표시했다.

"까다롭네." 콜리가 투덜거렸다. "확인 좀 해줘, 반스."

"그러지. 어떻게 나왔어?"

"음, 내가 소수점을 빠뜨린 게 아니라면, 지구는 지금으로부터 사흘 뒤에 몇 시간 동안 모습이 보일 거야."

반스가 웃었다. "우리를 환영하는 행사가 벌어지겠군, 콜리."

"어쩌면. 궤도 상황을 먼저 보자고."

반스가 다시 진지해졌다.

콜리는 반스의 근사치를 가지고 1시간 동안 작업한 끝에 좀 더 나은 결과로 만들었다. 마침내 콜리가 손을 놓으며 말했다. "나도 모르겠어. 잘하면 헤이스팅스 박사가 좀 더 다듬어줄 수 있을 거야."

"콜리." 반스가 말했다. "우리가 가능한 한 모든 걸 버리면 어때? 이런 말 하기는 그렇지만, 자네가 가져온 장비가 한가득이잖아."

"내가 이 탑재 목록을 가지고 뭘 했을 것 같아? 이론적으로 우주선은 텅 빈 상태야."

"아. 그래도 여전히 상황이 안 좋은가?"

"여전히 안 좋아."

볼스와 트라우브는 일사병에 걸리기 직전에 녹초가 되어 돌아왔다. 제독은 기분이 좋지 않았다. 언덕 위로 올라갈 길을 찾지 못했던 것이다.

"내일 다시 가볼 거야." 볼스가 고집스럽게 말했다. "먼저 좀 먹고 잔 다음에."

"잊어버려." 반스가 충고했다.

"그게 무슨 뜻인가?"

"우리는 여기서 직선 시야에 들어갈 거야."

"응? 다시 말해봐."

"칭동 현상." 반스가 말했다. "콜리 박사가 이미 계산해냈어."

그 말을 이해한 볼스의 표정이 밝아졌다. 트라우브는 어리둥절한 모양이었다. 반스가 설명했다.

"이제 알겠지." 반스가 말을 이었다. "앞으로 70시간쯤 뒤에 메시지를 보낼 기회가 생겨."

볼스가 피로도 잊은 채 벌떡 일어났다. "그거면 충분해!" 몹시 기뻐하며 주먹으로 손바닥을 때렸다.

"진정해, 볼스." 반스가 말했다. "우리가 이륙할 가능성은 더욱더 낮아 보이니까 말이야."

"그래서?" 볼스가 어깨를 으쓱했다. "그건 중요하지 않아."

"아, 맙소사! 네이선 헤일* 행세 좀 그만둬. 트라우브와 네 명의 아이들을 조금이라도 생각하는 예의를 갖춰봐."

볼스는 한마디 쏘아붙이려다가 그만두고 품위 있게 말했다. "반스, 자네를 불쾌하게 만들 생각은 없어. 하지만 난 진심이야. 우리가 지구로 메시지를 보내기만 하면 돌아가는 건 중요하지 않아. 우리가 저지른 실수는 다음 원정대에게 도움이 될 거야. 1년만 있으면 미합중국은 열 대가 넘는 우주선, 이보다 더 뛰어난 우주선으로 달에 올 거야. 그리고 다른 어떤 나라도 무모하게 우리를 공격하지 못하겠지. 중요한 건 그거야. 우리가 아니라."

---

* 미국 독립전쟁 당시 활약했던 군인이자 첩자로, 미국의 영웅 대접을 받는다.

볼스가 계속 말했다. "모든 인간은 죽어. 그리고 집단은 영속하지. 자네는 트라우브의 아이들을 언급했어. 자네는 아이가 없고, 콜리도 마찬가지지. 트라우브는 자녀가 있어. 따라서 나는 그 친구가 자네보다 내 뜻을 더 잘 이해한다는 사실을 알고 있어." 볼스가 트라우브에게 물었다. "어떤가, 트라우브?"

트라우브가 고개를 들었다가 다시 시선을 떨구었다. "볼스가 옳습니다, 반스 씨." 트라우브가 나지막한 목소리로 대답했다. "하지만 저는 집에 가고 싶습니다."

반스가 입술을 깨물었다. "그만하지." 반스는 성마른 목소리로 말했다. "볼스, 자네는 저녁이나 챙겨 먹어."

✳

지구 시간으로 사흘 동안 다들 힘들게 일했다. 볼스와 반스는 우주선을 비웠다. 키메라와 빈 산소통, 여분의 옷, 콜리가 쓰려고 했던 여러 과학 장비(윌슨 구름상자, 가이거 계수기, 12인치짜리 슈미트 카메라와 시계, 더 많은 카메라와 자동카메라, 자외선 및 적외선 분광기 등의 여러 장치)를 버렸다. 콜리는 책상에 머무르며 헤이스팅스에게 가능한 한 최상의 상태로 문제를 넘기기 위해 계산하고, 확인하고, 또 계산했다. 트라우브는 통신기를 철저히 검사했고, 지향성 안테나를 지구가 나타날 정확한 방향으로 향하게 정렬했다.

마침내 그 시간이 다가왔다. 트라우브는 통신기가 있는 자기 자리에 앉아 있었고, 나머지는 동쪽 현창에 모여 있었다. 해야 할 말은 모두 메시지 하나에 담아두었다.

달에 대한 정식 소유권 주장, 착륙 시간과 장소에 관한 설명, 헤이스팅스에게 보내는 장문의 기술 관련 메시지, 그리고 마지막으로 볼스가 넣은 군 부호였다. 트라우브는 이 모든 내용을 메시지 하나로 보낼 예정이었다. 필요하다면 여러 번 반복해서.

"보인다!" 먼저 찾아냈다고 말한 건 콜리였다.

반스가 그곳을 바라보았다. "자네 상상이야, 콜리. 봉우리에서 빛이 반사된 거라고." 현지 시각으로 '오후'였으므로 태양은 반대편에 있었다. 자연히 동쪽에 있는 산맥이 밝게 보였다.

볼스가 끼어들었다. "아니야, 반스. 저기 뭐가 있어."

반스가 고개를 돌려 말했다. "송신 시작해!"

트라우브가 신호를 보냈다.

몇 번이고 반복해서 메시지를 보냈다. 중간중간 귀를 기울이기도 했다. 호 모양의 지구는 느릿느릿, 지독할 정도로 느릿느릿 지평선 위로 올라왔다. 응답은 없었지만, 좌절하지 않았다. 눈에 보이는 지구는 아주 일부에 불과했다.

이윽고 반스가 콜리에게 말했다. "저기가 어디 같은가, 박사? 우리 눈에 보이는 부분 말이야."

콜리가 자세히 들여다보았다. "모르겠어. 구름이 너무 많아."

"바다 같은데. 만약 그렇다면, 더 높이 올라갈 때까지 신호를 못 받겠군."

콜리의 얼굴이 서서히 끔찍해졌다. "왜 그래?" 반스가 물었다.

"맙소사! 자세 계산을 깜빡했어."

"응?"

콜리는 대답하지 않았다. 책상으로 뛰어가서 항해력을 집어 들더니 뭔가 마구 써 갈겼다. 그리고 멈추더니 지구와 태양, 달의 위치를 작도했다. 지구를 나타내는 원 위에는 그리니치 자오선에 해당하는 선을 그었다.

반스가 몸을 기울이며 물었다. "왜 그렇게 당황하는 건가?"

"저건 바다야. 태평양." 볼스가 끼어들었다. "그런데?"

"모르겠어? 지구는 동쪽으로 회전해. 미국이 멀어지고 있다고. 이미 시야에서 벗어났잖아." 콜리가 서둘러 전에 해놓은 계산을 들여다보았다. "지구는 약 4시간 8분 뒤에 최고 고도에 도달해. 그리고 다시 내려갈 거야."

트라우브가 이어폰을 단단히 끼워 넣으며 항의했다. "조용히 좀 해주시겠어요? 잘 들어야 한단 말입니다."

콜리가 연필을 집어 던졌다. "소용없어, 트라우브. NAA의 직선 시야에는 들어가지 못할 거야."

"네? 뭐라고요?"

"지구가 엉뚱한 면을 이쪽으로 향하고 있어. 우리는 지금 태평양을 보고 있다고. 그다음에는 아시아, 유럽, 그리고 드디어 대서양이 나오지. 미국이 보일 때쯤에는 다시 지구가 산맥 뒤로 떨어져 있을 거야."

"지금 제가 시간만 낭비하고 있다는 건가요?"

"계속 보내, 트라우브." 반스가 조용히 말했다. "그리고 계속 듣고 있어. 다른 기지의 송신을 들을 수도 있으니까."

볼스가 고개를 저었다. "어려울 거야."

"왜? 하와이는 아직 시야에 있을 수 있어. 진주만 기지도 신호가 강하다고."

"전파가 우리를 향하고 있을 때나 그렇지. NAA와 똑같아."

"어쨌든 계속 시도해, 트라우브."

트라우브가 다시 이어폰을 꼈다. 볼스가 말했다. "된다고 해도 그건 전혀 신이 날 일이 아니야. 어디서 우리 신호를 받을지 모른다고." 볼스가 웃었다. "소련의 기지가 곧 우리 신호를 받게 되겠군. 호주에 있는 기지가 세상에 진실을 알리고 있을 바로 그때 놈들은 그걸 부정하는 메시지를 방송할 거야."

콜리가 고개를 들었다. "하지만 내가 헤이스팅스 박사와 연락할 수 없잖아!"

볼스가 아주 점잖게 말했다.

"예전에도 말했지만, 장기적으로 그건 중요하지 않아."

반스가 말했다. "그만해, 볼스. 콜리는 너무 낙심하지 말고. 다른 기지가 우리에게 신호를 보낼 가능성도 많이 있으니까. 계속 시도하라고, 트라우브."

"제발 입 좀 다무실래요?"

트라우브는 실제로 계속해서 시도했다. 중간에 비는 시간에는 귀를 기울여 들었다. NAA의 주파수뿐만 아니라 모든 주파수 대역에서 시도했다.

8시간 남짓 지나자 호 모양을 한 지구의 마지막 흔적이 사라졌다. 아무도 식사할 생각을 하지 않았고, 트라우브도 멍하니 자리를 지키고 있었다.

＊

그들은 떠날 준비에 들어갔다. 하지만 온전히 마음을 쏟지는 못했다. 콜리는 쪽잠을 자는 시간을 빼고는 책상에 앉아서 정교한 도구의 부재를 노력으로 보충하려 했다. 출발 시각은 좀 여유 있게 앞당겨 잡았다. 구름 한 점 없는 눈부신 달의 낮이 저물어가며 태양이 서쪽으로 기울었다. 이륙은 해 질 녘에 시도할 계획이었다. 콜리는, 그리고 수치를 확인한 반스도 이론적으로는 현 상황상 성공할 가망이 없다고 인정했다. 원래대로라면 우주선은 떠올라 달을 돌아서 지구와 달의 중력이 균형을 이루는 지점에 도달해야 했다. 그러나 그렇게 되지 않을 것이다. 다시 떨어져 추락하고 말 것이었다.

가만히 죽음을 기다리느니 시도라도 해보는 게 낫다는 데는 모두가 동의했다. 볼스는 다음에 지구가 시야에 들어올 때까지 한 달을 기다려보자고 제안했지만, 간단한 계산으로도 가능하지 않음을 알 수 있었다. 굶어 죽기 때문도 아니고, 탈수로 죽기 때문도 아니었다. 질식하기 때문이었다.

볼스는 담담하게 받아들였다. 트라우브는 침상에 누워 있거나 좀비처럼 움직였다. 콜리는 잿빛 얼굴의 로봇 같은 행색으로 숫자에 파묻혀 있었다. 반스는 갈수록 예민해졌다.

콜리를 위로하기 위해, 콜리가 시간이 없어 사용하지 못했던 장치로 볼스가 아무렇게나 측정을 해왔다. 잡일 중에는 달의 뒷면을 비행할 때 찍은 사진을 현상하는 일도 있었다. 고작 몇십 그램밖에 나가지 않았으므로 다들 사진을 간직하는 데 동의했다. 어디선가 방사선에 맞아 흐려지기 전에 미리 현상해두는 건 바람직했다. 반스는 트라우브가 바쁘게 움직일 수 있도록 그 일을 맡겼다.

트라우브는 에어로크에서 일했다. 그곳이 유일하게 어두운 곳이었다. 얼마 뒤 트라우브가 해치 위로 머리를 내밀며 말했다. "반스 씨?"

"왜 그러나, 트라우브?" 반스는 호된 시련 이후 트라우브가 처음으로 활기를 띠는 것을 보고 만족스러웠다.

"이것 좀 보세요." 트라우브가 네거티브 필름을 내밀었다. 반스는 그 필름을 창문에 갖다 댔다. "저 작고 둥근 것 보이세요? 저게 뭐죠?"

"분화구겠지."

"아니에요. 이게 크레이터죠. 차이가 보이지 않으세요?"

반스는 제대로 된 사진에서 이게 어떻게 보일지 상상하려고 했다. "자네는 어떻게 생각하나?"

"어, 반구처럼 보이는데요. 모양이 이상하지 않나요?"

반스는 다시 살펴보았다. "아주 이상하군." 반스가 천천히 말했다. "트라우브, 인화해보게."

"인화지가 없는걸요. 있나요?"

"맞아. 내가 깜빡했군."

볼스가 다가와 물었다. "무슨 일인가? 달에 사람이라도 있어?"

반스가 필름을 보여주었다. "이게 어떻게 보이나?"

볼스가 보고, 또다시 보더니 마침내 물었다. "트라우브, 이걸 어떻게 하면 확대할 수 있지?"

카메라에서 렌즈를 빼내 임시로 환등기를 만드는 데 1시간이 걸렸다. 다들 에어로크에 모이자 트라우브가 즉석에서 만든 영사기를 켰다.

볼스가 말했다. "아, 정말, 초점 좀 맞춰보게." 트라우브가 시킨 대로 했다. 트라우브가 말한 '반구'의 모습은 상당히 또렷했다. 여섯 개가 있었고, 반원을 그리며 늘어서 있었다. 그리고 겉으로 보이는 모습으로 봐서 자연 지형이 아닌 것 같았다.

반스가 자세히 들여다보았다. "볼스, 달 소유권 주장은 조금 늦은 것 같군."

볼스는 말했다. "흠." 마침내 볼스가 강조하듯 덧붙였다. "건축물이군."

"잠깐." 콜리가 끼어들었다. "저게 인공물처럼 보이긴 하지만, 자연물에도 아주 이상한 배열은 있다고."

"자세히 봐, 박사." 반스가 말했다. "의심할 여지가 없어. 문제는, 우리가 달의 소유권을 주장하는 데 1년 정도 늦은 것이냐, 아니면 백만 년 정도 늦은 것이냐 하는 거야."

"응?"

"저건 압력 돔이야. 누가 지었을까? 선사 시대에 달 종족이? 놀러 온 화성인이? 아니면 러시아인이?"

트라우브가 말했다. "달 종족이 아닐 이유가 있나요?"

"뭐라고? 바깥에 나가서 걸어보게."

"안 될 게 있나 싶습니다. 저는 저걸 보자마자 '예전에 날아온 비행접시가 저기서 온 거로군'이라고 했거든요."

"트라우브, 비행접시 같은 건 없어. 바보 같은 소리 마."

트라우브가 끈질기게 말했다. "제가 아는 사람이…."

"직접 봤다고 했겠지." 반스가 그 뒤를 이어 말했다. "잊어버려. 지금 우리가 걱정해야 할 건 저거야. 저건 진짜라고. 필름에 찍혀 있어."

"화성인도 잊어버려." 볼스가 퉁명스럽게 말했다. "오래전에 죽은 달 종족도."

"자네는 러시아라고 생각하나 보군?" 반스가 말했다.

"난 그저 저 필름을 가능한 한 빨리 군 정보부에 보내야 한다는 사실밖에 몰라."

"군 정보부? 아, 그래. 지구에 있는 거. 멋진 생각이군."

"비꼬지 마. 난 진심이야."

"나도 마찬가지야."

✳

기꺼이 죽음을 각오했던 볼스는 임무를 마치고 나자 살아서 돌아가는 데 혈안이 되었다. 착륙하자고 고집을 부렸던 게(심지어 그때 이미 새롭고 중요한 증거는 모두 우주선 안에 있었는데도) 자신이라는 사실은 더욱 기분을 씁쓸하게 했다.

볼스는 전전긍긍하며 필름을 워싱턴에 전달할 수 있는 계획을 떠올린 뒤 트라우브가 우주선 밖으로 나간 틈을 타서 반스에게 제안했다. "반스, 혼자서 우주선을 조종해 돌아갈 수 있나?"

"무슨 소리야?"

"수치를 확인했잖아. 한 사람이면 성공할지도 몰라. 세 사람 무게만큼 우주선이 가벼워지면…."

반스가 화를 냈다. "볼스, 그건 말도 안 돼."

"다른 사람에게 물어봐."

"싫어!" 반스가 덧붙였다. "네 사람이 왔고, 네 사람이 돌아가는 거야. 아니면 아무도 못 돌아가거나."

"음, 적어도 나는 우주선을 가볍게 할 수 있지. 그건 내 권리야."

"그런 소리 한 번만 더 했다가는 이륙할 때까지 의자에 묶여 있는 게 자네 권리가 될 거야."

볼스는 반스의 팔을 잡았다. "저 필름은 반드시 펜타곤으로 가야 해."

"얼굴 좀 치워줘. 할 수 있다면 그렇게 할 거야. 또 버릴 게 있나?"

"반스, 내가 끌고 가더라도 이 우주선은 돌아가야 해."

"그러면 끌고 가. 내 질문에나 대답해."

"내가 입고 있는 옷. 그걸 버리겠어." 볼스가 주위를 둘러보았다. "버린다." 볼스가 말했다. "반스, 이 우주선을 가지고 텅 비었다고 하다니. 맙소사, 내가 보여주지! 그 도구 상자 어디 있지?"

"트라우브가 방금 다른 물건하고 함께 밖으로 가지고 나갔어."

볼스가 황급히 마이크를 잡았다. "트라우브? 쇠톱을 가지고 돌아와. 그게 필요해!" 볼스는 반스에게 말했다. "내가 우주선을 어떻게 텅 비우는지 보여주지. 저 통신기는 왜 있지? 세 번째 다리만큼 쓸모없어. 내 자동조종 장치 화면은 왜 필요하지? 자네 것이면 충분해. 박사, 그 의자에서 일어나!"

콜리가 숫자로 가득한 닫힌 세상에서 고개를 들었다. 지금까지의 대화를 전혀 듣지 못하고 있었다. "응? 날 불렀나?"

"그 의자에서 일어나라고. 갑판에서 떼어낼 테니까."

콜리가 당황스러운 표정을 지었다. "그러게. 필요하다면 말이야." 그리고 반스에게 말했다. "반스, 이게 최종 수치야."

반스는 볼스를 쳐다보고 있었다. "수치는 좀 이따가 보자고, 콜리. 수정을 좀 해야 할지 모르겠어."

✳

볼스의 뜻에 따라 그들은 마지막 남은 시간에 쫓기며 우주선을 다시 비웠다. 식량 전부. 사람은 그렇게 빨리 굶어 죽지 않는다. 통신기. 여벌의 장비. 발사에 꼭 필요하지는 않은 공학 장비. 전열기. 찬장과 문. 가벼운 설비와 단열재. 톱으로 자르거나 통째로 떼어낼 수 있는 건 모조리 버렸다. 조종실에서 에어로크로 가는 사다리와 우주복 세 벌, 줄사다리가 마지막이었다.

볼스는 네 번째 여압복을 버릴 방법을 찾지 못했다. 마지막 물건을 내다 버릴 때 살기 위해 입고 있어야 했다. 그러나 그조차도 최소화하는 방법을 알아냈다. 볼스는 작업용 허리띠와 백팩, 공기통, 단열용 신발을 떼어냈다. 그리고 에어로크가 마지막으로 '진공'에서 '가압' 상태로 바뀌는 동안 우주복에 남은 공기로 숨을 몰아쉬며 서 있었다.

손 세 개가 내려오더니 해치 위쪽으로 반스를 끌어 올렸다. "위치로!" 반스가 외쳤다. "발사 대비!"

카운트다운을 기다리고 있을 때 트라우브가 손을 뻗어 반스의 팔을 건드렸다. "선장님?"

"뭐지, 트라우브?"

트라우브는 다른 두 사람이 보고 있는지 눈치를 보았다. 아무도 보고 있지 않았다. "우리가 정말 돌아갈 수 있을까요?"

반스는 솔직하기로 마음을 먹었다. "아마 아닐 거야." 반스가 볼스를 슬쩍 보았다. 제독은 핼쑥한 모습이었다. 의치도 다른 물건과 함께 내다 버렸기 때문이었나. 반스는 따뜻하게 웃어 보였다. "하지만 시도는 분명히 해볼 거야!"

자랑스러운 루나호가 섰던 장소에 세운 기념비의 사진은 모든 교실에 걸려 있다. 그 이후 오늘날처럼 우주여행이 안전해지기까지 수많은 달 탐사가 이어졌다. 일부는 비극적이었고, 일부는 그렇지 않았다. 우주로 가는 길에는 시체와 여러 선구자의 찬란한 희망이 깔려 있다. 그 꿈이 이루어지면서 멋진 공상의 일부는 이제 우주에서 사라졌다.

— 파쿠하손, 같은 책, 3권 423쪽

로버트 A. 하인라인 중단편 전집 **9**

심연

초판 1쇄 발행 2023년 4월 4일

지은이 로버트 A. 하인라인
옮긴이 고호관, 배지훈, 조호근
펴낸이 박은주
편집 강연희, 설재인, 이다영, 최지혜
표지 디자인 김선예
본문 디자인 서예린, 오유진, 이수정, 장혜지, 황혜나
마케팅 박동준

발행처 (주)아작
등록 2015년 9월 9일 (제2021-000132호)
주소 04050 서울특별시 마포구 양화로 156 LG팰리스빌딩 1428호
전화 02.324.3945-6 **팩스** 02.324.3947
이메일 arzaklivres@gmail.com
홈페이지 www.arzak.co.kr

ISBN 979-11-6668-729-7 04840
979-11-6668-777-8 04840 (세트)